Zum Buch:

Rosie hat bereits einige Schwankungen in ihrem stürmischen Leben erlebt. Die ehemalige Schiffsköchin will ihr Leben nach einer bitteren Trennung endlich in ruhigere Gewässer lenken und erfüllt sich einen lang gehegten Traum: ihr eigenes Café an der französischen Riviera. Doch aller Anfang ist schwer. Eine Engländerin in der französischen Gastroszene? Unvorstellbar, finden viele Einheimische. Zu allem Überfluss eröffnet nebenan auch noch ein Sternerestaurant, und der Starkoch Sebastian zaubert nicht nur begnadete Gerichte auf den Teller, sondern auch immer öfter ein Lächeln auf Rosies Lippen. Wie soll sie bei dieser Ablenkung bloß ihr Café Fleur zum Erfolg führen? Zum Glück findet Rosie schnell neue Freundinnen, die ihr mit Rat und Tat zur Seite stehen …

Zur Autorin:

Die gebürtige Engländerin Jennifer Bohnet lebt seit einigen Jahren auf dem Land in der Bretagne, gemeinsam mit ihrem Mann und unzähligen Tieren. Ihre neue Heimat Frankreich hat sie zu ihrem Roman »Das Strandcafé an der Riviera« inspiriert.

Jennifer Bohnet

Das Strandcafé an der Riviera

Roman

Aus dem Englischen von
Johannes Heitmann

mtb

MIRA® TASCHENBUCH
Band 26140

1. Auflage: Juni 2018
Deutsche Erstausgabe

Originaltitel: Rosie's Little Café on the Riviera
Erschienen bei: Harlequin Books S.A.,
an imprint of HarperCollins *Publishers* Ltd. 2017

Published by arrangement with
HarperCollins *Publishers* Ltd., London

Umschlaggestaltung: zero-media.net, München
Umschlagabbildung: FinePic / München
Redaktion: Dörte Karsten
Satz: GGP Media GmbH, Pößneck
Printed in Germany
Dieses Buch wurde auf FSC®-zertifiziertem Papier gedruckt.
ISBN 978-3-95649-815-2

www.mira-taschenbuch.de

Für meinen Mann Richard,
in Liebe und Dankbarkeit dafür,
dass er einfach da ist.

1. Kapitel

»Bonne chance.« Der Notar zählte den Stapel Euroscheine durch, den Rosie ihm gegeben hatte, bevor er ihr über den Tisch hinweg einen Schlüsselbund zuschob. »Das Café Fleur gehört jetzt Ihnen.«

Fünf Minuten später ließ Rosie die Schlüssel in den Händen klappern, während sie glücklich an den alten Deichanlagen am Mittelmeer entlangging. Vor ihr lagen der Strand und das Café Fleur. Es war der erste Tag ihres neuen Lebens, und das fühlte sich fantastisch an. Es schien zwar eine Ewigkeit gedauert zu haben, aber jetzt wurde zumindest einer der beiden großen Träume ihres Lebens wahr.

Schon seit einigen Jahren träumte sie davon, erfolgreich ein eigenes Café zu führen. Ihr anderer Traum, mit dreißig verheiratet zu sein und eine Familie zu haben, war daran gescheitert, dass sie anscheinend keine langfristige Beziehung zu einem Mann aufbauen konnte.

Als sie nach einem rotweingetränkten dreißigsten Geburtstag schlimm verkatert aufgewacht war, hatte sie gedanklich den Schlussstrich gezogen. Das Leben zog an ihr vorbei, und wenn sie es schon nicht schaffte, ihren Mister Right zu treffen und zu heiraten, dann würde sie zumindest versuchen, ihr eigenes Café zu bekommen.

Traumziel Nummer eins hatte seitdem darin bestanden, genug Geld anzusparen, um ihr eigenes Strandcafé in Südfrankreich zu eröffnen.

Jetzt, kurz vor ihrem fünfunddreißigsten Geburtstag, war

die Erfüllung dieses Traums zum Greifen nah.

Sie blickte über die Bucht zu den Booten, die auf die Hafeneinfahrt zusteuerten. Ihr Lächeln erstarb beim Anblick der Yacht, die unter englischer Flagge allen anderen vorausfuhr. »A Sure Thing« hieß die Yacht, auf der sie die letzten Jahre als Küchenchefin gearbeitet und jeden Cent für ihre finanzielle Unabhängigkeit gespart hatte. Und genau diese Yacht kehrte gerade in den Hafen zurück.

Ob der Skipper Antoine ihr mittlerweile verziehen hatte, dass sie ihn im Stich gelassen hatte? Als sie ihm von ihren Plänen erzählt hatte, war er alles andere als glücklich darüber gewesen.

»*Sacre bleu*, Rosie! Charlie wird außer sich sein, wenn er herausfindet, dass du gegangen bist! Wahrscheinlich bringt er William dazu, mich zu feuern, weil ich dich habe gehen lassen. Bitte, Rosie, nur noch einen Sommer, mir zuliebe. Okay?«

»Nein, auf keinen Fall.« Rosie hatte mit den Schultern gezuckt. »Außerdem weiß er bereits, dass ich gehe. Aber Antoine: Du darfst Charlie auf keinen Fall verraten, wo mein Restaurant liegt. Verstanden?«

Resigniert hatte Antoine genickt und ihr Glück gewünscht. Ein Mann wie er wusste, wann weiterer Widerstand zwecklos war.

Rosie seufzte. Hoffentlich begriff Charlie, dass sie an einer Beziehung nicht interessiert war, sosehr er sich auch wünschte, die Collegeaffäre von damals neu aufleben zu lassen. Im Moment hatte Rosie genug damit zu tun, das Café Fleur für die Eröffnung vorzubereiten. Da blieb ihr einfach keine Zeit, sich auch noch mit Charlie herumzuschlagen.

Hoffentlich lief die Yacht nur zum Betanken und Auffüllen der Nahrungsvorräte in den Hafen ein und blieb nicht lange. Vielleicht planten sie, nach Korsika weiterzufahren, eine von

Charlies Lieblingsinseln. Ja, Korsika wäre gut. Fahr nach Korsika, flehte Rosie in Gedanken.

Je länger sie Charlie verheimlichen konnte, wo ihr Restaurant sich befand, desto besser. Bestimmt würde er ihr eine Szene machen, wenn er begriff, was sie hier tat, und darauf konnte sie gern verzichten. Seine Meinung war ihr mittlerweile zwar egal, aber auf keinen Fall sollte er bei der Eröffnungsparty nächste Woche auftauchen. Er stand definitiv nicht auf der Gästeliste.

Auf dem Parkplatz hinter dem Restaurant wartete ihre beste Freundin Tansy auf sie. Tansy war auf der »A Sure Thing« Stewardess. Ab heute war sie nicht nur Rosies stellvertretende Küchenchefin, sondern auch Kellnerin und leitende Tellerwäscherin in einer Person.

»Und? Hast du den Sprung gewagt und unterschrieben?«

»Ja. Zum Beweis habe ich diese Schlüssel hier.« Rosie musste sich recken, um das Sicherheitsgatter hochzuschieben. Erst dann konnte sie den ersten Schlüssel in ein Schloss ganz oben an der Tür stecken und umdrehen. Mit einem weiteren, altmodischen Schlüssel musste sie ein Schloss auf halber Höhe öffnen, und schließlich musste sie sich hinhocken, um mit einem kleinen goldfarbenen Schlüssel ein Schloss dicht über dem Boden aufzuschließen. Erst dann ließ sich der Türknauf drehen, und sie konnte die Tür öffnen.

»Scheint so, als hätte der Vorbesitzer einen Sicherheitstick gehabt«, stellte sie fest. »Zumindest hoffe ich, dass nicht mehr dahintersteckt.«

Im Inneren des Cafés waren staubige Tische und Stühle ordentlich aufgereiht, an der hinteren Wand lehnten einige Sonnenschirme, und die Gardinen vor den zugesperrten Fenstern waren ausgebleicht. Der riesige Kühlschrank in der Küche wirkte so alt, als würde er schon seit den Fünfzigern dort stehen. Im Vergleich zu diesem Monstrum wirkten die übrigen Küchenutensilien winzig.

Rosie betrachtete die veraltete Einrichtung. Hoffentlich funktionierte hier alles noch. Viel neues Equipment konnte sie sich jetzt auf keinen Fall leisten. Nachdem sie den Notar bezahlt hatte, war ihr Konto geplündert. So schnell wie möglich musste sie das Café eröffnen, damit Geld auf ihr neues Geschäftskonto kam. Sonst geriet sie in finanzielle Schwierigkeiten, noch bevor die Saison überhaupt richtig begann.

»Okay, lass uns die Fensterläden öffnen und loslegen«, beschloss sie.

»Was ist hinter dieser Tür?« Tansy zeigte auf die Tür neben dem Tresen.

»Da führt eine Treppe nach oben zu einem Lagerraum«, antwortete Rosie. »Ehrlich gesagt habe ich mich dort kaum umgesehen. Mich haben vor allem die unteren Räume interessiert. Komm jetzt, lass uns schrubben.« Sie reichte Tansy ein Paar pinkfarbene Gummihandschuhe und zog sich selbst welche an.

Während Tansy sich über die Küche hermachte, kümmerte Rosie sich um den Gästebereich. Sie schob die Riegel an der Eingangstür zurück, trat auf die Terrasse hinaus und öffnete die blauen Fensterläden, von denen die Farbe abblätterte.

Einen Moment lang stellte sie sich das Café mit Kundschaft vor. Mit ihren Gästen. Dass auch hier draußen auf der Terrasse Speisen serviert wurden, war ihr sehr wichtig. Die Menschen liebten es, im Freien zu essen. »Pieds en mer«, so nannten es die Franzosen. Mit den Füßen im Meer.

Das trifft es perfekt, dachte Rosie und blickte sich um. An den Oleanderbüschen zeigten sich bereits Knospen, und dahinter sah sie Segelyachten auf dem Meer. Die Wellen glitzerten. Am Strand sammelten eine Frau und ein junges Mädchen Muscheln.

Die Loggia, die über die gesamte Breite des Restaurants reichte, wurde von baumdicken Weinranken gesäumt, und den Zugang der Terrasse zum Strand rahmten zwei große, duftende Eukalyptusbäume ein.

Rosie seufzte. Dies war wirklich ein fantastischer Ort, um sich ihren Traum zu erfüllen. Es musste einfach ein Erfolg werden. Nicht nur, weil es ihre letzte Chance war, sich selbst etwas aufzubauen. Die nicht zu vernachlässigende Tatsache lautete: Wenn dieses Café scheiterte, war sie bankrott.

Sie atmete tief durch. Scheitern kam nicht infrage.

Das Strandhotel nebenan bekam auch gerade seinen Frühjahrsputz. Zahllose Handwerker mit Leitern, Farbe und neuen Geräten schwärmten um das Hotel herum. Voller Neid sah Rosie, wie drei Männer gerade einen großen Gasherd durch einen schmalen Seiteneingang in das Gebäude bugsierten. Für einen Gasherd dieser Marke würde sie vieles geben. Zu schade, dass ihre Finanzen das im Moment nicht zuließen.

Was könnte sie aus dem Café machen, wenn ihr ein unbegrenztes Budget zur Verfügung stehen würde? Neue Tische und Stühle. Drinnen würde sie diese bequemen Pariser Bistrostühle aufstellen und draußen Teakmöbel. Die Küche würde sie komplett modernisieren. Sie würde neues Geschirr und Besteck anschaffen, hübsche Tischdecken kaufen, und statt der Seidenblumen, die sie jetzt nutzen musste, würde ein Florist jeden Tag frische Blumengestecke bringen. An die Wände würde sie Originale hängen.

Aber selbst mit ihrem beschränkten Budget brauchte sie auf Originalbilder nicht zu verzichten. Ein Bekannter von Tansy wollte ein paar Landschaftsbilder mit Motiven der Umgebung aufhängen, um sie vielleicht zu verkaufen. Mit etwas Glück würden alle paar Wochen neue Bilder im Café hängen.

Auf einem der Felsen am Wasser saß ein Mann und hob grüßend die Hand.

Rosie konnte nur hoffen, dass dieser Platz so dicht vor dem Café nicht sein Stammplatz war. Mit seinen nackten Füßen, dem zerzausten, sonnengebleichten Haar, den abgeschnittenen Jeans und dem pinkfarbenen T-Shirt, auf dem noch ganz blass der Aufdruck »Mustique« zu lesen war, passte er nicht in das Bild, das Rosie sich von den Gästen ihres Cafés machte. Außerdem befürchtete sie, dass der Mann sich dort mit ebenso zerlumpten Kumpeln traf, die ihr die Kundschaft vergraulten.

Aus Höflichkeit hob sie kurz die Hand, vermied dabei jedoch jeden Blickkontakt. Hoffentlich begriff er, dass sie nicht mit ihm reden wollte.

Leider begriff er das nicht.

»Hi, ich bin Sebastian. Die meisten nennen mich Seb.« Er kam auf Rosie zu und streckte die Hand aus.

An seinem Handgelenk hingen lederne Freundschaftsbänder.

Zögernd schüttelte Rosie ihm die Hand. Sie wollte nicht unhöflich erscheinen, aber auf keinen Fall sollte er sich ermutigt fühlen, sich länger als nötig hier aufzuhalten. »Ich bin Rosie.«

»Macht das Café bald wieder auf? Der alte Laden könnte eine Renovierung vertragen.«

»Heute in einer Woche«, antwortete sie.

»Hast du genug Leute? Falls nicht, könnte ich dir helfen.«

Sein Englisch war perfekt. Den leichten Akzent hätten viele Leute vielleicht als sexy beschrieben. Suchte dieser Mann einen Job? Oder wollte er nur Konversation betreiben? Wahrscheinlich besaß er nicht einmal richtige Arbeitskleidung. In ihrem Café sollte es zwar tagsüber keinen Dresscode geben, aber sie wollte wie in einem Restaurant warme Gerichte anbieten, und die Belegschaft sollte auf jeden Fall ordentlich gekleidet sein. Und abends war auch für die Gäste mindestens gehobene Freizeitkleidung Pflicht.

»Alles schon organisiert, danke«, antwortete Rosie schnell. Der Mann brauchte nicht zu wissen, dass Tansy im Moment die einzige Angestellte war, die sie sich leisten konnte.

Wegen Sebs gebräunter Haut und seines lässigen Outfits schätzte sie ihn eher als Rumtreiber ein. Ein zuverlässiger Angestellter, der täglich pünktlich zur Arbeit erschien, sah jedenfalls anders aus. »Hören Sie, tut mir leid, aber ich muss wirklich weitermachen. Es gibt viel zu tun.«

Diesmal erkannte er den Wink mit dem Zaunpfahl.

»Schon klar. Wir sehen uns.« Lächelnd schlenderte er weiter am Strand entlang.

»Viel Glück«, rief sie ihm nach, weil sie auf einmal ein schlechtes Gewissen bekam. Vielleicht hätte sie den Mann, der offensichtlich im Moment eine Pechsträhne hatte, freundlicher behandeln sollen. Falls er zurückkam, würde sie ihm ein paar Aushilfsjobs anbieten. Er könnte die Fenster putzen, die Terrasse schrubben oder etwas in der Art.

Seb wandte sich bei ihrer Antwort nicht um, sondern hob nur winkend die Hand.

Rosie kehrte ins Café zurück und machte sich an die Arbeit. Sie schob das alte Klavier aus der Ecke bei den Bodenfenstern mitten in den Raum und nahm sich vor, beim Klavierstimmer nachzuhaken, ob er Samstagfrüh tatsächlich kommen würde. Klaviermusik zur Lunchzeit und auch am Abend war Teil ihres Plans, im Café Fleur eine Atmosphäre zu schaffen, die sich von allen anderen abhob. Und zu Partys gehörte in jedem Fall Livemusik.

Drei Stunden später kochte Tansy ihnen beiden einen Kaffee mit der frisch gesäuberten Espressomaschine, die wie durch ein

Wunder auf Knopfdruck ihre Arbeit tat, wenn auch ziemlich lautstark.

Rosie und Tansy waren beide zu Tode erschöpft.

»Rob hat gesagt, er kann uns morgen beim Streichen helfen, wenn du willst.« Tansy unterdrückte ein Gähnen.

»Toll. Ich wollte damit schon heute Abend anfangen, aber …« Rosie sah auf ihre Uhr. »Ich denke, ich mache mir nur noch eine Liste von Sachen, die ich am Donnerstag besorgen muss. Ist Rob noch damit einverstanden, dass wir uns seinen Lieferwagen borgen?«

»Ich muss ihn vorher noch am Hafen absetzen, aber dann steht uns der Wagen bis um drei Uhr zur Verfügung. Okay, ich verschwinde. Bis morgen früh.«

Nachdem Tansy die Tür hinter sich zugezogen hatte, stand Rosie noch einen Moment am Küchenfenster und beobachtete das geschäftige Treiben beim Hotel. In einem der oberen Fenster mit Blick zum Parkplatz hing jetzt ein großes Poster: »Schon bald große Wiedereröffnung«.

Wie feierlich würde diese Wiedereröffnung ausfallen? Was hieß »schon bald«? Würde Rosie ihr Café noch vorher eröffnen können? Würden die Gerichte im Hotel besser sein als bei ihr? Müsste sie sich jetzt vielleicht mit einem Meisterkoch messen?

Entschieden riss Rosie sich aus ihren Gedanken. Sie durfte nicht anfangen zu zweifeln. Der Werbespot, den sie im lokalen englischsprachigen Sender geschaltet hatte, würde hoffentlich ein paar ehemalige Stammgäste zurückholen. Und die würden per Mundpropaganda weitere Gäste ins Café Fleur bringen, bevor dann die Sommertouristen kamen.

Über die Konkurrenz nebenan konnte sie sich immer noch Sorgen machen, wenn sie Genaueres wusste.

2. Kapitel

Nachdem sie die Eingangstür ihres kleinen Antik- und Trödelladens Cupboard Under the Stairs geschlossen hatte, ging Erica die schmale Straße hinter der Kirche entlang und bog nach links zum zentralen Stadtplatz ab, wo sie noch schnell eine Bäckerei betrat. Zum Glück waren nur zwei Kunden vor ihr dran, sodass Erica kurz darauf wieder auf dem Weg zur Schule war, die zweihundert Meter entfernt lag. Die Rathausuhr schlug gerade zwölf.

Bei der Schule angekommen, atmete sie tief durch. Geschafft!

Cammie geriet schnell in Panik, wenn Erica zu spät kam, und das wollte sie ihrer Tochter ersparen.

Zum Glück traten Cammies Panikattacken und Albträume immer seltener auf. Mehr als alles in der Welt wünschte Erica sich, dass diese Anfälle endlich ganz aufhörten. Ihre Tochter sollte wieder glücklich sein. Und Erica hoffte, dass auch ihr eigener Kummer endlich verheilte.

Von allen Seiten hörte sie, dass so etwas seine Zeit brauche, doch sie wünschte, sie könnte diesen Prozess irgendwie beschleunigen. Cammies Kindheit sollte nicht komplett von den Ereignissen des letzten Jahres überschattet werden.

»Hi, meine Süße«, begrüßte sie Cammie, die auf sie zugelaufen kam. »Heute ein Picknick am Strand? Okay?«

»Mit Käsebaguette? Lecker.« Cammie legte die Hand in Ericas.

Fünf Minuten später biss Cammie in ihr Käsebaguette.

»Wie war es heute in der Schule?« Erica hielt die Luft an, während sie auf die Antwort wartete.

In den letzten Monaten war Cammie wie ein Zombie in die Schule gegangen. Sie hatte sich für nichts interessiert und lustlos die Aufgaben erfüllt, die ihr gestellt wurden. Aber letzte Woche hatte Erica beim wöchentlichen Telefonat mit Cammies Klassenlehrerin erfahren, dass es allmählich ein paar hoffnungsvolle Anzeichen gab.

»Ganz okay. Wir müssen Zeugs sammeln, weil wir nächste Woche eine Collage machen. Ich will eine Strandcollage basteln. Dafür brauche ich Muscheln, Seegras, Steine und noch viel mehr.«

»Dann sollten wir, sofort nachdem du aufgegessen hast, einen Spaziergang machen und anfangen, ein paar Sachen zu sammeln.« Erica gab sich Mühe, nicht zu begeistert zu klingen, so schwer ihr das auch fiel. Endlich schien Cammie sich mal wieder auf ein Schulprojekt zu freuen. War das vielleicht das erste Anzeichen dafür, dass sie aus der entsetzlichen Lethargie erwachte, in die sie nach Pascals Tod verfallen war? Hatte sie die Geschehnisse aus dem letzten August endlich verarbeitet?

Sie schlenderten am Strand entlang und füllten ihre Taschen mit winzigen Steinen und Muscheln. Sie waren beide so vertieft ins Suchen und Sammeln, dass sie vollkommen die Zeit vergaßen.

Erst als sie an einem Café vorbeikamen und Cammie fragte, ob sie ein Eis bekommen könne, merkte Erica beim Blick auf die Uhr, dass Cammies zweistündige Mittagspause fast vorüber war.

»Keine Zeit. Uns bleiben noch fünf Minuten für den Rückweg zur Schule. Außerdem ist das Café noch nicht geöffnet.« Sie blickte zum Café Fleur. Die Fensterläden standen offen, und eine Frau räumte innen auf. »Vielleicht haben sie das nächste Mal geöffnet. Jetzt müssen wir aber laufen, sonst kommst du zu spät.«

Als sie Cammie zurück zur Schule gebracht hatte und wieder bei ihrem Laden angekommen war, öffnete Erica den Briefkasten und zog die Post heraus. Inmitten der üblichen Werbesendungen steckte ein Brief von einer Notarkanzlei.

Wenigstens bekam sie jetzt keine Magenkrämpfe mehr, wenn sie Briefe wie diesen erhielt. Allmählich kam sie mit ihrem Alltag besser zurecht und mit all den Dingen, von denen sie nie gedacht hätte, sich jemals darum kümmern zu müssen.

Dennoch setzte ihr Herz einen Schlag lang aus, als sie den Brief las und die endgültige Summe sah, die Pascal ihr vererbt hatte, einschließlich des Geldes von der Versicherung. Ihr Leben mit Pascal war nun endgültig vorbei. Alle Formalitäten waren erledigt, und sie konnte wieder nach vorn sehen. Sie würde sich ein neues Leben ohne ihn aufbauen müssen.

Das Problem bestand darin, dass sie sich aber gar kein neues Leben mit dem Geld von Pascals Lebensversicherung erkaufen wollte. Sie wollte ihn lieber weiter um sich haben, zu Cammies Wohl und auch zu ihrem eigenen.

In Gedanken versunken entleerte sie ihre Taschen und legte die kleinen Schätze vom Strand beiseite, damit Cammie sie später sortieren konnte.

Sie konnte nicht sagen, was für eine Art Leben sie sich für die nächsten Jahre, während Cammie aufwuchs, wünschte. Aber eine so große Geldsumme durfte sie nicht einfach auf dem Konto belassen. Sie musste es irgendwie anlegen.

Cammie zu versorgen war ihre oberste Priorität, das würde auch Pascal jetzt von ihr erwarten. Sie musste das Geld investieren. In größere Geschäftsräume?

In Gedanken schüttelte sie den Kopf. Nein, das Cupboard Under the Stairs durfte nicht größer sein. Es war eine kleine

Schatztruhe, vollgestopft mit unerwarteten Raritäten. Ein größeres Geschäft würde diesem Konzept widersprechen.

In dem kleinen Antik- und Trödelladen gab es einen bunten Mix aus neuen und alten Dingen: Kleidung im Vintage-Look, Handtaschen, Küchen- und Dekoartikel, Töpfe und Kissen und allen möglichen Krimskrams. Und dazwischen immer wieder Antiquitäten, wenn Erica das Glück hatte, welche zu entdecken.

Sie hatte den Laden genau so ausgerichtet, wie sie es mochte. Schon immer hätte sie in Geschäften wie diesem endlos herumstöbern können.

Sollte sie das Geld in ein größeres Haus investieren? Vielleicht in eine Villa mit Swimmingpool? Das würde Cammie sicher gefallen, aber würde sie aus dem Stadthaus ausziehen wollen, das von Erinnerungen an Pascal durchzogen war? Darüber musste Erica mit ihrer Tochter reden. Wenn ihr der Gedanke gefiel, würden sie von nun an am Wochenende nicht nur Flohmärkte besuchen, sondern auch auf Haussuche gehen.

Erica hängte das »Geöffnet«-Schild ins Fenster, obwohl sie nicht mit viel Kundschaft rechnete. Zu dieser Jahreszeit ging sie eher die Bestände durch und bereitete sich auf die kommende Saison vor, anstatt viel zu verkaufen. Dieses Jahr musste der Frühjahrsputz im Geschäft noch gründlicher ausfallen, denn in den letzten Monaten hatte sie hier vieles vernachlässigt.

Alles wirkte etwas bedrückend.

Heute Nachmittag würde sie damit anfangen, frischen Wind ins Geschäft zu lassen, indem sie gründlich sauber machte und die Regale neu einsortierte, damit zum Sommer alles wieder tadellos aussah.

Das Leben musste weitergehen. Je eher Erica wieder eine Routine entwickelte, desto besser. Cammie und sie sollten so glücklich wie nur möglich sein.

3. Kapitel

Für Rosie vergingen die Tage wie im Flug. Sie strich Wände, organisierte, kochte, geriet in Panik und kam fast ganz ohne Schlaf aus.

Am späten Samstagvormittag hängte sie mit Tansy das letzte Bild an die Wand und trat dann erschöpft einen Schritt zurück.

»Hängt das auch gerade?« Tansy rückte das moderne, bunte Gemälde in Rot, Mauve und Blautönen zurecht.

Rosie nickte. Wie sollte sie jetzt bloß noch die Eröffnungsfeier durchstehen? »Nicht zu fassen, wir haben alles geschafft. Ich brauche unbedingt einen Kaffee. Eigentlich eher Schlaf, aber Kaffee muss reichen. Die Gäste werden bald hier sein.«

Als Rosie die Schwingtür zur Küche aufdrückte, blickte James hoch, der gerade die Häppchen für die Party anrichtete. »Du siehst aus, als könntest du einen Drink vertragen.«

»Später. Im Moment steht mir der Sinn eher nach einem doppelten Espresso.«

James war vor zwei Tagen auf der Suche nach einem Job bei ihr aufgetaucht. »Antoine meinte, du könntest Hilfe gebrauchen«, hatte er Rosie erklärt. »Ich bin ausgebildeter Koch und suche eigentlich einen Job auf einer Yacht, aber er meint, ich bräuchte noch ein bisschen mehr praktische Erfahrung.«

»Ich hatte eigentlich nicht vor, in nächster Zeit noch jemanden einzustellen«, hatte Rosie entgegnet. »Tansy und ich sind ein eingespieltes Team, und solange das Café noch nicht so viel einbringt, kann ich mir eine zusätzliche Arbeitskraft nicht leisten. Ich kann mir nicht mal selbst Gehalt bezahlen. Komm in zwei Wochen wieder. Oder versuch es im Hotel nebenan.«

»Einige Tage arbeite ich auch gratis«, hatte James angeboten. »Antoine sagt, du seist wirklich gut und ich könnte viel von dir lernen.«

Belustigt von diesen Schmeicheleien hatte sie gelächelt. »Okay, kannst du am Samstagnachmittag aushelfen und abends zur Eröffnungsparty bleiben?«

»Um wie viel Uhr brauchst du mich?«

»Um zwei.«

»Ich werde da sein.«

Und jetzt war er hier. Worum Rosie ihn in den vergangenen Stunden auch gebeten hatte, er hatte es schnell und effizient erledigt. Jetzt sah sie ihn die Kaffeemaschine bedienen und hoffte, dass sie ihn in den nächsten Wochen auch offiziell einstellen konnte. Er wäre sicher eine große Hilfe. Beim nächsten Treffen musste sie sich unbedingt bei Antoine dafür bedanken, dass er James zu ihr geschickt hatte.

»Hast du genug Champagner kalt gestellt?« Sie nahm ihren Kaffee entgegen. »Und Rosé?«

»Ja.« James nickte. »Trink das und dann geh und zieh dich um. Tansy und ich haben hier alles im Griff.«

Rosie unterdrückte eine sarkastische Bemerkung à la »Jawohl, Chef« und zog sich stattdessen auf die Damentoilette zurück.

Nicht mal mehr eine halbe Stunde, bevor die Gäste kamen! Da blieb ihr gerade noch Zeit zum Umziehen und für etwas Make-up. Sie zog sich ihre weiße Jeans und ein schwarzes Top mit Spaghettiträgern an und schlüpfte in ihr einziges Paar Jimmy Choos. Aufwendig frisieren konnte sie sich nicht mehr, deshalb steckte sie sich das Haar wie üblich mit einer großen Glitzerspange hoch und steckte sich ihren riesigen Bernsteinring an. Fertig!

Sie atmete tief durch. Zeit für die Party. Vorhang auf für das Café Fleur!

James verteilte bereits Champagner an die ersten Gäste. Tansy richtete in der Küche noch ein paar Speisen an und winkte ab, als Rosie ihr helfen wollte. »Geh und unterhalte dich mit deinen Gästen.«

Rosie machte ihren Rundgang, begrüßte die Gäste und nahm die Glückwünsche entgegen.

Der Pianist spielte Jazz-Standards und nickte lächelnd, als sie ihm ein Glas Champagner hinstellte, bevor sie sich in ihrem Restaurant umsah – es fiel ihr immer noch schwer, sich an diesen Gedanken zu gewöhnen.

Die Gäste bedienten sich beim Fingerfood. Es gab Blini mit Räucherlachs, Pastete auf hauchdünnem Toast, Quiche-Häppchen und Pissaladière, den für die Region typischen Zwiebelkuchen mit Anchovis und Oliven. Schalen mit Mandeln, Chips und Erdnüssen waren überall verteilt, und für alle mit einem Hang für Süßes gab es kleine Aprikosentörtchen mit einem Häubchen aus Crème fraîche sowie kleine Schälchen mit Mousse au Chocolat und Obstsalat.

Auf einem separaten Tisch hatte Tansy die Käseplatte mit Brie, Roquefort, Boursin und Cantal angerichtet.

In der Küche köchelte noch ein Kessel mit selbst gemachter Petersiliensuppe auf dem Herd, die zum Ende des Abends serviert werden würde, kurz bevor die Gäste gingen.

Eine Stunde später war die Eröffnungsparty in dem kleinen Café in vollem Gang. Rosies Stapel mit Visitenkarten auf dem Tresen war deutlich geschrumpft, und in das Reservierungsbuch hatte sie bereits eine ganze Reihe von Tischreservierungen eintragen können. Sie gestattete sich ein kleines, zufriedenes Lächeln. Der Startschuss für das Café Fleur war gefallen.

In gedämpftem Licht tanzten Paare eng umschlungen zu romantischem Jazz.

Rosie seufzte. Es war Jahre her, seit sie mit jemandem so getanzt hatte. Die Arbeit auf einer Yacht ließ keine Zeit für eine Beziehung mit einem Partner auf dem Festland. Seit William vor achtzehn Monaten die »A Sure Thing« gekauft hatte, war Rosie immer wochenlang am Stück auf See, und ihre vereinzelten freien Tage hatte sie allein in den Häfen verbracht, in denen das Schiff gerade angelegt hatte: in Saint-Tropez, Monaco oder auf Korsika.

All diese Orte klangen glamouröser, als sie im Grunde waren, wenn man niemand Besonderen bei sich hatte, mit dem man dort die Zeit verbringen konnte. Jetzt stand für sie der Erfolg des Café Fleurs über allem, und das bedeutete, den Gedanken an ein Date und eine ernsthafte Beziehung vorerst aus dem Kopf zu verbannen. Ihre ganze Energie musste sie auf das Café Fleur konzentrieren.

Ein Kreischen übertönte die Musik und die Unterhaltungen, als es in dem Café schlagartig dunkel wurde. Die Notbeleuchtung in der Küche und hinter dem Tresen flackerte kurz auf und erstarb dann ebenfalls.

»Hast du eine Ahnung, wo der Sicherungskasten ist? Und hast du zufällig eine Taschenlampe?«, fragte James sie.

»Der Sicherungskasten ist neben dem Regal in der Garderobe«, erwiderte sie. »Aber Taschenlampen habe ich keine.« In Gedanken setzte sie Taschenlampen und Kerzen mit auf die Liste der Dinge, die sie unbedingt anschaffen musste. Diese Liste, die in der Küche an einem Bord hing, wurde von Tag zu Tag länger.

Hilfsbereite Gäste zündeten ihre Feuerzeuge an und leuchteten mit ihren Handys, bis James die Sicherungen fand und betätigte. Nichts geschah.

»Tut mir leid, Leute, aber anscheinend ist diese Party für heute Abend zu Ende«, verkündete Rosie. »Danke für eure Unterstützung. Das Café Fleur wird …« Sie verstummte, als Seb mit einer angezündeten Kerze über die Terrasse kam.

»Ich schätze, du hast noch keinen Kerzenvorrat angelegt.« Er legte ein Bündel Kerzen auf ihren Tresen, bevor er mit seiner brennenden Kerze einige andere anzündete und vorsichtig auf dem Tresen verteilte. »Ist noch was zu essen übrig?«

»Ja, natürlich. Vielen Dank.« Rosie richtete eine Auswahl von Snacks auf einem Teller an. »Möchtest du Champagner?« Sie schenkte ein Glas ein und reichte es ihm.

Während Tansy und James weitere Kerzen strategisch im Raum verteilten, begann der Pianist wieder zu spielen, und die Gäste kehrten Arm in Arm auf die kleine Tanzfläche zurück.

Rosie schenkte sich ein Glas Champagner ein und betrachtete Seb, während sie einen Schluck trank. Er wirkte heute Abend überhaupt nicht verwahrlost. Statt der Shorts trug er eine modisch zerrissene Jeans, und das schlichte weiße T-Shirt betonte seine Bräune. Nur sein Haar war immer noch zerzaust.

»Ich kann dir gar nicht genug für die Kerzen danken. Dafür bin ich dir was schuldig.«

Er zuckte nur mit den Schultern. »Das hier schmeckt gut. Hast du das gemacht?«

»Was …? Oh, die Makrelenpastete. Ja.« Sie sah ihn an. »Du hast dich extra auf den Weg gemacht, um mir die Kerzen zu bringen?«

»Richtig. Die ganzen zwanzig Meter.« Seb schob den leeren Teller zur Seite und streckte ihr die Hand hin. »Lust zu tanzen?«

»Also …« Aber Seb hatte ihre Hand bereits ergriffen. »Zwanzig Meter? Da ist doch das Hotel. Du arbeitest im Hotel?«

»Es gehört mir.«

Rosie blieb stehen. »Aber ich dachte …«

»Ich weiß, was du gedacht hast.« Seb lächelte. »Du hast gedacht, ich sei ein Rumtreiber.«

»Du hättest was sagen können. Ich wollte dir schon irgendwelche Aushilfsarbeiten anbieten, wenn ich dich wiedersehen würde.« Rosie schüttelte den Kopf. »Ich komme mir so dumm vor.«

Seb zuckte mit den Schultern. »Das solltest du nicht. Woher hättest du das wissen sollen? Vielleicht solltest du die Menschen nicht so vorschnell beurteilen, schon gar nicht hier in der Gegend. Hier gibt es viele Millionäre, die wie Obdachlose herumlaufen.«

»Du bist Millionär?«

»Findest du, ich laufe wie ein Obdachloser herum?«, erwiderte er, dann schüttelte er den Kopf. »Nein, ich bin kein Millionär. Noch nicht.«

»Aber dir gehört das Hotel. Dann sind wir Konkurrenten? Wann macht dein Restaurant auf? Sag mir jetzt nicht, dass dein Küchenchef ein Sternekoch ist.«

»Hier gibt es genug Platz für uns beide. Ich sehe uns überhaupt nicht als Konkurrenten. Wir haben unterschiedliche Zielgruppen. Allerdings erwarte ich, im ersten Jahr einen Michelin-Stern zu bekommen.«

»Oh. Gut.« Rosie fuhr zusammen, als es in der Küche schepperte. »Tut mir leid, aber da gehe ich lieber nachsehen.« Sie nahm eine Kerze vom Tresen und ging in die Küche.

Das war ja wieder typisch! Gerade als sie beschlossen hatte, dass Seb ein anständiger Kerl war, musste er alles wieder verderben. Sie konnte gut kochen. Wie kam er darauf, sie könnte nicht auch einen Michelin-Stern bekommen? Natürlich nicht für Haute Cuisine, aber schließlich gab es auch eine Bistro-Kategorie, in der einfache Restaurants mit ausgezeichneter Küche aufgeführt wurden.

Im Kerzenlicht suchte Tansy Backbleche und Kochtöpfe auf dem Boden zusammen, die heruntergefallen waren, als ein Regal zusammengebrochen war.

»Bist du okay?«, fragte Rosie.

»Nichts passiert. Wer ist der Kerl mit den Kerzen?«

»Seb. Ihm gehört das Hotel.« Rosie reichte Tansy ein paar Backbleche. »Und er hat Ehrgeiz. Er möchte nach der Wiedereröffnung des Hotels mit seinem Hotelrestaurant in den Guide Michelin. Das fehlt mir noch: so ein blöder, zweiter Jean-Christophe Novelli gleich nebenan!«

»Die Gäste werden deine Kochkunst lieben«, stellte Tansy klar. »Du weißt selbst, dass du dich beim Vergleich mit irgendeinem arroganten Chefkoch nicht zu verstecken brauchst.«

»Leider sind diese arroganten Chefköche im Gegensatz zu mir Franzosen. Vielleicht bin ich zu naiv.« Sie seufzte. Zum ersten Mal kamen ihr Zweifel, ob das Café Fleur erfolgreich sein konnte. »Mir ist klar, dass es hier viel Konkurrenz gibt. Es lässt sich nicht leugnen: Hier findest du in jedem zweiten Haus im Erdgeschoss ein Restaurant oder ein Bistro. Ich hätte nur nicht gedacht, dass ich hier direkt am Strand gleich nebenan solche Konkurrenz haben werde.«

»Ist ein bisschen spät für solche Zweifel«, antwortete Tansy. »Denk daran, wie viel Geld du schon ins Café Fleur gesteckt hast. Das kannst du jetzt nicht alles aufgeben, ohne es zumindest zu versuchen. Und du wirst es schaffen. Sieh doch bloß, wie viele Reservierungen wir schon haben.«

Rosie atmete tief durch. »Da hast du auch wieder recht.«

Sie musste wirklich an das bereits investierte Geld denken. »Okay, dann zurück zu Plan A. Machen wir das Café Fleur zu dem Restaurant, in dem alle essen gehen und gesehen werden wollen.«

Entschlossen verdrängte Rosie alle verräterischen Gedanken an sexy Hotelbesitzer. In absehbarer Zukunft waren solche Gedanken für sie tabu. Kein Mann durfte ihre Lebenspläne durcheinanderbringen.

Männer wollten immer die Kontrolle haben. Alles musste so laufen, wie sie es sich vorstellten, und sie duldeten keine Widerrede. Aber das Schlimmste an Männern war Rosies Erfahrung nach ihre Unzuverlässigkeit. Dafür war Charlie das beste Beispiel. Und ihr Vater natürlich auch.

Diesen Sommer würde sie all ihre Energie darauf verwenden, aus dem Café Fleur das beste Strandrestaurant an der ganzen Küste zu machen. Und kein konkurrierender Nachbar würde sie von diesem Plan abbringen können.

4. Kapitel

Besonders an sonnigen Tagen war es immer eine angenehme Erleichterung, aus dem Büro rauszukommen. Georgina George lächelte glücklich, als sie sich an einen der Bistrotische des Café Fleur setzte. Hiermit war ihr Sommerbüro eröffnet.

Ihr Schreibtisch in einer der exklusivsten Immobilienagenturen der Stadt war eine kostspielige Notwendigkeit. Georgina brauchte ihn für offizielle Meetings. Die Adresse war ein erstklassiges Aushängeschild, durch das sie das Vertrauen ihrer Kunden gewann.

Da spielte es keine Rolle, dass sie im Sommer den meisten Papierkram an ihrem Laptop erledigte, während sie in irgendeinem Café saß. Oft war es auch vertrauenerweckend, wenn sie sich mit den Kunden zu einem ersten Gespräch in einem Café wie diesem traf.

Das Restaurant sah dieses Jahr definitiv repräsentativer aus. Neuer Name, neue Besitzerin. Laut der jüngsten Gerüchte gehörte es jetzt einer Engländerin. Wenn sie ihren Kaffee bestellte, würde Georgina sich vorstellen und es dabei selbst herausfinden. Mit ein bisschen Glück hatte die Frau die Preise nicht erhöht. Georginas Budget war noch schmaler als letztes Jahr, weil Hugo den Mietpreis für den Schreibtisch in seiner Agentur erhöht hatte.

Ein getoastetes Sandwich und ein Kaffee zum Lunch waren trotzdem noch eine günstigere Alternative, als wenn sie sich Nahrungsmittel kaufen und selbst kochen würde. Solange sie sich mittags ein Sandwich gönnte, kam sie tagsüber damit über die Runden und konnte zu Hause mit Cornflakes überleben.

»*Bonjour.* Was darf ich Ihnen bringen? Leider haben wir im Moment noch keine große Auswahl an Speisen. Sie können zwischen Croques, einer Suppe und Sandwiches wählen.«

Georgina betrachtete die Frau, die mit gezücktem Block vor ihr stand. Sie mussten ungefähr im selben Alter sein. »Hi. Sind Sie Fleur?«

»Ja. Aber eigentlich heiße ich Rosie. Rosie Hewitt.«

»Hallo. Ich bin Georgina George. Ja, ich weiß, meine Eltern waren nicht sehr einfallsreich. Die meisten nennen mich GeeGee.« Lächelnd sah sie Rosie an. »Einen großen Kaffee bitte. Und in einer halben Stunde einen Croque Monsieur mit einem zweiten Kaffee. Danke.«

Während sie auf ihre Bestellung wartete, schrieb GeeGee eine E-Mail an Stan, den widerlichen Vermieter ihres Studio-Apartments. Sie erinnerte ihn daran, dass sie immer noch auf die Verlängerung ihres Mietvertrags wartete, die er ihr bereits vor einer Woche hätte schicken sollen. Gerade als sie die E-Mail versendet hatte, brachte Rosie ihr den Kaffee.

»Sie retten mir das Leben.« GeeGee lächelte. »Ohne meinen Kaffee komme ich nicht über den Tag. Wie läuft das Café? Ich gehöre übrigens zur Stammkundschaft.«

»Bisher ganz gut«, antwortete Rosie. »Hoffentlich wird die Saison gut. Wohnen Sie hier in der Nähe?«

GeeGee nickte. »Draußen auf dem Cap d'Antibes. Ich bin jetzt seit acht Jahren hier und möchte an keinem anderen Ort der Welt leben, auch wenn es in letzter Zeit nicht mehr so gut läuft.«

»Was tun Sie denn beruflich?«

»Als Immobilienmaklerin lebe ich von meinen Provisionen, dadurch wird das Leben manchmal ein bisschen beängstigend.« GeeGee trank einen Schluck von ihrem Kaffee. »Im Moment herrscht ziemliche Flaute, aber es gibt Anzeichen, dass das Geschäft langsam wieder anläuft. Diesen Monat schließe ich einen Kauf ab. Und heute Nachmittag habe ich eine Besichtigung von einem Apartment, bei dem ich große Hoffnungen habe, es zu verkaufen.« Dass sie in große Geldnot geraten würde, wenn sie in den nächsten Wochen keine Villa oder wenigstens ein Apartment vermittelte, verschwieg sie lieber.

»Dann geht es Ihnen wie mir«, erwiderte Rosie. »Ich bin zwar nicht auf Provisionen angewiesen, aber all meine Ersparnisse stecken in diesem Café. Deshalb muss ich so schnell wie nur möglich Geld damit verdienen.«

»Das wird sicher klappen.« GeeGee winkte ab. »Dieses Café ist während der Saison eine echte Goldgrube. Da gibt es Tage, an denen man keinen freien Tisch mehr findet. Meine Freundin Erica und ihre Tochter sind auch fast immer hier am Strand. Wir empfehlen Sie gern weiter, aber glauben Sie mir: Das ist gar nicht nötig.«

»Danke.« Rosie lächelte. »Bin gleich mit Ihrem Lunch zurück.«

GeeGee trank von ihrem Kaffee und sah Rosie nach, bevor sie sich wieder auf die Zahlenkolonnen in der Tabelle auf ihrem Laptop konzentrierte.

Zwanzig Minuten darauf wurde sie in ihrer Konzentration unterbrochen, als ein leises Ping eine eingehende E-Mail ankündigte.

Jay! GeeGee unterdrückte einen Seufzer.

»Bon Appétit.« Rosie servierte ihr den Croque Monsieur und einen weiteren Kaffee.

»Danke. Das sieht gut aus.« GeeGee klappte ihren Laptop zu. Es konnte auch bis zum Abend warten, bis sie eine weitere Nachricht von Jay las, in der er schrieb, wie überglücklich er war. Vielleicht löschte sie die E-Mail auch ungelesen. Im Moment wollte sie nur ihren Lunch genießen.

Eine Stunde später winkte GeeGee Rosie zum Abschied zu, verließ den Strand und machte sich auf den Weg durch die Stadt, um sich mit ihrem Kunden Marc zu treffen, dem sie eine neue Immobilie aus ihrem Portfolio zeigen wollte. Das Apartment lag im obersten Stockwerk eines der ältesten Stadthäuser an der Küstenstraße.

Marc wartete bereits mit einem anderen Mann auf sie. Die beiden standen auf der gegenüberliegenden Straßenseite mit dem Rücken zum Meer und betrachteten das viergeschossige, terrassenförmig angelegte Haus mit den hellgrünen Fensterläden.

Die beiden Männer waren Anfang dreißig, und sie trugen die übliche Kluft der Besatzung von Luxusyachten: barfuß in Segelschuhen, schlichte Bermudashorts und Polohemden mit dem diskreten, aufgestickten Namen der Yacht auf der Brusttasche.

Da Marc sie kontaktiert und diese Besichtigung vereinbart hatte, nahm GeeGee an, dass er der Kaufinteressent war. Der andere Mann war bestimmt zur moralischen Unterstützung dabei. Kunden brachten oft Freunde zu den Ortsterminen mit, um eine unvoreingenommene Meinung zu hören und als Entscheidungshilfe. Manchmal waren diese Freunde allerdings auch einfach nur neugierig. Oder gehörten Marc und der andere Mann zusammen? Suchten sie sich etwas Gemeinsames?

»Hallo. Ich bin hoffentlich nicht zu spät.« Sie kramte in ihrer Tasche nach den Schlüsseln.

»Nein, wir dachten nur, wir kommen etwas früher und sehen uns schon mal die Umgebung an«, erklärte Marc. »Das hier ist Dan, mein … Finanzberater«, fügte er lachend hinzu.

GeeGee streckte die Hand aus. »Freut mich, Finanzberater Dan.« Sie lächelte ihn an.

Als er ihre Hand fest ergriff und schüttelte, durchzuckte es sie ganz unerwartet. Fast war sie erleichtert, als Dan sie wieder losließ.

»Die Lage des Hauses gefällt mir«, stellte er fest. »Da hat man bestimmt eine tolle Aussicht.«

»Stimmt, und das Apartment ist wirklich schön. So was wie das hier steht auch auf meiner ganz persönlichen Wunschliste.« GeeGee lächelte die beiden Männer leicht bedauernd an. »Einziger Nachteil ist, dass es im vierten Stock liegt und dass es keinen Fahrstuhl gibt.«

»Wie viele Apartments gibt es in dem Haus?« Marc folgte ihr die Stufen hinauf.

»Drei Apartments und ein paar Studios. 4c ganz oben ist das schönste Apartment. Und das teuerste.«

Von dem Moment an, als sie die Apartmenttür öffnete, wusste GeeGee, dass es Dan war, der von dem Apartment fasziniert war. Marc wirkte weder von dem frisch renovierten Wohnzimmer sonderlich begeistert noch von der etwas altmodischen Küche mit dem Spülstein und den blaugelben Fliesen. Den kleinen Balkon, der vom Wohnzimmer durch die gläsernen Schiebetüren erreichbar war und von dem aus man aufs Meer hinausblicken konnte, fand er zu winzig, um irgendetwas damit anfangen zu können.

Schließlich führte GeeGee die beiden Männer die steinerne Wendeltreppe hinauf an den Ort, der ihrer Meinung nach das Schönste an dem gesamten Apartment war: die angrenzende Dachterrasse. Als sie zum ersten Mal hier oben gewesen war, hatte sie sich sofort vorgestellt, hier würden große Töpfe und Vasen mit Pflanzen und üppigen Geranien stehen. Mit ein paar versteckten Strahlern wäre das hier der perfekte romantische Rückzugsort für ein Pärchen.

Sie wies Marc darauf hin, dass das Apartment erst seit ein

paar Tagen zum Verkauf stand und der Eigentümer sicher kein Gegenangebot akzeptieren würde. Er verlangte den vollen Preis.

Dann blieb sie oben auf der Dachterrasse stehen, während Marc und Dan wieder nach unten gingen.

Sie lehnte am Geländer und blickte auf die Menschen unten auf dem Fußweg der schmalen Küstenstraße. Nach so einem Apartment wie diesem sehnte sie sich. Hier oben mit einem Geliebten ein romantisches Dinner im Mondschein ... Sie seufzte. Eines Tages vielleicht.

Marc und Dan unterhielten sich so leise in der Wohnung, dass GeeGee hier oben kein Wort verstehen konnte. Doch ihr Bauchgefühl sagte ihr, dass Marc das Apartment nicht kaufen würde. Als die beiden Männer auf die Dachterrasse zurückkehrten, wandte GeeGee sich ihnen zu.

»Haben Sie sich ausreichend umgesehen?«

»Ja, danke.« Marc nickte. »Es ist ein schönes Apartment, aber ...«

»Ich zahle den verlangten Preis«, unterbrach Dan ihn. »Wo muss ich unterschreiben?«

Verblüfft sah GeeGee von Dan zu Marc. »Ich dachte, Sie seien der Kaufinteressent.«

Marc zuckte mit den Schultern. »Wir suchen beide. Aber ehrlich gesagt passt dieses Apartment viel besser zu Dan als zu mir. Ich möchte lieber ein Penthouse-Studio in einem modernen Gebäude mit Swimmingpool.«

»Weil du keine Seele hast«, warf Dan lachend ein. »Wer braucht einen Pool, wenn er das da vor der Haustür hat?« Er deutete auf das Mittelmeer.

»Das stimmt allerdings, Dan. Ich setze mich mit dem Eigentümer in Verbindung. Dann bekommen Sie den ersten Teil des Kaufvertrags für Ihren Notar.« GeeGee atmete tief durch.

»Ihnen steht eine siebentägige Bedenkzeit zu, falls Sie Ihre Meinung noch ändern. Danach wird der Notar alles Weitere in die Wege leiten.«

»In Ordnung«, stimmte Dan zu.

»Ich kann Ihnen die Namen von ein paar Hypothekenmaklern nennen«, fuhr GeeGee fort. »Die sorgen dafür, dass Sie bestmögliche Finanzierungsbedingungen bekommen. Oh, Entschuldigung, Sie sind ja Finanzberater, da haben Sie sicher Ihre eigenen Kontakte.« Abwartend lächelte sie ihn an, weil sie damit rechnete, dass Marc ihn nur aus Spaß so bezeichnet hatte. Aber anscheinend war es kein Scherz.

Stattdessen sagte er: »Nächste Woche steht das Geld zur Verfügung.« Er streckte ihr die Hand hin. »Alle Geschäfte müssen mit einem Handschlag besiegelt werden.«

Als ihre Hand von seiner umschlossen wurde, schluckte GeeGee. »Danke.« Hoffentlich merkte er nicht, wie stark sie zitterte.

5. Kapitel

Rosie hatte sich eine Schachtel Kerzen besorgt und ging nun rüber ins Hotel, um sich bei Seb zu bedanken. Behutsam klopfte sie an die Seitentür, die einen Spaltbreit offen stand. »Hallo? Ist da jemand? Kann ich reinkommen?«

Als niemand antwortete, drückte sie die Tür auf und trat ein.

In der menschenleeren Küche strahlten die Edelstahlflächen, die Kupfertöpfe hingen im Dutzend in einer Reihe, und an einer Wand reihte sich Kühlschrank an Kühlschrank. Aus der Nähe wirkte der teure Gasherd, dessen Anlieferung Rosie letzte Woche beobachtet hatte, noch beeindruckender. Wie sehr sie sich so einen Herd wünschte!

Die Schwingtüren zum Speiseraum waren für sie etwas zu hoch, um darüber hinwegsehen zu können, deshalb umfasste sie ihre Packung Kerzen etwas fester und ging weiter in den Speisesaal. »Ist hier jemand?«

Wegen der kürzlichen Renovierung roch es ein bisschen nach Farbe, und die Tische und Stühle waren noch nicht ordentlich aufgestellt. Trotzdem wirkte der Raum sehr luxuriös mit den Fresken an der Decke und den zahllosen Verzierungen aus Blattgold. Im Vergleich von Deko und Ausstrahlung ging die erste Runde eindeutig an Seb, obwohl das Café Fleur mit seiner Lage direkt am Strand zumindest ein paar Ehrenpunkte abstauben konnte.

Rosie stand immer noch reglos da und nahm alle Details in sich auf, um später Tansy davon berichten zu können, als Seb auftauchte und sie beim Spionieren ertappte.

»Alles gesehen, was dich interessiert?«

»Äh, ja, danke. Die hier sind für dich.« Leicht verlegen drückte sie ihm die Schachtel Kerzen in die Hände. »Die Tür stand offen. Ich habe gerufen, aber niemand hat geantwortet. Am besten gehe ich jetzt wieder.«

Seb zuckte mit den Schultern. »Kein Problem. Trink doch einen Kaffee.« Er ging in die Küche zur funkelnagelneuen Espressomaschine. »Milch? Zucker?«

»Weder noch, bitte.« Sie sah, wie er einen Teller mit winzigen, köstlich aussehenden Gebäckstücken mit den Tassen auf ein Tablett stellte.

»Lass uns damit zur Rezeption gehen. Die Sessel im Empfangsbereich sind sehr bequem. Komm mit.«

Rosie folgte ihm schweigend und fragte sich, wie lange sie bleiben musste, ehe sie gehen konnte. Auf einer Peinlichkeitsskala von eins bis zehn war es sicher eine glatte Zehn, beim Herumschnüffeln ertappt zu werden.

Der makellose Rezeptionsbereich war ganz offensichtlich bereits für die feierliche Wiedereröffnung vorbereitet. Die obligatorische, schicke Rezeptionistin stand bereits hinter dem Tresen und arbeitete fleißig. Als Seb und Rosie auf sie zukamen, schaute sie auf.

»Darf ich dir meine persönliche Assistentin Miranda vorstellen?« Seb deutete auf die junge Frau. »Sie organisiert die große Eröffnung am Samstag. Erinnere mich bitte dran, dass ich dir eine Einladung gebe, bevor du wieder gehst.«

»Tut mir leid«, erwiderte Rosie. »Ich habe bereits Reservierungen für Samstagabend.«

»Der Empfang geht von acht Uhr bis spätnachts. Komm einfach rüber, wenn du fertig bist«, antwortete Seb. »Ich sorge dafür, dass noch eine Flasche Champagner für dich übrig bleibt.«

Ganz offensichtlich akzeptierte er ein Nein nicht so leicht, in dieser Hinsicht ähnelte er Charlie. Um nicht unhöflich zu sein, widersprach Rosie nicht weiter und hob die Schultern. »Okay, vorausgesetzt, ich bin nicht zu müde.«

Während sie mit ihm in den weichen Hotelsesseln saß, von dem köstlichen Gebäck aß und von dem Espresso trank, der für ihren Geschmack viel zu stark war, fühlte sie sich Seb gegenüber zur Höflichkeit verpflichtet. Sie verdrängte die Peinlichkeit, beim Herumschnüffeln erwischt worden zu sein. Schließlich war Seb mit den Kerzen als Helfer in der Not zu ihr gekommen. Daher verdiente er es nicht, dass sie ihm die kalte Schulter zeigte, auch wenn seine Mischung aus Arroganz und sexy Charme sie maßlos aufregte.

Sie griff nach einem weiteren Gebäckstück. Diese kleinen Dinger schmeckten wirklich köstlich. »Ist dies das erste Hotel, das du leitest? Oder hast du das vorher schon mal gemacht?«

»Mein erstes Mal. In der Restaurantbranche bin ich schon seit Jahren, aber ich habe immer von der Herausforderung geträumt, mir etwas Eigenes aufzubauen. Und wie ist das bei dir? Schätze, du bist es leid, auf einer Yacht herumzufahren.«

Rosie sah hoch. Woher wusste er das? »Ich koche für mein Leben gern. Mein eigenes Strandcafé ist schon seit Jahren mein großer Traum. Außerdem will ich nicht mein Leben lang ohne feste Bleibe umherziehen.«

»Mir gefällt übrigens der Name. Café Fleur.« Seb nickte. »Gute Idee, den Namen zu wechseln. Damit signalisierst du den Einheimischen, dass es nicht mehr dasselbe Etablissement ist wie vorher.«

»Was meinst du damit?«

Er atmete tief durch. »Die örtliche Polizei hatte letztes Jahr was dagegen, dass es zum Umschlagsplatz für Drogen geworden war.«

Erschrocken sah sie ihn an. »Drogen? Da wundern mich die vielen Schlösser an der Tür nicht mehr.«

»Mach dir keine Sorgen. Die Leute, die damit zu tun hatten, verbringen gerade einen langen Urlaub auf Staatskosten in einem Gefängnis in Marseille. Und die Gendarmerie wird ein Auge auf dich halten.«

»Hoffentlich hast du recht.«

»Ich hole dir deine Einladung für Samstag.« Er stand auf und ging zu Miranda hinüber.

Die gravierte Karte, die er Rosie anschließend reichte, sah sehr beeindruckend aus.

»Vielen Dank. Wird dein Chefkoch am Samstag auch schon hier sein?«

Seb nickte. »Er ist bereits hier. Er hat dieses Gebäck zubereitet, das dir offensichtlich schmeckt.« Belustigt blickte er auf das geplünderte Tablett.

Hastig schob Rosie ihm den Teller mit dem letzten verbliebenen Gebäckstück zu. Von diesen Köstlichkeiten hätte sie endlos weiteressen können. »Ist dein Küchenchef jemand, von dem ich vielleicht schon gehört habe? Meine größte Sorge besteht darin, dass du es geschafft hast, Jean-Christophe Novelli zu überreden, deinetwegen in sein Heimatland zurückzukehren. Falls ja, dann gebe ich alle Pläne sofort auf. Konkurrenz ist eine Sache, aber Jean-Christophe, das wäre mir eine Nummer zu groß.« Rosie sagte es lachend, obwohl sie es todernst meinte. Besorgt wartete sie auf seine Antwort.

Seb schüttelte den Kopf. »Dann kannst du aufhören, dir Sorgen zu machen. Er ist es nicht. Aber glaubst du ernsthaft, dein kleines Strandcafé steht in Konkurrenz zu diesem Hotel und dem Ruf des Küchenchefs?«

»Ich koche so gut wie jeder Chefkoch.« Rosie stand auf. Seb hatte gerade ihre größte Sorge in Worte gefasst. Sie wollte nicht hören, was er sonst noch zu sagen hatte. »Danke für den Espresso und dieses Gebäck. Ich sollte jetzt lieber gehen.«

»Hast du schon vom *The Recluse* gehört? Vom Chefkoch Sebastian Groc? Innerhalb von vier Jahren hat das Restaurant unter ihm zwei Sterne bekommen.«

»Das Recluse in Monaco?«

Dorthin hatte Charlie sie an ihrem letzten Geburtstag ausgeführt. Es war tatsächlich ein ganz besonderes Restaurant, und das Essen dort war himmlisch. Allerdings versuchte Rosie inzwischen lieber, diesen Abend zu vergessen, vor allem, wie er geendet hatte.

Seb nickte. »Genau das meine ich.«

»Moment mal. Wie heißt du mit Nachnamen? Du bist doch nicht etwa Sebastian Groc, oder?« Rosies Stimme verstummte, als Seb nickte.

Na, fantastisch! Nicht nur einen, sondern gleich zwei verdammte Michelin-Sterne hatte er mit seinem letzten Restaurant erkocht! Und jetzt zauberte er gleich nebenan vom Café Fleur. Wie kam er darauf, sie brauche sich wegen der Konkurrenz keine Sorgen zu machen?

6. Kapitel

Als Rosie sich auf den Weg zum Markt machte, um frisches Gemüse zu besorgen, herrschte auf der Küstenstraße trotz der frühen Uhrzeit bereits reger Verkehr. Sie hatte ihre Liste der Gerichte des Tages bereits für die ganze Woche geplant, und jetzt brauchte sie vor allem noch Kartoffeln, Zwiebeln und frischen Knoblauch, weil diese Zutaten die Basis vieler ihrer Rezepte darstellten.

Kurze Zeit später stand sie vor einer Auslage mit frischem Spargel. Sie zögerte. Am liebsten mochte sie Spargel sanft gedünstet mit Sauce hollandaise. Und von allem, was von dem teuren Gemüse abfällt, kann ich immer noch eine Suppe kochen, dachte sie und legte fünf Bund Spargel in ihren Korb, bevor sie weiter zum Käse ging.

Als sie wieder zurück in ihrem Café war, schaltete sie die Espressomaschine ein und öffnete die Fensterläden.

Der Strand lag verlassen vor ihr, und auch im Hotel nebenan wirkte es heute ruhiger. Kein einziger Handwerker ging dort hinein oder kam heraus. Nur in den Hotelzimmern war ab und zu eines der Zimmermädchen zu sehen, die die Zimmer für die ersten Saisongäste vorbereiteten.

Als Tansy eintraf, betrachtete sie zuerst die Einladung zur Eröffnungsparty, die Rosie in der Küche ans Notizbord gepinnt hatte. »Gehst du hin?«

Rosie schüttelte den Kopf. »Ich habe vor, zu müde zu sein.«

»Könnte doch lustig werden.«

»Wenn du willst, kannst du die Einladung haben.«

»An jedem anderen Samstagabend liebend gern, aber Rob will mit mir durch die Clubs ziehen, wenn ich hier fertig bin.«

Das Telefon im Café klingelte, und Tansy ging, um den Anruf entgegenzunehmen.

»Hi, Antoine. Ein Tisch für zwei für morgen? Sehr schön. Wahrscheinlich habt ihr das Café für euch. Im Moment läuft es noch sehr ruhig. Dann sehen wir uns um halb acht.«

»Wen bringt er mit?«, formte Rosie mit den Lippen in Tansys Richtung.

»Antoine, wen … Tut mir leid, er hat aufgelegt.« Entschuldigend blickte Tansy zu Rosie.

»Eigentlich ist mir das auch egal, Hauptsache, es ist nicht Charlie.« Rosie ließ ihren Ärger an der Kartoffel aus, die sie gerade schälte.

Der geschäftige Vormittag ging in die Lunchzeit über, und Rosie servierte einem halben Dutzend Rucksacktouristen, die auf dem Weg zum Cap d'Antibes waren, ihr Tagesgericht, eine »Daube Provençale«, eine Art Rindergulasch mit Rotwein und feinem Gemüse.

Um drei Uhr verabschiedete Tansy sich. »Ich bin um halb sieben zurück. Ruh dich heute Nachmittag unbedingt etwas aus. Oder mach einen Strandspaziergang. Für heute Abend ist alles vorbereitet.«

»Zuerst sehe ich mir noch mal das Obergeschoss an, ob wir es irgendwie nutzen können«, erwiderte Rosie. »Bis später.«

Sie schloss hinter Tansy ab und drehte das Türschild auf »Geschlossen«. Anschließend stieg sie die Treppe mit dem abgenutzten Teppichbelag hinauf. Die Treppe war so steil, dass Rosie froh war, als sie oben ankam.

Der Lagerraum war geräumiger, als sie ihn in Erinnerung hatte. In einer Ecke befand sich sogar eine Duschnische. Auf einem halbwegs gut erhaltenen Schlafsofa waren Kartons gestapelt, und auf einem Holztisch stand ein Kessel. Das alles hier erinnerte Rosie stark an ihre erste eigene Unterkunft zu Collegezeiten.

Vor den Fenstern hingen keine Gardinen, und durch das hintere Fenster konnte man direkt in den Wintergarten des Hotels sehen. Die Sitzgruppen aus Stühlen mit Loom-Geflecht und kleinen Kaffeetischen waren durch Palmen in Kübeln voneinander getrennt, und in einer Ecke saß Seb an einem Laptop.

Hastig trat Rosie einen Schritt zurück. Auf keinen Fall wollte sie, dass er sie hier am Fenster entdeckte und glaubte, sie würde ihn beobachten. Wahrscheinlich dachte er ohnehin schon, sie würde ihm nachspionieren, nachdem er sie im Speisesaal des Hotels ertappt hatte.

Rosie öffnete einen der Kartons auf dem Schlafsofa. Was für schöne Weingläser! Die könnte sie für besondere Anlässe gut gebrauchen. Die übrigen Kartons dagegen enthielten veraltete Küchenausstattung, die man nur noch wegwerfen konnte.

Sobald sie wieder unten im Café war, schloss sie alle Türen gut ab und machte einen Strandspaziergang. Sie ging dicht an der Wasserkante entlang, wo das Mittelmeer in sanften Wellen auf den Sand auflief. Tief durchatmend genoss sie die wärmende Sonne. Die Versuchung, mit nackten Füßen durch das Wasser zu laufen, war groß. Allerdings steckten ihre Füße sauber und trocken in ihren Laufschuhen, und das Wasser war bestimmt noch kalt.

Der sanfte Wind im Gesicht wirkte belebend, und als Rosie zum Café Fleur zurückkehrte, war jede Erschöpfung des anstrengenden Vormittags verflogen.

Unter einem der Tische auf der Terrasse lag eine Hündin.

»Hallo, meine Freundin. Wo steckt denn dein Herrchen?«

Der Hundeblick aus großen braunen Augen traf Rosie tief ins Herz. Die Hündin rührte sich nicht.

»Du bist ganz schön abgemagert«, stellte sie fest und streichelte der Hündin den Kopf. Das Tier trug kein Halsband, folglich gab es auch kein Namensschild und keine Adresse. »Bleib hier.«

Rosie ging in die Küche und holte Wasser und Hackfleisch, das von der letzten Lasagne übrig geblieben war.

Nachdem sie gefressen und Wasser getrunken hatte, schaffte die Hündin es, ein paarmal mit dem Schwanz auf den Boden zu schlagen, bevor sie sich unter dem Tisch zusammenrollte und einschlief.

Die schwarz-weiße Hündin erinnerte Rosie an die Collies, die ihre Tante Elsie auf ihrer Farm im Südwesten Englands gehalten hatte. Wann immer Rosie mit ihren Eltern dort zu Besuch gewesen war, waren mindestens zwei Hunde um sie herumgesprungen und hatten mit ihr spielen wollen. Einmal hatte sie dort auch einen Wurf Welpen erlebt.

Die Welpen waren der Grund für einen Familienstreit, den Rosie bis heute nicht vergessen hatte. Sie hatte gefleht und gebettelt, einen der kleinen Hunde mit nach Hause nehmen zu dürfen. Ihre Mutter Olivia hatte nichts dagegen gehabt, aber ihr Vater hatte Nein gesagt, und auch mit Bitten und Weinen hatte Rosie ihn nicht umstimmen können.

Rosie wusste noch, wie sie ihn unter Tränen angeschrien hatte. »Ich hasse dich. Wenn ich groß bin, werde ich auf dem Land leben und sechs Hunde haben!«

Dazu war es nie gekommen, weder zu dem Leben auf dem Land noch zu den sechs Hunden. War es ein Zeichen des Schicksals, dass die Hündin jetzt auf einmal bei ihr auftauchte? Sollte Rosie das Tier behalten?

Behutsam untersuchte sie die Ohren des Tiers. In Frankreich wurde jedem Hund eine Nummer ins Ohr tätowiert. Rosie fand keine Tätowierung, folglich hatte das Tier sicher auch keinen Mikrochip implantiert.

Sie seufzte. Wenn sie die Hündin im Tierheim abgab, müsste sie bestimmt viel Papierkram erledigen, und letztlich würde das Tier vielleicht doch nur eingeschläfert werden. Die Vorstellung konnte sie nicht ertragen.

Es gab nur eine Lösung: Heute Abend würde sie die Hündin mit nach Hause nehmen, und wenn in den nächsten Tagen niemand nach ihr suchte, würde sie die Hündin behalten und »Lucky« nennen. Hunde und Restaurants, das sah man in Frankreich nicht so streng wie in anderen Ländern, deshalb wäre das sicher kein Problem.

7. Kapitel

»Wieso siehst du dir Häuser an, Mommy?«

Erica zuckte zusammen. Hatte Cammie nicht gerade eben noch in tiefer Konzentration am Küchentisch die Schätze sortiert, die sie am Strand gesammelt hatten? Erica hatte den ruhigen Moment nutzen wollen, um sich ins Esszimmer zu setzen und im Internet nach Häusern zu suchen. Jetzt blieb ihr nicht mal mehr Zeit, um den Laptop zuzuklappen.

»GeeGee hat mir von den hübschen Häusern erzählt, die sie verkauft. Die wollte ich mir selbst mal ansehen«, erklärte sie ausweichend.

»Um da zu leben, muss man eine Prinzessin sein.« Cammie deutete auf das dekorative Türmchen des Hauses, dessen Beschreibung Erica gerade gelesen hatte. »Wie Rapunzel. Kennt GeeGee denn eine Prinzessin?« Aus großen Augen sah Cammie erstaunt ihre Mutter an.

Erica musste lachen. »Das glaube ich nicht. Aber man kann nie wissen.« War dies ein günstiger Moment, um den Verkauf dieses Hauses anzusprechen? Sie hatte das Thema beiläufig anschneiden wollen, wenn sie mit Cammie von der Schule nach Hause ging, um dann genau auf Cammies Reaktion zu achten. Jetzt fühlte sie sich unvorbereitet und ertappt.

Möglichst beiläufig fragte sie: »Wenn wir nicht hier wohnen würden, in was für einem Haus würdest du dann gern leben?« Wenn sich die Situation schon bot, konnte sie sie auch nutzen und sehen, wie Cammie darauf reagierte.

»In so einem wie Madeleine«, antwortete Cammie sofort.

»Mit einem Garten, der so groß ist, dass ich einen Hund haben kann.«

Erica schürzte die Lippen und stieß ein leises Pfeifen aus. Madeleines Eltern lebten in einer Villa aus der Belle Époque in einem der angesehensten Stadtviertel. Offenbar hatte ihre Tochter einen guten Geschmack. Aber woher kam der plötzliche Wunsch nach einem Hund? »So ein Haus wäre für uns zu teuer, aber viele Villen haben schöne Gärten, manche sogar Swimmingpools. Wie wäre es mit …?« Schnell klickte sie ein paar Seiten zurück. »Mit so etwas hier?«

Cammie schüttelte den Kopf. »Das ist nicht sehr schön.«

Erica klickte sich weiter durch die angebotenen Häuser. Bei einer Villa im typisch provenzalischen Stil zeigte Cammie auf den Bildschirm. Die Villa hatte ein Dach aus Terrakotta, olivgrüne Fensterläden, und an den Mauern rankten Bougainvilleen empor.

»Das ist schön.«

»Die gefällt dir?«

Cammie nickte.

Erica überflog die Beschreibung, sah den Preis und atmete tief ein. »Wir könnten unser Haus verkaufen und das hier kaufen. Würde dir das gefallen?«

»Kann ich einen Hund haben, wenn wir da wohnen?«

»Höchstwahrscheinlich.« Ihr Handy klingelte, und Erica nahm den Anruf entgegen. Es war ihre Schwiegermutter Amelia mit ihrem allwöchentlichen Ich-will-dich-nicht-kontrollieren-sondern-nur-auf-dem-Laufenden-halten-Anruf. Diesmal gab es jedoch tatsächlich einen aktuellen Anlass, denn Amelia wollte an einem Wochenende im nächsten Monat zu Besuch kommen.

»Toll, da freue ich mich.« Sie und Amelia hatten sich von dem Moment an gut verstanden, als Pascal sie einander vorgestellt hatte. Und beide hatten gleichermaßen gelitten, als er gestorben war.

»Besteht die Chance, dass du vorher noch mit Cammie zu uns zu Besuch kommst?«

Erica seufzte. Diese Frage stellte Amelia ihr bei jedem Anruf, und immer schreckte Erica davor zurück, ihr die Wahrheit zu sagen. Sie konnte sich dem noch nicht stellen. Schon beim Gedanken daran, in das Haus von Pascals Familie zurückzukehren, ohne ihn dort bei sich zu haben, hätte sie weinen können.

Möglichst behutsam lehnte sie ab: »Ich habe im Moment sehr viel zu tun, um das Geschäft für die Saison vorzubereiten.«

Amelia bedrängte sie nicht. »Dann sehen wir uns in ein paar Wochen. Pass auf dich auf.«

»Du auch. Grüß alle ganz lieb von uns.« Erica beendete das Telefonat. Ihr war klar, dass es Amelia verletzte, wenn sie immer wieder ablehnte.

Sie steckte ihr Handy ein und wandte sich wieder an Cammie. »Sollen wir GeeGee mal fragen, ob sie für uns ein neues Haus finden kann?«

Einen Moment wirkte Cammie nachdenklich, bevor sie langsam antwortete: »Ja, aber wir nehmen doch Daddys Sachen mit, oder?«

GeeGee schüttete sich Müsli in eine Schale, gab einen großen Löffel Frischkäse hinzu und vermengte alles zu einem Brei, bevor sie ihre letzten fünf Erdbeeren klein schnitt und darüberstreute. Ein leckeres Abendessen, von dem sie satt wurde und das sie mit einem Glas Rosé krönen würde.

Mit der Schale in der Hand öffnete sie die gläsernen Schiebetüren ihres Studio-Apartments und trat auf den Balkon hinaus, der so winzig war, dass der eine gusseiserne Stuhl ihn fast komplett ausfüllte. Für einen Tisch war kein Platz, aber es war schön, hier abends zu sitzen und sich auszuruhen.

Eine kleine rot-weiße Katze lag zusammengerollt auf dem Stuhl.

»Hallo, Trouble«, begrüßte GeeGee das Tier. »Schon wieder hier? Ist dir dein Zuhause nebenan mit den vielen Kindern zu laut?«

Die Katze streckte die Beine, bevor sie sich wieder zusammenrollte, die Augen schloss und alles um sich herum ignorierte.

GeeGee brachte es nicht über sich, das Tier zu verscheuchen, deshalb aß sie ihre Mahlzeit im Stehen.

Man konnte das Meer durch die Bäume und Büsche hindurch glitzern sehen, die auf dem weitläufigen Grundstück der Villa wuchsen. GeeGee hatte keinen Zugang zu dem Grundstück, und niemand hatte sie je eingeladen, sich dort aufzuhalten. Allerdings konnte ihr auch niemand verbieten, den abendlichen Jasminduft zu genießen, der sich mit dem Duft des Oleanders vermischte und bis zu ihrem Apartment hinaufwehte.

Immer wieder sagte Erica ihr, es gebe noch schönere Studio-Apartments mit netteren Vermietern, aber dieses Apartment lag einfach perfekt. Hier hatte sie sich zurückziehen können, nachdem Jay sie verlassen hatte. Dass keiner ihrer reichen Nachbarn daran interessiert war, sie kennenzulernen, empfand sie als zusätzlichen Bonus. Jay dagegen hätte sich darüber maßlos aufgeregt. Er schloss gern Kontakt mit Menschen, die er als »die richtige Klasse« bezeichnete.

Nachdem Jay sie verlassen hatte, war GeeGee hierher umgezogen. Es war fantastisch, abends nach Hause zu kommen, die Tür hinter sich abzuschließen und sich in den eigenen vier Wänden gehen zu lassen. Hier hatte sie niemand weinen hören.

Als Jay letztes Jahr ohne jede Vorwarnung verschwunden war, hatte er GeeGee am Boden zerstört zurückgelassen. Gleichzeitig mit ihrem Freund hatte sie auch ihr Zuhause verloren, denn allein hatte sie sich das Apartment nicht leisten können.

In diesen ersten, düsteren Wochen hatte sie immer wieder Jays E-Mails gelesen, als könne sie darin irgendeinen Hinweis erkennen, dass er sie vermisste. Dass die Trennung von ihr ein Fehler gewesen war und dass er zurückkam. Doch meistens hatte er nur geschrieben, er müsse sich selbst finden.

Nach und nach hatte er in seinen E-Mails mehr über die Leute erzählt, die er kennengelernt hatte. Menschen, die GeeGee nicht kannte. Er schwärmte von seinem Job und seinem Leben in London, und GeeGee überflog die E-Mails nur noch. Sie antwortete nicht mehr so prompt auf seine Nachrichten, aber sie brachte es auch nicht über sich, ihn zu bitten, ihr gar nicht mehr zu schreiben. Insgeheim hoffte sie, dass er ihr Schweigen richtig deutete.

Im Lauf der vergangenen Monate hatte er ihr immer seltener geschrieben. Fast glaubte sie, durchklingen zu hören, dass sein neues Leben begann, ihn zu langweilen. Da GeeGee wusste, wie schnell Jay sich langweilte, überraschte sie das überhaupt nicht.

Die heutige E-Mail war kürzer als üblich. Vielleicht war ihm aufgefallen, dass sie nicht mehr auf jede einzelne seiner Nachrichten antwortete. Was hätte das auch für einen Sinn? Er kehrte ohnehin nicht zu ihr zurück. Die Beziehung war vorbei, und GeeGee musste endlich wieder nach vorn sehen. Jay war schließlich nicht die Liebe ihres Lebens. Sie hatten zusammen gearbeitet und waren in eine Beziehung hineingeglitten.

In Gedanken versunken löffelte GeeGee das restliche Müsli. Sie war jetzt auf sich allein gestellt, und nach und nach gewöhnte sie sich nicht nur daran, sondern sie genoss es sogar. Jetzt konnte sie anfangen, ein paar eigene Pläne nur für sich selbst zu schmieden.

Morgen würde wieder etwas Geld auf ihr Konto kommen, wenn der Verkauf der kleinen Villa in Cannes abgeschlossen war und ihr die Provision für die Vermittlung ausgezahlt wurde.

In Gedanken ging sie die Rechnungen durch, die sie damit bezahlen musste: die monatliche Miete für das Apartment, die Quartalsmiete für den Schreibtisch in Hugos Agentur, dann die Leasingrate für ihr Auto. Und tanken musste sie auch.

Außerdem musste sie Lebensmittel einkaufen und nachfragen, ob sie bei dem englischen Friseur in Antibes noch einen Termin bekommen konnte. Nein! So hoch war ihre Provision auch wieder nicht.

Was immer sie sonst noch brauchte oder gern hätte, würde warten müssen, bis ihr die nächste Provision ausbezahlt wurde. Mit etwas Glück bekam sie die bereits in zwei Wochen, vorausgesetzt, der Notar blieb am Ball. Und dann war da noch Dan und der Verkauf des Apartments 4c, der in ungefähr sechs Wochen abgeschlossen sein würde.

Ah, Dan! Er war so … so nett. Der Begriff war abgenutzt, doch auf Dan passte er perfekt.

Ganz kurz hatte GeeGee ihn neulich wiedergesehen, als er in die Büroräume gekommen war und den ersten Teil des Vertrags unterschrieben hatte. Sein etwas altmodisches Benehmen und seine Höflichkeit hatten GeeGee fasziniert. Bevor er die Agentur verlassen hatte, hatte er sich eingehend für ihre Hilfe bedankt und sie gefragt, ob er sie auf einen Kaffee einladen dürfe.

Lächelnd hatte sie zugestimmt und schon nach ihrer Handtasche gegriffen, als sein Handy geklingelt hatte.

»Es tut mir leid, GeeGee, aber ich muss zurück an Bord. Den Kaffee müssen wir auf ein andermal verschieben. Vielleicht am Tag des Abschlusses des Vertrags?«

Damit war er verschwunden. Jetzt lag alles in den Händen des Notars, und es gab für Dan keinen Grund mehr, sie noch einmal zu kontaktieren. Der Notar würde all seine Fragen beantworten.

Musik und Gelächter von der großen Villa an der Straßenecke drangen zu ihr herauf. Die neuen Besitzer waren eingezogen. Es seien Russen, hatte Hugo ihr erzählt, als er ihr hämisch von dem Verkauf berichtet hatte. Diesen Deal hatte er ihr praktisch vor der Nase weggeschnappt, und das hatte GeeGee ihm bisher noch nicht verziehen. Von der Provision für dieses Grundstück hätte sie den ganzen Sommer über leben können.

Als es an der Tür klingelte, zuckte sie zusammen. Niemand besuchte sie hier, nicht einmal Erica.

»'n Abend, Baby«, begrüßte sie ihr schmieriger Vermieter Stan, als sie die Tür öffnete. »Dachte schon, ich muss meinen Generalschlüssel benutzen.«

»Das soll hoffentlich ein Scherz sein.«

»Das weiß man nie genau, stimmt's, Süße?«

GeeGee biss die Zähne zusammen. Auf keinen Fall wollte sie sich von ihm heute wütend machen lassen. »Bringen Sie mir die Verlängerung meines Mietvertrags zum Unterschreiben?«

»Nein, die gibt es nicht. Keine Ahnung, wie Sie überhaupt darauf kommen. Es ging bei diesem Studio immer nur um den Zeitraum bis zur nächsten Saison. Genau genommen sind Sie schon einen Monat länger hier als ursprünglich geplant.«

Wie benommen sah GeeGee ihn an. Sie hatte den Mietvertrag mehrmals durchgelesen. Es war ein Standardvertrag über sechs Monate mit der Option auf Verlängerung. Nirgends stand, dass er strikt auf ein halbes Jahr begrenzt war.

Sie hatte einen Jahresvertrag bekommen wollen, aber Stan hatte gesagt, entweder akzeptiere sie die Bedingungen so, wie sie waren, oder sie lasse es sein. Zu dem Zeitpunkt war sie verzweifelt und hatte unterschrieben. Wie dumm von ihr zu glauben, die Verlängerung nach sechs Monaten sei eine reine Formsache! Ihr hätte sofort klar sein müssen, was dieser Widerling im Schilde führte. »Aber Sie müssen mir die Verlängerung geben.«

Stan schüttelte den Kopf. »Nein, das muss ich nicht. Schon bald stehen die ersten Feriengäste vor der Tür. Kommen Sie im Oktober zurück, wenn Sie mögen, aber ich will, dass Sie Ende nächster Woche hier raus sind. Und sorgen Sie dafür, dass diese Katze mit Ihnen verschwindet.«

GeeGee fehlte die Kraft, ihm zu sagen, dass die Katze nicht ihr gehörte. Was in aller Welt sollte sie jetzt bloß tun? Um eine neue Bleibe zu finden, brauchte sie Geld für die Kaution, die Vorauszahlung der Miete, den Umzug. Und das Geld hatte sie nicht.

8. Kapitel

In der Ruhezeit, in der das Café nach der Mittagszeit geschlossen und noch nicht wieder für die Dinnergäste geöffnet war, saß Rosie vor ihrem Laptop an einem der Tische. Sie versuchte, einiges von dem notwendigen Papierkram zu erledigen. Die meisten Unterlagen und Formulare waren auf Französisch, und der Stapel mit dem, was alles zu bearbeiten war, wuchs dramatisch schnell.

Lucky lag schlafend zu ihren Füßen.

Niemand hatte nach der Hündin gesucht, und das Tier hatte keine Anstalten gemacht, wieder wegzulaufen. Jetzt streckte Rosie die Hand nach unten, kraulte dem Tier die Ohren und flüsterte: »Ich schätze, von nun an sind wir beide ein Team.«

Als im Radio der Werbespot für das Café Fleur lief, musste Rosie lächeln. Schnell kreuzte sie die Finger und hoffte, dass der Spot mehr Gäste zu ihr an den Strand bringen würde. Sie durfte bei Reservierungsanfragen nicht vergessen zu fragen, wie die neuen Gäste vom Café Fleur erfahren hatten. Nur so konnte sie feststellen, ob der Spot sein Geld wert war.

Um sechs Uhr ließ sie Tansy, die gerade einen Salat mit Tomaten und Mozzarella zubereitete, in der Küche zurück und ging prüfend durch den Speiseraum des Cafés. Dieser Teil der Arbeit machte ihr Spaß. Sie begrüßte gern ihre Gäste. Das war gerade für sie, die jahrelang abgeschottet von allen in der Kombüse der Yacht gearbeitet hatte, eine willkommene Veränderung.

Zu Antoines Zweiertisch waren noch drei weitere Reservierungen hinzugekommen. Gemeinsam mit Tansy würde sie das gut bewerkstelligen. Als eingespieltes Team hatten sie schon auf der Yacht bis zu sechzehn Gäste bekocht und bewirtet. Selbst wenn überraschend noch Laufkundschaft vom Strand zu ihnen kam, würden sie klarkommen.

Allerdings malte sie sich lieber nicht aus, was sie tun sollte, wenn Antoine zusammen mit Charlie im Café auftauchen würde.

Während sie Kerzen anzündete und auf den Tischen verteilte, blickte Rosie nach draußen. Schade, dass es noch zu kühl war, um abends auf der Terrasse essen zu können. Sie freute sich schon auf die langen Sommerabende, wenn an allen Tischen Gäste saßen und ihr Dinner genossen. Vielleicht konnte sie sich nächstes Jahr für draußen sogar ein paar Heizpilze leisten.

Rosie sah auf die Uhr. Antoine verspätete sich. War das Charlies Schuld? Er war chronisch unpünktlich.

Als Antoine schließlich eintraf, war er in Begleitung eines befreundeten Skippers einer anderen Yacht, und Rosie spürte, wie die Anspannung in ihr schlagartig nachließ. Glücklich ließ sie sich von Antoine umarmen. Den heutigen Abend würde ihr kein Charlie verderben.

Nachdem Antoine auch Tansy in der Küche begrüßt und beschlossen hatte, sie alle müssten mit Champagner anstoßen, waren auch die übrigen Gäste eingetroffen.

Die nächsten zwei Stunden waren Rosie und Tansy nonstop beschäftigt, und Rosie hatte keine Gelegenheit, sich mit Antoine zu unterhalten.

Als sie ihm schließlich sein Lieblingsdessert servierte, fragte er: »Arbeitet James heute Abend nicht?«

»Ich kann es mir nicht leisten, ihn jeden Abend arbeiten zu

lassen. Ich wünschte, das wäre finanziell drin.« Rosie atmete schwer aus. »Aber ich muss mich auf jeden Fall bei dir dafür bedanken, dass du ihn zu mir geschickt hast.«

»Nicht bei mir.« Antoine schüttelte den Kopf.

»Aber James hat mir erzählt, was du über mich gesagt hast.«

»Er hat mich nach meiner Meinung gefragt, mehr nicht.« Antoine blickte auf seine Dacquoise, ein Mandel-Nuss-Törtchen mit Buttercreme. »Ich wünschte, du könntest unserem neuen Koch erklären, wie man die hier zubereitet. Seine Desserts sind im Vergleich zu deinen einfach erbärmlich. Wie soll ich die Reise nach Sardinien nächste Woche ohne anständigen Nachtisch überleben?«

»Ihr fahrt nach Sardinien?«, fragte sie hoffnungsvoll nach. Das bedeutete, dass Charlie ein paar Wochen nicht überraschend im Café Fleur auftauchen konnte.

»William möchte, dass Charlie dort ein paar Tage mit ihm verbringt. Er erhofft sich ein paar gute Geschäftsgelegenheiten.« Er musterte Rosie. »Da wir gerade von Charlie reden: Er schickt dir liebevolle Grüße.«

»Tatsächlich?« Rosie zog die Brauen hoch. »Wie reizend.« Ihr kam ein plötzlicher Gedanke. »Weiß er von diesem Restaurant? Dass du heute hier bist? Oh, Antoine, du hast es mir versprochen!«

Abwehrend hob Antoine die Hände. »Ich habe ihm nichts erzählt, Rosie, aber außerhalb der Saison ist dieser Ort wie ein kleines Dorf. Jeder weiß alles über jeden. Und im Radio läuft dein Werbespot. Da kannst du doch nicht ernsthaft erwarten, dass er nicht zwei und zwei zusammenzählt.«

Sie seufzte. »Wahrscheinlich nicht. Wenigstens ist er jetzt erst mal für ein paar Wochen auf Sardinien.«

Als sie am Freitag gerade Mittagsgäste auf der Terrasse bediente, sah Rosie Erica und Cammie näher kommen und hieß sie herzlich willkommen. Sie hatte Erica von dem Moment an gemocht, als GeeGee sie mit ihr bekannt gemacht hatte. Hinter ihrer ruhigen Art vermutete Rosie eine Seelenverwandte. Seitdem war Erica bereits einige Male am Strand, mal mit, mal ohne Cammie, und mittlerweile sah Rosie in ihr eher eine Freundin als eine Kundin.

»Hallo, ihr zwei«, begrüßte Rosie sie. »Ihr kommt gerade rechtzeitig für den letzten freien Tisch. Keine Ahnung, wieso heute so viel los ist. Wahrscheinlich haben die Leute ihr Wochenendgefühl etwas früher als sonst.« Schnell schrieb sie sich die Lunchbestellungen auf und kehrte in die Küche zurück.

Zehn Minuten darauf servierte sie Erica und Cammie lächelnd ihre Croques. Cammie spielte gerade mit Lucky und lachte begeistert auf.

»Jetzt wird sie mich noch mehr damit nerven, dass sie einen eigenen Hund will«, stellte Erica leise fest. »Aber es macht mich sehr glücklich, sie so unbekümmert lachen zu hören.«

»Ich habe GeeGee schon ein paar Tage nicht mehr gesehen.« Rosie nahm sich Zeit für einen kurzen Plausch. »Weißt du, ob es ihr gut geht?«

»Wahrscheinlich ist sie mit ihren Kunden beschäftigt.« Erica runzelte die Stirn. »Obwohl der Immobilienmarkt normalerweise erst mit dem Sommer richtig anzieht.«

»Diese Woche sind auf jeden Fall schon mehr Leute unterwegs.« Rosie blickte sich um. »Genießt euren Lunch.« Damit ging sie wieder in die Küche.

Als James auf einen Kaffee vorbeikam, bat Rosie ihn zu bleiben, ein paar Stunden zu arbeiten und auch am Wochenende auszuhelfen. »Diesmal werde ich dich sogar dafür bezahlen können«, versprach sie ihm.

Später am Tag ließ Rosie sich erschöpft auf einen Stuhl sinken und streichelte nachdenklich Lucky. Würde die Hündin einen guten Wachhund abgeben? Heute früh hatten ein paar fragwürdig aussehende junge Männer sich eine Portion Pommes frites gekauft, nur um zehn Minuten darauf zurückzukehren, weil einer von ihnen sich einen Drink kaufen wollte. Keine fünf Minuten später war ein zweiter gekommen und hatte sich ebenfalls etwas zu trinken gekauft. Als kurz darauf auch noch ein dritter auftauchte, um sich einen Pfannkuchen mitzunehmen, hatte Rosie an Seb denken müssen, der ihr von den Drogengeschäften erzählt hatte. Gehörten die Männer zu einer Bande, die das Café auskundschaftete? Vielleicht war es nicht schlecht, einen Hund zu haben.

Tagsüber lag Lucky meistens auf der Terrasse und schien sich bereits heimisch zu fühlen. Die Kunden begrüßte sie schwanzwedelnd, und wann immer Cammie oder andere Kinder kamen, spielte sie glücklich mit ihnen.

Am Samstagabend hatte Rosie einige Tischreservierungen, und auch ein paar Passanten kehrten bei ihr ein. Als um halb zehn noch ein Pärchen das Café betrat, wusste Rosie, dass der Abend lang würde. Kurz vor Mitternacht verabschiedete Tansy sich, die mit Rob in ein paar Clubs wollte, und zum Glück war James da, der Rosie beim Aufräumen und Saubermachen half.

»Bist du bereit für die Party nebenan?«, fragte James.

Rosie schüttelte den Kopf. »Dafür bin ich viel zu müde. Wenn du hingehen möchtest, gebe ich dir die Einladung.«

»Danke, aber ich habe meine eigene Einladung. Mein neuer Stiefbruder ist mit Seb befreundet und hat mir eine besorgt.« Er zog sich seine Jeansjacke über. »Soll ich noch bleiben, bis du alles abgeschlossen hast?«

»Nein, geh ruhig. Und vielen Dank für die Hilfe. Wir sehen uns morgen.«

Als James ging, drang Musik vom Hotel herüber. Anscheinend war die Party in vollem Gange. Lucky lag zusammengerollt draußen auf der Terrasse. Als sie Rosie sah, klopfte sie mit dem Schwanz auf den Boden, dann stand sie auf und kam zu ihr in die Küche.

»Bist du bereit für dein Dinner?« Rosie bückte sich und streichelte den Hund.

Lucky fraß von dem Hackfleisch in dem Napf, dann hob sie den Kopf und knurrte, als es an der Tür klopfte und Seb hereinkam.

Heute Abend trug er eine schwarze Jeans und ein frisches weißes Hemd. An seinem Handgelenk hing nur noch ein einziges Lederband. In diesem Aufzug wirkte er nicht mehr wie ein Rumtreiber, sondern eher wie ein weltgewandter Partygänger. Selbst das Haar hatte er sich gekämmt.

»Schöner Hund. Ist das deiner?«

»Ja. Sie ist hier vor ein paar Tagen aufgetaucht, und anscheinend sucht niemand nach ihr. Deshalb behalte ich sie. Ich habe mir schon immer einen Hund gewünscht. Ich habe sie Lucky getauft.« Sie sah flüchtig zu ihm. »Hoffentlich bringt sie mir als Maskottchen Glück und schreckt gleichzeitig die Gauner ab.«

Fragend hob er die Brauen.

»Heute haben hier ein paar zwielichtige Typen rumgehangen. Im Grunde waren es noch Jungen. Wahrscheinlich sind sie vollkommen unschuldig, aber …« Sie zuckte mit den Schultern. »Was machst du eigentlich hier? Solltest du nicht drüben bei deiner Party sein?«

»Ich komme dich abholen. Dein Champagner wartet auf dich.«

»Entschuldige Seb, aber ich hatte einen anstrengenden Abend. Ich bin müde. Außerdem bin ich für deine schicke

Party nicht richtig angezogen.« Sie sah an ihrem schlichten schwarzen Kleid hinab.

»Für mich siehst du gut aus«, stellte Seb fest. »Du könntest dir noch die Haare kämmen, und ein bisschen Lippenstift würde auch nicht schaden. Komm mit, Rosie. Nur auf ein Glas. Da drüben sind ein paar Leute, die auch für dich potenzielle Kundschaft sein könnten. Komm und knüpfe ein paar Kontakte.«

Zweifelnd sah sie ihm in die Augen. »Du hast mir doch selbst gesagt, dass wir unterschiedliche Zielgruppen haben.«

»Könnte doch sein, dass meine Gäste sich auch mal unter das einfache Volk mischen wollen.«

Rosie schnappte nach Luft, bevor sie sah, dass Seb sich das Grinsen verkniff. Es war nur ein Scherz. Kein guter, aber immerhin ein Scherz. Vielleicht sollte sie doch mitgehen. Schließlich hatte er sich die Mühe gemacht und war extra vorbeigekommen, um sie abzuholen. Ein Drink mit einem Nachbarn, da wäre es unhöflich abzulehnen.

»Okay, aber nur ein Glas. Dann muss ich wirklich ins Bett. Es war eine lange Woche.«

»Wenn du willst, kannst du Lucky mitbringen«, schlug er vor.

»Nein, ich weiß nicht genau, wie sie sich benimmt. Sie kann hier im Café auf ihrer Decke bleiben. Nach unserem Glas Champagner hole ich sie wieder ab.«

Die Party fand in dem Wintergarten statt, den Rosie von ihrem Lagerraum im ersten Stock aus einsehen konnte. Es waren so viele Gäste da, dass man kaum durchkam.

Sie trank von dem Champagner, den Seb ihr eingeschenkt hatte, und während er ein paar Snacks holen ging, blickte sie sich um.

Anscheinend kannte Seb so gut wie jeden. Viele bekanntere Gesichter der Riviera waren hier versammelt, und sogar ein paar kleinere Celebrities. Auch GeeGee war hier, wie Rosie freudig feststellte. Prostend hob sie ihr Glas, als GeeGee in ihre Richtung sah, aber bevor sie zu ihr gehen konnte, kam James auf sie zu.

»Hat Seb dich umstimmen können?«

Rosie nickte. »Nur ein kleines Glas. Und jetzt sag mal: Wer von all diesen Menschen hier ist jetzt dein Stiefbruder?«

»Er steht … da drüben.« James deutete in die Richtung. »Du solltest ihn kennen.«

»Wieso sollte ich …« Rosie verstummte, als sie in die Richtung sah, in die er zeigte. »Oh. Wie lange ist er schon dein Stiefbruder?«

»Vor einem Monat hat meine Mum seinen Dad geheiratet. Oh, er hat uns gesehen. Jetzt kommt er zu uns.«

»Rosie. Wie schön, dich zu sehen. Ich vermisse dich an Bord. Wie läuft das Café Fleur?« Charlie beugte sich zu einem Wangenkuss vor und seufzte, als Rosie das Gesicht abwandte und sein Kuss ins Leere ging.

»Was tust du hier? Solltest du nicht längst unterwegs nach Sardinien sein?«

»Wir legen am Montag in aller Frühe ab. Hoffentlich benimmt sich James und hilft dir?«

Fassungslos sah Rosie Charlie an, dann begriff sie. »Du hast ihn zu mir geschickt? Um mich auszuspionieren!«

»Um zu helfen, Rosie. Nur um dir zu helfen.«

Wütend fuhr sie zu James herum. »Du bist gefeuert! Und ich gehe jetzt. Gute Nacht.«

Noch als sie ins Bett stieg, kochte Rosie innerlich vor Wut. James als Spion zu ihr zu schicken war mit Abstand das Mieseste, was Charlie in seinem Kontrollwahn je getan hatte. Wie konnte er nach all den Jahren immer noch davon ausgehen, sie müsse glücklich sein, ihn wieder in ihrem Leben zu haben!

Schon als sie damals vor vierzehn Monaten den Namen des neuen Besitzers der »A Sure Thing« gehört hatte, wäre es das Klügste gewesen, wenn sie sofort wieder von Bord gegangen wäre. Leider lief ihr Arbeitsvertrag zu dem Zeitpunkt noch ein ganzes Jahr, und die Vermittlungsagentur hatte sich geweigert, sie aus dem Vertrag zu entlassen, obwohl Rosie damals fast darum gebettelt hatte. Sie hatte dann beschlossen, nur an das Geld zu denken, das sie verdiente, und eine zuverlässige Angestellte zu sein, bis sie endlich ihren Vertrag erfüllt hatte und sich aus dem Staub machen konnte.

Sie hatte gerade einen Hummer für das Dinner zubereitet, als Charlie das erste Mal in die Kombüse gekommen war und darum gebeten hatte, eine Flasche Champagner aufs Achterdeck serviert zu bekommen. Wenn sie in dem Moment nicht selbst so geschockt gewesen wäre, hätte Rosie über seinen Gesichtsausdruck lachen können, als er sie dort entdeckte. Stattdessen hatte sie nur gesagt: »Kommt sofort, Sir.«

Sie hatte es ihm geglaubt, als er beteuert hatte, er habe bis zu diesem Moment nicht gewusst, dass sie an Bord die Chefköchin war. Als er erfuhr, dass sie den Namen des neuen Besitzers gekannt hatte und trotzdem geblieben war, beschloss er für sich, das müsse daran liegen, dass sie ihn wiedersehen wollte.

»Glaub mir doch, Charlie, ich wäre gegangen, wenn ich gekonnt hätte. Mir ist keine Wahl geblieben. Die Agentur hat darauf bestanden, dass ich meinen Vertrag erfülle. Aber keine Sorge, ich werde bestimmt nicht verlängern. Sobald der Vertrag ausläuft, bin ich weg.« Selbst als sie es ihm ins Gesicht sagte, erkannte sie, dass er ihr nicht glaubte.

Je mehr Rosie protestierte, desto entschlossener kämpfte Charlie darum, ihre Jugendaffäre wieder aufleben zu lassen. Und genauso entschlossen sträubte Rosie sich dagegen. Die gesamte Saison über sorgte sie dafür, dass sie immer zu beschäftigt war, um mehr als nur einen freien Tag am Stück zu nehmen, und auch dann vergewisserte sie sich stets, dass Charlie auf keinen Fall in der Nähe war, um darauf zu bestehen, dass sie ihre freie Zeit mit ihm verbrachte.

Außerhalb der Saison, wenn Rosie an Land lebte, war es für sie schwieriger, ihr Leben von Charlie abzuschotten. Sie hatte gehofft, der Abend im The Recluse habe Charlie zur Vernunft gebracht, weil ihr der Streit, den sie dort gehabt hatten, wie der endgültige Schlusspunkt vorgekommen war. Sie hatte geglaubt, Charlie würde nun aufgeben und sich eine neue Freundin suchen.

Das war ein Irrtum. Sobald er erfahren hatte, dass die Vermittlungsagentur einen Ersatzkoch zum Vorstellungsgespräch zu William schickte, hatte er seine Anstrengungen verdoppelt, sie vom Gehen abzuhalten. Selbst ihre ständigen Neins und ihr Abschied von der Yacht hatten ihn nicht begreifen lassen, dass sie es ihm niemals verzeihen würde, wie sehr er sie vor all den Jahren im College enttäuscht hatte. Er wollte einfach nicht begreifen, wie seine Handlungen von damals den gesamten weiteren Verlauf ihres Lebens beeinflusst hatten.

Seufzend schaltete Rosie die Nachttischlampe aus. Wie in aller Welt konnte sie Charlie dazu bringen, ein für alle Mal aus ihrem Leben zu verschwinden?

9. Kapitel

Erica ging mit ihrem Becher Kaffee nach oben auf die Dachterrasse des Stadthauses, das sie und Pascal kurz vor ihrer Hochzeit gekauft hatten. Es war früher Sonntagmorgen, und die letzten Nebelschwaden über der Stadt lösten sich allmählich im Sonnenschein auf.

Sie hatte es geliebt, hier abends mit Pascal zu sitzen, Wein zu trinken und die gemeinsame Zeit zu genießen.

In letzter Zeit hatte sie die Dachterrasse so gut wie nie betreten. An die Leere und Einsamkeit in allen übrigen Zimmern hatte sie sich seit Pascals Tod gewöhnt, doch die Dachterrasse war immer ein ganz besonderer Ort. Hier oben taten die Erinnerungen an ihn besonders weh. Selbst jetzt, nach all den Monaten, musste sie gegen die Tränen ankämpfen.

Die Terrasse war vom Meer abgewandt, und der Blick ging über die roten Dächer der Villen und der Swimmingpools hinweg bis über die Stadtgrenze hinaus auf die Landschaft der Provence.

Pascal hatte die Dachterrasse eingezäunt, und sie hatten sich eine kleine duftende Oase geschaffen, in der sie sich vom Alltag erholen und mit Freunden unterhalten konnten.

Erst als sie die wuchernden Geißblattpflanzen und die Passionsblumen sah, merkte Erica, wie sehr sie hier alles vernachlässigt hatte. Auch in ihren geliebten italienischen glasierten Keramiktöpfen breitete sich Unkraut aus und drohte die wenigen Frühlingsblumen, die sich ihren Weg ans Licht erkämpft hatten, zu ersticken.

Während sie etwas Unkraut unter den Geißblattpflanzen wegzupfte, beschloss Erica, hier heute zusammen mit Cammie zu jäten und Ordnung zu schaffen. Diese Terrasse musste dafür vorbereitet werden, dass Cammie und sie im Sommer wieder im Freien essen konnten. Im ersten Sommer ohne Pascal.

Wenn sie ernsthaft mit dem Gedanken spielte, das Haus zu verkaufen, musste sie ohnehin für Ordnung sorgen. Allerdings hatte sie Cammie heute früh versprochen, mit ihr zum Flohmarkt zu gehen, der auf dem großen Parkplatz am Ende des Strands stattfand.

Erica musste lächeln. Cammie war schon eine richtige kleine Elster, genauso begeistert von der Jagd auf Schätze wie ihre Mutter. Und allmählich entwickelte sie einen guten Blick dafür, was in den chaotischen Verkaufsständen einfach nur Plunder war und was wertvoll.

Während sie den Topf mit ihrer Lieblingsrose vom Unkraut befreite, läutete die Kirchenglocke zur Morgenmesse und unterbrach Ericas Gedanken. Das war Cammies sonntäglicher Morgenwecker. Acht Uhr. Zeit, um nach unten zu gehen und sich für den Tag vorzubereiten. Ihnen stand ein langer Fußmarsch zum Flohmarkt bevor.

Erica seufzte. Seit dem Unfall weigerte Cammie sich, in ein Auto zu steigen. Die wenigen Male, als Erica versucht hatte, sie dazu zu zwingen, hatte Cammie verzweifelt geschrien und am ganzen Leib gezittert.

Das alles lag jetzt Monate zurück, und immer noch mussten sie entweder zu Fuß gehen oder mit dem Zug oder dem Bus fahren, wenn sie irgendwo hinwollten. Es gab nicht das kleinste Anzeichen, dass Cammie ihre panische Angst vor Autos verlor. Da es keine Zug- oder Buslinie zum Flohmarkt gab, blieb ihnen heute nichts anderes übrig, als zu Fuß zu gehen.

Eine Stunde später machten sie sich auf den Weg. Cammie zog den leeren Einkaufstrolley hinter sich her, und Erica dachte über die Vergangenheit nach und darüber, was die Zukunft ihnen bringen würde. Als sie am Flohmarkt ankamen, herrschte bereits reges Treiben. Unzählige Besucher gingen zwischen den knapp hundert Verkaufsständen umher.

»Also schön, junge Lady, du kennst die Regel. Bleib dicht bei mir, und lauf nicht weg«, erklärte Erica ihrer Tochter. »Aber falls wir doch getrennt werden, dann sprichst du keine Fremden an. Du kommst hierher zum Eingang und wartest auf mich. Verstanden?« Eingehend sah sie Cammie in die Augen, während sie auf eine Antwort wartete.

Cammie nickte. »Versprochen. Ich lauf nicht weg.«

Erica nahm ihr den Trolley ab, und zusammen begutachteten sie die Angebote auf den langen Verkaufstischen. Hier und dort kauften sie ein paar Kleinigkeiten, und Erica legte alles behutsam in den Trolley. Schließlich erreichten sie einen Stand, an dem Sammlerstücke im Jugendstil angeboten wurden.

Hier gab es viel, was Erica in ihrem Laden verkaufen konnte. Ganz besonders fühlte sie sich von einer wunderschönen, leicht fleckigen Tischlampe mit Bleiglas angezogen. Die würde sie nicht verkaufen. Die wollte sie für sich selbst. Leider war die Lampe zu groß und zu wertvoll, um sie in den Trolley zu legen. Und den ganzen, langen Weg nach Hause konnte sie die Lampe nicht tragen, dafür war sie zu sperrig.

Sie wandte sich an die Frau hinter dem Verkaufsstand: »Besteht vielleicht die Möglichkeit, dass Sie mir diese Lampe hier im Verlauf des Tages nach Hause liefern?«

Die Frau schüttelte den Kopf. »Das geht leider nicht. Wir haben heute einen straffen Zeitplan. Sobald wir hier abbauen, müssen wir nach Saint-Tropez, da findet heute Abend ein Trödelmarkt statt.«

Erica wandte sich ab und griff nach Cammies Hand. »Hättest du Lust, nachher mit dem Taxi nach Hause zu fahren?« Die Antwort kannte sie bereits, bevor sie die Frage beendet hatte.

Hastig zog Cammie die Hand zurück und sah ihre Mutter entsetzt an.

»Schon gut«, beruhigte Erica sie schnell. »Ist nicht so wild. Komm, gehen wir weiter.«

Erleichtert sah sie, wie Cammie schnell wieder abgelenkt wurde und einen Stand mit Kinderbüchern und Spielzeug durchstöberte. Besonders interessierte sie sich für einen kleinen getöpferten Leuchtturm, dessen Fuß halb abgeschlagen war. Als Erica sie darauf hinwies, erwiderte Cammie nur: »Das macht nichts. Ich möchte ihn nur für mein Strandprojekt.«

»Na, Cammie? Verschwendest du wieder dein Taschengeld?«

Als Erica sich umwandte, stand GeeGee mit strahlendem Lächeln vor ihr. Sie umarmten sich.

»Du bist ja noch dünner geworden«, stellte Erica fest, als sie sich wieder losließen. Hatte Rosie nicht erwähnt, sie habe GeeGee seit Tagen nicht gesehen? Da hätten bei Erica schon die Alarmglocken läuten müssen. Sie wusste, dass Erica Mahlzeiten ausließ, wenn die Provisionen ausblieben und das Geld knapp wurde. »Wie läuft's?«

GeeGee zuckte mit den Schultern. »So lala.«

»Magst du mit zu uns zum Lunch kommen? Und bevor du Nein sagst: Es gibt da etwas, worüber ich mit dir reden möchte.«

»Lunch klingt toll.«

Erica kam ein Gedanke. »Ehrlich gesagt gibt es da noch etwas anderes: Bist du mit dem Auto hier?«

»Ja.«

»Ausgezeichnet. Lust auf ein Eis?« Erica ging voraus zum Picknickbereich, wo ein Verkaufswagen stand. Sie übergab den Trolley an GeeGee und drückte ihr zehn Euro in die Hand. »Kauf für Cammie und dich, worauf ihr Appetit habt. Wartet hier, ich bin gleich zurück.«

Es dauerte etwas, bis Erica den Stand mit der Tiffany-Lampe wiederfand, und dann musste sie auch noch warten, weil die Verkäuferin gerade einem älteren Mann erklärte, woher der Glasteller stammte, den er kaufen wollte.

Angespannt kreuzte Erica die Finger. Hoffentlich wollte der Mann nicht auch noch die Lampe kaufen.

Das wollte er nicht. Fünfzehn Minuten später hielt Erica die in Luftpolsterfolie eingepackte Lampe im Arm und trug sie vorsichtig zu Cammie und GeeGee.

»Du kannst doch alles bei dir im Auto mit zu uns nehmen, während Cammie und ich zu Fuß zurückgehen, oder?« Bittend sah sie GeeGee an. »Ich hole uns noch Brathähnchen vom Markt.«

»Vergiss die Bratkartoffeln nicht.« GeeGee wusste, dass Cammie Bratkartoffeln liebte, aber dass Erica sie nur selten machte.

»Hier ist der Hausschlüssel. Im Kühlschrank steht ein Rosé. Bedien dich. Bis nachher.«

10. Kapitel

Als Tansy am Sonntagmorgen zur Arbeit kam, war Rosie nach einer fast schlaflosen Nacht müde und schlecht gelaunt.

»Ist James noch nicht da?«, wollte Tansy wissen.

»Der kommt nicht.«

»Wieso nicht?«

»Weil ich ihn gefeuert habe.« Rosie knallte die Tür des Ofens zu, in dem der Rinderbraten schmorte. »Die Möhren müssen geschält werden.«

»Ich tue hier überhaupt nichts mehr, ehe du mir erzählst, was passiert ist.«

Rosie seufzte. »Gestern Abend war ich auf Sebs Party. Charlie war auch da.«

»Wie geht's ihm?« Tansy hatte eine Schwäche für Charlie und nie begriffen, wieso Rosie sich so dagegen sträubte, sich wieder mit ihm einzulassen.

»Antoine hat versäumt, uns zu erzählen, dass Charlies Dad William seit Kurzem wieder verheiratet ist. Offenbar ist James Charlies neuer Stiefbruder. Und Charlie hat ihn zu uns geschickt, um mich auszuspionieren. Deshalb habe ich ihn gefeuert. Ende der Geschichte.«

»Oh. Aber James ist so gut. Genau so jemanden wie ihn brauchen wir hier.«

Rosie zuckte mit den Schultern. »Im Moment kann ich mir eine zusätzliche Aushilfe ohnehin nicht leisten. Für die Hauptsaison finden wir sicher noch jemanden. Können wir jetzt vielleicht mit den Vorbereitungen für den Sonntagslunch weitermachen?«

Tansy seufzte. »Okay.«

Rosie ging nach vorn, schloss die Eingangstür auf und rückte die Tische für die Gäste zurecht. Wenn sie sich beschäftigte, lenkte sie das von Charlie ab. Sie stellte die »Reserviert«-Schildchen auf die fünf Tische, für die sich insgesamt fünfzehn Personen angemeldet hatten. Gar nicht schlecht für einen Sonntag in der Vorsaison, dachte sie. Bei diesem Wetter sind außerdem auch Leute am Strand, da bekommen wir sicher noch ein bisschen Laufkundschaft.

Drei Stunden später war Rosie erschöpft, aber glücklich. Sie verabschiedete sich von den letzten Lunchgästen und wollte gerade die Tür hinter ihnen abschließen, als Charlie hereinkam und sich an einen der Fenstertische setzte.

»Hallo, Rosie.«

»Was willst du?«

»Etwas zu essen natürlich. Und sag nicht, ich sei zu spät«, fügte er hinzu, als Rosie auf die Uhr sah. »Es heißt, bis zwei Uhr kann man noch bestellen, und jetzt ist es erst zehn vor zwei.« Er griff nach der Karte.

»Ich nehme die Spargelsuppe, und das Rind als Hauptgang. Und bitte sag Tansy, ich mag es wie immer: sparsam beim Gemüse, lieber mehr Bratkartoffeln.«

Wortlos wandte Rosie sich um und ging.

»Mach mir bitte eine Flasche von einem anständigen Rotwein auf, ja?«, rief Charlie ihr nach. »Und bring auch ein Glas für dich.«

»Einmal die Suppe, einmal das Rind, viel Bratkartoffeln, wenig Gemüse«, teilte sie Tansy mit zusammengebissenen Zähnen mit.

Tansy sah von der Suppe hoch, die sie gerade in eine Kühlbox umfüllte. »Ist Charlie hier?«

»Ja, und er möchte, dass ich ihm einen anständigen Roten

aufmache.« Rosie stand vor dem Weinregal. »Er möchte was Anständiges? Das kann er bekommen.« Sie entkorkte einen Château Margaux, den teuersten Wein auf ihrer Karte.

Dass sie ein zweites Glas für sich selbst mitbringen sollte, ignorierte sie. Auf keinen Fall wollte sie mit ihm etwas trinken.

Schweigend stand sie vor ihm, schenkte ihm einen Schluck ein und wartete, bis er probiert hatte.

»Ganz nett. Kann ich mir den leisten?«

»Bestimmt.«

»Wo ist dein Glas?«

»Ich trinke nicht mit der Kundschaft.«

»Ich sehe keine Kundschaft.« Charlie blickte sich in dem leeren Restaurant um. »Hier gibt's nur mich, und ich schätze, ich rangiere ja wohl etwas über deiner normalen Kundschaft.«

Tansy kam und servierte ihm die Suppe und einen Korb mit Brot. »Hi, Charlie. Schön, dich zu sehen.«

Rosie warf ihr einen wütenden Blick zu.

»Danke, dass du James zu uns geschickt hast. Kannst du jetzt bitte Rosie dazu überreden, ihn wieder einzustellen? Ich könnte hier wirklich etwas Hilfe gebrauchen, und er war sehr gut.« Tansy beachtete Rosie überhaupt nicht.

»Ich werfe dich auch noch raus, wenn du nicht aufhörst, dich einzumischen«, drohte Rosie ihr. »Hast du nichts in der Küche zu erledigen?«

»Du kannst mich nicht feuern. Dazu brauchst du mich zu sehr. Okay, ich gehe wieder.« Tansy verschwand in Richtung Küche.

»Ich will niemanden aus deiner Verwandtschaft bei mir haben, der mich in meiner eigenen Küche ausspioniert«, wandte sich Rosie an Charlie. »Da wir gerade von Verwandtschaft reden. Richte deinem Dad meine Glückwünsche aus. Ich hoffe, er ist sehr glücklich.« Sie mochte William und war froh, dass er eine neue Partnerin gefunden hatte, weil sie wusste, wie einsam er seit dem Tod von Charlies Mutter vor ein paar Jahren gewesen war.

»Ich richte es aus. Aber er kommt auch bald selbst her, dann kannst du es ihm direkt sagen. Er kommt sicher zum Lunch vorbei, vorausgesetzt, du bist dann noch im Geschäft.« Er machte eine Pause. »Ich habe James nicht nur zum Spionieren hergeschickt. Für ihn ist die Erfahrung wirklich wertvoll, und ich dachte, du könntest jemanden brauchen, der bereit ist, etwas von dir zu lernen. Es hat ihn ziemlich aus der Bahn geworfen, dass du ihn hier nicht mehr sehen willst.«

»Dann hätte er mir von Anfang an die Wahrheit sagen sollen. Was heißt überhaupt ›wenn ich dann noch im Geschäft bin‹?«

Charlie hob die Schultern. »Ach, komm, Rosie, du kennst doch die Vorurteile der Franzosen. Eine Engländerin, die hier an der Riviera kocht? Da kommen sie bestimmt nicht in Scharen angelaufen, um diese Frau zu unterstützen. Ich wünschte, du hättest mit mir gesprochen, bevor du das Café gekauft hast. Dann hättest du eine Menge Geld sparen können.«

»Tja, dann muss ich eben die Ausnahme von der Regel sein, stimmt's?«, erwiderte sie. »Mit meiner Küche werde ich sie überzeugen. Und wenn die Franzosen wegbleiben, dann kommen eben die Engländer.«

»Den Franzosen ist es egal, wer ihnen mittags die Pommes frites macht, aber beim Dinner wünschen sie sich ein Gourmet-Erlebnis, und sie sind überzeugt, dass sie das nur bei einem Franzosen finden. Kein halbwegs vernünftiger Engländer eröffnet in Frankreich ein Restaurant. Und wenn doch, dann stellt er wenigstens einen französischen Chefkoch ein.«

»Soll ich mich etwa von der Belegschaft mit Fleur anreden lassen und von nun an mit französischem Akzent sprechen?

Du könntest mich etwas mehr unterstützen«, fügte sie leise hinzu. »Du weißt genau, das hier ist mein Traum. Darauf habe ich all die Jahre hingearbeitet. Es ist der Grund, wieso ich in den letzten fünf Jahren auf Yachten geschuftet habe. Außerdem werde ich dieses Jahr fünfunddreißig, also wenn ich es jetzt nicht tue …« Sie zuckte mit den Schultern.

»Auf einer Yacht zu kochen ist etwas völlig anderes, Rosie. Tut mir leid, aber ich kann mir einfach nicht vorstellen, dass du mit diesem Café Erfolg hast.« Charlie atmete tief durch. »Du bist eine gute Köchin, aber gleich nebenan kocht Seb Groc …« Er schüttelte den Kopf.

»Unterschiedliche Zielgruppen. Seb und ich haben bereits darüber gesprochen. Bist du fertig mit deiner Suppe? Dann bekommst du jetzt den Hauptgang.« Sie zog ihm die Schale weg, sobald Charlie den Löffel abgelegt hatte.

Sie ging in die Küche und sah zu Tansy. »Der Hauptgang ist schon fertig? Gut. Du servierst ihn. Sorg dafür, dass er alles hat, was er braucht. Und rede mit ihm nicht über mich. Ich fange hier schon mal mit Aufräumen an.«

Energisch zog sie den Hebel herunter, mit dem sie die große, altmodische Spülmaschine in Gang setzte.

»Vorsichtig, ganz vorsichtig.« Tansy füllte die Bratkartoffeln und das Gemüse in kleine Beilagenschälchen für Charlies Rindergericht.

»Hier, du hast die Meerrettichsauce vergessen, die er so mag.« Rosie drückte Tansy das Töpfchen in die Hand.

Dann beobachtete sie Charlie und Tansy misstrauisch durch den schmalen Durchgang zwischen Küche und Speiseraum. Es machte sie neidisch, dass die zwei noch lachen und scherzen konnten. So war es zwischen ihr und Charlie damals auch, bevor sich alles zwischen ihnen verändert hatte.

Sie wandte sich ab und schrubbte den Bräter, bis er vor Sauberkeit blitzte und ihre Finger von der Stahlwolle fast wund waren. Gerade als sie den Bräter ausspülte und zum Trocknen in das Ablaufgestell stellte, kam Tansy in die Küche zurück.

»Rate mal, was Charlie als Dessert möchte.« Tansy lächelte. »Und bitte setz dich auf einen Kaffee zu ihm.«

Wortlos holte Rosie eine Portion Tiramisu aus dem Kühlschrank. Das war Charlies absolutes Lieblingsdessert.

»Ich habe übrigens Lucky reingelassen«, teilte Tansy ihr mit. »Und wie jedes weibliche Wesen ist sie sofort auf Charlie zugelaufen. Jetzt liegt sie ihm zu Füßen und himmelt ihn an.« Sie stemmte die Hände in die Seiten. »Bringst du das jetzt raus und servierst es ihm?«

Rosie nickte. »Okay.« Sie konnte sich nicht ewig hier in der Küche verstecken, und nachdem Charlie ihr seine Meinung über das Café Fleur bereits gesagt hatte, konnten sie zumindest höflich und zivilisiert miteinander umgehen.

»Habe ich dir schon mal gesagt, dass du das beste Tiramisu der Welt machst?«, fragte Charlie.

»Ein- oder zweimal.« Rosie war fest entschlossen, ganz ruhig zu bleiben. »Kann sein, dass ich gestern Abend ein bisschen überreagiert habe.« Sie bückte sich und streichelte Lucky. »Sag James bitte, dass er, wenn er mag, am Dienstagmorgen um zehn Uhr wiederkommen kann.«

»Wird erledigt.« Charlie löffelte den letzten Rest Dessert von seinem Teller. »Fährst du immer noch deinen zerbeulten Mini, den du als Auto bezeichnest?«

Die Frage überraschte sie. Rosie schüttelte den Kopf. »Nein.« Den Wagen hatte sie für ein paar Hundert Euro verkauft, als sie für den Kauf des Café Fleur alles Geld zusammengekratzt hatte. »Ich dachte mir, ich komme eine Zeit lang auch ohne Auto zurecht. Den Sommer über arbeite ich hier ohnehin sieben Tage pro Woche. Da fahre ich nirgends hin.«

Sie wusste nicht genau, ob sie Charlie die Wahrheit gestehen sollte. Dass sie sich erst wieder ein Auto leisten konnte, wenn das Café erfolgreich lief.

Prüfend musterte er sie. »Und wie kommst du abends nach Hause?«

»Zu Fuß.«

»Der Gedanke gefällt mir nicht.«

»Ich habe ja jetzt Lucky.« Sie sah zu der Hündin hinunter. »Außerdem ist es nicht weit.«

»Das ist zumindest ein Anfang, schätze ich, aber selbst eine Viertelstunde Fußweg ist noch zu lang«, warf Charlie ein. »Mir wäre es lieber, wenn du ein Taxi nimmst.«

»Und mir wäre es lieber, wenn du dich um deinen eigenen Kram kümmerst. Wie ich nach Hause komme, geht dich nichts an. Außerdem brauche ich keine Viertelstunde, sondern nur fünf Minuten. Ich bringe dir die Rechnung.«

Erst auf dem Weg zum Tresen wurde ihr bewusst, dass Charlie nicht wissen konnte, dass sie mittlerweile umgezogen war. Auch das hatte sie getan, um zu sparen. Die Miete für ein Apartment in einem der neuen Wohnblöcke mit Meerblick war schon zu Zeiten ihrer Arbeit auf der »A Sure Thing« ein kostspieliger Luxus.

Erleichtert sah Rosie, wie Charlie die Rechnung bezahlte, ein großzügiges Trinkgeld gab und Tansy zum Abschied auf die Wange küsste.

»Wann immer du einen Job suchst, weißt du, wen du anrufen kannst«, sagte er zu ihr. »Ciao, wir drei sehen uns.«

Hinter dem Tresen fühlte Rosie sich vor Charlies Küssen sicher. »Ciao«, antwortete sie nur leise und hielt den Atem an, bis die Tür sich hinter ihm geschlossen hatte.

»Ein Glück, dass er ab morgen unterwegs nach Sardinien ist. Okay, die Tür ist zu. Mir reicht's für heute.« Sie sah zu Tansy.

»Ich habe ihn gebeten, James auszurichten, dass er wieder zurückkommen kann, wenn er will. Nicht zu fassen, dass er dir einen Job anbietet. Dieser Mistkerl ist anscheinend fest davon überzeugt, dass dieses Café scheitern wird, weil ich Engländerin bin.«

»Er macht sich doch nur Sorgen, dass du all deine Ersparnisse verlierst. Mehr nicht.«

»Diese Sorgen mache ich mir auch. Deshalb habe ich auch vor zu schuften, damit das hier zum Erfolg wird«, entgegnete Rosie beharrlich. »Hier ist das Trinkgeld, das er für dich dagelassen hat.«

»Halbe, halbe?«

Rosie schüttelte den Kopf. »Nimm du es. Ich bin sicher, es ist sowieso für dich bestimmt.«

»Vielen Dank, so großzügig wie immer.« Tansy steckte die Euros ein. »Okay, dann sehen wir uns am Dienstagfrüh in alter Frische. Arbeite morgen nicht zu viel. Denk dran, das sollte auch für dich ein freier Tag sein. Wenn du nichts anderes vorhast, dann geh mit Lucky spazieren.«

Nachdem Tansy gegangen war, räumte Rosie noch zu Ende auf und packte sich ein paar Essensreste für zu Hause in ihren Korb. Die Flasche Wein, die sie für Charlie geöffnet hatte, war noch halb voll. Sie korkte sie wieder zu und legte sie ebenfalls in den Korb. Davon würde sie sich heute Abend ein Glas gönnen, wenn sie zu Hause an ihrem Laptop saß und die Wochenabrechnung machte.

»Also schön, Lucky, Zeit für den Heimweg.« Sie knotete der Hündin ein dünnes Seil um den Hals. »Morgen kaufen wir dir ein Halsband und eine richtige Hundeleine. Aber heute muss das hier noch ausreichen.«

Zufrieden überprüfte sie, dass die Eingangstür fest verschlossen war, zog die Sicherheitsgitter nach unten und schloss ab. Dann ging sie mit Lucky über den Parkplatz zur Hauptstraße, wo sie wieder auf Charlie traf.

Als er ihr den Korb abnahm und an ihrer Seite ging, atmete sie tief durch. »Was tust du hier?«

»Ich sorge dafür, dass du sicher nach Hause kommst.«

»Es ist ein Sonntagnachmittag und nicht dunkel. Ich brauche keinen Begleiter.«

»Vielleicht nicht, aber ich möchte sehen, wo du jetzt wohnst.«

Aha. Er hatte also doch seine Schlüsse gezogen, als sie gesagt hatte, sie wohne nur fünf Minuten entfernt.

»Also, hier biegen wir nach links ab, und dann ist es dort hinten am Ende der Straße die umgebaute Villa. Siehst du? Keine fünf Minuten.«

Charlie sah in ihren Korb. »Bittest du mich noch auf ein Glas von meinem Wein zu dir herein?«

»N… also gut. Ich wohne im zweiten Stock.« Bei dem Haus angekommen gab Rosie den Code ins Tastenfeld neben der reich verzierten alten Eingangstür ein. Verdammt, wieso hatte sie zugestimmt? Wahrscheinlich aus schlechtem Gewissen. Charlie hatte die Flasche bezahlt, deshalb stand ihm mehr als nur das eine Glas zu, das er zum Lunch getrunken hatte.

Er folgte ihr die Marmortreppe hinauf. »Es ist schade, dass sie diese wundervollen Villen so umbauen und zerstückeln. Stell dir vor, wie es hier zur Glanzzeit ausgesehen haben mag.«

»Jetzt können wenigstens mehr Menschen in diesen Villen leben und es genießen.« Rosie schloss ihr Apartment auf.

Sie löste die Behelfsleine von Luckys Hals, und die Hündin sprang sofort auf das Sofa und rollte sich dort in einer Ecke zusammen. Diesen Platz hatte das Tier vom ersten Tag an für sich beansprucht.

Charlie stellte den Korb auf die Anrichte in der Küche. »Wo hast du Gläser?«

Rosie deutete auf einen Hängeschrank mit Glastüren. »Einen Moment, ich bin gleich zurück.«

Sie ging in ihr kleines Bad, und vom Klo aus blickte sie sich um. Der Wäschekorb quoll über, und die Toilettenrolle war leer. Hektisch stopfte sie die Schmutzwäsche in den Korb, bis der Deckel sich wieder schließen ließ, und steckte die letzte Rolle Klopapier in die Halterung. Dann wischte sie das Waschbecken aus. Für mehr blieb jetzt keine Zeit. Wahrscheinlich kam Charlie sowieso nicht hier rein. Sobald er sein Glas Wein getrunken hatte, würde sie ihn bitten zu gehen.

»Ich habe den Rest in den Kühlschrank gestellt.« Er reichte ihr ein Glas, sobald sie wieder aus dem Bad kam. »Cheers. Bist du sicher, dass du auch genug isst? Dein Kühlschrank ist fast leer.«

»Cheers. Ich esse nicht oft hier. Wozu soll ich mir hier Vorräte anlegen?« Sie sah ihm in die Augen. »Erzähl mal: Worum geht es bei den Geschäften, wegen deren du nach Sardinien fährst?« Im Grunde wollte sie sich überhaupt nicht mit ihm unterhalten. Er sollte gehen, aber über irgendetwas mussten sie ja sprechen, während sie ihren Wein tranken.

»Es geht um Ferien auf dem Bauernhof.« Er zuckte mit den Schultern. »Ich schätze, es ist vergeudete Zeit, aber Dad möchte, dass ich die Möglichkeiten dafür vor Ort erkunde.«

Sein Vater William leitete ein Unternehmen, das in nachhaltige Landwirtschaft investierte, und Charlie arbeitete als seine rechte Hand und würde das Unternehmen eines Tages fortführen. Rosie wusste, dass beide sich einer Politik des fairen Handels verpflichtet fühlten.

»Wenn ich zurückkomme, verbringst du dann den Tag mit mir?«, fragte er. »Den guten alten Zeiten zuliebe?«

Sie schüttelte den Kopf. »Nein, ich kann nicht. Die Saison fängt gerade an, und ich werde sehr beschäftigt sein. Außerdem sind unsere ›guten alten Zeiten‹ lange vorbei und abgeschlossen. Wenn William die Yacht nicht gekauft hätte, wären wir uns nie wieder über den Weg gelaufen. Wir bewegen uns heutzutage in völlig unterschiedlichen Kreisen.«

»Ich wäre sehr glücklich, mich wieder in deinen Kreisen zu bewegen.«

»Aber ich wäre in deinen Kreisen nicht glücklich.« Ungerührt erwiderte sie seinen Blick.

Charlie trank sein Glas leer. »Ich schwöre, wenn ich zurückkomme, werde ich alles tun, damit du deine Meinung änderst.«

»Halte dich bloß zurück, Charlie. Geh und triff dich mit einer anderen.«

»Da gibt es keine andere, Rosie. Ich …« Das Summen seines Handys unterbrach ihn, und er warf einen Blick aufs Display. »Entschuldige mich, da muss ich drangehen. Hi, Sarah, was gibt's?«

Rosie streichelte Lucky und versuchte nicht zu lauschen, doch es gelang ihr nicht. Wer war diese Sarah?

»Was? Okay, ich bin schon unterwegs. Ich komme, so schnell ich kann.« Er steckte sein Handy weg und wandte sich an Rosie. Er war kreidebleich. »Entschuldige, Rosie. Ein Notfall. Ich muss los.«

»Es ist doch nichts mit William, oder?«

»Nein.«

Bevor sie erkannte, was er vorhatte, beugte Charlie sich vor und gab ihr einen Kuss. »Pass auf dich auf. Und feuere James nicht wieder, denn ich habe ihm gesagt, er soll dich jeden Abend nach der Arbeit nach Hause begleiten. Ciao.« Damit ging er, und die Tür fiel hinter ihm ins Schloss.

In Gedanken versunken nippte sie von ihrem Wein. Was immer das für ein Notfall war, er hatte zumindest dafür gesorgt, dass Charlie ihr Apartment verließ.

Leider würde es schwieriger werden, als sie gedacht hatte, ihn ein zweites Mal aus ihrem Leben zu drängen.

Wann würde er endlich begreifen, wie ernst es ihr damit war, keine Beziehung mehr mit ihm oder sonst einem Mann einzugehen? Schon vor langer Zeit hatte sie erkannt, dass Beziehungen nur selten funktionierten. Und Rosie würde nie wieder riskieren, dass sie sich von einer persönlichen Beziehung in ihren Entscheidungen beeinflussen ließ. Das Café Fleur war jetzt ihr Baby. Ihr Ein und Alles.

11. Kapitel

GeeGee seufzte zufrieden. Endlich mal ein Sonntag, wie sie sich schon immer einen Sonntag in Frankreich vorgestellt hatte! Leider erlebte sie solche Sonntage nur selten.

Nach einem ausgedehnten Lunch an Ericas großem Küchentisch waren sie hinauf auf die Dachterrasse gegangen und hatten eine Stunde gefaulenzt, bis GeeGee von ihrem Liegestuhl aufgesprungen war. Sie fand, es war Zeit, sich bei ihrer Gastgeberin zu revanchieren.

»Kommt, jetzt bringen wir die Terrasse auf Hochglanz.«

Während der nächsten Stunden hatten Erica, Cammie und GeeGee Unkraut gejätet, die Pflanzen in ihren Kübeln gegossen, dann die Terrakottafliesen gefegt und geschrubbt und anschließend die kleinen, gusseisernen, weißen Stühle und den Tisch aufgestellt.

Erica hatte für die kleinen Laternen passende Kerzen gefunden, und jetzt wurde alles im Schein der untergehenden Sonne von einem warmen Licht erhellt. Es war der perfekte Ort zum Ausspannen.

Cammie lag bereits im Bett, und Erica hatte von unten ein Baguette und den restlichen Rosé vom Lunch heraufgeholt. Bisher hatte sie mit keiner Silbe erwähnt, worüber sie sprechen wollte.

GeeGee musste lächeln. So wie sie Erica kannte, war das vielleicht nur ein Vorwand, um sie herzulocken, damit sie eine warme Mahlzeit bekam. Ihr war klar, dass ihre Freundin sich ständig Sorgen machte, sie würde nicht genug essen.

GeeGee aß genauso gern wie alle anderen Menschen, aber wenn sie die Miete für Apartment und Schreibtisch im Büro, die Telefonrechnung und noch die Tankfüllung bezahlt hatte, blieb immer so wenig übrig. Und jetzt stand sie obendrein auch noch kurz davor, obdachlos zu werden.

Sobald sie ihre nächste Provision bekam, würde sie Erica und Cammie zum Essen ausführen und … Sie seufzte. Ihre nächste Provision wäre auch schon verplant, bevor sie sie überhaupt bekam. Genau wie die folgenden beiden oder fünf. In den nächsten Monaten würde es ihr schon schwerfallen, sich im Café Fleur einen Kaffee zu leisten. Vielleicht ließ Rosie sie als Gegenleistung für einen Lunch den Abwasch machen.

Als sie hörte, wie Erica die Treppe hinaufkam, verdrängte GeeGee ihre Geldsorgen. Mit etwas Glück vermittelte sie in den nächsten Tagen gleich mehrere Immobilien, fand ein Apartment, das sie sich leisten konnte, und alles in ihrer kleinen Welt wurde gut. Das Träumen konnte ihr niemand verbieten.

»Ich denke, ich sollte jetzt nach Hause fahren.« Sie atmete tief durch.

»Das musst du nicht. Du kannst bleiben.« Erica stellte ein Tablett auf den Tisch zwischen ihnen. »Du weißt genau, dass hier immer ein Zimmer für dich frei ist.« Sie warf GeeGee einen kurzen Blick zu. »Mir ist bewusst, dass es hier in der Gegend sehr auf den äußeren Anschein ankommt. Geld ist wichtig, und deine Kunden sind sicher sehr beeindruckt, wenn du ihnen beiläufig mitteilst, wo du wohnst.« Sie schüttelte den Kopf. »Du wohnst vielleicht auf dem Cap d'Antibes, aber dein Studio-Apartment ist genau wie dein Vermieter. Erbärmlich.«

»Das wissen meine Kunden aber nicht«, wandte GeeGee ein. »Sie denken, ich müsse unglaublich erfolgreich sein, wenn ich an diesem Ort lebe. Und die Kunden mögen es, mit erfolgreichen Menschen Geschäfte abzuschließen.«

»Aber du weißt, dass du ein besseres Apartment für weniger Geld bekommen könntest, wenn du nicht auf dem Cap wohnst. Dann würde dir noch genug fürs Essen bleiben.« Verärgert sah Erica ihr in die Augen, als sie ihr das Glas Wein reichte. »Ich wünschte, du würdest hier bei Cammie und mir einziehen. Dann bekämst du regelmäßige Mahlzeiten, und ich wäre bestimmt eine bessere Vermieterin als diese eklige Schlange, bei der du momentan wohnst.«

»Cheers.« GeeGee zögerte. »Ehrlich gesagt, es könnte sein, dass ich auf dieses Angebot zurückkommen muss. Stan verlängert meinen Mietvertrag nicht.«

»Was?«

»Nächste Woche muss ich dort raus. Im Moment gibt es auf dem Markt keine Mietangebote, die auch nur annähernd für mich infrage kommen, selbst wenn ich das Geld für Kaution und Mietvorauszahlung hätte. Was nicht der Fall ist.«

»Wieso erfahre ich das erst jetzt?«, regte Erica sich auf. »Okay, keine Widerrede, du ziehst morgen bei uns ein.«

»Danke. Ich versuche, dir nicht im Weg zu sein. Sobald ich wieder etwas Geld auf dem Konto habe, suche ich mir etwas anderes. In Antibes gibt es eine Villa, die ich bestimmt bald verkauft habe, und dann ist da noch ein Apartment an der Küstenstraße, das sicher auch schnell einen Käufer findet. Ich muss nur noch ein paar Kunden ihr glückliches neues Zuhause vermitteln.«

Zutiefst erleichtert seufzte sie auf. »Ich bin dir wirklich etwas schuldig.« Sie trank von ihrem Wein. »Und jetzt verrate mir, worüber du mit mir reden wolltest.«

»Über den Verkauf von diesem Haus.«

Fast hätte GeeGee sich an ihrem Wein verschluckt. »Im Ernst?«

Erica nickte. »Ich möchte, dass du für mich einen Käufer für das Haus findest.«

»Aber …« GeeGee zögerte. »Bist du sicher, dass ein Verkauf das Richtige ist? Mit diesem Haus verbindest du so viele Erinnerungen. Cammie auch. Ihr wart hier mit Pascal so glücklich.«

Erica strich an ihrem Glas entlang. »Genau das ist Teil des Problems. Ich denke immer noch, er könnte jeden Moment die Treppe hinaufkommen, um nach mir zu sehen. Wo immer ich mich in diesem Haus befinde, er ist irgendwie da. Bestimmt geht es Cammie ähnlich, und das kann auf lange Sicht nicht gesund sein, oder? Ich wünsche mir so sehr eine glückliche Kindheit für sie. Und die soll nicht von Geistern der Vergangenheit überschattet werden.«

Schweigend musterte GeeGee ihre Freundin.

»Ich rede hier nicht davon, dass ich Pascal vergessen will. Wie könnte ich? Aber wenn wir an einem Ort leben, wo nicht jedes Zimmer mit Familienerinnerungen überfrachtet ist, dann ist das bestimmt leichter. Hier oben kann ich ihn förmlich vor mir sehen, wie er den Grill hervorholt und einen Abend mit Freunden vorbereitet.« Sie sah zu GeeGee. »Ich weiß noch sehr genau, wie glücklich wir waren. Wie wunderschön unser Leben vor dem Unfall war.«

»Hast du mit Cammie über einen Umzug gesprochen?«

Erica verzog das Gesicht. »In gewisser Weise. Am liebsten möchte sie so ein Haus wie das von Madeleine, vorausgesetzt, wir nehmen Pascals Sachen mit. Oh, und sie wünscht sich nach dem Umzug einen Hund. Ganz allmählich taucht sie wieder aus der Melancholie auf, in die sie nach Pascals Tod gefallen ist. Diesen Fortschritt will ich nicht riskieren, deshalb gehe ich es nur langsam an. Die panische Angst vor dem Autofahren hat sie noch nicht überwunden.« Sie trank ihren Wein aus. »Ein neues Zuhause wäre für uns beide ein Neuanfang, der erste Schritt in eine hoffnungsvolle Zukunft.

Dort würden nicht in jedem Zimmer die Geister der Vergangenheit auf uns lauern.«

»Möchtest du denn in der Gegend bleiben?«

Erica nickte. »Cammies Schule und mein Geschäft müssen beide fußläufig zu erreichen sein.«

»Da gibt es zurzeit nicht viele günstige Immobilien«, wandte GeeGee ein.

»Dank der Auszahlung von Pascals Versicherung braucht es nicht ganz so günstig zu sein. Ich suche einfach nur einen Ort, an dem Cammie und ich wieder lernen können, glücklich zu sein. Oh, und ein Pool wäre schön.«

12. Kapitel

Am Dienstagmorgen wartete Tansy bereits auf sie, als Rosie zur Arbeit kam. »Bin ich zu spät, oder bist du zu früh?«, wollte Rosie wissen.

»Ich bin früh dran. Ich muss was mit dir besprechen, bevor wir anfangen.«

»Klingt ja mysteriös. Du willst doch nicht etwa Charlies Angebot annehmen und wieder auf seiner Yacht arbeiten?«

»Natürlich nicht. Rob und ich haben uns auf ein Datum für unsere Hochzeit geeinigt.«

»Oh, fantastisch! Herzlichen Glückwunsch.«

»Darüber denkst du sicher anders, wenn ich dir sage, dass es schon im August sein soll und dass wir hier im Café bei einem Empfang feiern wollen.«

»Ernsthaft?« Ungläubig sah Rosie sie an.

Tansy nickte. »Am letzten Samstag im Monat. Nachmittags die Hochzeit, und abends der Empfang mit Party.«

Sofort gingen Rosie die Probleme durch den Kopf, die sich dadurch ergaben: Am Strand würden noch viele Badegäste sein, sie müsste für alle anderen Kunden schließen, sie müsste mehr Hilfskräfte einstellen, außerdem würde es sehr heiß werden, und nach der Hochzeit würde Tansy … »Flitterwochen?«

»Die können wir uns nicht gleich leisten, deshalb verschieben wir es und machen zum Jahreswechsel einen Skiurlaub.«

Das war immerhin etwas. »Wie viele Gäste?«

»Nicht viele und alles ganz unkompliziert.« Tansy winkte ab. »Kein förmlicher Empfang und auch kein Dinner, bei dem alle an Tischen sitzen. Gutes Essen ist mir wichtig, und dann sollen alle am Strand tanzen. Vielleicht gibt es am Ende der Party noch ein kleines Feuerwerk. Und viel Champagner. Im Grunde soll es eine große Strandparty werden. Was denkst du?«

»Ich bin mir nicht sicher.« Rosie dachte nach. »Die Idee gefällt mir, aber sollte nicht lieber jemand wie Seb das Ganze für dich organisieren?«

Entschieden schüttelte Tansy den Kopf. »Ich bezweifle, dass wir uns Sebs Preise leisten können. Hoffentlich machst du uns ein gutes Angebot. Bitte, bitte?«

»Tansy, ich weiß wirklich nicht. Ich möchte Ja sagen, aber ich befürchte, dass das alles zu viel wird, wenn wir heißes Wetter haben und der Strand voller Menschen ist.«

»Und wenn wir uns auf ein ganz einfaches Menü einigen?«, flehte Tansy. »Ich könnte einiges davon vorbereiten, wenn ich nicht arbeite, und es dann einfrieren. Es würde doch nur bedeuten, dass wir für diesen einen Abend keine Reservierungen fürs Dinner annehmen. Wenn du um drei Uhr schließt und die Party fängt um, sagen wir, acht Uhr an, dann wären das noch fünf Stunden, um alles fertig zu machen und zu organisieren. Bitte?«

Rosie seufzte. »Ich kann nur hoffen, dass ich das nicht bereue … Okay. Aber nur ein Büfett, bei dem sich alles leicht vorbereiten lässt. Kein mehrgängiges Dinner an Tischen. Möchtest du eine Torte?«

»Ja, aber die kannst du vorbereiten, wenn es gerade ruhig ist«, antwortete Tansy glücklich. »Obsttorten brauchen viel Alkohol und Zeit zum Durchziehen. Tausend Dank.« Tansy schlang die Arme um sie und drückte Rosie an sich.

Als Rosie die Eingangstür und die Fensterläden öffnete, schien die Sonne. Lucky lief sofort über den Strand zu Seb, der auf dem Felsen saß, den Rosie bereits als »Sebs Felsen« bezeichnete, weil er so häufig dort saß.

Beiläufig hob er die Hand und winkte ihr zu, während er mit der anderen Hand Lucky kraulte. »Hi. Schade, dass du am Samstag so früh wieder gegangen bist. Hast du dich nach deinem Ausraster inzwischen wieder beruhigt?«

Bei seinen Worten musste sie lachen. »Ausraster? So kann man es auch nennen. Das kommt nur, weil Charlie … Tut mir leid. Allerdings glaube ich nicht, dass mich jemand vermisst hat.«

»Ich schon«, entgegnete er leise. »Ich habe immer noch die Flasche Champagner, die ich für dich reserviert hatte.«

»Da gab es sicher eine Menge Leute, die liebend gern mit dir angestoßen hätten. Die Party war in vollem Gange, als ich mich zurückgezogen habe.«

»Hast du für heute Abend Reservierungen?«

»Bisher zwei Tische. Wieso?«

Seb zuckte mit den Schultern. »Ich dachte, wir könnten uns heute Abend nach der Arbeit am Strand treffen und die Flasche Champagner köpfen. Dann stoßen wir auf die kommende Saison an und wünschen uns alles Gute, bevor wir beide von Gästen überrannt werden und außerhalb der Arbeit zu gar nichts mehr kommen.«

»Heißt das, du denkst mittlerweile, ich könnte in diesem Sommer tatsächlich Gäste haben, die etwas essen wollen, was ich gekocht habe?« Sie straffte die Schultern. »Tja, damit zeigst du mehr Zuversicht als Charlie.«

Auf Sebs Blick hin zuckte sie mit den Schultern. »Oh, er hat nur das Vorurteil zitiert, dass die Franzosen keine englische Küche mögen. Er denkt, dass ich all mein investiertes Geld verlieren werde.«

»Stimmt, die Möglichkeit besteht«, wandte Seb ein. »Aber

in diesem ersten Sommer hat dein Café noch den Reiz des Neuen. Die Durststrecke könnte dir erst im nächsten Jahr bevorstehen, wenn wir Franzosen entschieden haben, ob wir dich lieben oder hassen.«

»Fantastisch.« Ohne es zu wollen, musste Rosie lächeln.

Seb stand auf. »Aber heute Abend müssten wir beide um zehn Uhr Zeit haben. Wir treffen uns hier, ja? Ich bringe den Champagner und du die Gläser, abgemacht?«

Sie lächelte. »Abgemacht. Komm, Lucky, wir gehen.«

Es wurde ein sehr geschäftiger Tag im Café Fleur, da viele Menschen den Sonnenschein am Strand genossen. Rosie bekam viele Komplimente für ihr Essen, und die Leute versprachen, regelmäßig wiederzukommen. Sie bekam sogar eine Reihe von Reservierungen für das nächste Wochenende, und zu den zwei Reservierungen für den Abend kam noch ein weiterer Tisch für fünf Personen.

Als sie gemeinsam mit Rosie das Dinner vorbereitete, machte Tansy kein Hehl aus ihrer Ansicht, dass sie ohne James' Hilfe kaum zurechtkommen würden. »Ein Glück, dass du zur Vernunft gekommen bist und James gesagt hast, dass er heute kommen kann. Du wirst ihm doch hoffentlich einen Job für die ganze Saison anbieten, oder?«

»Das wollte ich davon abhängig machen, wie er sich heute Abend aufführt«, erwiderte Rosie. »Er ist wirklich eine große Unterstützung, das lässt sich nicht bestreiten. Ich wünschte nur, er wäre nicht mit Charlie verwandt.«

Als James eintraf, freute er sich sehr über das Angebot, die ganze Saison über im Café Fleur arbeiten zu können.

»Aber du musst alles Mögliche erledigen. Es geht nicht nur ums Kochen«, warnte Rosie ihn.

»Toll. Geht klar«, antwortete er. »Das macht es mir auf jeden

Fall leichter, Charlies Anweisung zu folgen, dich jeden Abend sicher nach Hause zu bringen.« Jungenhaft grinste er Rosie an.

»Wenn du für mich arbeitest, wirst du meine Anweisungen befolgen und nicht die von Charlie. Deshalb kannst du diesen Begleitservice gleich wieder vergessen und auch alle anderen Anweisungen von Charlie, die mich betreffen. Verstanden?«

James nickte. »Natürlich, Boss.«

Unwillig sah sie ihn an. Machte er sich über sie lustig? »Jetzt ist er ja unterwegs nach Sardinien. Ich habe heute früh gesehen, wie die ›A Sure Thing‹ abgelegt hat.«

»Weißt du nicht, dass die Pläne sich geändert haben? William und Mum fahren nach Sardinien, aber Charlie ist auf dem Weg nach England.«

Wenigstens war er nicht mehr im Land. Folglich konnte er auch nicht überraschend auftauchen. »Da wir gerade von William sprechen: Heißt seine Sekretärin Sarah?«, fragte sie beiläufig. »Oder ist das die Assistentin von Charlie?« Noch während sie die Frage stellte, wunderte sie sich, dass sie das überhaupt interessierte.

James zog die Schultern hoch. »Weder noch. Und bevor du fragst: Ich weiß auch nicht genau, wieso Charlie nach England gereist ist. Irgendein privater Notfall. Also, dann kümmere ich mich jetzt um die Bar, okay? Sehe nach, ob alles aufgefüllt ist.«

»Mist, und ich hatte gehofft, Charlie würde länger in England bleiben«, sagte Rosie, mehr zu sich selbst. »Okay, dann kümmere ich mich ums heutige Dessert.« Sie hatte Syllabubs geplant, ein typisch englisches Dessert aus Weißwein, Zitronenschalenstreifen und gesüßter Sahne mit Eischnee.

An diesem Abend hatten sie viel zu tun, zumal zusätzlich noch ein paar Tische mit Gästen besetzt waren, die nach einem Tag am Strand spontan zum Essen ins Café kamen. Erst nach zehn Uhr konnte Rosie Tansy und James verabschieden.

Mit zwei Sektflöten in der Hand schloss sie das Café ab und ging mit Lucky zu Seb hinüber, der bereits auf dem Felsen saß. Im Sand zu seinen Füßen steckte eine gekühlte Flasche Champagner.

»Entschuldige die Verspätung. Letztlich hatten wir heute Abend doch viel zu tun.«

Er winkte ab. »Viel zu tun ist immer eine gute Nachricht. Wir mussten heute Abend nur die Hotelgäste verpflegen. Wahrscheinlich muss es sich erst noch herumsprechen, dass wir geöffnet haben.« Geschickt entkorkte er die Flasche und schenkte ihnen beiden von dem goldgelben Champagner ein.

Lächelnd hob er sein Glas. »Santé. Auf das Café Fleur.«

»Und auf dein Beach Hotel.« Sie stieß mit ihm an. »Vielleicht steht uns beiden eine gute Saison bevor.«

»Kennst du Charlie eigentlich schon lange?«

»Zu Collegezeiten waren wir zwei Jahre zusammen. Dann haben wir uns wiedergetroffen, als William die Yacht gekauft hat.« Mehr brauchte er nicht zu wissen. Das alles lag jetzt schon so lange zurück.

Sie trank einen Schluck Champagner, bevor sie nachfragte: »Und du?«

»Ich kenne ihn seit ein paar Jahren.«

»Ich hätte gar nicht gedacht, dass ihr zwei viel gemeinsam habt.« Mist, wieso klang das so neugierig? Doch Sebs Vergangenheit interessierte sie tatsächlich sehr.

»Wir kennen uns vom Backgammon.« Er sah kurz zu ihr. »Spielst du auch?«

Rosie schüttelte den Kopf. »Nein. Charlie hat mal versucht, es mir beizubringen. Dann haben wir erkannt, dass Monopoly eher meine Art von Spiel ist.« Sie sah ihm in die Augen. »Und jetzt? Spielst du noch?«

»Nicht mehr in Casinos. Das war wie eine Sucht. Und auf Dauer zu kostspielig. Deshalb habe ich damit aufgehört.«

»Einfach so?«

Er nickte. »Dieses Hotel reicht mir im Moment als Glücksspiel. In dieses Haus investiere ich all mein Geld und all meine Energie.« Er zog eine Packung Zigaretten hervor und bot Rosie eine an.

Sie schüttelte den Kopf. »Nein, danke. Hast du schon mal versucht, es aufzugeben? Dadurch könntest du Geld sparen. Und gesünder wäre es obendrein.«

»Ständig. Vielleicht schaffe ich es diesen Sommer. Und was hast du für Laster, Rosie? Heimliche oder andere?« Während er sprach, steckte er die Zigaretten wieder weg.

Lächelnd schüttelte sie den Kopf. »Keine Laster. Tut mir leid, wenn das langweilig ist. Ich habe eine Schwäche für sehr dunkle Schokolade, und ich kaufe mir zu viele Bücher, aber abgesehen davon ... Es sei denn, du zählst eine gelegentliche Wette auf der Pferderennbahn als Laster?«

»Nein, so was zählt nur als Laster, wenn du täglich ins Wettbüro läufst.«

Sie lachte. »Dazu fehlen mir das Geld und die Zeit.« Sie unterdrückte ein Gähnen. »Entschuldige, ich bin müde. Es war ein sehr langer Tag. Ich denke, ich gehe lieber nach Hause.«

»Ich begleite dich.« Seb trank sein Glas leer.

»Nicht nötig, ehrlich«, widersprach sie. »Es ist nicht weit, und ich habe Lucky dabei.«

»Aber es ist schon spät. Ich kann nicht zulassen, dass du zu dieser Uhrzeit allein durch die Straßen läufst.«

»Dann bringe ich nur noch schnell die Gläser zurück.« Rosie war zu erschöpft, um sich weiter zu sträuben. Hoffentlich sah keiner von ihren Nachbarn, dass sie an zwei aufeinanderfolgenden Tagen von zwei verschiedenen Männern nach Hause gebracht wurde.

Als sie später an der Haustür der Villa angekommen waren, verabschiedete Seb sich mit einem schlichten »Bonne nuit« und ging davon.

Rosie seufzte und riss sich zusammen. Ganz bestimmt hatte sie sich nicht nur eingebildet, dass es zwischen Seb und ihr heute Abend gefunkt hatte. Im Grunde war das im Moment das Letzte, was sie gebrauchen konnte. Auf keinen Fall wollte sie ihr Leben in den nächsten Wochen noch komplizierter machen, indem sie eine Beziehung anfing, denn zum Ende des Sommers wäre diese Affäre sicher spätestens wieder vorbei.

Sobald sie ihr Apartment betrat, bemerkte sie das rote Blinken des Anrufbeantworters. Während Lucky ihren Platz auf dem Sofa ansteuerte, drückte Rosie den kleinen Knopf am AB und hörte die Stimme ihrer Mutter.

»Darling, ich komme dich besuchen. Für Ende der Woche habe ich mir einen Flug gebucht, wir sehen uns also am Freitag. Bis dann.«

Entnervt seufzte Rosie auf. Sie liebte ihre Mutter über alles, aber manchmal kostete Olivia sie auch den letzten Nerv.

»Wie wär's mit einer Ankunftszeit, Mum?«, fragte sie leise. »Und wie lange bleibst du? Irgendwelche näheren Infos, das wäre doch schön gewesen.« Typisch Olivia, sich nicht mit solchen lästigen Details abzugeben.

13. Kapitel

Rosie sah auf die Uhr. Es war ein Fehler, diesen Termin am Vormittag anzunehmen. Wenn Lucky nicht in den nächsten Minuten drankam, würde sie die Tierarztpraxis wieder verlassen. Schon jetzt würde sie viel später zum Café kommen, als sie ursprünglich geplant hatte.

Gerade als sie gehen wollte, wurde Lucky aufgerufen, und sie ging mit der Hündin in das Behandlungszimmer. Zu Rosies Erleichterung war der Tierarzt mit Luckys Zustand sehr zufrieden.

»Sie ist ein bisschen dünn, aber das ist besser, als wenn sie zu fett wäre. Wenn sie ein paar Monate bei Ihnen lebt, wird sie schon zunehmen. Ich schätze, sie ist ungefähr drei Jahre alt. Sie braucht eine ID-Tätowierung und einen Mikrochip, das erledige ich schnell. Aber wie ist es mit einer Sterilisation? Soll ich für nächsten Monat einen Termin machen?«

Rosie schüttelte den Kopf. »Können wir das auf Anfang September verschieben? Die nächsten Monate werden bei mir ziemlich hektisch, da kann ich ihr nicht die nötige Aufmerksamkeit schenken, die sie nach so einer Operation braucht.«

Den Rückweg zum Café legte sie halb rennend zurück, während Lucky neben ihr hertrabte. In Gedanken ging Rosie den Plan für die nächsten Stunden durch. Ein sonniger Tag bedeutete neben den Essensgästen noch viele weitere Kunden, die sich etwas zum Mitnehmen kauften.

Hoffentlich hatte Tansy die Zutaten für das Tagesgericht schon zusammengestellt und James die Baguettes und Sandwiches vorbereitet. Einer von ihnen hatte hoffentlich bereits damit angefangen, die Kartoffeln und das Gemüse für die Reservierungen für den Lunch und das Dinner zu putzen und zu schneiden.

Sie durfte nicht vergessen, noch heute Nachmittag dem Fleischer die Bestellungen für nächste Woche durchzugeben. Und heute Abend, nachdem sie geschlossen hatte, musste sie den Bestand an Desserts aufstocken.

Als sie den Parkplatz hinter dem Café betrat, blieb Rosie abrupt stehen. Dort standen zwei Autos der Gendarmerie und ein Lieferwagen mit städtischem Kennzeichen vor der Mauer, hinter der die Küche lag. »Was ist hier los?«, fragte sie sich und betrat die Küche.

»Ein Glück, dass du wieder hier bist.« Tansy kam auf sie zu. »Monsieur Douce von der Gesundheitsbehörde ist vorn im Speiseraum mit James, und diese beiden Polizisten möchten unbedingt mit dir sprechen.«

Rosie warf einen Blick in den Gästeraum, wo der Gesundheitsinspektor den Kühlschrank der Bar inspizierte. Vielleicht war es besser, wenn sie zuerst mit den Gendarmen sprach. Sie wollte das Café öffnen, aber wenn Polizisten hier herumliefen, würde das nicht gerade ein familienfreundliches Bild abgeben.

Erleichtert hörte sie, dass es sich nur um eine Routineuntersuchung »zum Kennenlernen« handelte, wie es einer der Beamten ausdrückte. Keiner von ihnen sprach von Drogen, und auch Rosie schnitt das Thema nicht an. Sie bot den Männern Kaffee an und war ganz ihrer Meinung, dass sie niemanden in ihrem Café gebrauchen konnte, der Schwierigkeiten machte. Ja, sie sei Engländerin. Ja, sie könne trotzdem kochen.

Schließlich verabschiedeten sich die Beamten, und Rosie ging zu James, der Monsieur Douce gerade die beiden Garderoben zeigte. Der Mann hielt ein Clipboard mit einigen offiziell aussehenden Formularen in der Hand.

»Ah, Mademoiselle Hewitt. Wir müssen uns unterhalten.«

Rosie schluckte. Irgendetwas stimmte ganz offensichtlich nicht. Sie wusste, dass diese Gesundheitsinspektoren einem das Leben zur Hölle machen konnten, deshalb atmete sie tief durch und lächelte. »James, machst du uns bitte zwei Kaffee? Und dann schließ bitte das Café auf.«

An den Gesundheitsinspektor gewandt sagte sie: »Trinken wir den Kaffee doch auf der Terrasse, während Sie mir von den Problemen erzählen.«

Die Probleme bestanden anscheinend darin, dass a) der Kühlschrank der Bar nicht kalt genug war, b) die elektrischen Leitungen überall zu schlecht isoliert waren und c) die flachen Stufen zur Terrasse keine weißen Kanten hatten, um zu verhindern, dass jemand stolperte.

All das war nicht sonderlich schwer zu beheben. Rosie fing an, sich innerlich zu entspannen.

Doch das vierte Problem raubte ihr den Atem. »Wie bitte? Das ist doch nicht Ihr Ernst.«

Der Inspektor nickte langsam. »Mein voller Ernst, Mademoiselle. Lebensmittelvergiftung ist ein großes Problem. Sowohl für mich als auch für Sie.«

»Aber ich habe doch erst seit zehn Tagen geöffnet. Da hatte ich ja gar keine Zeit, irgendjemanden zu vergiften.«

»So eine Anschuldigung ist schnell gemacht«, stimmte Monsieur Douce ihr zu. »Normalerweise treten solche Probleme eher auf, wenn es heiß ist.«

Rosie seufzte. Wenn es sich herumsprach, dass man vom Essen im Café Fleur krank werden konnte, wäre ihr Ruf ruiniert, noch ehe sie überhaupt richtig angefangen hatte. »Wann soll ich denn angeblich jemanden vergiftet haben?«

»Am Samstag. Zwei Gäste. Sie waren zu krank, um am nächsten Tag nach Hause zu fliegen. Wenn ich es richtig verstanden habe, wird ihr Anwalt sich wegen einer Entschädigung mit Ihnen in Verbindung setzen. Und jetzt werde ich noch Ihre Küche inspizieren.«

Nachdenklich folgte sie ihm nach hinten. Samstag, das war der Abend von Sebs Party. An dem Abend hatten sie viele Gäste gehabt, das stimmte. Aber alles war problemlos gelaufen. Es hatte keine langen Wartezeiten gegeben und auch keine übermäßige Hektik in der Küche. Alle Speisen hatten gut und appetitlich ausgesehen.

Nachdem der Inspektor den alten Kühlschrank als veraltet deklariert hatte – »unhaltbarer Zustand, ersetzen Sie ihn bis zu meinem nächsten Besuch« – und gegangen war, hatte Rosie keine Zeit mehr nachzugrübeln. Sie konnte nur noch versuchen, alle anstehenden Aufgaben zu erledigen und die verlorene Zeit wieder aufzuholen.

James war damit beschäftigt, Bestellungen zum Mitnehmen zuzubereiten, und rief hin und wieder in Richtung Küche: »Mehr Salatbaguettes, keine Pfannkuchen mehr, sechsmal Fish and Chips, bekommen wir das hin?«

»Als würden heute alle kurz vor dem Hungertod stehen«, beschwerte Rosie sich leise.

An den Tischen auf der Terrasse war kein einziger Platz mehr frei, und auch der Gastraum füllte sich zusehends.

»Wir brauchen einfach mehr Hilfe«, stellte Tansy fest, während sie unablässig kochte. »Wann kommt denn deine Mutter?«

»Das weiß ich nicht.« Rosie lachte trocken auf. »Aber wenn du hoffst, sie würde uns helfen, dann vergiss das wieder. Heutzutage hat sie die Begriffe ›Küche‹ und ›kochen‹ aus ihrem Vokabular gestrichen. Die hat sie ersetzt durch ›Restaurant‹ und ›auswärts essen‹, sobald ich von zu Hause ausgezogen bin.«

Irgendwie überstanden sie den Tag, ohne dass die Gäste sich über die Wartezeit zu sehr aufregten, weil Rosie sie alle mit kleinen Gläsern mit eisgekühltem Rosé bestach.

Gegen drei Uhr nachmittags hängte James das »Geschlossen«-Schild an die Tür.

»Was für ein Tag! Läuft das von nun an immer so?«, fragte er in die Runde.

»Falls ja, dann brauchen wir mehr Leute, und zwar schnell.« Tansy reichte ihm seinen Lunch. »Ich bin fix und fertig, dabei steht uns noch der Abend bevor.« Sie setzte sich mit einem gemischten Salat zu James und Rosie an den Küchentisch.

»Aber was, wenn das nur eine einmalige Ausnahme war?«, gab Rosie zu bedenken. »Ich kann es mir nicht leisten, zusätzlich noch jemanden einzustellen, wenn wir nicht immer so viel zu tun haben. Und wenn sich das mit der Lebensmittelvergiftung rumspricht, bleibt uns die Kundschaft sowieso weg.«

In kurzen Worten berichtete sie den beiden, was der Gesundheitsinspektor gesagt hatte. »Ich kann nur abwarten, was passiert, aber den neuen Kühlschrank muss ich in jedem Fall bald anschaffen.«

Tansy zuckte mit den Schultern. »Ich denke, was immer auch passiert, du musst es riskieren, zusätzlich noch jemanden einzustellen. Wenigstens tagsüber. So was wie heute halten wir nicht sechs Tage pro Woche durch.«

»Sieben ab Juni«, stellte Rosie richtig. »Glaubt ihr, es war auch deswegen so schlimm, weil ich nicht früh genug hier war, um alles mit vorzubereiten und mich um die zusätzlichen Unterbrechungen zu kümmern?«

Tansy atmete tief durch. »Geholfen hat es nicht, aber heute waren es einfach viel mehr Gäste als sonst.«

Alle drei nahmen sich die Zeit für einen ausgiebigen Lunch, und Rosie war dankbar, als sowohl Tansy als auch James ihr anboten, auf die Nachmittagspause zu verzichten und stattdessen gemeinsam mit ihr das Menü für das Dinner vorzubereiten.

Zum Glück hatten sie abends zwar ausreichend Gäste, aber es war nicht so hektisch wie tagsüber. Die Gäste waren glücklich, an den Tischen zu sitzen und in aller Ruhe ihr Essen zu genießen.

Um neun Uhr drehte James das Schild an der Tür wieder auf »Geschlossen«, und um halb zehn waren Tansy und er gegangen.

Rosie blieb allein in der Küche zurück und fragte sich, was sie davon halten sollte, dass Olivia nicht erschienen war. Als ihr Handy summte, zog sie es hervor und hoffte, es sei eine Nachricht von ihrer Mutter.

Doch es war Charlie. »Am Montag zurück in Frankreich. Hole dich abends um acht Uhr zum Dinner ab.«

Seufzend begann Rosie, ihre Antwort einzutippen: »Tut mir leid, klappt nicht. Bitte h…«

Als es hinten an der Küchentür klopfte, zuckte sie zusammen. Sie steckte ihr Handy weg und öffnete vorsichtig die Tür.

Ein weißer luxuriöser Sportwagen setzte gerade rückwärts vom Parkplatz, und vor ihr stand Olivia mit einer großen Ledertasche zu ihren Füßen.

»Hallo, Liebling. Dann hatte ich also doch die richtige Adresse.«

»Du bist doch nicht etwa darin hergekommen, Mum, oder?« Rosie deutete auf den Wagen, der sich gerade wieder in den Verkehr einfädelte.

»Oh, doch, das bin ich«, erwiderte Olivia. »Hast du noch was zu essen? Ich bin am Verhungern. Ein Glas Wein wäre auch nicht schlecht.«

Während sie eine Flasche Rosé aus dem Kühlschrank holte, fragte Rosie: »Schinkensandwich oder Omelette?«

»Ein Sandwich bitte.« Olivia musterte sie. »Ich muss mit dir reden. Es ist wichtig.«

»Du bist doch nicht krank, oder?«, fragte Rosie besorgt, während sie ihrer Mutter ein Glas Wein reichte.

Olivia schüttelte den Kopf. »Nein, Darling, aber ich muss dir etwas sagen, was du unbedingt von mir erfahren solltest, bevor du es von anderer Seite hörst. Können wir uns vielleicht nach draußen auf die Terrasse setzen?«

»Natürlich. Geh schon mal vor. Ich komme gleich nach. Nimm den Wein mit.« Sie sah ihrer Mutter hinterher, die durch den Gästeraum ging. Wenn sie es nicht besser wüsste, würde sie sagen, dass ihre Mutter, sonst immer die Hohepriesterin der ruhigen Gelassenheit, heute Abend nervös wirkte.

In Gedanken versunken strich Rosie Butter auf ein paar Scheiben Brot. Von seichter Konversation hatte ihre Mutter noch nie viel gehalten. Wenn Olivia also nicht krank war, worum in aller Welt ging es dann? Hatte das hier etwas mit Rosies Vater zu tun, der schon seit ewiger Zeit nichts mehr von sich hatte hören lassen? Hatte er sich nach Jahren des Schweigens wieder bei ihr gemeldet?

Zur Zeit der Trennung ihrer Eltern war Rosie erst acht Jahre alt, zum Zeitpunkt der Scheidung zehn. Seitdem war ihr Vater kaum noch ein Teil von Rosies Leben. Anfangs hatte er sie manchmal noch am Wochenende besucht oder an ihrem Geburtstag, doch als sie zum Teenager geworden war, hatte er sich nach Amerika abgesetzt, und seitdem hatte sie ihn nicht mehr gesehen. Er hatte ihr zwar versprochen, er werde ihr New York und San Francisco zeigen, doch das hatte er nie getan.

Schon vor Langem hatte sie aufgehört, ihn zu vermissen. Ab und zu dachte sie noch an ihn, aber das geschah eher im Zusammenhang mit anderen Erinnerungen an ihre Kindheit.

Wann hatte sie das letzte Mal mit ihm gesprochen? Damals war sie siebzehn, also vor einer Ewigkeit. Hatte Olivia in der Zwischenzeit von ihm gehört? Und falls ja, hätte sie Rosie davon erzählt?

Während ihrer Kindheit hatten sie und Olivia sich nicht direkt aneinandergeklammert, um sich gegenseitig zu stützen, doch beide hatten versucht, die andere vor weiterem Leid zu bewahren. Folglich hatten sie jetzt eine engere Beziehung als die meisten von Rosies Freundinnen zu ihren Müttern.

Rosie holte ein paar Scheiben Schinken aus dem Kühlschrank und dachte daran zurück, wie eng Olivia und sie sich verbunden gewesen waren. In gewisser Weise hatte sich daran nie etwas geändert. In letzter Zeit hatten sich ihre Leben einfach nur in unterschiedliche Richtungen entwickelt.

Als Rosie aufs College gegangen war, hatte das den Wendepunkt bedeutet. Beide hatten sich ein eigenes Leben aufgebaut, und seitdem war es eher eine normale Mutter-Tochter-Beziehung. Manchmal stritten sie jetzt sogar miteinander, was niemals infrage gekommen wäre, als Olivia als alleinstehende Mutter täglich gekämpft hatte, damit etwas zu essen auf dem Tisch stand und sie beide etwas zum Anziehen hatten.

Schnell bereitete sie das Sandwich zu und lief hinter Olivia her.

»Das ist ja eine wunderschöne Lage«, stellte Olivia fest. »Wie läuft das Café?«

»Gut bisher. Abgesehen davon, dass jemand behauptet, eine Lebensmittelvergiftung erlitten zu haben, aber das erzähle ich dir später. Zuerst will ich wissen, worum es hier überhaupt geht. Bist du sicher, dass dir nichts fehlt? Du wirkst so dünn.«

»Ich mache schon seit ein paar Wochen diese 5-zu-2-Diät.«

»Also worum geht es dann? Hat sich der, dessen Name nicht genannt werden darf, bei dir gemeldet und dich aus der Fassung gebracht?«

»Lieber Himmel, nein. Von dem habe ich seit Jahren nichts gehört. Wir sind nicht mehr auf seinem Radar, zum Glück.«

»Was in aller Welt ist es denn dann?«

Olivia schnitt ihr Sandwich durch, bevor sie hochsah. »Die Sache ist, ich habe jemanden kennengelernt, den ich sehr mag.«

»Oh. Das ist alles?« Erleichtert lehnte Rosie sich zurück. »Das ist doch schön, Mum. Freut mich für dich. Wie heißt er?«

»Zander.«

»Ungewöhnlich.«

»Er ist Italiener. Außerdem ist er sehr nett und süß, und er sagt, er liebt mich.«

»War er es, der für dich Taxi gespielt hat?«

Olivia nickte. »Ja. Er lässt sich entschuldigen, weil er nicht bleiben konnte. Er muss zurück nach Monaco, weil er dort morgen zu einem Geschäftsfrühstück verabredet ist. Nächste Woche kommt er zurück und holt mich wieder ab.« Sie schwenkte den Wein in ihrem Glas, bevor sie Rosie wieder ansah. »Ich möchte, dass du ihn kennenlernst, bevor …« Sie zögerte, dann sprach sie weiter: »Bevor ich zu ihm nach Monaco ziehe.«

»Lieber Himmel, Mum. Dann muss es was Ernstes sein. Wie lange kennst du ihn schon? Wie bist du ihm begegnet?« Rosie konnte kaum fassen, dass Olivia ihr eigenständiges Leben aufgab, um mit einem Mann zusammenzuziehen.

»Das war vor drei Monaten auf einer von Rosemarys Dinnerpartys. Sie lässt dich übrigens herzlich grüßen.«

»Danke.« Rosemary war ihre Patentante und die älteste Freundin ihrer Mutter. Schon seit Jahren versuchte sie, für Olivia einen Ehemann zu finden. Hatte sie damit endlich Erfolg gehabt?

»Ich spiele allerdings nicht mit dem Gedanken, ihn zu heiraten«, riet Olivia ihre Gedanken.

»Mum, wenn du einen Mann getroffen hast, den du liebst, dann heirate ihn auch.«

Olivia schüttelte den Kopf. »Ich bin mir nicht sicher, ob Zander der Typ dafür ist.«

Lachend hob Rosie die Hände. »Das hier läuft alles komplett verkehrt. Ich bin das Kind. Ich sollte diejenige sein, die dir erzählt, dass ich mit einem Mann zusammenziehe.«

»Und? Hast du das vor? Ist es Charlie? Es wird auch Zeit, dass du dich bindest«, griff Olivia den Faden sofort begierig auf.

»Nein, ich habe nicht vor, mit Charlie oder sonst wem zusammenzuziehen.« Während Rosie sich bückte und Lucky streichelte, die zu ihren Füßen saß, kam Seb über den Strand auf sie zu und stieg die Stufen zur Terrasse hinauf. In den Händen hielt er ein Tablett und eine Flasche.

»Hi. Was dagegen, wenn ich mich dazugeselle?« Er lächelte beide Frauen an. »Ich habe hier ein paar Lachs-Kanapees. Es wäre eine Schande, die wegzuwerfen.«

»Seb, das ist meine Mutter Olivia. Mum – Seb. Ihm gehört das Hotel nebenan.«

»Wie ich gehört habe, hattest du heute früh Ärger.« Besorgt sah er Rosie an. »Kennst du schon die Namen? Weißt du Genaueres darüber, was sie gegessen haben?«

Verdutzt erwiderte sie seinen Blick. »Woher …«

»James.«

»Hoffentlich erzählt er das nicht überall herum. Solche Publicity kann ich nicht gebrauchen. Ich muss gleich morgen früh ein ernstes Wort mit ihm reden.«

»Das habe ich bereits«, beruhigte Seb sie.

»Danke.« Sie atmete tief durch. »Monsieur Douce war sehr freundlich, aber er hat gesagt, ich müsse mit einem Brief des Anwalts rechnen. Und ich brauche einen neuen Kühlschrank.

Da muss ich allerdings zugeben, dass der, den ich habe, wirklich schon sehr alt ist.«

»Und wie läuft das Geschäft sonst?«

»Heute war es die reinste Hölle«, gab sie zu. »Tansy liegt mir in den Ohren, weitere Leute einzustellen, aber ich weiß nicht, ob ich mir die schon leisten kann.«

»Es wäre ein Fehler, sich keine weitere Hilfe zu holen«, stellte Seb fest. »Von jetzt an wird es mit Beginn des Sommers von Tag zu Tag lebhafter. Da brauchst du jede Hilfe, die du bekommen kannst.«

Rosie seufzte. »Ich bin mir nicht mal sicher, ob ich mir einen einzigen zusätzlichen Angestellten leisten kann. Im Idealfall bräuchte ich jemanden, der mir kurzfristig aushilft, wenn ich ihn brauche. Ich weiß, das ist so gut wie unmöglich, weil die Leute verlässliche Arbeitszeiten und verlässliches Einkommen wollen.«

»Versuch's mal unter dieser Nummer.« Seb schrieb eine Telefonnummer auf einen Zettel. »Alicia arbeitet hin und wieder für mich. Sie könnte die Antwort auf deine Probleme sein.« Er reichte Rosie den Zettel und stand auf. »Wir sehen uns morgen. War nett, Sie kennenzulernen, Olivia.«

Rosies Mutter lächelte. »Hat mich auch sehr gefreut.« Während Seb ging, beugte sie sich zu Rosie. »Ein netter Kerl. Ihr zwei würdet ein hübsches Paar abgeben.«

»Mum! Hör auf damit. Eben noch willst du mich mit Charlie verkuppeln, und dann ist es Seb, der zufällig einer der besten Chefköche der ganzen Gegend ist. Wir sind nur befreundet. Die einzige Beziehung, für die ich dieses Jahr Zeit habe, ist die mit dem Café Fleur.«

14. Kapitel

Erica richtete sich auf und rieb sich den Rücken. Erschöpft, aber glücklich blickte sie sich prüfend in ihrem kleinen Laden um. Es hatte drei Tage gedauert, doch jetzt waren alle Regale und Schränkchen, das Fenstersims und der kleine, geflieste Fußboden blitzsauber.

Die Kleiderstange aus Edelstahl, an der die Sammlung von Vintage-Kleidern hing, spiegelte sich in den Glastüren der alten Kommode, in der Erica die Secondhandbücher aufbewahrte. Neue Küchenutensilien standen auf den Regalböden inmitten von antiken Messingwaagen, provenzalischen Tellern, Küchenschildern, traditionellem französischen Besteck mit dem winzigen Emblem einer Biene auf den Griffen und alten Einmachgläsern. Schürzen und originell gemusterte Tischdecken hingen an den Enden der Regalböden.

Nachdrucke von Postern aus der Blütezeit des Jazz und alte Landkarten waren auf einem hölzernen Schreibtisch arrangiert. Erica liebte diesen alten Schreibtisch aus dem achtzehnten Jahrhundert und hatte ihn mit Bienenwachs poliert. Für den Spontankauf standen kleine Dosen mit diesem Wachs sorgfältig gestapelt neben Flaschen mit organischem Olivenöl dicht bei der Ladenkasse.

Inmitten all dieser sorgfältig arrangierten Waren gab es genauso durchdacht angeordnete Stöberecken. Erica wusste, dass die Leute das Gefühl liebten, etwas Besonderes oder Einzigartiges zu entdecken. Bilder und Rahmen lehnten scheinbar unsortiert an einer Wand, Holzkisten waren mit den unterschiedlichsten Sachen gefüllt, und auf zierlichen gusseisernen Stühlen stapelten sich alte, bestickte Leinentücher und Zierkissen.

All das sollte die Leute zum Herumstöbern einladen und zu ihrer ganz persönlichen Schatzsuche animieren.

Erica blickte sich um, atmete tief ein und entspannte sich. Das Geschäft sah fantastisch aus und roch auch so. Der Duft von den Lavendelbüscheln, die von der Decke hingen, vermischte sich mit dem Bienenwachs und dem Geruch der Zitronenkerzen und verlieh dem kleinen Laden sein unverwechselbares Flair.

Das Einzige, was jetzt noch fehlte, war Pascal, der auf dem Drehstuhl hinter der Kasse saß, ihr mit der Kaffeetasse zuprostete und sagte: »Auf die neue Saison.«

Fast kam es ihr vor, als müsse sie den Stuhl nur lange genug anstarren, um Pascal wieder dort sitzen zu sehen.

Sie seufzte. Wie sehr sie ihn vermisste! Er war so stolz auf sie, weil sie sich ihren Traum von Cupboard Under the Stairs erfüllt hatte. In der Anfangszeit hatte er sie ständig begleitet, unterstützt und motiviert. Ohne ihn weiterzumachen war Erica kurz nach dem Unfall unmöglich vorgekommen, aber Cammie zuliebe musste sie es versuchen und ihren Traum am Leben halten.

Beim Klang der Türglocke wandte sie sich um und begrüßte GeeGee lächelnd. »Perfektes Timing von dir. Ich bin gerade fertig und wollte mir eine Kaffeepause gönnen.«

»Vielen Dank, ich habe dir ein paar Unterlagen über Villen mitgebracht.« GeeGee hielt die Mappen hoch. »Da ist eine dabei, von der ich hoffe, dass du begeistert davon bist. Wo steckt denn Cammie?«

»Die ist zum Schwimmen und zum Tee bei Madeleines Familie. Ich hole sie nachher wieder ab.« Erica streckte die Hand nach den Mappen aus, und als sie die Unterlagen durchblätterte, wusste sie sofort, welche Villa GeeGee meinte.

Die Villa aus Stein mit dem üblichen Dach aus Terrakotta war zu drei Vierteln von Bougainvilleen umrankt und sah fantastisch aus. Die Innenfotos zeigten großzügige Räume in Creme und Weiß mit kleinen farbigen Highlights in provenzalischem Blau und Gelb.

Die makellos gepflegten Rasenflächen und Blumenbeete rings um das Gebäude waren genauso beeindruckend. »Gibt es den Gärtner gleich mit dazu?«, fragte Erica nach. »Oh, sogar ein Infinitypool ist dabei! Dafür muss ich unbedingt einen Poolboy einstellen!« Sie sah zu GeeGee hoch. »Ich weiß, ich habe gesagt, es müsse nicht unbedingt ganz billig sein, aber das hier sieht mir ein bisschen zu exklusiv aus. Wo liegt die Villa preislich?«

»Die Eigentümer möchten schnell verkaufen, daher lässt sich über den Preis noch verhandeln. Das einzige Problem besteht darin, dass die Villa etwas weiter außerhalb liegt, als du möchtest. Auf dem Cap d'Antibes.«

Bedauernd legte Erica die Mappen weg. »Ich weiß nicht, ob ich mich auf dem Cap wohlfühlen würde. Da ist alles so exklusiv. Vielleicht doch lieber etwas in einer gewöhnlicheren Gegend.«

»Sieh dir die Villen in aller Ruhe an, ob dir eine davon zusagt. Ich bin unterwegs, um euer Haus zu vermessen und ein paar Fotos für die Mappe zu schießen.«

»Cammie und ich sind in ungefähr einer Stunde wieder zu Hause.«

»Dann bin ich wahrscheinlich schon wieder weg. Ich habe eine Verabredung unten am Strand.«

Fragend zog Erica die Brauen hoch. »Freund oder Kunde?«

Ganz kurz zögerte GeeGee, bevor sie antwortete: »Freund.« Lächelnd öffnete sie die Ladentür. »Wir sehen uns später.«

»Okay, aber denk bloß nicht, damit würde ich mich abspeisen lassen. Ich will ganz genau erfahren, mit wem du dich triffst!«, rief Erica ihr nach, als GeeGee fast fluchtartig das kleine Geschäft verließ.

GeeGee war für das Treffen etwas zu früh am Strand. Sie klappte ihren Laptop auf und versuchte, etwas Arbeit zu erledigen, während sie darauf wartete, dass ihr alter Freund Bruno auftauchte.

Letzte Nacht hatte sie sich schlaflos im Bett hin und her gewälzt. Abgesehen von den Geldsorgen machte es ihr zu schaffen, dass sie in ihrem Leben auf der Stelle trat. Da war ihr Bruno eingefallen. Bruno war eher ein Freund von Jay, und seit Jay fort war, hatte sie Bruno nur selten gesehen. Manchmal vermisste sie ihn und seine meist unpassende Einstellung zu allen möglichen Themen.

Er leitete seine eigene Ferienhausagentur, und vielleicht konnte er eine Aushilfe in Teilzeit gebrauchen. Eine solche Arbeit könnte GeeGee zwischen ihren Kundenterminen erledigen. Fragen schadet nicht, hatte sie beschlossen und ihn gleich am Morgen angerufen.

Jetzt sah sie ihn über den Strand auf sich zukommen, und insgeheim kreuzte sie die Finger und flehte, dass er ihr helfen konnte.

Das Zusammenleben mit Erica und Cammie lief reibungslos. Jeden Abend bestand Erica darauf, dass GeeGee mitaß. »Ich muss für Cammie und mich sowieso an den Herd, da spielt es keine Rolle, ob ich für zwei oder drei koche«, sagte sie immer, weigerte sich jedoch, dafür Geld anzunehmen. »Alles zu seiner Zeit«, so lautete ihr Mantra.

Doch GeeGee war entschlossen, sich früher oder später für die Hilfe zu revanchieren.

»Lange nicht gesehen«, begrüßte Bruno sie und beugte sich zu einem Wangenkuss vor. »Leider kann ich nicht lang bleiben. In einer halben Stunde muss ich am Flughafen sein.«

GeeGee lächelte. Alles wie immer. Bruno war ständig in Eile.

»Ich muss zu meinen Provisionen noch etwas dazuverdienen. Da habe ich mich gefragt, ob du eine Aushilfe gebrauchen kannst. Ich hätte jeden Abend Zeit und auch sonntags. Büroarbeit, Saubermachen, alles.« Klang das tatsächlich so verzweifelt? Aber letztlich war sie es ja auch.

Nachdenklich musterte Bruno sie, bevor er den Kopf schüttelte. »Patsy und ich kommen mit dem Bürokram zurecht, und wir haben gerade zwei neue Putzkräfte eingestellt. Wenn wir mit denen unzufrieden sind, könnte sich für dich was ergeben. Aber hast du noch dein Auto?«

Sie nickte. »Das ist in meinem Job absolut notwendig.«

»Könntest du dir vorstellen, ab und zu jemanden zum Flughafen zu fahren oder von dort abzuholen? Eigentümer von Ferienwohnungen oder deren Gäste. Wir betreuen mittlerweile fünfzig Wohneinheiten, und manchmal ist es der reinste Albtraum, wenn mehrere Parteien im gleichen Flieger ankommen und abgeholt werden wollen. An den Wochenenden ist es besonders schlimm. Da fahre ich manchmal nur noch hin und her.«

»Klingt interessant.«

»So kann man es auch bezeichnen.« Bruno verzog das Gesicht. »Aber es wird schnell eintönig, das kann ich dir sagen. Besonders wenn die Flüge sich verspäten.«

Er zog die Brauen zusammen. »Du hast doch keinen Hund, oder? Die letzte Frau, die ich dafür eingestellt hatte, hat behauptet, die Gäste würden es lieben, im Auto von ihrem Hund begrüßt zu werden. Für manche mochte das stimmen, aber die meisten haben sich beschwert.«

»Nein, ich habe keinen Hund«, antwortete GeeGee.

»Okay, dann besorg dir eine Sonderparkberechtigung für den Flughafen. Dein Auto muss tadellos sauber sein. Nächsten Samstag kommen zwei meiner Kunden gleichzeitig an, da können wir uns am Flughafen treffen. Ich kann dir zeigen, wie alles läuft. Um halb acht, Terminal zwei. Im Ankunftsbereich.«

»Ich frage nur ungern so direkt, aber was zahlst du mir dafür?« Als Bruno die Summe nannte, schluckte GeeGee. »Wirklich? Ich hätte nicht gedacht, dass es so viel sein würde.«

»Für meine Gäste ist der Shuttleservice ein Luxus, für den sie gern etwas zahlen. Allerdings musst du Benzin und Parkgebühren selbst tragen.« Bruno stand auf. »Ich muss los. Dann sehen wir uns am Samstag. Ciao.«

»Ciao … und danke, Bruno.«

GeeGee sah ihm nach, wie er die Abkürzung über den Hotelparkplatz nahm, und atmete erleichtert aus. Ein paar Fahrten am Wochenende zu dem Preis, den Bruno genannt hatte, würden ihr finanziell sehr helfen. Was meinte Bruno wohl damit, wenn er »ab und zu« sagte?

15. Kapitel

Olivias Handy klingelte in dem Moment, als Rosie am frühen Montagabend ihr Apartment aufschloss. Sie war mit ihrer Mutter gerade ein paar Stunden durch Cannes gebummelt.

Während Olivia telefonierte, ging Rosie in die Küche und begutachtete den Inhalt ihres Kühlschranks. Zwei Eier, eine Flasche Chardonnay, ein schlapper Salatkopf und ein halber Frischkäse. Nicht sehr inspirierend.

Ihr Blick fiel auf den Flyer, den sie hinten an die Küchentür gepinnt hatte. Ein Chinarestaurant mit Lieferservice. Das Dinnerproblem war gelöst. Sie würde für sie beide etwas Chinesisches bestellen.

Gerade suchte sie in ihrer Handtasche nach dem Handy, als die Gegensprechanlage anging.

»Bist du fertig, Rosie?«, erklang Charlies Stimme. »Oder soll ich raufkommen und warten?«

Sie drückte auf einen Knopf. »Fertig? Was meinst du?«

»Wir sind zum Dinner verabredet.«

Rosie seufzte. »Du hast mich eingeladen, und ich habe abgelehnt.«

»Nein, hast du nicht.«

»Aber ich habe dir eine Nachricht geschickt, dass ich nicht …« Sie verstummte. Richtig, sie hatte die Nachricht am Freitagabend angefangen, aber dann war Olivia gekommen. »Jedenfalls habe ich ablehnen wollen.« Wieder seufzte sie. »Komm lieber rauf.«

Am besten erklärte sie ihm von Angesicht zu Angesicht, dass sie mit ihm nicht essen gehen konnte. Dann würde er wieder verschwinden, und Olivia und sie konnten ihr Dinner und den restlichen Abend genießen.

Per Knopfdruck öffnete sie die Haustür, und kurz darauf betrat Charlie das Apartment.

»Ich gehe nicht mit dir essen, Charlie«, sagte Rosie statt einer Begrüßung. »Ich bin müde und will für Mum und mich was beim Chinesen bestellen. Es soll ein ruhiger Abend sein.«

»Ehrlich gesagt, Darling«, warf Olivia ein, die in diesem Moment aus dem Schlafzimmer kam, »hat Zander mich gerade angerufen. Er hat heute Abend ganz unerwartet frei, deshalb holt er mich in fünf Minuten zum Dinner ab.«

»Na, dann ist das ja geklärt.« Auffordernd nickte Charlie ihr zu. »Geh und zieh dich um.«

Rosie sah ihn an und zwang sich zur Ruhe. »Charlie, ich will ganz sicher nicht mit dir ausgehen. Weder heute noch sonst irgendwann. Verstanden?«

Ein paar Sekunden erwiderte er nur ihren Blick. »Ich möchte mit dir reden, Rosie. Entweder bleiben wir dafür hier, oder wir gehen aus und essen was. Deine Entscheidung.«

»Ich warte lieber unten auf Zander«, mischte Olivia sich kurz ein. »Wahrscheinlich wird es spät, also warte nicht auf mich, Darling.« Sie sprühte sich schnell mit einem Schuss Dior ein, winkte kurz und öffnete die Tür.

»Grüß Zander von mir«, rief Charlie ihr nach.

»Das mache ich«, rief Olivia zurück und war gegangen.

Verwundert wandte Rosie sich ihm zu. »Du kennst Zander?«

»Wir sind uns ein paar Mal begegnet. Ich muss sagen, es überrascht mich, dass Olivia jetzt seine Flamme ist.«

»Wieso?«

Er zuckte mit den Schultern. »Hätte nicht gedacht, dass sie sein Typ ist. Du bist ihm also noch nicht begegnet?«

»Nein.« Was mochte Charlie ihr verschweigen? Allein der Gedanke, dass ihre Mutter für irgendjemanden die Flamme war, kam ihr verstörend vor.

»Rosie, bitte mach dich jetzt fertig.«

»Charlie …«

»Wir haben beide Hunger, Rosie. Du hast nichts zu essen hier, also lass uns losziehen und etwas essen gehen. Gleich um die Ecke gibt es ein italienisches Bistro. Da können wir hingehen.«

»Okay. Irgendein Pastagericht, und dann gehe ich wieder nach Hause. Allein.« Auf diese Art würde sie Charlie wenigstens aus ihrem Apartment bekommen. Und vielleicht konnte sie noch etwas mehr über Zander erfahren.

Allerdings wollte Charlie offensichtlich nicht über ihn reden. Als sie etwas später in dem italienischen Restaurant auf ihr Essen warteten, antwortete er auf Rosies »Was macht dieser Zander denn eigentlich beruflich?« nur mit einem lapidaren »Geschäftsmann«.

Lächelnd hob er sein Glas. *»Santé.«*

Rosie griff zu ihrem gekühlten Prosecco. »*Santé.* Ich hoffe, dein Notfall in England war nichts Ernstes.«

Er erwiderte ihren Blick, während er mit ihr anstieß und trank. Als er das Glas abstellte, seufzte er leise. »Der Notfall war ein Freund, der unter Schock stand und Hilfe brauchte.«

Sie wartete ab, ob er noch Näheres sagte, und als er schwieg, fragte sie: »Und? Worüber möchtest du mit mir sprechen?«

»Zuallererst benötige ich deine Hilfe«, antwortete Charlie leise. »Nehmen wir mal an, ich hätte James nicht nur gebeten, den Job bei dir anzunehmen, weil ich herausfinden wollte, was du so treibst. Es geht auch darum, dass du James im Auge behältst, ohne dass er Verdacht schöpft. Aus diesem Grund lasse ich ihn auch in dem Glauben, er sei bei dir, um mir über dich Bericht zu erstatten.«

»Tut er das denn?«

»Bericht erstatten? Tja, wie ich höre, habt ihr jetzt mehr zu tun und du brauchst mehr Angestellte. Oh, und du hast es schon geschafft, jemanden zu vergiften.« Er aß etwas von seiner Pasta. »Brauchst du in dem Zusammenhang Hilfe? Der neue Anwalt unserer Firma hat einiges drauf.«

»Ich warte immer noch auf Einzelheiten«, antwortete sie. »Immer wieder gehe ich in Gedanken die Gerichte durch, die wir an dem Samstagabend serviert haben, und frage mich, ob irgendein anderer Gast auch noch erkrankt ist. Aber es hat keine weiteren Beschwerden gegeben.« Sie seufzte. »Scheint so, als müsste ich einfach abwarten, was diese Leute fordern. Zurück zu James: Er ist fleißig, und ich mag ihn. Wieso willst du, dass ich ihn bespitzele?«

»Dad scheint zu glauben, dass er sich hier mit den falschen Leuten rumtreibt. Er möchte ihn unter Aufsicht wissen.«

»In dem Fall … Wieso gibst du ihm dann nicht den Job als Chefkoch auf der ›A Sure Thing‹, den er sich wünscht? Dann wäre er zu beschäftigt, um in Schwierigkeiten zu geraten«, schlug Rosie vor.

In der winzigen Kajüte der Yacht Mahlzeiten zuzubereiten bedeutete von früh bis spät harte Arbeit. Besonders an heißen Sommertagen war es sehr anstrengend, und zum Ende der Saison war Rosie vollkommen erschöpft gewesen. »Gib ihm keine Gelegenheit, an Land zu gehen.«

Charlie schenkte ihnen beiden Wein nach. »Er braucht wirklich noch mehr Erfahrung, bevor er diese Verantwortung übernehmen kann.«

»Und was erwartest du jetzt von mir?«

»Halte ihn beschäftigt, und lass es mich wissen, wenn er … Ach, Rosie, das weiß ich doch auch nicht genau. Pass einfach auf ihn auf, und gib mir Bescheid, wenn dir irgendetwas merkwürdig vorkommt. Ich hätte nie gedacht, dass man sich solche Sorgen machen könnte, wenn man einen jüngeren Bruder hat.«

»Okay. Obwohl ich nicht viel davon halte, werde ich auf ihn aufpassen. Aber ehrlich gesagt, glaube ich nicht, dass eure Sorgen begründet sind. James ist ein vernünftiger Kerl.«

»Danke. Nachdem das jetzt geklärt ist, lass uns über uns zwei sprechen.«

»Charlie! Da gibt es nichts zu besprechen.«

»Könnte es aber, Rosie. Ich würde es mir wünschen.« Über den Tisch hinweg ergriff er ihre Hand. »An dem Abend, als wir im The Recluse gegessen haben, wollte ich dir sagen, was ich für dich empfinde, seit wir uns wieder begegnet sind. Aber du hast mich nicht anhören wollen.«

Rosie zog ihre Hand zurück. »Hör auf damit, Charlie. Das führt doch zu nichts.«

»Damals ist es zwischen uns so gut gelaufen. So könnte es wieder sein. Ich habe mich geändert, Rosie, das musst du mir glauben.«

»Kann sein, dass du dich geändert hast, Charlie, aber auf dem College hast du mich zutiefst enttäuscht. Erinnerst du dich? Ich war schwanger und habe deine Unterstützung gebraucht, aber du bist einfach abgehauen. Und deshalb kann ich dir nie wieder vollkommen vertrauen.«

»Ich weiß, dass ich mich vor all den Jahren auf dem College furchtbar benommen habe, aber so würde ich mich heutzutage niemals mehr verhalten. Bitte hake das als jugendliche Arroganz ab, Rosie. Und verzeih mir, ja?« Bittend sah er sie an. »Gibst du mir eine zweite Chance?«

Rosie zögerte. Würde sie einen der größten Fehler ihres

Lebens begehen, indem sie Charlie nicht verzieh und sich weigerte, an die Jugendfreundschaft von damals anzuknüpfen? Er hatte recht, damals war es zwischen ihnen sehr gut gelaufen. Sie war sogar so naiv zu glauben, Charlie könnte ihr Mister Right sein. Sie hatte davon geträumt, den Rest ihres Lebens mit ihm zu verbringen, bevor alles schiefgelaufen war.

Auf die Nachricht von ihrer Schwangerschaft hatte Charlie mit Panik reagiert, doch sie hatte sich damit getröstet, dass das nur der erste Schock gewesen war, weil es so unerwartet kam. Sobald er sich an den Gedanken gewöhnt hatte, würde alles gut werden. Leider war das nicht geschehen. Er hatte sich kaum noch bei ihr gemeldet. Und als er von ihrer Fehlgeburt in der elften Woche erfuhr, hatte er zwar versucht, sie zu trösten, aber sie hatte ihm die Erleichterung sehr deutlich angemerkt.

Wenn sie sich selbst gegenüber ganz ehrlich war, musste sie zugeben, dass er sich tatsächlich verändert hatte. Natürlich war er reifer und erwachsener geworden, aber er wirkte auch noch in anderer Hinsicht gewandelt.

»Du warst meine erste Liebe, und ich möchte, dass du wieder ein Teil meines Lebens wirst.« Charlie ergriff erneut ihre Hand und streichelte sie. »Du hast mir nie erzählt, was nach unserer Trennung passiert ist. Was du gemacht hast, als ich … abgereist bin.«

Am liebsten hätte sie erwidert, dass er das nicht wisse, weil er nie versucht habe, es zu erfahren. Er sei einfach verschwunden, habe sein eigenes Leben geführt und sie vergessen, bis sein Vater knapp fünfzehn Jahre später die Yacht gekauft hatte, wo sie sich wiedergetroffen hatten. »Wieder ein Teil deines Lebens sein? Nein, Charlie, das wird nicht passieren.« Vergeblich versuchte sie, die Hand aus seinem Griff zu lösen.

»Das könnte aber passieren, wenn du meine Entschuldigung annimmst und mir verzeihst. Bitte, Rosie, gib mir die Chance, dir zu beweisen, dass ich jetzt nicht mehr der Junge bin, der dich damals im Stich gelassen hat.«

Sie seufzte. Charlie war schon immer sehr beharrlich. Sie konnten noch den ganzen Abend hier sitzen, wenn sie nicht zustimmte, wieder mit ihm befreundet zu sein. »Okay, es ist schon spät. Entschuldigung angenommen.«

»Dann können wir neu anfangen? Alles vergeben und vergessen?«

»Verzeihen ist einfach, Charlie. Vergessen ist etwas schwieriger, selbst nach all den Jahren. Aber ja, wir können wieder Freunde sein.« Als er etwas einwenden wollte, hob sie schnell die Hand. Sie wusste, was er davon hielt, mit ihr nur befreundet zu sein. »Mehr als Freundschaft ist nicht drin, Charlie. Akzeptier das, oder lass es sein.«

Rosie stand auf. »Nachdem das geklärt ist, gehe ich jetzt nach Hause.«

Charlie bestand darauf, sie zurück nach Hause zu begleiten. Als sie Kopfschmerzen vorgab und darauf hinwies, dass Olivia sicher auch bald zurückkehren werde, gab er widerstrebend auf und ging.

Sie konnte nur hoffen, dass er sie jetzt nicht ständig bedrängte, weil er sich mehr als Freundschaft erhoffte, denn diesen Weg wollte sie auf keinen Fall einschlagen. Hoffentlich hatte sie ihm das klar genug gemacht.

Eine Zeit lang kramte Rosie in ihrem Apartment herum, weil sie nicht sicher war, was sie jetzt tun sollte. Da sie auf dem ausgezogenen Sofa im Wohnzimmer schlief, konnte sie sich nicht bettfertig machen und schlafen legen, bevor Olivia nach Hause kam, denn vielleicht brachte ihre Mutter Zander mit.

Rosie wollte nicht im Pyjama dastehen, wenn sie den neuen Mann im Leben ihrer Mutter kennenlernte.

Sie schenkte sich ein Glas Wein ein, setzte sich und wartete. Um nicht ständig zu grübeln, was sich zwischen Charlie und ihr hätte entwickeln können, konzentrierte sie sich auf das Speisekartentagebuch, das sie für das Café führte. Das half ihr beim Wachbleiben. Sie hatte beschlossen, die täglichen Menüs aufzuschreiben, obwohl sie sich dabei wie eine der Gastgeberinnen aus dem viktorianischen Zeitalter fühlte, die sowohl Gerichte als auch Namen ihrer Gäste notiert hatten, damit niemandem zweimal dieselbe Mahlzeit serviert wurde.

Für das Café Fleur konnte es nur vorteilhaft sein, wenn sie täglich notierte, welche Gerichte sie gekocht hatte. Das Wichtigste daran war, dass sie festhielt, welche Speisen bei den Gästen am besten angekommen waren. Dadurch konnte sie zukünftig das anbieten, was ihr den meisten Ertrag einbrachte.

Rosie unterdrückte ein Gähnen. Lieber Himmel, wo steckte Olivia bloß?

Beim Überfliegen der bisherigen Einträge stellte sie fest, dass Lasagne und Tiramisu die mit Abstand beliebtesten Speisen waren. In der Vorschlagsspalte stand »Pizza«.

Rosie seufzte. Diese Woche hatten viele Gäste nach Pizza gefragt. Anscheinend gingen alle davon aus, ein Strandcafé müsse auch Pizza im Angebot haben. Allerdings hasste Rosie es, Pizza zuzubereiten. Sie aß sie auch nicht gern. So lange wie nur möglich würde sie sich weigern, Pizza auf die Karte zu setzen.

Schließlich gab es in der Umgebung eine ganze Reihe von Pizzerien, das war ihr zu viel Konkurrenz. Es reichte ihr, sich mit den Kochkünsten des Sternekochs von nebenan messen zu müssen.

In Gedanken versunken tippte sie Sebastian Groc in die Suchzeile auf ihrem Laptop ein, und sofort war ihr Bildschirm voll mit Fotos von ihm. Seb in weißer Kochkluft, Seb mit sexy

Lächeln, Seb in makellosem Aufzug bei einer Wohltätigkeitsveranstaltung in Monaco. Darunter stand ein kurzer Text: »Celebrity-Koch Seb Groc, der nicht nur einen, sondern sogar zwei Michelin-Sterne für das The Recluse geholt hat, verkündete vor Kurzem seinen Rückzug von dem Restaurant und sagte, es sei für ihn an der Zeit, sich etwas Eigenes aufzubauen. Wir wünschen ihm für all seine weiteren Unternehmungen alles Gute.«

Sie scrollte nach unten zu weiteren Fotos von Seb. Auf einigen hielt er diverse glamouröse Blondinen im Arm. Ganz offensichtlich war er sehr beliebt, und das nicht nur wegen seiner Kochkunst. Nachdenklich schloss Rosie die Webseite und widerstand der Versuchung, Wikipedia-Artikel mit seiner Biografie zu lesen. Sie wollte gar nicht wissen, mit wem Seb wann und wie lange zusammen gewesen war. Schließlich würden sie und er letztlich nicht mehr sein als Wettbewerber, die ihren Gästen einen guten Lunch servieren wollten.

Es war schon kurz vor eins, als Lucky leise knurrte, woran Rosie erkannte, dass Olivia die Treppe hinaufkam.

Als die Tür aufging und Olivia das Apartment betrat, hätte Rosie sie fast angefahren: »Weißt du überhaupt, wie spät es ist? Wo kommst du denn jetzt her?«

Zum Glück beherrschte sie sich, denn direkt hinter Olivia stand ein Mann, der diese im Nacken kitzelte, sodass sie das Kichern kaum unterdrücken konnte. Und es war nicht irgendein Mann.

»Darling! Wir hatten gehofft, dass du noch wach bist. Rosie, darf ich dir Zander vorstellen? Zander, das ist meine Tochter Rosie. Mach bitte den Mund zu, Schatz, du siehst ja aus wie diese Figuren auf dem Jahrmarkt, die kleine Geschenke ausspucken.«

Gehorsam schloss Rosie den Mund. Wie eine Jahrmarktfigur? Wann war ihre Mutter das letzte Mal auf einem Jahrmarkt? Ihre Mutter hasste Jahrmärkte. Im Moment konnte Rosie jedenfalls überhaupt nichts ausspucken. Sie war sprachlos.

Jetzt wusste sie sehr genau, was Charlie mit seiner Bemerkung gemeint hatte, Olivia sei Zanders neueste Flamme.

»Rosie, ich freue mich sehr, dich kennenzulernen.« Zander ergriff ihre Hand und blickte ihr in die Augen. »Deine Mama spricht fast ständig von dir.«

Oh. Gar nicht gut. Einer dieser typischen aalglatten Italiener!

»Dich hat sie so gut wie gar nicht erwähnt«, entgegnete Rosie, weil ihr absolut nichts Besseres einfiel, dann verzog sie den Mund zu einem Lächeln und presste die Lippen zusammen, sonst hätte sie hinzugefügt: »Und ich glaube dir keine Sekunde lang, dass deine Absichten meiner Mutter gegenüber ehrenhaft sind.«

»Rosie, würde es dir sehr viel ausmachen, wenn ich heute Nacht wieder abreise?«, fragte Olivia.

»Was? Gleich jetzt?«

Zander legte Olivia einen Arm um die Schultern. »Olivia hat dir hoffentlich erzählt, dass sie bei mir leben wird, ja? Für mich wird die nächste Woche sehr anstrengend, da hätte ich keine Zeit, sie abzuholen. Deshalb nehme ich sie jetzt gleich mit.«

»Du kannst doch morgen mit dem Zug fahren, Mum. Nachdem ... nachdem wir uns unterhalten haben?«

Olivia schüttelte den Kopf. »Nein, es ist wirklich viel einfacher, wenn ich jetzt mit Zander mitfahre. Ich packe nur schnell meine Sachen zusammen.«

»Tja, wenn du dich bereits entschieden hast ...« Rosie hob die Hände. »Möchtet ihr noch einen Kaffee, bevor ihr fahrt?« Wenn sie die Abfahrt noch etwas hinauszögern konnte, überlegte ihre Mutter es sich vielleicht noch einmal anders und blieb.

Doch die beiden wollten keinen Kaffee mehr trinken, und keine fünf Minuten später verabschiedete Rosie sich von ihnen.

»Ich ruf dich morgen an«, sagte Olivia, bevor sie gingen. »Dann können wir in Ruhe plaudern.«

Da Olivia in Zanders Penthouse leben würde, von wo aus man den Hafen von Monaco überblicken konnte, war Zander anscheinend nicht gerade arm.

»Du bist jederzeit willkommen, uns zu besuchen«, hatte er gesagt, doch noch während sie leise »Vielen Dank« geantwortet hatte, war Rosie sich bewusst geworden, dass sie in den nächsten Wochen zu beschäftigt sein würde, um diese Einladung anzunehmen.

Sie schloss die Apartmenttür hinter den beiden. Immer noch fassungslos legte sie sich ins Bett und versuchte einzuschlafen.

So viele Jahre lang hatte Olivia keinen festen Freund mehr gehabt. Sie hatte nicht mal versucht, einen zu finden. Und jetzt war sie nach Monaco unterwegs, um mit einem Kerl zusammenzuleben, der aussah wie der junge Franco Nero mit genau denselben durchdringend blauen Augen.

Rosie seufzte. Überlegten andere Mütter sich auch in einem gewissen Alter: »Hey, wie kann ich mein Kind in Verlegenheit bringen? Ich weiß, ich angele mir einen viel jüngeren Kerl.«

Hoffentlich wusste Olivia, was sie tat, und beging nicht den größten Fehler ihres Lebens.

Rosie kuschelte sich in ihre Decke und schwor sich, dass sie diesen Zander höchstpersönlich umbringen würde, wenn er ihrer Mutter Kummer bereitete.

Okay, vielleicht brachte sie ihn nicht gleich um, aber er würde ganz bestimmt ärztliche Hilfe benötigen, wenn Rosie mit ihm fertig wäre.

16. Kapitel

Am nächsten Morgen wischte Rosie sich mit dem Handrücken die Tränen weg. Das war doch absolut albern!

»Alles okay?« Tansy betrat die Küche.

Rosie schniefte. »Bestens. Das liegt nur an diesen verdammten Zwiebeln. Warum hat nicht längst irgendein kluger Kopf eine Zwiebel erfunden, die keine Tränen auslöst?«

Ihre Tränen hatten nicht das Geringste mit dem Brief zu tun, der im Moment zerknüllt in ihrer Schürzentasche steckte. Nein, es lag einzig und allein an den Zwiebeln.

Prüfend sah Tansy sie an, gab sich dann aber mit der Erklärung zufrieden. »Ist James noch nicht hier?«

»Der ist oben und sieht sich das Studio an. Er hat gefragt, ob er sich dort für den Rest des Sommers einmieten kann. Zumindest, bis er etwas anderes gefunden hat. Anscheinend ist das Haus, in dem er jetzt wohnt, verkauft worden, und er muss sich eine neue Bleibe suchen. Ich habe aber noch nicht Ja gesagt. Was hältst du davon?«

»Das könnte funktionieren. Besonders, wenn du ihm das Apartment überlässt und die Miete mit seinem Lohn verrechnest. Dadurch würden sich deine wöchentlichen Ausgaben verringern.«

»Es ist nur so, da oben kann man kaum wohnen. Dafür könnte ich nicht viel von ihm verlangen. Außerdem möchte ich nicht, dass seine Kumpel ständig durch den Gästebereich laufen, wenn sie ihn besuchen kommen.«

»Wenn wir weiter so viel zu tun haben, wird sein Privatleben genauso beschränkt sein wie unseres«, wandte Tansy ein.

»Auch wieder wahr. Kannst du für mich das Gemüse fertig schneiden? Ich muss noch mal kurz rüber ins Hotel. Dauert nur zehn Minuten. Okay?« Rosie ignorierte Tansys unausgesprochene Frage und ging.

Ohne es groß abzusprechen, hatten Seb und sie die Gewohnheit entwickelt, sich am Ende des Abends auf ein Glas Wein am Strand zu treffen, und anschließend begleitete er Rosie und Lucky jedes Mal noch bis nach Hause. Angefangen hatte das an einem Abend, als Seb gesehen hatte, wie Rosie mit Lucky noch einen Spaziergang am Strand machte, bevor sie nach Hause ging. Er hatte sich mit einer Flasche Wein auf die Felsen gesetzt und gewartet, bis sie von dem Spaziergang zurückkehrte.

An den Abenden, an denen Seb nicht auftauchte, weil Rosie entweder früher als er mit der Arbeit fertig war oder weil er in seinem Restaurant zu viel zu tun hatte, vermisste sie ihn. Heute allerdings wollte sie nicht bis zum Abend warten, um mit ihm zu reden. Sie musste ihn sofort sehen.

Seb überprüfte gerade eine Weinlieferung, als Rosie die Küche betrat. »Einen Kaffee?«

Sie schüttelte den Kopf. »Nein, danke, ich brauche deinen Rat. Aber wenn du gerade zu beschäftigt bist, komme ich später wieder.«

Er legte sein Clipboard zur Seite. »Das hier kann warten. Was gibt's?«

Sie zog den zerknüllten Brief hervor und reichte ihn ihm. »Das ist heute als Einschreiben gekommen. Mittlerweile ist mein Französisch zwar ganz gut, aber ich wollte mir von dir bestätigen lassen, dass ich alles richtig verstanden habe.«

Beim Überfliegen des Briefes pfiff er leise. »Unsere Klienten fordern eine Entschädigung für die Folgen der Lebensmittelvergiftung, die sie sich in Ihrem Etablissement zugezogen haben. Das umfasst: Erstattung der zusätzlichen Hotelkosten, die Kosten für den stornierten und verzögerten Rückflug und außerdem einen Ausgleich für die Qualen, die sie durchleiden mussten. Unserer Einschätzung nach würde ein Gericht als Entschädigung einen Gesamtbetrag von fünfzigtausend Euro ansetzen zuzüglich der Gerichtskosten. Um eine gerichtliche Auseinandersetzung zu vermeiden, sind unsere Klienten bereit, sich mit der Zahlung von vierzigtausend Euro zu begnügen.«

»Das ist eine Menge Geld«, stellte er leise fest und gab Rosie den Brief zurück.

»Was soll ich denn jetzt bloß tun? So viel Geld habe ich nicht.« Sie spürte, dass ihr wieder die Tränen kamen, und biss sich auf die Unterlippe.

»Dann musst du dagegen angehen.«

»Aber das kostet mich noch mehr Geld, das ich nicht habe. Und wenn es sich herumspricht, dass die Leute sich bei mir eine Vergiftung zuziehen, isst sowieso niemand mehr im Café Fleur.« Sie seufzte. »Charlie hat gesagt, ihr neuer Anwalt sei erstklassig. Er hat vorgeschlagen, ich könne mich an ihn wenden, aber ich kann mir die Gerichtskosten nicht leisten. Nein, ich muss mein Café schließen und Insolvenz anmelden. Funktioniert das hier in Frankreich?«

Langsam schüttelte er den Kopf. »Das bezweifle ich.«

»Dann muss ich fliehen.« Hilflos hob sie die Hände. »Was immer ich auch tue, das ist mein Ruin.«

»Rosie, du musst Widerspruch einlegen. Du darfst nicht einfach aufgeben. Ich helfe dir. Zuerst musst du die Namen dieser Leute erfahren und nach Möglichkeit auch ihre Nationalität. Dann sollen sie dir sagen, was genau sie gegessen haben. Schreib zurück und stell Fragen. Das kostet dich nichts, und zumindest schiebst du alles um ein paar Wochen auf. Das gibt dir die Chance, dir einen Ruf zu erarbeiten und etwas Geld zu verdienen.«

»Aber sicher keine vierzigtausend Euro«, wandte Rosie ein. »Ich kann schon von Glück sagen, wenn ich im ersten Jahr genug verdiene, um meine Rechnungen zahlen zu können. Ich hätte mir nie träumen lassen, dass irgendjemand so eine Entschädigung von mir verlangt.«

»Ich vermute, das ist alles nur erlogen. Ein plumper Versuch, dich übers Ohr zu hauen. Genau deshalb musst du herausfinden, wer diese Leute sind. Hier in Frankreich passiert nichts überstürzt, das darfst du nicht vergessen.«

»Na, toll, dann hängt diese Sache den ganzen Sommer lang wie eine düstere Wolke über mir.« Wieder seufzte sie.

»Verdräng es. Versuch, nicht dran zu denken.« Beruhigend legte er ihr eine Hand auf die Schulter. »Konzentriere dich ganz auf die Arbeit im Café Fleur. Und geh am Wochenende mit mir auf eine Party in Cannes. Gestern hat das Filmfestival angefangen, das verspricht also eine Superparty zu werden.«

»Nett, dass du mich einlädst, aber nein danke.« Sie straffte die Schultern. »Ich wäre bestimmt keine amüsante Begleitung.«

»Sonntagabend. Edles Outfit. Um zehn hole ich dich ab.« Er lächelte. »Und ein Nein akzeptiere ich nicht.«

17. Kapitel

Erica strich die Tagesdecke glatt und blickte sich noch einmal in dem Gästezimmer um. Im angrenzenden Bad hingen die Handtücher, auf der Frisierkommode stand eine Vase mit Blumen, und auf dem Nachttisch lag der neueste Krimi von Amelias Lieblingsautorin Donna Leon.

Jetzt war es Zeit, sich ums Abendessen zu kümmern. Amelia konnte jederzeit eintreffen, und Cammie hielt die Aufregung kaum noch aus. Sie liebte es, wenn Amelia zu Besuch kam, und drängelte ständig, wann ihre Großmutter sie das nächste Mal besuchte. Genauso gern war sie immer zu ihren Großeltern Amelia und Jean-Pierre in die Berge gefahren, doch seit Pascals Tod hatte sie kein einziges Mal mehr darum gebeten.

Erica biss sich auf die Lippe. Pascal hatte seinen Eltern sehr nahegestanden, und sie hatten sie oft an den Wochenenden besucht. Samstagabends waren sie hingefahren und am Montagnachmittag zurückgekehrt. Als Cammie schulpflichtig wurde, hatten sie die Besuche verkürzt und waren bereits am Sonntagnachmittag wieder zurückgefahren.

In diesem Jahr hatten sie Amelia und Jean-Pierre noch kein einziges Mal besucht.

An der Art, wie Amelia am Telefon über Besuche sprach, erkannte Erica, dass sie schon bald sanften Druck ausüben würde. Wahrscheinlich kam das Thema jetzt bei ihrem Besuch hier zur Sprache. Ich muss sie einfach um Geduld bitten, beschloss sie. Ich bin emotional noch nicht bereit dafür, und mit

Cammie und ohne Auto zu ihnen in die Berge zu gelangen wäre ohnehin kompliziert.

Sie zog die Tür des Gästezimmers hinter sich zu und ging hinunter zu Cammie und GeeGee, die bereits den Tisch fürs Abendessen deckten. Gerade als sie den Salat zubereitete, klingelte es an der Tür.

»Granny Amelia ist da!« Cammie rannte los, um ihre Großmutter hereinzulassen.

Nach vielen Küssen und Umarmungen zog Cammie Amelia mit sich in ihr Zimmer, um ihr zu zeigen, was sie für ihr Strandprojekt gebastelt hatte.

Als sie nach oben verschwanden, wandte GeeGee sich an Erica: »Ich gehe heute Abend aus, damit du dich ungestört mit Amelia unterhalten kannst.«

»Das brauchst du nicht zu tun«, widersprach Erica schnell. »Das Haus ist groß genug, da treten wir uns nicht auf die Füße.«

Lächelnd schüttelte GeeGee den Kopf. »Ich bin mit jemandem verabredet.«

Fragend zog Erica die Brauen hoch. »Wer ist es denn diesmal?«

Lachend winkte GeeGee ab. »Wenn's klappt, erzähle ich es dir anschließend. Versprochen.«

Es war schon nach neun, als sie mit dem Abendessen fertig waren. Amelia las Cammie noch eine Gutenachtgeschichte vor, und Erica räumte auf.

Als Amelia wieder zu ihr kam, deutete Erica zur Treppe. »Lass uns nach oben auf die Terrasse gehen. Geh schon vor, ich komme mit dem Rest vom Rosé nach.«

Erica holte zwei Gläser, nahm die Flasche und stieg zur Dachterrasse hinauf, wo Amelia stand und die Aussicht genoss.

Leise seufzend nahm sie das Glas, das Erica ihr reichte. »Camilla hat mir erzählt, dass du dieses Haus verkaufst? Sie sagt, wenn ihr umzieht, bekommt sie einen Hund?«

Erica biss sich auf die Lippe. Mist! Ihr hätte klar sein müssen, dass Cammie ihrer Großmutter bei der ersten Gelegenheit von dem Umzug und dem Hund berichten würde. In den letzten Tagen redete sie über nichts anderes mehr.

»Das dauert noch. Das Haus ist noch nicht mal offiziell zum Verkauf ausgeschrieben. Und dann müssen wir auch erst noch ein neues Heim für uns finden.«

»Erinnerst du dich an die Bertrands?«, fragte Amelia. »Deren Haus in dem Dorf oben in den Bergen steht zum Verkauf. Das wäre doch ideal für dich. Und Camilla sagt, sie vermisst uns.«

Um Zeit zu gewinnen, trank Erica einen Schluck Wein. Vielen Dank, Cammie! Ihre reizende kleine Tochter gab Amelia noch zusätzliche Munition für die emotionale Erpressung.

»Das Haus ist ganz reizend, aber es gibt da zwei Probleme: Ich darf Cammies Schule und mein Geschäft nicht vergessen. Die Schulleitung geht seit Pascals Tod ganz fabelhaft mit Cammie um. Alle sind sehr verständnisvoll, und ganz allmählich kommt sie aus ihrer Melancholie wieder heraus, auch wenn sie sich nach wie vor weigert, in ein Auto einzusteigen. Diese Fortschritte will ich nicht gefährden, indem ich sie aus ihrer vertrauten Umgebung reiße.«

Amelia tat Ericas Einwände mit einer Handbewegung ab. »In der neuen Schule würde Camilla sich sicher schnell eingewöhnen. Auch Pascal ist dort hingegangen. Da würde man sich auch um sie kümmern. Und das Geschäft könntest du doch verkaufen. Du brauchst doch gar nicht zu arbeiten.«

»Das mag stimmen, aber ich kann mein restliches Leben nicht einfach herumsitzen und gar nichts tun.« Erica atmete tief durch und zwang sich zur Ruhe. Sie meint es nur gut, sagte sie sich. Ihr ist nicht bewusst, wie viel dieses Geschäft mir bedeutet.

»Es wäre so schön, wenn ihr in unserer Nähe lebt. Familien sollten zusammen sein. Es ist schon sehr lange her, seitdem ihr zu uns heraufgekommen seid.«

»Das tut mir ehrlich leid. Ich vermisse die Wochenenden bei euch auch.« Sie zögerte, bevor sie hinzufügte: »Es ist nur so, dass ich im Moment die Vorstellung nicht ertrage, bei dir und der Familie zu sein, ohne Pascal bei mir zu haben.«

Eine Weile herrschte Schweigen, bevor Amelia tief durchatmete. »Das verstehe ich gut.« Bedrückt sah sie Erica an. »Aber wir haben bald unsere Rubinhochzeit. Jean-Pierre möchte dazu ein paar Freunde einladen. Es wird keine richtige Party, aber auch kein reines Familienfest. Wäre das leichter für dich? Könntest du es ertragen, zu diesem Anlass raufzukommen?«, fragte sie behutsam nach. »Wir feiern an einem Sonntag, da wäre dein Geschäft nicht geöffnet. Dann könnten wir alles Weitere in Ruhe besprechen. Vielleicht lassen die Bertrands dich auch ihr Haus ansehen.«

»Ich weiß nicht. Gut möglich, dass es einfacher ist, wenn noch andere Leute dabei sind, aber ...« Erica verstummte und holte tief Luft. »Eines steht fest: Ich will mir nicht die Villa der Bertrands ansehen. Es wäre wirklich schön, näher bei euch zu leben, aber ich habe nicht vor, mein Geschäft zu verkaufen. Außerdem fühlen Cammie und ich uns hier unten an der Küste wohl. Also vergiss bitte die Idee, dass die Bertrands mir ihre Villa verkaufen.«

Erica trank von ihrem Wein, bevor sie weitersprach: »Allerdings verspreche ich dir, dass wir versuchen werden, zu eurer

Rubinhochzeitsparty zu kommen.« Eine lange glückliche Ehe mitzufeiern würde vielleicht nicht ganz einfach für sie werden, zumal ihr dieses Glück mit Pascal versagt geblieben war, doch tief drinnen wusste sie, dass sie es Cammie zuliebe tun musste.

18. Kapitel

Als Rosie am Sonntagabend nach Hause kam, war sie zu erschöpft, um sich für die Party mit Seb besonders schick zu machen. »Wenn ich neben ihm einschlafe, ist er selbst schuld«, sagte sie leise zu sich selbst, während sie sich mühsam den Reißverschluss hinten am Kleid zuzog.

Kurz darauf kam Seb, um sie abzuholen.

»Seb, ich warne dich, ich könnte im Stehen einschlafen.«

»Auf der Fahrt dorthin kannst du ja ein Nickerchen machen. Du wirst aufwachen, wenn wir da sind. Hübsches Kleid übrigens.«

»Nicht overdressed?« Das funkelnde Kleid im Stil der Zwanziger war das Einzige aus Rosies Garderobe, was einem »edlen Outfit«, um das Seb sie gebeten hatte, halbwegs nahekam.

»Nicht nach den Maßstäben in Cannes.« Er hielt ihr die Tür zu seinem Porsche Carrera auf.

»Schöner Wagen, sogar nach den Maßstäben in Cannes.« Beim Einsteigen fragte sie sich, wie sie es schaffen sollte, hier wieder herauszukommen, ohne dabei ihren Slip zu zeigen.

Als sie sich auf der Küstenstraße Cannes näherten, waren sie umgeben von Luxuslimousinen mit Chauffeur, und im Verkehrsstau kurz vor dem »Palais des Festivals« sah Seb zu ihr hinüber.

»Hast du schon mit deiner Mutter gesprochen?«

»Nein.« Sie seufzte. »Ich glaube, sie weicht mir genauso aus wie ich ihr. Mir ist klar, dass wir uns nicht ewig aus dem Weg gehen und das Thema vermeiden können. Aber im Moment wüsste ich gar nicht, was ich ihr sagen soll.«

»Du könntest sie beglückwünschen.« Seb lachte leise. »Zander ist vielleicht ein kleiner Playboy, aber im Grunde ist er ein anständiger Kerl.«

»Auch wenn er ein anständiger Kerl ist«, entgegnete sie mit trockenem Lachen, »ändert das nichts daran, dass er zehn Jahre jünger ist als meine Mum.«

Er hob die Schultern. »Na und? Wenn sie miteinander glücklich sind?«

»Wahrscheinlich hast du recht.« Sie seufzte. »Es fällt mir nur schwer zu akzeptieren, dass die Leute meine Mutter jetzt als ›Cougar‹ bezeichnen, als Raubkatze auf der Jagd nach Frischfleisch.«

»Da gibt es doch wirklich Schlimmeres«, erwiderte Seb nur.

Als sie kurz darauf in die Auffahrt der luxuriösen Villa aus der Belle Époque einbogen, hörten sie bereits die laute Musik der Party. Rosie vergaß nicht, beide Beine gleichzeitig aus dem Wagen zu schwingen, damit sie beim Aussteigen dem Pagen keinen Blick auf ihren Slip bot.

Seb überließ es dem Bediensteten, den Porsche zu parken, und ergriff Rosies Hand, als sie die Stufen zu dem ausladenden Eingangsbereich mit dem von Säulen getragenen Vorbau über der Eingangstür hinaufgingen.

Beim Eintreten wurde ihnen zur Begrüßung ein Champagner gereicht, und Rosie und Seb stießen an, bevor sie beide einen Schluck tranken.

Rosie erstarrte.

»Was hast du?« Besorgt sah Seb sie an.

»Da sind irgendwelche kleinen Flocken drin«, flüsterte Rosie ihm zu. »Was soll ich jetzt tun?«

»Trink ruhig, das sind winzige Goldflocken. Ist dieses Jahr schwer angesagt.«

»Aber ...«

»Die schaden nicht.« Er lachte nur leise. »Komm mit. Genießen wir die Aussicht von der Terrasse.«

Rosie folgte ihm und trank noch einen Schluck von ihrem Champagner. Konnte sie die Goldflocken vielleicht mit den Zähnen aus dem Drink herausfiltern und aufbewahren? Sie wusste, dass der Goldpreis so hoch lag wie noch nie. Wie viele Gläser dieses Champagners musste sie trinken, um so viel Gold zusammenzubekommen, dass es sich lohnte? Sicher nicht so viele. Wenn sie die Leute mit der Lebensmittelvergiftung bezahlen musste, konnten diese Goldflocken ihre Rettung sein.

Sie trank noch einen Schluck und drückte die Goldflocken hinten an den Gaumen. Hoffentlich blieben sie dort kleben, bis sie sie ernten konnte!

Die große Terrasse bot einen Blick über die gesamte Bucht von Cannes. Die dezente Beleuchtung ließ die Bougainvilleen erkennen, die an den vergoldeten Steinmauern emporrankten. Es duftete nach dem Jasmin, der die Pergola bedeckte. Stufen führten zu einem riesigen Swimmingpool hinunter, dessen äußerer Rand in das Meer am Horizont überzugehen schien.

Rosie kam sich vor wie in einer romantischen Komödie mit Hugh Grant.

»Merde«, stieß Seb leise aus. »Ich habe nicht dran gedacht, dass Pierre wahrscheinlich Veronique mitbringt.«

Sie folgte seinem Blick und sah eine magersüchtige Frau, die sich an den Arm eines deutlich älteren Mannes klammerte. »Magst du sie nicht?«

»Sie ist ein Albtraum. Laut, vulgär und überheblich. Und

weil sie jetzt mit Pierre verheiratet ist, denkt sie, sie sei ein ebensolcher VIP wie er.«

»Wer ist er denn?«

»Ein ehemaliger französischer Diplomat. Netter Typ eigentlich. Wieso er ausgerechnet diese Frau heiraten musste, weiß niemand. Er hätte sie lieber als Geliebte behalten sollen.«

Rosie hatte nie ganz verstehen können, dass Franzosen eine außereheliche Affäre so leicht akzeptierten. »Er hätte sich auf gar nichts mit ihr einlassen sollen!« Neugierig sah sie zu Seb. »Dann wird eine Affäre hierzulande immer noch akzeptiert?«

»Natürlich. In manchen Kreisen wird so etwas sogar erwartet.« Er ergriff ihre Hand. »Komm, lass uns tanzen.« Damit führte er Rosie in den Tanzsaal des Anwesens, der zu einer Disco umgestaltet war.

»Willst du mich nicht mit Veronique bekannt machen?«

Er lachte leise. »Du wirst sie im Verlauf des Abends ganz sicher noch kennenlernen. Sie wird ihre Neugier nicht zügeln können und erfahren wollen, wer du bist.«

In dem Punkt hatte er recht: Eine Stunde später, als Rosie um eine Tanzpause bat, tauchte Veronique an ihrer Seite auf.

»Seb, Darling, das ist ja schon eine Ewigkeit her. Wie geht's dir?«

»Veronique.« Er tauschte Wangenküsse mit ihr. »Bestens. Und dir? Wo steckt Pierre?«

»Irgend so ein Amerikaner hat ihn überredet, mit ihm über Geschäfte zu reden.« Sie wandte sich Rosie zu. »Hi. Und wer sind Sie?«

»Das ist Rosie. Ihr gehört das Café Fleur neben mir.« Seb legte ihr einen Arm um die Schultern.

»Ach, dann sind Sie die verrückte Engländerin, die das Café gekauft hat. Viel Glück damit, aber ich kann mir nicht vorstellen, dass das funktioniert.«

Noch bevor Rosie etwas erwidern konnte, sagte Seb: »Sie macht das ganz fantastisch und hat das Café vollkommen umgekrempelt.«

Zweifelnd verzog Veronique das Gesicht. »Wirklich? Ich habe gehört, sie habe schon Ärger.« Sie zuckte mit den Schultern. »Wie du meinst.« Sie wandte Rosie den Rücken zu. »Wie geht es denn Isabella jetzt, Seb? Siehst du sie überhaupt noch, seit du nicht mehr in Monaco bist?«

»Oft genug«, erwiderte er nur. »Komm, Rosie, lass uns tanzen. Wir sehen uns, Veronique.« Damit ergriff er ihre Hand und zerrte Rosie förmlich wieder auf die Tanzfläche.

Rosie, die eigentlich darauf brannte, ihn zu fragen, wer Isabella war, tanzte mit ihm zu einem schnellen Rocksong, und für eine Frage fehlte ihr der Atem.

Es war bereits nach zwei Uhr, als Seb Rosie lächelnd in die Augen sah. »Sollen wir nach Hause fahren?«

Sie nickte erschöpft. »Gern. Ist es für dich denn okay, jetzt noch zu fahren?«

»Nein«, erwiderte er kopfschüttelnd. »Wir nehmen uns ein Taxi. Den Wagen kann ich auch morgen noch abholen.«

Es herrschte kaum Verkehr, und das Taxi setzte sie schon bald am Hotel ab.

Rosie sah Seb in die Augen. »Vielen Dank, dass du mich mitgenommen hast. Das hat mir Spaß gemacht. Wir sehen uns morgen, also eher gesagt nachher!«

»Warte, ich dachte, wir gönnen uns noch einen Drink, bevor ich dich nach Hause bringe.«

»Du brauchst mich wirklich nicht zu begleiten«, widersprach sie.

Als Antwort zog er nur die Brauen hoch. »Ich hole uns die Drinks«, sagte er dann.

Sie wartete am Strand, während Seb zum Hotel ging. Tief

atmete sie die erfrischend kühle Meeresluft mit dem salzigen Duft ein. Es war eine schöne Nacht, und obwohl all die Lichter an der Küste zu hell leuchteten, um die Sterne zu sehen, konnte sie den Mond deutlich erkennen. Lächelnd blickte sie zu Seb, der gerade das Hotel betrat. Ihm hatte sie es zu verdanken, dass sie diesen Abend so genossen hatte. Bei ihm fühlte sie sich als etwas ganz Besonderes, das ließ sich nicht bestreiten.

Ihr Blick ging zum Café Fleur, das abgesehen vom gedämpften Licht oben im Studio vollkommen im Dunklen lag. Anscheinend war James zu Hause.

Sie zog die Schuhe aus und ging an der Wasserlinie entlang zu Sebs Felsen. Es tat gut, das kühle Wasser an den Füßen zu spüren.

Zufrieden seufzte sie auf. Das Leben könnte im Moment fantastisch sein, wenn sie sich nicht ständig Sorgen wegen der angeblichen Lebensmittelvergiftung machen würde.

»Tut das gut?«

Rosie nickte, nahm eines der mit orangegoldener Flüssigkeit gefüllten Gläser und sah zu Seb.

»Cointreau. *Santé.*«

Sie trank einen Schluck des Orangenlikörs. »Übrigens vielen Dank dafür, dass du Veronique gegenüber so ein Loblied auf mich gesungen hast. Findest du wirklich, dass ich meine Sache gut mache? Hast du deine Meinung geändert, was meine Kochkunst betrifft?«

Leise lachend schüttelte er den Kopf. »Ich musste sie irgendwie zum Schweigen bringen. Deine Kochkunst ist ganz in Ordnung, schätze ich.«

Rosie wollte gerade protestieren, als sie sah, dass er sich ein Lächeln verkniff. »Was mag sie damit gemeint haben, dass ich schon Ärger habe? Ich dachte, wir hätten die Sache mit der Lebensmittelvergiftung unter Verschluss, seit wir James gesagt haben, er soll das nicht rumerzählen. Aber wahrscheinlich war es da schon zu spät.«

Er zuckte mit den Schultern. »Du weißt ja, wie hier an der Küste getratscht wird. Wahrscheinlich weiß Veronique es von einem Bekannten, der in der Behörde arbeitet, wo die Beschwerde eingereicht wurde.«

»Aber das heißt ja, dass schon alle davon wissen!«

»Mach dir deswegen keine Gedanken. Bisher hat es sich noch nicht negativ auf dein Geschäft ausgewirkt, oder?«

»Kann ich nicht sagen. Zur Mittagszeit haben wir sehr viel zu tun, aber obwohl es beim Dinner anfangs gut lief, ist es in letzter Zeit abends sehr ruhig.« Sie wandte sich ihm zu. »Bei euch dagegen ist abends immer der ganze Parkplatz voll.«

»Ich habe ja auch schon einen Ruf. Die Leute kennen mich«, sagte er erklärend. »Das macht vieles leichter.«

»Allmählich frage ich mich, ob es überhaupt sinnvoll ist, das Café länger als bis sechs Uhr zu öffnen. Allerdings muss ich das Café Fleur bekannt machen, damit die Ortsansässigen im Winter von mir wissen.«

»Dann willst du das ganze Jahr über geöffnet haben?«

»Irgendein Einkommen brauche ich ja.« Sie hob die Schultern. »Ich zähle darauf, dass die Einwohner mich im Lauf der Saison in ihr Herz schließen. Und ein paar Touristen gibt es hier auch im Winter. Schließlich ist das Wetter auch im Winter mild genug für Strandspaziergänge. Ich will es auf jeden Fall versuchen.« Sie fügte lieber nicht hinzu, dass die Sache mit der Lebensmittelvergiftung alle anderen Überlegungen vielleicht ohnehin überflüssig machte.

Nach kurzem Schweigen blickte sie ihn wieder an. »Also, wer ist denn diese Isabella?«

»Jemand, der in Monaco lebt«, antwortete Seb ausweichend. »Du wirst sie bestimmt bald mal kennenlernen.«

Rosie wartete, dass er noch mehr sagte, doch als er schwieg, trank sie ihr Glas leer. »Ich muss nach Hause, Seb.«

»Gehen wir. Vergiss deine Schuhe nicht.«

Auf dem Rückweg legte er ihr einen Arm um die Schultern, und Rosie versuchte, nicht zu oft zu gähnen. Bei der Villa angekommen, zog er sie kurz in die Arme und gab ihr einen sachten Kuss auf die Stirn.

»Geh rein und träum schön. In ein paar Stunden sehen wir uns ja schon wieder.« Während er sich bereits abwandte, sagte er: »Es freut mich, dass du die Party genossen hast und dir der Champagner geschmeckt hat. Im Grunde bin ich kein großer Fan von Goldzähnen!« Leise lachend ging er davon.

Rosie rannte zu ihrem Apartment hinauf, stürmte ins Bad und sah zähnebleckend in den Spiegel. Tatsächlich! Triumphierend zog sie sich drei Goldflocken zwischen den Zähnen hervor und legte sie vorsichtig auf ein Taschentuch.

19. Kapitel

Am Tag nach der Party genoss Rosie das Ausschlafen, denn es war Montag, und diesmal war Tansy für die Wochenvorbereitungen verantwortlich. Deshalb erstaunte es sie, als ihr Handy klingelte.

»Kommst du bald?«, wollte Tansy wissen. »Hier ist ein Mann, der nach dir fragt.«

»Ist bestimmt irgend so ein Vertreter«, antwortete Rosie verschlafen. »Kannst du ihn abwimmeln? Kauf bloß nichts Kostspieliges! Sonst sag ihm, er soll später wiederkommen. In einer Stunde bin ich da.«

»Okay, bis dann.«

Rosie warf einen Blick auf die Uhr. Kurz vor elf. Noch fünf Minuten, dann würde sie duschen und hinunter zum Strand gehen.

Diese gemütlichen Montagvormittage würde sie vermissen, wenn sie jeden Tag in der Woche geöffnet hatten. Dazu würde es schon bald kommen, denn die Sommersaison stand kurz bevor.

Als sie ins Café kam, traf sie auf Tansy und James.

»Hast du diesen Vertreter abgewimmelt?«, fragte sie, während sie sich einen Kaffee einschenkte.

»Wie sich herausgestellt hat, war er gar kein Vertreter«, antwortete Tansy. »Er hat gesagt, es sei etwas Privates.«

»Hat er dir seinen Namen genannt?«

Tansy schüttelte den Kopf. »Den wollte er mir nicht nennen. Er hat gesagt, er werde sich ein andermal wieder melden.«

»Wie seltsam.« Rosie runzelte die Stirn. Das konnte doch nur mit der Lebensmittelvergiftung zusammenhängen. In dem Fall war sie froh, dass sie nicht hier gewesen war.

»Hat er wie ein Anwalt ausgesehen?«

Wieder schüttelte Tansy den Kopf. »Wenn du damit meinst, ob er einen Anzug getragen hat und eine Aktentasche dabeihatte: Nein. Der typische Look: Ray-Ban-Sonnenbrille, Polohemd, Shorts und Segelschuhe. Oh, und er hatte längeres Haar. Das hatte er zu einem Pferdeschwanz zusammengebunden.«

»Unter jedem Pferdeschwanz befindet sich ein Arschloch!«, verkündete Rosie lachend. »Dann war er offensichtlich kein Anwalt. Na, wenn es wichtig war, kommt er bestimmt wieder.«

»Wie war denn die Party gestern?«, wollte Tansy wissen. »Habt Seb und du euch gut amüsiert? Irgendwelche Stars gesehen?«

»Es war schön, aber falls Stars oder Sternchen auf der Party waren, habe ich sie nicht erkannt. Da war nur eine gewisse Veronique, die mir prophezeit hat, dass das Café Fleur dem Untergang geweiht ist.«

Genau in diesem Moment klingelte das Telefon.

»Das ist bestimmt Olivia.« Entschuldigend sah Tansy sie an. »Tut mir leid, das habe ich vergessen zu sagen: Sie hat vorhin angerufen. Anscheinend denkt sie, du meidest sie, was ja auch stimmt!«

Entnervt stieß Rosie die Luft aus, bevor sie den Hörer abnahm. »Hi, Mum. Wie geht's dir?«

Eine Minute später hatte sie eingewilligt, sich in Monaco zum Abendessen zu treffen.

»Zander ist bis spätabends in Italien, da haben wir Zeit, uns ausgiebig zu unterhalten. Vielleicht alles zwischen uns zu bereinigen? Ich weiß, du machst dir Sorgen um mich. Wenn du rechtzeitig hier bist, bleibt uns noch Zeit für eine kleine Shopping-Therapie, ja? Und bevor du sagst, du kannst dir das nicht leisten: Geht auf mich.«

»Dann bis später, Mum. So um sieben.« Rosie legte auf. »Das war's dann mit meinem ruhigen, erholsamen Abend. Also gut, auf geht's.«

Am späten Nachmittag hatte Rosie Lucky gefüttert und machte mit ihr noch einen kurzen Spaziergang, bevor sie die Hündin schnell nach Hause brachte und anschließend zum Bahnhof lief, um den Zug noch zu erreichen.

Rosie liebte die Fahrt an der Küste entlang nach Monaco. Während ihrer Arbeit auf Yachten hatte sie die Küste vom Meer aus so oft gesehen, dass sie schließlich kaum noch aus dem Kombüsenfenster sah, wenn die Küste in Sicht kam.

Jetzt genoss sie den Blick aufs Mittelmeer aus der anderen Perspektive, während der Zug an Villen und großen Apartmenthäusern vorbeiraste. Draußen auf dem Meer sah sie die Luxusyachten, die lange Zeit ein fester Teil ihres Lebens gewesen waren.

Wie seltsam, dass Olivia jetzt in diese andere Welt eintauchte, wenn auch nur vorübergehend. Ihre Beziehung zu Zander konnte nicht von Dauer sein, oder? Und danach wäre es an Rosie, das Trösten zu übernehmen.

Als der Zug beim Cap d'Ail in den langen Tunnel fuhr, der direkt zum Bahnhof von Monaco – Monte Carlo führte, beschloss Rosie, mit ihrer Mutter darüber zu sprechen, dass sie von einem Leben mit Zander nichts zu erwarten hatte, als enttäuscht mit gebrochenem Herzen zurückzubleiben. Hier war ein eingehendes Tochter-Mutter-Gespräch nötig, und Rosie war sich sehr wohl der vertauschten Rollen bewusst.

Eine halbe Stunde später saßen die beiden Frauen bei einem Kaffee auf der Terrasse des Café de Paris und beobachteten das Treiben auf der Straße, als Rosie das Thema anschnitt.

»Mum? Was Zander betrifft …«

»Was ist mit mir und Zander?« Olivia setzte ihre Tasse ab. »Ich bin so glücklich wie schon seit Jahren nicht mehr. Und ich bin sicher, dass ich ihn auch glücklich mache. Hast du damit ein Problem?«

Rosie schüttelte den Kopf. »Es freut mich, dass du momentan so glücklich bist, aber …« Sie zögerte.

»Macht dir Zanders Ruf zu schaffen? Oder der Altersunterschied?«

»Beides«, gab Rosie zu. »Aber in erster Linie habe ich Angst, dass du dir nur Kummer einhandelst.«

»Kann sein, aber ich bin nicht naiv. Ich kenne den Einsatz. Und bis dahin werde ich das Leben mit einem Mann genießen, den ich unglaublich gernhabe. Ich wünschte nur, du hättest auch so ein Glück. Hast du in letzter Zeit was von Charlie gehört?«

»Hier geht es nicht um mich«, wandte Rosie ein. »Und nein, ich habe nichts von ihm gehört. Zum Glück.« Sie konnte gut und gern darauf verzichten, dass Charlie sich immer wieder in ihr Leben zu drängen versuchte.

Eindringlich sah Olivia ihre Tochter an. »Ich habe einen großen Teil meines erwachsenen Lebens allein verbracht«, sagte sie leise. »Ich will nicht, dass dir dasselbe passiert.«

»Ich auch nicht«, stimmte Rosie genauso leise zu. »Aber ich will nicht wahllos mit irgendjemandem etwas anfangen, nur um das zu verhindern.«

»Das ist seit Jahren auch mein Grundsatz. Deshalb vertrau mir. Es hat zwar lange gedauert, aber jetzt habe ich Zander getroffen, und er ist für mich nicht irgendjemand. Er ist etwas Besonderes.« Wieder blickte sie Rosie durchdringend in die Augen. »Und ähnliche Hoffnungen hatte ich mir auch bei Charlie gemacht, dass er etwas Besonderes für dich ist. Er ist ein guter Kerl.«

»Möglich, dass er ein guter Kerl ist«, antwortete sie nachdenklich. »Aber er hat zu viel Geld und will alles kontrollieren. Außerdem muss ich mich im Moment voll und ganz auf das Café Fleur konzentrieren.«

Olivia lachte auf. »Darling, zu viel Geld kann man gar nicht haben.«

Sie zuckte mit den Schultern. »Vielleicht nicht, aber man kann unter einem zu starken Kontrollzwang leiden. Charlie bewegt sich in anderen Kreisen als ich. Er führt ein Leben, in dem ich mich nicht wohlfühlen würde.« Sie zuckte zusammen, als auf der Straße ein paar Planken von einem Transporter fielen. »Von Zanders Apartment aus hat man bestimmt einen guten Blick auf den Grand-Prix-Kurs, oder?«

Olivia schüttelte den Kopf. »Zu dem Zeitpunkt sind wir nicht hier. An dem Wochenende fährt Zander mit mir nach Italien, um all dem Trubel aus dem Weg zu gehen.«

»Er mag die Formel 1 nicht?«, fragte Rosie verwundert nach. »Ich hätte gedacht, er nutzt das zumindest zur Kontaktpflege.«

»Oh, ich bin überzeugt, er mag es, aber er sagt, im Fernsehen hat man den besseren Überblick. Und die Übertragung kann er auch von Italien aus sehen. Außerdem bekommt er einen guten Preis dafür, wenn er sein Apartment an dem Wochenende vermietet. Er sagt, wir seien in jedem Fall rechtzeitig zurück, um am Sonntagabend zu einer der Siegerpartys zu gehen.« Olivia trank ihren Kaffee aus. »Da fällt mir ein, ich brauche noch ein Kleid dafür. Lass uns gehen.«

Zwei Stunden später hatte Olivia nicht nur ein Kleid, sondern auch die dazu passenden Schuhe gefunden, während Rosie es hartnäckig abgelehnt hatte, sich ein neues Outfit schenken zu lassen. Anschließend begleitete sie ihre Mutter in das Apartment, von dem aus man den alten Hafen überblicken konnte.

Rosie stand auf dem Balkon und fragte sich, wie es sein mochte, so viel Geld zu haben, dass man dauerhaft in Monaco leben konnte.

»Lebst du gern hier?«, fragte sie ihre Mutter, als die zu ihr auf den Balkon kam und ihr ein Glas Rosé reichte.

»Meistens ja«, antwortete Olivia. »Dieser Ort hat eine ganz besondere Atmosphäre. Manchmal kommt es mir aber vor, als würde ich in einem Traum leben. Ich weiß, viele Menschen finden das alles zu übertrieben luxuriös, doch es gibt hier auch Normalsterbliche, so wie mich. Stell dir vor, wie es hier zu Zeiten von Fürstin Gracia Patricia gewesen sein muss, als all die wunderschönen Villen noch nicht verschwunden waren.«

Als eine Tür ins Schloss fiel, drehte Olivia sich um. »Zander ist zurück.«

Rosie wandte den Blick ab, als ihre Mutter und Zander sich zur Begrüßung umarmten und küssten. Ihre Mutter führte sich auf wie ein liebestoller Teenager!

Trotz Rosies Protest bestand Zander darauf, sie zum Dinner einzuladen. »Und anschließend begleiten Olivia und ich dich zum Bahnhof. Wir haben später noch eine Verabredung im Casino, deshalb kann ich dich leider nicht nach Hause fahren.«

Später, als sie wieder im Zug saß und an der Küste entlangfuhr, wurde Rosie sich bewusst, dass sie den Abend genossen hatte. Jetzt begriff sie auch, was Olivia an Zander so anziehend fand. Sie hatte ihre Mutter noch nie so glücklich gesehen. War das nicht Grund genug, sich für sie zu freuen? Was ging sie das alles letztlich auch an?

Sie wollte nicht, dass Olivia sich in ihr Liebesleben einmischte, deshalb musste sie sich auch aus dem ihrer Mutter heraushalten. Olivia hatte jetzt schon so lange allein gelebt, dass Rosie nicht ganz nachvollziehen konnte, wieso ihre Mutter so urplötzlich mit einem Mann zusammenziehen wollte. Als geselliger Mensch hatte sie nie unter Einsamkeit gelitten.

Vielleicht war Zander für sie tatsächlich etwas ganz Besonderes?

Stirnrunzelnd traf Rosie eine Entscheidung: Was auch immer zwischen Olivia und Zander geschah, es ging sie nichts an, und sie würde sich nicht einmischen, bis die Faszination abgeebbt war. Für Rosie stand fest, dass es irgendwann dazu kommen würde. Sie musste nur dafür sorgen, dass Olivia wusste, dass ihre Tochter für sie da war, wann immer sie Halt brauchte.

20. Kapitel

Am letzten Wochenende des Filmfestivals herrschte im Café Fleur Hochbetrieb. Es war bereits nach sieben Uhr am Sonntagabend, als Rosie sich erschöpft von James verabschiedete und es ihm überließ, die Tür hinter ihr abzuschließen, als sie sich mit Lucky auf den Heimweg machte.

Gerade als sie zu Hause ankam und ihr Apartment betrat, klingelte ihr Handy. Es war Olivia.

»Hi, Mum, wie war Italien?«

»Schalte Kanal drei an. Sofort!« Auf Rosies Frage ging Olivia überhaupt nicht ein. »Da werden gerade die Preisträger des Festivals präsentiert.«

»Wieso? Du weißt, dass mich das alles nicht interessiert. Ich könnte tot umfallen vor Müdigkeit.«

»Tu es einfach«, beharrte Olivia. »Beeil dich, sonst verpasst du es.«

Verwirrt folgte Rosie der Aufforderung und sah gerade noch, wie ein Mann den Filmpreis schwenkte und von der Bühne verschwand. Dann schwenkte die Kamera wieder zurück zum Moderator.

»Mum! War das, wer ich denke, dass er es war?«

»Ja. Allerdings nennt er sich jetzt Tiki Gilvear. Tiki! Ich bitte dich, was soll das denn für ein Name sein? Anscheinend wird er in ganz Amerika für seine Drehbücher gefeiert, nachdem er die Storys für ein paar Blockbuster geschrieben hat.«

»Er trägt Pferdeschwanz«, stellte Rosie wie benommen fest.

»Sieht das bei einem Mann seines Alters nicht einfach nur albern aus?« Ihre Mutter schnaubte verächtlich. »Er war immer gut darin, sich zum Narren zu machen, ohne es zu merken. Liebes, ich muss auflegen. Zander wartet. Ich rufe dich morgen früh an, dann können wir weiterreden. Bye.«

Rosie legte auf und saß wie benommen vor dem Fernseher, ohne die Bilder, die vor ihren Augen abliefen, zu registrieren. Doch dann schwenkte die Kamera über das Auditorium, und Rosie sah noch einmal flüchtig den strahlenden Tiki Gilvear.

Jetzt hatte sie die Antwort, wer im Café nach ihr gefragt hatte, auch wenn ihr diese Antwort nicht gefiel: Tiki Gilvear. Selbst wenn er Tansy diesen Namen genannt hätte, hätte es Rosie nichts bedeutet. Zum Glück war sie nicht dort, und er hatte sich nicht die Umstände gemacht, noch einmal zu kommen. Dadurch war ihr wenigstens die Peinlichkeit erspart geblieben, ihm von Angesicht zu Angesicht zu sagen, er solle verschwinden.

In Gedanken versunken streichelte sie Lucky. Wieso war Tiki Gilvear überhaupt ins Café Fleur gekommen, um sie zu sehen? Warum hatte er es kein zweites Mal versucht? Sie hatte allerdings keinerlei Lust darauf, ihn zu treffen. Zwischen ihnen gab es nichts mehr zu sagen. Ein Glück, dass das Festival heute zu Ende ging, dann flog er morgen früh zurück nach Amerika in das ruhmreiche Leben, das er dort führte.

Am Montagmorgen versuchte Rosie während der Wochenvorbereitungen immer noch vergeblich, die Fernsehbilder vom Sonntagabend zu verdrängen. Den Großteil der Nacht hatte sie nicht schlafen können, und jetzt hatte sie dunkle Ringe unter den Augen.

»In meiner Tasche habe ich noch einen sehr wirkungsvollen Abdeckstift, falls du willst«, bot Tansy an.

»Sehe ich so grauenhaft aus?«

Tansy nickte. »Ich fürchte, ja. Was ist los?«

Rosie schüttelte den Kopf. »Ich habe schlecht geschlafen.« Es gab keinen Grund, Tansy mitzuteilen, dass sie wach gelegen hatte, weil sie jetzt wusste, wer der seltsame Fremde mit dem Pferdeschwanz gewesen war. Dann würde sie nur genauer wissen wollen, wieso der Mann hier aufgetaucht war, und darauf hatte Rosie während der letzten Stunden auch keine Antwort finden können.

Sie ging zur Kaffeemaschine. »Ein Kaffee wird mir helfen. War James heute schon hier unten?«

»Ich habe ihn losgeschickt, um Sahne zu besorgen und die Krabbenvorräte aufzufüllen. Er sollte bald wieder hier sein.«

Rosie blätterte in dem Buch mit den Reservierungen. »So wie es aussieht, haben wir die ganze Woche mittags viel zu tun. Da brauchen wir Alicia jeden Tag. Hoffentlich hat Seb sie nicht schon gebucht.«

»Redet ihr über mich? Guten Morgen, Mädels. Alles okay, Rosie?« Besorgt sah Seb sie an, während er in die Küche kam.

»Danke, mir geht's gut.« Rosie wünschte, sie wäre schon dazu gekommen, Tansys Abdeckstift zu benutzen. »Eigentlich hatten wir gehofft, dass Alicia diese Woche jeden Tag Zeit hat und nicht schon bei dir eingeplant ist. Was tust du hier überhaupt? Hast du nicht ein Hotel zu leiten?«

Es klang harscher als beabsichtigt, und sie schenkte Seb schnell ein entschuldigendes Lächeln.

»Beachte sie gar nicht.« Tansy winkte ab. »Sie hat letzte Nacht keinen Schlaf bekommen.«

Entnervt verdrehte Rosie die Augen. Was mochte Seb denken, wenn Tansy das so ausdrückte? »Sie meint damit, dass ich letzte Nacht nicht gut geschlafen habe und deshalb müde bin.«

»Dann brauchst du frische Luft. Komm mit, das wird dir

guttun. Da bekommst du den Kopf frei.« Er öffnete die Tür. »Außerdem muss ich mit dir sprechen«, fügte er hinzu, als Rosie einwandte, sie habe keine Zeit.

»Fünfzehn Minuten«, sagte sie an Tansy gewandt. »Könntest du bitte Alicia für mich anrufen? Sag ihr, wir brauchen sie diese Woche für so viele Stunden, wie sie einplanen kann.«

Die Sonne war noch nicht ums Festland herumgewandert, daher waren noch nicht viele Menschen am Strand. Alles wirkte noch morgendlich unberührt.

Seb, dem es anscheinend egal war, ob er nasse Füße bekam, lief glücklich in seinen Docksides am Wasser entlang, wo die Wellen auf den Sand aufliefen, während Rosie sich bemühte, oberhalb der Wasserlinie zu bleiben.

»Ich weiß nicht, wie du das nur machen kannst. Warum läufst du nicht barfuß?«, fragte sie ihn. »Wenn wir zurück sind, hast du nasskalte Füße.«

Gleichgültig sah Seb nach unten. »Ich ziehe mir andere Schuhe an, wenn wir zurück sind. Was hast du? Ich weiß, dass du sonst gern durchs Wasser läufst.«

»Stimmt, aber barfuß und nicht mit Schuhen. Ich kann es nicht ausstehen, nasse Socken oder Schuhe zu haben.«

Lächelnd schüttelte er den Kopf, bevor er einen Zahnstocher aus der Tasche zog und anfing, darauf herumzukauen.

»Sind dir die Zigaretten ausgegangen? Bist du deshalb verzweifelt?«, fragte sie.

Lächelnd schüttelte er den Kopf. »Ich habe mir ernsthaft vorgenommen, diesen Sommer damit aufzuhören. Diese Dinger hier haben Zimtgeschmack, das soll helfen.«

»Und? Hilft es?«

»Bisher nicht.«

Rosie lachte auf. »Ich drück dir die Daumen. Und jetzt sag, worüber du mit mir sprechen wolltest.«

»Es ist sehr wichtig, dass du mich nächsten Sonntagnachmittag auf eine Party in Monaco begleitest.«

»Sehr wichtig?«

»Ja. Meine Ex wird dort sein, und ich möchte nicht allein erscheinen.«

»Deine Ex? Wie Ex-Partnerin?«

»Richtig.«

»Wenn ich mitkomme, wird sie dann nicht denken, ich sei deine Neue?«

Er nickte. »Genau das hoffe ich.«

»Aber das bin ich nicht.«

»Du könntest es sein. Wenigstens für diesen einen Sonntag, wenn du magst.«

Abrupt blieb sie stehen und sah ihn an. »Wieso willst du, dass …? Wie heißt sie?«

»Zoe.«

»Wieso willst du, dass Zoe denkt, ich sei deine Freundin, wenn ich das nicht bin?«

Er seufzte. »Das ist etwas kompliziert, aber kurz gesagt, ist es wichtig, dass sie erkennt, dass es aus ist. Genau diese Tatsache will sie einfach nicht akzeptieren. Ich hoffe, dass sie, wenn sie mich mit einer anderen zusammen sieht, begreift, dass das zwischen uns Vergangenheit ist. Vielleicht können wir dann wieder zivilisiert miteinander umgehen und einfach nur befreundet sein.«

»Warum habt ihr euch denn überhaupt getrennt? Wie lange ist das her? Hat deine Spielsucht etwas damit zu tun?« Rosie wollte erst noch mehr erfahren, bevor sie vor seiner Ex die neue Freundin spielte.

»Das ist eine lange Geschichte. Sie hat mich in etwas hineingezogen und dann beschlossen, dass ich für sie keinen Nutzen mehr habe. Da hat sie mir gesagt, ich solle verschwinden.

Meine Spielsucht hatte nichts damit zu tun, aber sie hat mir einen Mangel an Moral vorgeworfen.«

»Vor wie langer Zeit war das?«

»Vor sechs Jahren«, antwortete er ruhig. »Wir hatten einen großen Streit, und ich habe mich danach nicht von ihr ferngehalten, wie sie es von mir verlangt hat.«

»Denkt sie deshalb, du würdest noch an ihr hängen?«

»Es war mir wichtig, dass wir Freunde bleiben und wie normale Menschen miteinander umgehen. Das ist einfach besser so.« Seb zuckte mit den Schultern. »Aber Zoe hat es so gedeutet, dass ich nicht von ihr loskam, als sie ihr Leben ohne mich führen wollte. Und jetzt hat sie beschlossen, das Ganze sei ein Fehler gewesen. Sie will mich wieder zurückhaben und akzeptiert einfach nicht, dass es mir ernst ist, wenn ich sage, ich wolle nicht mehr auf die Art ein Teil ihres Lebens sein.«

Rosie wich einer größeren Welle aus, bevor sie nachhakte: »Und während dieser sechs Jahre hat Zoe dich nie mit einer anderen Freundin gesehen, was sie davon hätte überzeugen können, dass eure Affäre für dich abgehakt ist?«

»Im The Recluse hatte ich unmögliche Arbeitszeiten, und ich war immer allein, wenn ich Zoe gesehen habe. Erst jetzt mit dem Hotel kann ich mir meine Zeit zumindest teilweise selbst einteilen.«

»Aber da muss es doch noch eine andere geben, die du mitnehmen kannst. Zum Beispiel Isabella«, fügte sie hinzu, als ihr wieder Veroniques Frage auf der Party einfiel.

Seb lächelte. »Es ist Isabellas Party, deshalb weiß ich ja auch, dass Zoe dort sein wird. Bitte komm mit mir mit, Rosie. Du wirst bestimmt Spaß haben.«

»Okay«, willigte sie ein. »Ich komme mit.« Zumindest würde sie auf diesem Weg diese Isabella kennenlernen. Und bestimmt würde es witzig sein, Sebs Freundin zu spielen.

»Danke.« Seb ergriff ihre Hand und drehte Rosie zu sich um. »Und jetzt erzähl mir, wieso du letzte Nacht nicht schlafen konntest.«

Sie zögerte. Sollte sie ihm von Tiki Gilvear erzählen? Einerseits ging das niemanden etwas an, andererseits würde es ihr guttun, mit jemandem darüber zu reden.

»Machst du dir noch Sorgen wegen Olivia und Zander?«, fragte er, als sie nichts sagte.

»Nein, es hat nichts mit ihnen zu tun. Ich bin zu dem Schluss gekommen, dass diese Affäre von selbst wieder erlöschen wird. Es betrifft etwas anderes.« Unvermittelt blieb sie stehen und sah entsetzt nach unten. »Seb Groc, wie kannst du mir so etwas antun?«

Da Seb sie immer noch an der Hand festhielt, stand sie jetzt nicht nur in den auflaufenden Wellen, sondern fast im Meer.

»Ich habe nasse Füße!«

Seb lachte schallend los.

»Das ist nicht witzig.« Sie riss sich aus seinem Griff los und lief in den trockenen Sand, wo sie sich bückte und die Schuhe auszog. »Es reicht, das Gespräch ist zu Ende. Ich gehe zurück in mein Café.«

21. Kapitel

GeeGee war erschöpft, aber glücklich. Dank Bruno hatte sie zum ersten Mal seit Monaten etwas Geld im Portemonnaie, was noch nicht verplant war.

In den vergangenen Tagen war sie zehnmal zum Flughafen und zurück gefahren, um Feriengäste abzuholen. Erst nach ein paar Touren hatte sie das Gefühl ablegen können, die Neue unter den Fahrern zu sein, und mittlerweile hatte sie alle Tipps, die Bruno ihr am ersten Abend gegeben hatte, verinnerlicht. Sie suchte sich einen Parkplatz auf einem leicht zugänglichen Parkdeck, und wenn sie den nicht fand, dann sollte er zumindest in der Nähe des Fahrstuhls liegen, weil »die Gäste nicht weit zu Fuß laufen wollen«, wie Bruno ihr erklärt hatte.

Sie holte sich eines der offiziellen Schilder, auf die sie die Namen der Reisenden schrieb, sie zahlte die Parkgebühr, bevor sie den Ausgang erreichte, und vor allem lächelte sie. »Die Gäste verzeihen dir vieles, wenn du lächelst« hatte er ihr gesagt.

Gestern Abend war ihre Fähigkeit, während dieses Jobs zu lächeln, stark strapaziert worden. Planmäßig hätte das Flugzeug um fünf nach elf landen sollen, doch beim Betreten der Ankunftshalle hatte sie bereits das »en retard« auf der Anzeigetafel gesehen, und niemand an den Informationsschaltern hatte ihr sagen können, wie lang diese Verspätung sein würde.

Bruno hatte sie vorgewarnt, dass die spät landenden Flieger eine echte Qual sein konnten, aber es sei trotzdem besser, in der Nähe zu bleiben, weil die Lage sich immer schnell ändern könne. GeeGee hatte sich einen Kaffee und eine Zeitschrift gekauft, um sich die Wartezeit angenehmer zu gestalten. Drei Kaffee und drei Stunden später war das Flugzeug gelandet.

Nach nur fünf Stunden Schlaf und einer heißen, belebenden Dusche saß sie jetzt hinter ihrem Schreibtisch in der Agentur, schaffte es aber noch nicht, über einen Witz zu lachen, den Hugo anscheinend für den Brüller des Jahres hielt.

»Haben wir uns heute einen Humor-Bypass legen lassen?« Wieder lachte Hugo auf. »Reiß dich lieber zusammen, bevor dein Zehn-Uhr-Termin kommt. Sonst muss ich den Kunden vielleicht noch übernehmen«, fügte er hinzu, während er sich bereits abwandte.

GeeGee beherrschte sich und behielt für sich, was sie von seinen frauenfeindlichen Witzen hielt. Am liebsten hätte sie ihm zugerufen: »Stiehl mir noch einmal einen Kunden, dann werde ich dir zeigen, was mich zum Lachen bringt.« Doch aus vorausgegangenen Auseinandersetzungen mit ihm wusste sie, dass es sich nicht lohnte, Hugo zu provozieren.

Um zehn Uhr begleitete sie ihre Kunden zum zweiten Besichtigungstermin eines Apartments in einem modernen Wohnblock an der Küste und schaffte es, ruhig und professionell zu lächeln, als die beiden Kunden sagten, sie würden das Apartment gern kaufen. Nur mit Mühe widerstand sie dem Drang, die Siegerfaust in die Luft zu stoßen.

Zur Feier des Abschlusses lud sie die Kunden zu einem Kaffee ins Café Fleur ein und begann mit dem notwendigen Ausfüllen der Unterlagen.

Als sie wieder gingen, schickte sie Erica eine Textnachricht: »Lust auf einen Lunch am Strand? Bring Cammie mit. Geht auf mich.« Es war Zeit, sich bei den Menschen zu bedanken, die ihr am nächsten standen.

Während sie auf Erica und Cammie wartete, las GeeGee ihre E-Mails, klappte dann ihren Laptop zu und bestellte sich bei James ein Glas Rosé.

An einem sonnigen Tag mit einem Glas Wein am Strand zu sitzen und die Menschen zu beobachten war etwas, was sie viel zu selten tat. Heute genoss sie jede Sekunde davon.

An den »Îles de Lérins«, einer der Bucht vorgelagerten Inselgruppe, hatten mehrere Luxusyachten angelegt, und über der größten davon schwebte ein Helikopter. Fasziniert beobachtete GeeGee, wie er sich langsam auf die Landeplattform senkte.

Nachdem Dan den Kaufvertrag für das Apartment 4c unterschrieben hatte, hatte GeeGee sich über die Yacht informiert, zu deren Crew er gehörte. Die Yacht eines russischen Eigners gehörte definitiv zu den Kandidaten für den Preis »Mega-Yacht des Jahres« und hatte als eine von wenigen einen eigenen Hubschrauberlandeplatz. Vielleicht war diese Yacht dort draußen genau die, auf der Dan arbeitete. Und als Mitglied der Crew begrüßte er gerade jetzt die Passagiere, die aus dem Helikopter stiegen.

Sie nippte an ihrem Rosé und fragte sich, ob Dan sich noch an seine Einladung zum Kaffee erinnerte, die er bei Vertragsabschluss für das Apartment 4c ausgesprochen hatte. Falls ja, dann würde sie die Einladung auf jeden Fall annehmen. Vermutlich hatte er das aber mittlerweile längst vergessen.

Unter den Gästen, die bereits zum Lunch im Café saßen, erkannte GeeGee ein paar Ortsansässige, und sie musste lächeln. Anscheinend sprach es sich bereits herum, dass man im Café Fleur gut essen konnte. Sie freute sich für Rosie.

Als an einem der Nachbartische ein Mann wild gestikulierte und verärgert auf James einredete, runzelte sie die Stirn.

Worum mochte es bei dem Streit gehen? Doch in dem Moment trafen Erica und Cammie ein, und als sie sich begrüßt hatten und bereit waren, ihre Bestellungen aufzugeben, stand der Mann bereits auf, um zu gehen.

Dienstagmittag herrschte reger Betrieb im Café, als James mit neuen Bestellungen in die Küche kam. »Komplimente an den Küchenchef von dem Typ an Tisch zwölf. Er möchte, dass du dich auf einen Likör zu ihm gesellst.«

»Du weißt, dass ich nicht mit den Gästen trinke, James. Dafür habe ich im Moment auch viel zu viel zu tun. Bitte richte ihm meinen Dank aus, und lehne seine Einladung in meinem Namen höflich ab. Ist er ein Stammgast?«

James griff nach den Desserts für Tisch neun. »Nein.« Er kehrte auf die Terrasse zurück, um Rosies Antwort zu überbringen.

Zwei Minuten darauf war er wieder in der Küche. »Der Mann sagt, er zahlt die Rechnung erst, wenn du draußen bei ihm warst. Macht auf mich den Eindruck, als würde er das ernst meinen.«

Rosie seufzte. Ein streitsüchtiger Gast, das fehlte ihr jetzt noch! Was wollte der Kerl?

»Was ist das denn für ein Typ, James?«, hakte Tansy nach. »Rosie, vielleicht ist er ein Millionär und hat es nicht nur auf deine Apfeltorte, sondern auch auf dich abgesehen.«

»So um die sechzig, Designerklamotten, Armbanduhr von Cartier, klingt gebildet … oh, und er trägt einen Pferdeschwanz.«

Rosie erstarrte.

»Klingt wie der Typ, der neulich hier war.« Tansy sah sie an. »Du weißt schon, der Mann, der …«

»Ich weiß, wer.« Rosie straffte die Schultern. »James, tut mir leid, dich als Botenjungen zu missbrauchen, aber könntest du Mr. Tiki Gilvear bitte ausrichten, dass er hier nicht erwünscht ist? Sag ihm, das Management verlangt, dass er auf der Stelle geht. Droh ihm, wenn nötig, mit dem Sicherheitsdienst. Die Mahlzeit braucht er nicht zu bezahlen.«

»Das ist Tiki Gilvear? Der Filmproduzent, der in Cannes gerade die Goldene Palme gewonnen hat?«, wandte sich Tansy erschrocken an Rosie.

»Bitte tu es einfach, James.« Rosie beachtete Tansy gar nicht. »Jetzt.«

Sie ging zum seitlichen Küchenfenster, von wo aus sie ein paar Tische auf der Terrasse einsehen konnte. Dort saß GeeGee an ihrem Stammplatz und tippte auf ihrem Laptop. Sie blickte hoch, als James an den Nebentisch trat und dem dort sitzenden Mann die Nachricht überbrachte.

Selbst nach fünfundzwanzig Jahren und trotz des Pferdeschwanzes erkannte Rosie ihn sofort. Der Mann dort auf der Terrasse war ihr Vater.

Ganz offensichtlich nahm er die Aufforderung zu gehen nicht ohne Widerspruch hin und erregte damit die Aufmerksamkeit der übrigen Gäste. Rosie biss sich auf die Lippe. Wie in aller Welt sollte sie ihn gegen seinen Willen dazu bringen, dass er ging? Der Sicherheitsdienst, mit dem James ihm gedroht hatte, existierte nicht. Sollte sie Seb anrufen und bitten, kurz herüberzukommen? In der Lunchzeit hatte er sicher auch selbst viel zu tun.

Sie sah, wie James kurz wegging und mit einem Stück Papier aus dem Restaurant zurückkehrte. Tiki nahm ihm den Zettel ab und begann zu schreiben.

James wischte auf der Terrasse Tische ab und unterhielt sich mit den Gästen, während er darauf wartete, dass Tiki zum Ende kam.

Hoffentlich beeilte er sich und ging! Erleichtert sah sie, wie er den Stift weglegte, den Zettel faltete und James zu sich bat. James nahm den Zettel und trat etwas zur Seite, als Tiki die Terrasse verließ. Erst in dem Moment, als sie seufzte und die Schultern entspannte, merkte Rosie, dass sie die ganze Zeit über den Atem angehalten und darum gefleht hatte, dass Tiki ging.

»Verrätst du uns vielleicht mal, was das alles zu bedeuten hat?«, wollte Tansy wissen. »Oder ist das ein großes Geheimnis?«

»Einen Moment noch. Danke, James.« In Gedanken versunken nahm Rosie den Zettel und blickte Tiki Gilvear nach, der sich vom Café Fleur entfernte. Sie wollte erst ganz sicher sein, dass er fort war.

Als eine junge Blondine zu ihm lief und ihn umarmte, stieß Rosie leise aus: »Natürlich hat er eine blonde Tussi im Schlepptau.«

Als Tiki und die Blondine aus ihrem Sichtfeld verschwanden, senkte Rosie schließlich den Blick auf den Zettel in ihrer Hand.

Liebe Rosie,
ich finde es sehr schade, dass du dich geweigert hast, mit mir zu sprechen. Heute Abend fahre ich für einige Tage nach London, aber am Wochenende komme ich für ein paar Wochen Urlaub zurück. Ich wohne im Beach Hotel und würde mich freuen, wenn du es einrichten könntest, dich mit mir zu treffen. Ich muss etwas mit dir besprechen, was mir sehr am Herzen liegt. T.
PS: Danke für den Lunch, er war hervorragend. Das nächste Mal geht auf mich.

Rosie sah hoch und bemerkte, dass Tansy und James sie beide eingehend musterten. Sie seufzte. »Okay, ich erlöse euch zwei jetzt von eurer Neugier. Aber das hier ist streng vertraulich, verstanden? Ihr erzählt es absolut niemandem. Tiki Gilvear – oder, wie er richtig heißt, Terry Hewitt – ist mein seit Langem verschollener Vater. Und er liegt absolut falsch, wenn er auch nur eine Sekunde lang glaubt, ich sei an einem Treffen mit ihm interessiert. Ich will nicht hören, was er mir zu sagen hat.«

Und den gemeinsamen Lunch konnte er auch vergessen. Sie zerknüllte den Zettel und warf ihn in den Mülleimer der Küche, bevor sie Tansy und James wütend ansah. »Wir haben Gäste, die auf ihr Essen warten. Bewegt euch!«

Rosie war immer noch schlecht gelaunt, als Charlie am Nachmittag unangekündigt auftauchte.

»Was willst du?« Es war ihr egal, wie unhöflich sie klang.

»Nichts Besonderes. Ich wollte nur mal vorbeischauen und sehen, wie es dir geht. Hättest du Lust auf ein Dinner mit mir heute Abend?«

»Nein, danke, ich habe zu tun.«

Ganze zwei Sekunden lang schwieg Charlie. »Siehst du Seb in letzter Zeit häufiger?«

Wütend sah Rosie ihm in die Augen. »Es geht dich überhaupt nichts an, ob ich das tue.«

»Weißt du eigentlich, dass er ein Spieler ist?«

»Na und? Es ist doch nicht meine Sache, und deine auch nicht, was er in seiner Freizeit so treibt.«

Charlie zuckte mit den Schultern. »Ich wollte dich nur wissen lassen, worauf du dich einlässt.«

Sie widerstand dem Wunsch, Charlie mitzuteilen, dass sie sich auf überhaupt nichts einließ. Dass sie und Seb nur Freunde waren, mehr nicht. Je weniger sie Charlie über irgendetwas in ihrem Leben verriet, desto besser. »Mach's gut, Charlie.«

Sie musste ihren Ärger zügeln, als sie mit der wöchentlichen Bestandsaufnahme an der Bar begann und Charlie einfach nur dastand und ihr zusah. Sie brauchte mehr Rosé, und mehr Champagner. Als sie die Bestände der Snacks durchging und Charlie immer noch wortlos neben ihr stand, machte seine Gegenwart sie rasend vor Wut.

»Wie ich gehört habe, warst du neulich abends mit ihm auf einer Party. Du könntest auch mit mir auf eine Party gehen.«

Das brachte das Fass zum Überlaufen. »Hör zu, Charlie. Wir haben immer und immer wieder dieselbe Diskussion. Wir sind Freunde, und mehr werden wir nie wieder sein, auch wenn du und meine Mutter euch mehr erhofft. Ich gehe nicht wieder mit dir aus, da kannst du noch so oft fragen. Lies es mir von den Lippen ab: Ich bin nicht interessiert. Okay? Jetzt zieh ab, und such dir eine, die dazu Lust hat. Wie wär's mit Sarah?«

»Olivia findet, du solltest mit mir ausgehen?«

Sie seufzte. Verdammt, wenn sie nicht aufpasste, würden die beiden noch gemeinsam Pläne schmieden, um sie umzustimmen. War es nicht deutlich genug, wenn sie Sarah erwähnte? Charlie war nicht auf ihren Namen angesprungen. Er ignorierte die Bemerkung vollkommen. »Bitte, geh, Charlie. Ich habe sehr viel zu tun. Ab nächstem Wochenende wird das Café an jedem Wochentag geöffnet sein, da muss ich noch einiges vorbereiten.«

Er sah auf seine Rolex. »Mist, ich muss los. Ich habe ein Meeting mit Dad. Bis demnächst.«

Ja, leider, dachte Rosie, als sie ihm nachsah. Sie würde ihn bestimmt wiedersehen. Wie lange mochte sie bis dahin Ruhe vor ihm haben?

Als sie später am Abend in ihr Apartment zurückkehrte, war sie zu erschöpft, um sich mehr als ein Sandwich zu machen. Sie schenkte sich ein Glas gekühlten Rosé ein und rief ihre Mutter an, weil sie jetzt mit jemandem sprechen musste, der sie verstand.

»Terry ist heute Mittag im Café aufgetaucht«, sagte Rosie, nachdem sie sich begrüßt hatten. »Er will unbedingt mit mir sprechen, bevor er zurück in die Staaten fliegt. Hast du irgendeine Ahnung, wie ich ihn loswerden kann?«

»Wie lange wird er denn noch hier in der Gegend sein?«, fragte Olivia zurück.

»Ein paar Tage ist er jetzt in London, aber danach macht er hier Urlaub. Ich weiß genau, dass es Zeitvergeudung ist, wenn ich mich mit ihm treffe. Was in aller Welt soll ich ihm nach all den Jahren denn sagen?«

Erst nach kurzem Schweigen räusperte Olivia sich. »Würde es dir helfen, wenn ich als moralische Unterstützung dabei wäre?«

»Das halte ich für keine so gute Idee. Ich weiß noch gut, wie ihr zwei euch ständig in den Haaren gelegen habt. Im Moment bin ich zu müde, um klar denken zu können. Wenigstens habe ich jetzt erst mal ein paar Tage Zeit zum Überlegen, ehe er wiederkommt. Ich ruf dich wieder an. Hab dich lieb«, fügte sie hinzu und legte auf.

Sie schenkte sich ein zweites Glas Wein ein und dachte erleichtert, wie froh sie darüber war, dass all die Stars, die das Festival besucht hatten, allmählich wieder fort waren. Hier an der Côte d'Azur traf man immer wieder auf Promis, aber nie so geballt wie zur Zeit des Festivals, wenn jeder Zweite in irgendeiner Form mit dem Filmemachen zu tun hatte.

Wenn Terry doch auch abreisen würde! Von ihr aus konnte er mit seiner Goldenen Palme sofort zurück in die Staaten fliegen und sich um seinen nächsten Blockbuster kümmern. Auf keinen Fall sollte er die nächsten Wochen bei Seb im Hotel wohnen und darauf hoffen, sie zu sehen. Dazu würde es nämlich nicht kommen. Nach all den Jahren hatte sie ihm nichts mehr zu sagen. Und an irgendwelchen Ausreden und Entschuldigungen von ihm, wieso er sich in all den Jahren so verhalten hatte, war sie nicht interessiert.

22. Kapitel

Am Sonntagnachmittag betrat Seb die Küche, als Rosie und Tansy nach einer geschäftigen Mittagszeit gerade aufräumten.

»Ist meine Freundin bereit für Monaco?«

»Freundin?« Tansy blickte hoch und sah abwechselnd Rosie und Seb an. »Gibt es da etwas, das ihr zwei mir zu sagen habt?«

»Seb. Diesen Nachmittag habe ich komplett vergessen!« Auf Tansys Frage ging Rosie gar nicht ein. Sie würde ihr später noch erklären, wieso sie Sebs Freundin spielte. »Habe ich noch Zeit, nach Hause zu gehen und mich umzuziehen?«

»Natürlich. Aber nicht zu sexy, ja?«

Fragend sah Rosie ihn an.

»Zoe soll begreifen, dass ich mit einer ganz normalen Frau sehr glücklich bin«, erklärte er. »Und nicht mit einer sexy Barbie«, fügte er lächelnd hinzu.

»Okay, danke. Dann bleib ich eben einfach so, wie ich bin?« Rosie breitete die Arme aus.

»Vielleicht nimmst du noch die Schürze ab.« Lächelnd deutete er mit einem Kopfnicken nach unten.

»Ich fürchte, du schaufelst dir gerade dein eigenes Grab, Seb.« Tansy lachte. »Wenn du so weiterredest, verschwindest du, und niemand sieht dich jemals wieder.«

»Rosie weiß, wie ich es meine. Und was ich will. Stimmt's?«

Rosie hob die Schultern. »Schätze, ja. Hoffen wir, dass Zoe es begreift.«

Schnell kehrte sie in ihr Apartment zurück. Seb ließ ihr fünf Minuten fürs Umziehen, während er unten auf sie wartete. Sie versorgte noch schnell Lucky, zog sich eine saubere Jeans und ein pinkfarbenes T-Shirt an und griff gerade nach ihren Leinenschuhen, als sie innehielt.

Unsinn. So unscheinbar musste sie nun auch nicht aussehen. Schließlich fuhren sie nach Monaco, und bestimmt würde Seb es zu schätzen wissen, wenn sie sich etwas Mühe gab, auch wenn sie die Rolle seiner Freundin nur spielen sollte.

Sie holte ihr Lieblingskleid aus dem Schrank. Es war ein hellblaues Sommerkleid mit Spaghettiträgern. Das zog sie an und schlüpfte in ihre Wedge-Sandaletten.

Schon viel besser. Zumindest fühlte sie sich jetzt feminin. Und auch ein bisschen sexy. Schließlich konnte niemand sagen, wem sie auf dieser Party begegnen würde.

Flüchtig kam ihr der Gedanke, ob es richtig war, mit Seb nach Monaco zu fahren. Sie war neugierig, Zoe und Isabella kennenzulernen. Deshalb hatte sie eingewilligt, ein paar Stunden lang seine Freundin zu spielen. Aber nun fragte sie sich, worauf sie sich da eingelassen hatte. Leider war es jetzt zu spät für einen Rückzieher.

Als sie unten ankam, hielt Seb ihr die Beifahrertür auf, und sie nahm in seinem Porsche Platz, ein Gähnen unterdrückend. Eine sehr anstrengende Woche lag hinter ihr. Statt jetzt für Sebs Ex eine Show abzuziehen, würde sie lieber zu Hause bleiben und mit einem Glas Wein auf dem Sofa sitzen und ausruhen.

Der Porsche raste durch einen der vielen Straßentunnel von Monaco, als Seb flüchtig zu Rosie neben sich sah. »Tiki Gilvear ist wieder im Hotel. Du kennst ihn?«

»Vor vielen Jahren war er ein Freund von Olivia«, antwortete sie ausweichend.

»Er hat gesagt, dass er hofft, Olivia wiederzusehen.« Seb beschleunigte und überholte einen Lastwagen. »Und auch … andere Freunde.«

Misstrauisch sah sie ihn an. Hatte Terry mit Seb über sie gesprochen? Hoffentlich nicht. Das ging Seb nichts an. »Wie lange bleibt er denn?«

Seb hob die Schultern. »Open End. Er sagt, er muss etwas klären und reist erst ab, wenn das erledigt ist. Das könne Wochen dauern oder auch einige Monate.«

Rosie verlor den Mut. Einige Monate! War sie diese Sache, die er zu klären hatte? In dem Fall würde es länger als nur ein paar Monate dauern. Sie musste unbedingt Olivia anrufen und vorwarnen.

»Rosie.« Seb zögerte, bevor er weitersprach: »Ich weiß es wirklich zu schätzen, was du heute Nachmittag für mich tust. Dafür möchte ich mich revanchieren. Wenn es irgendetwas gibt, worüber du reden willst ... Ich kann gut zuhören. Vielleicht kann ich dir sogar helfen.« Wieder sah er kurz zu ihr hinüber.

Sie schüttelte den Kopf. »Danke für das Angebot, aber da gibt es nichts zu reden.« Seitlich blickte sie auf die Landschaft. Hatte sie nicht neulich von sich aus überlegt, mit Seb darüber zu sprechen? Würde das etwas nützen? Vielleicht wäre es gut, sich einem Außenstehenden anzuvertrauen, der ihr helfen könnte, alles nüchtern zu betrachten. Mit etwas Distanz ließe sich bestimmt am besten herausfinden, welches der klügste Weg wäre.

Würde es ihr helfen, mit Olivia darüber zu sprechen? Eher nicht. Olivia war persönlich zu stark betroffen, um sich über ihren Ex-Ehemann eine nüchterne Meinung zu bilden. Aber außer Olivia und ihr ging es niemanden etwas an, deshalb behielt sie die ganze Sache lieber für sich.

Auf jeden Fall musste sie dafür sorgen, dass sie nicht für ein Gespräch zur Verfügung stand, wenn Terry wieder ins Café kam. Früher oder später würde er das tun, davon war sie jetzt überzeugt. Sie würde James und Alicia die Gäste bedienen lassen, jemand anderem die Speisenausgabe am Take-away-Bereich übertragen und sich bei Tansy in der Küche aufhalten.

»Ich brauche noch mehr Belegschaft.« Sie sah zu Seb. »Du kennst nicht zufällig noch jemanden?«

Er seufzte. »So wie Alicia, meinst du? Leider nein. Häng doch einen Zettel ins Fenster. Zu dieser Jahreszeit kommen viele Studenten her und suchen nach einem Job. Vielleicht kennt James jemanden?«

»Ich frag ihn. Wie lange hast du vor, auf der Party zu bleiben?«

»Kommt drauf an«, entgegnete Seb.

»Worauf?«

»In erster Linie auf Zoe.« Er schaltete in einen anderen Gang und bog scharf nach rechts in die Rue Cap d'Ail ab. »Wir sind bald da. Dann sehen wir ja, wie warmherzig das Willkommen ausfällt.«

Das musste Rosie erst einmal verarbeiten. Es klang nicht so, als würde es bei dieser Party nur um Spaß gehen. Sie sah auf ihre Uhr. Kurz vor sechs. War das nicht eher eine seltsame Zeit für eine Party? Nachdenklich sah sie zu Seb. »Ist das eine richtige Party? Mit Büfett und allem? Oder gibt es nur Aperitifs?«

Seb lachte auf. »O doch, das wird eine richtige Party. Ob dir die Speisen zusagen, weiß ich zwar nicht, aber es gibt bestimmt etwas zu essen.«

Vor einem Apartmenthaus hielt er an. Es war eine der exklusivsten und teuersten Wohngegenden in Monaco. Ein Glück, dass sie sich etwas hübsch gemacht hatte!

»Hier findet die Party statt?«

Er zuckte mit den Schultern. »Zoe hat hier schon seit Jahren ein Apartment. Komm, lass uns aussteigen. Machen wir uns auf die Suche nach der Hauptperson dieser Party.« Bevor er das Auto abschloss, holte er noch ein Paket vom Rücksitz.

Der uniformierte Concierge nickte ihnen zur Begrüßung zu, als sie durch das Marmorfoyer zum Fahrstuhl gingen.

»Du hast mir nicht gesagt, dass es Zoes Party ist.«

»Ist es auch nicht. Es ist Isabellas Party.« Seb drückte im Fahrstuhl den Knopf des zehnten Stocks, und dreißig Sekunden später öffneten sich die Türen direkt zu Zoes Apartment.

Der Lärm einer Kinderparty schlug ihnen entgegen.

»Wieso hast du mir verschwiegen, dass wir zu einem Kindergeburtstag gehen?«, fragte Rosie zischend. »Dann hätte ich ein Geschenk besorgt.«

»Nicht nötig. Das hier kommt von uns beiden.« Suchend überblickte er die Kinder, die begeistert »Reise nach Jerusalem« spielten.

»Seb, Darling. Endlich bist du da.«

Es waren keine höflichen Luftküsschen, mit denen die gertenschlanke, spröde wirkende Frau Seb begrüßte. Es war ein schmatzender Kuss auf den Mund. Als sie Seb endlich losließ, schaute sie verwundert zu Rosie. »Wer ist das?«

»Meine Freundin. Rosie, darf ich dir Zoe vorstellen? Meine Ex-Freundin.« Seb betonte das Ex.

Rosie sah Zoe strahlend lächelnd an.

Zoe zog einen Schmollmund. »Aber ich dachte, wir zwei wollten versuchen, wieder …«

»Daddy!« Ein kleines Mädchen warf sich Seb in die Arme und kreischte begeistert auf, als er sie hochhob und im Kreis herumdrehte.

»Isabella!«

Vor Verblüffung musste Rosie schlucken. Daddy? Wieso hatte Seb sie nicht vorgewarnt, dass Isabella seine Tochter war? Sie sah von Seb zu Zoe und begriff allmählich. Dass mit den beiden ist viel mehr als nur eine Affäre gewesen. Isabella war ihre gemeinsame Tochter. Und Zoe wollte aus ihnen dreien wieder eine richtige Familie machen. *Vielen Dank, Seb, dass du mich da mitten hineingeritten hast!*

Isabella zog Seb mit sich zu ihren Freundinnen, und Rosie blieb für den Augenblick ratlos zurück.

Zoe sah sie nur lange an und lachte dann kurz auf. »Er hat Ihnen nicht erzählt, dass Isabella seine – unsere – Tochter ist, stimmt's? Fragen Sie ihn lieber mal, was er Ihnen sonst noch verschwiegen hat. Wie lange sind Sie überhaupt schon seine Freundin?«

»Noch nicht lange.« Sie beobachtete Seb mit Isabella und ihren Freundinnen. Es war offensichtlich, wie sehr er seine Tochter vergötterte. Was hatte er gesagt? Dass Zoe ihm vorgeworfen hatte, er habe keine Moral? Hatte er sich geweigert, ständig für Isabella als Vater da zu sein?

»Speisen und Getränke für die Erwachsenen stehen im Vorraum.« Zoe deutete in die Richtung. »Bedienen Sie sich. Da liegen auch die Partytüten. Wenn Sie mögen, können Sie anfangen, sie mit den Geschenken für die kleinen Gäste zu füllen. Wir brauchen zwanzig.«

Das klang ja fast wie ein Befehl! Rosie beschloss, es einfach zu ignorieren. Sie bediente sich mit Wein und ein paar Blini mit geräuchertem Lachs.

Vom Vorraum aus gelangte man auf einen Balkon mit Blick auf einen Platz, auf dem inmitten einer Rasenfläche ein Springbrunnen stand. Als Rosie mit ihrem Glas Wein und dem Teller mit Häppchen auf den Balkon trat, musterten zwei andere Frauen sie interessiert.

»Hi. Sind Sie mit Seb Groc hier?«, wollte eine von ihnen wissen.

Rosie nickte. »Stimmt.«

»Dann nehmen Sie sich lieber vor Zoe in Acht«, warnte die andere Frau sie. »Sie mag keine Konkurrenz.«

Rosie zuckte nur mit den Schultern. »Sie ist mir egal.« Wenn sie tatsächlich Sebs Freundin wäre, hätte sie ganz bestimmt ein Problem mit seiner Ex, aber da sie diese Rolle nur einen Tag lang spielte, brauchte sie sich nicht weiter um Zoe zu kümmern.

Da sie nicht bei den beiden Frauen auf dem Balkon bleiben wollte, kehrte Rosie in den Vorraum zurück, um dort ihren Wein zu trinken und etwas zu essen. Da lagen die Partytüten und warteten darauf, gefüllt zu werden.

Neugierig sah Rosie nach, welche Geschenke für die kleinen Gäste vorgesehen waren. Die üblichen Süßigkeiten, Malbücher, pinkfarbene Designerstrumpfhosen, Schaumbadkapseln und ein Stapel von Schachteln mit goldenen Armbändern mit Herzanhängern.

Dafür muss Zoe ein kleines Vermögen ausgegeben haben, dachte Rosie. Besonders für die Armbänder in den kleinen Samtschachteln, die von einem Juwelier in der Nähe des Casinos stammten.

Allerdings mochte das für die Verhältnisse in Monaco durchaus noch im Rahmen sein.

Ganz kurz überlegte Rosie, ob sie die Tüten packen sollte, doch dann verwarf sie den Gedanken schnell wieder. Schon aus Prinzip würde sie nicht das tun, was Zoe von ihr verlangte.

Im Wohnzimmer war Seb voll und ganz damit beschäftigt, lautstark mit den Kindern zu spielen und zu singen. Wie lange mochte er bleiben wollen? Ganz offensichtlich hatte er großen Spaß. Sie musste lächeln, als er Isabella am Ende des Spiels in die Arme schloss und ihr etwas ins Ohr flüsterte.

Vielleicht sollte sie zu ihm gehen und mitspielen. Alles war besser, als hier verloren im Vorraum herumzustehen.

Sobald sie das Wohnzimmer betrat, blickte Seb zu ihr, und schloss sie sofort in die Organisation des nächsten Spiels mit ein.

Später kündigten schrille Begeisterungsschreie die Ankunft des professionellen Entertainers an, den Zoe für den Schlussteil der Party engagiert hatte. Als die Kinder den Mann umkreisten, stellte sich Seb zu Rosie.

»Von mir aus können wir gehen«, sagte er leise. »Ich habe mich bereits von Isabella verabschiedet.«

»Und was ist mit Zoe?«

»Von der verabschieden wir uns gemeinsam.« Er ergriff ihre Hand. »Komm.«

Als Seb ihr sagte, dass sie jetzt gehen würden, protestierte Zoe unwillig: »Aber ich habe Isabella gesagt, du würdest noch bleiben und sie ins Bett bringen. Wie ein ganz normaler Daddy.«

»Isabella weiß, dass ich zurück ins Hotel muss«, erwiderte er ruhig.

Zoe sah in Rosies Richtung. »Und sie hat die Partytüten nicht gefüllt.«

»Kümmere dich selbst darum«, fuhr Seb sie an. Auf dem Weg zum Fahrstuhl drückte er Rosie die Hand.

Während sie im Fahrstuhl hinunter ins Foyer fuhren, sah Rosie zu Seb, der neben ihr stand. »Dafür bist du mir was schuldig. Du hast mir versprochen, ich würde Spaß haben. Das war gelogen. Jetzt verrate mir wenigstens, wie du dich überhaupt jemals mit so einem Miststück wie Zoe einlassen konntest.«

»Dann magst du sie also nicht?« Seb verkniff sich ein Lächeln.

Rosie schüttelte den Kopf. »Nicht ein bisschen. Aber Isabella mag ich.«

»Das hatte ich gehofft.«

»Wieso hast du mir nicht gesagt, dass Isabella deine Tochter ist?«

Er hob die Schultern. »Ich wollte nicht, dass du vorschnell über mich urteilst, bevor du sie gesehen hast.«

Rosie wollte etwas erwidern, doch in dem Moment stoppte der Fahrstuhl, und die Türen öffneten sich.

»Komm, lass uns zum Auto gehen und zurückfahren.«

Sie atmete tief durch. »Dass du und Zoe nicht zusammengeblieben seid, kann ich gut verstehen. Aber Isabella verdient mehr als nur ab und zu einen Sonntag mit dir. Ich bin überzeugt, dass du versuchst, sie so oft wie möglich zu sehen, aber viele Männer glauben, es sei nicht nötig, das Leben ihrer Kinder zu teilen. Bis es zu spät ist.« Sie seufzte.

»Also, du könntest wenigstens so nett sein, mich nicht mit Tiki Gilvear in eine Schublade zu stecken.« Seb verzog das Gesicht. *»Merde!«*

Als sie aus Monaco in Richtung Schnellstraße fuhren, herrschte im Auto drückendes Schweigen. Rosie konnte vor Zorn nicht sprechen. Anscheinend wusste Seb alles über ihr Zerwürfnis mit Tiki. Sie saß nur da und versuchte, ihre Wut zu beherrschen.

Erst als Seb durch die Mautstation auf die A8 fuhr, konnte Rosie wieder etwas sagen. »Hast du mit ihm gesprochen?«

»Neulich abends hat er darauf bestanden, dass ich mich zum Dinner zu ihm und Saskia setze.«

»Saskia? Ist das die junge blonde Tussi, mit der ich ihn gesehen habe?«

Seb nickte. »Ja. Er hat versucht, mich auszuhorchen. Er wollte wissen, ob wir befreundet sind, damit ich dich dazu überrede, dich wenigstens mit ihm zu treffen.«

»Keine Chance.«

»Außerdem wollte er Olivias jetzige Adresse erfahren.«

»Ich kann nur hoffen, dass du sie ihm nicht gegeben hast«, erwiderte Rosie. »Falls doch, dann steht dir eine Menge Ärger bevor. Mum hat ihm in der Vergangenheit mehr als einmal gedroht, sie werde ihn umbringen. Wahrscheinlich würde sie dich gleich mit umbringen, wenn du es ihm verraten hast.«

Seb schüttelte den Kopf. »Nein, das habe ich nicht. Aber er weiß von ihr und Zander, da ist es nur eine Frage der Zeit, bis er ihre Adresse herausfindet.« Er zögerte. »Auf mich wirkt es so, als wolle er wirklich einiges wiedergutmachen. Ich mag den Kerl.«

»Das beweist nur, wie wenig du ihn kennst. Aber vielleicht halten Singleväter auch zusammen.«

Sie hörte sehr genau, wie Seb nach Luft rang. Dann wurde sie in den Sitz gedrückt, als er Vollgas gab und den Wagen auf die Überholspur lenkte.

Sie drehte den Kopf zu ihm, um sich über die Geschwindigkeit zu beschweren, aber beim Anblick von Sebs Miene schwieg sie.

Sie sagte auch nichts, als sie an ihrer Ausfahrt vorbeirasten. Ein Teil von ihr wünschte sich, sie säße jetzt selber am Lenkrad und könnte ihre eigenen Emotionen durch einen Tritt aufs Gaspedal rauslassen.

Sie waren schon auf halbem Weg nach Saint-Tropez, ehe Seb den Wagen endlich verlangsamte.

»Du hast Glück, dass du in keine Verkehrskontrolle geraten bist«, sagte sie leise. »Könntest du mich jetzt bitte nach Hause bringen?«

»Natürlich.« Seb atmete tief durch. »Rosie, ich weiß, dass du mit mir nicht über Tiki Gilvear sprechen willst, aber ich bin wirklich absolut nicht wie er. Ganz bestimmt würde es dir helfen, darüber zu reden.«

»Nein, danke. Das ist meine Privatsache und betrifft dich nicht.« Ausgerechnet jetzt, wo sie zu begreifen angefangen hatte, wie sehr sie Seb mochte, und sich insgeheim eine Sommerromanze mit ihm ausgemalt hatte, musste das hier geschehen! Sie achtete nicht auf Sebs frustriertes Seufzen. Es war nicht ihre Schuld. Alles lag allein an Terry, der ihn mit in ihre Familienangelegenheiten hineingezogen hatte. Sie hatte das nicht getan.

23. Kapitel

Sobald Rosie wieder in ihrem Apartment war, rief sie Olivia an. Sie musste sie unbedingt vorwarnen, dass Terry hier auf unbestimmte Zeit Urlaub machte und bestimmt vorhatte, Olivia zu kontaktieren.

»Wenn er erst mal vor eurem Apartment auftaucht, wirst du ihn schwer wieder los.«

»Zander wird ihn für mich loswerden«, widersprach Olivia. »Ich mache mir da mehr Sorgen um dich. Schließlich wohnt er in Sebs Hotel.«

»Nach all dieser Zeit. Ich kann das einfach nicht glauben. Lieber Himmel, es ist fast fünfundzwanzig Jahre her, seit ich ihn gesehen habe. Und jetzt will er mit mir sprechen. Ich frage mich immer wieder, wieso.«

»Irgendwie bezweifle ich, dass er auf einmal ein schlechtes Gewissen bekommen hat.« Olivia klang nachdenklich. »Normalerweise hat er immer irgendwelche Hintergedanken, bei allem, was er tut.«

»Meinst du, jetzt, wo er in den Staaten ein Vermögen gemacht hat, will er uns etwas davon abgeben?« Schnell unterdrückte Rosie den Gedanken, wie sehr sie etwas zusätzliches Geld gebrauchen könnte. »Will er all die Jahre, die er uns ignoriert hat, wiedergutmachen?«

»Darauf würde ich nicht wetten«, erwiderte Olivia. »Terry hat sein Geld schon immer zusammengehalten.«

Rosie verabschiedete sich von ihrer Mutter und dachte nach. Was für ein Sonntag! Olivias Bemerkung über Terry und sein

Geld hatte Rosie daran erinnert, dass Terry nicht nur seine Ausgaben strikt kontrollierte, sondern auch seine Gefühle. Das hatte sie selbst sehr deutlich gemerkt, als sie ihn das letzte Mal kontaktiert hatte.

Damals war sie so verängstigt und verzweifelt gewesen, dass sie beschlossen hatte, ihn um Hilfe zu bitten. Heimlich hatte sie in Olivias Adressbuch gesehen und sich die letzte Nummer, unter der er zu erreichen war, herausgeschrieben. Irgendein Anschluss in Kalifornien.

Selbst jetzt noch, nach all der Zeit, tat es weh, wenn sie daran dachte, wie tief er sie enttäuscht hatte. Fast wörtlich konnte sie sich an die einseitige Unterhaltung erinnern. Er hatte sich ihr tränenersticktes Gestammel angehört und dann nur geseufzt und gesagt: »Es tut mir ehrlich sehr leid, das alles zu hören, aber ich bin zu weit weg, um dir helfen zu können. Außerdem habe ich im Moment genug eigene Probleme. Du und Olivia, ihr müsst damit allein klarkommen.«

Von diesem Telefonat hatte sie Olivia nie erzählt, und seitdem hatte sie ihn auch niemals wieder angerufen. Für sie war ihr Vater mit dem Ende dieses Gesprächs gestorben. Die Briefe, die er ihr in den folgenden Monaten geschickt hatte, hatte sie ungeöffnet weggeworfen. Anscheinend hatte er die Situation irgendwann begriffen, denn letztlich hatte sie jetzt schon seit Jahren keine Weihnachts- oder Geburtstagskarten mehr von ihm bekommen.

Was Seb betraf, wusste Rosie, dass sie ihm eine Entschuldigung schuldig war, weil sie sich ihm gegenüber so giftig verhalten hatte. Allerdings hätte er sie bezüglich Zoe und Isabella auch vorwarnen können. Es war nicht fair von ihm, dass er sie bei Zoe derart ins offene Messer hatte laufen lassen.

Was für eine Ex! Die reinste Pest. Rosie vermutete, dass Zoe ihr keine Sekunde lang abgekauft hatte, wirklich Sebs neue Freundin zu sein.

Rosie goss sich ein Glas Wein ein und trank einen großen Schluck. Ein Glück, dass sie tatsächlich nicht Sebs Freundin war. Die Vorstellung, eine Beziehung mit ihm zu führen, während Zoe sich weigerte, ihn loszulassen, und dafür Isabella als Druckmittel benutzte, war grauenhaft. So ein Leben wäre die reinste Hölle.

Ein bisschen tat Seb ihr leid, obwohl es sein eigener Fehler war, denn schließlich hatte er sich irgendwann mal auf diese schreckliche Person eingelassen.

»Also, wie viele Häuser sehen wir uns heute Vormittag an?« Erica setzte sich zu GeeGee ins Auto. »Vergiss nicht, ich habe nur zwei Stunden Zeit, dann muss ich wieder im Laden sein.« Länger konnte sie ihre Aushilfskraft dort nicht allein lassen.

»Auf jeden Fall zwei, vielleicht noch ein drittes, aber das können wir auch einen oder zwei Tage aufschieben, falls wir in Zeitnot geraten.« GeeGee fädelte sich in den Verkehr auf der Küstenstraße ein und konzentrierte sich darauf, noch vor der Ampel auf die richtige Spur zu gelangen. »Ich muss zugeben, dass ich so früh nicht mit so viel Verkehr gerechnet habe.«

»Vielleicht hätten wir lieber zu Fuß gehen sollen.«

GeeGee schüttelte den Kopf. »Nein, ich muss direkt im Anschluss für Bruno einige Gäste zum Flugplatz bringen.«

»Tagsüber? Ich dachte, du arbeitest nur abends oder am Wochenende aushilfsweise für ihn.«

»Stimmt, aber heute ist es der reinste Wahnsinn. Es reisen so viele Leute zeitgleich ab, da habe ich eingewilligt, ein paar Gäste um zwölf Uhr zu ihrem Abflug zu fahren.«

»Mir ist klar, dass es dir ums Geld geht, aber übertreibe es bitte nicht, okay? Diese Woche bist du an drei Tagen erst nach ein Uhr nachts nach Hause gekommen.«

GeeGee hob die Schultern. »Es wird nicht immer so bleiben, und im Moment kann ich das Geld sehr gut gebrauchen.«

Fünf Minuten später bog GeeGee von der Hauptstraße in eine Sackgasse ab und hielt vor einem dunkelgrünen Tor an. Sobald sie an der Gegensprechanlage einen Knopf drückte, ertönte aus der Villa wildes Hundegebell.

Fragend sah Erica sie an. »Wird es jetzt gefährlich?«

»Die Hunde sind okay, aber nimm dich vor ihrer Besitzerin Delilah in Acht. Die ist viel bissiger.«

Noch ehe Erica etwas darauf erwidern konnte, schwangen die Torflügel auf, und eine Frau erschien, die nur mit Mühe drei große Hunde zurückhalten konnte.

»Die Hunde sind harmlos. Schließen Sie das Tor hinter sich, dann kann ich die Tiere loslassen. Sobald die Sie beschnüffelt haben, laufen sie wieder weg und lassen uns in Ruhe.«

Erica bückte sich und streichelte eines der flauschigen Tiere, das ihre Füße und Beine beschnupperte. »Du riechst ja gut«, stellte sie leise fest.

»Cerice besteht darauf, sich immer am Rosmarinbusch zu reiben. Sie schläft sogar darauf.« Delilah sah Erica an. »Sind Sie ernsthaft an einem Kauf interessiert? Falls nicht, dann gehen Sie lieber gleich wieder, bevor Sie noch mehr meiner Zeit rauben.«

»Ich bin auf der Suche nach einem Haus«, bestätigte Erica. »Ob Ihr Haus mit meinen Vorstellungen übereinstimmt, muss sich erst noch zeigen. Könnte sein, dass Sie es sind, die hier meine Zeit stiehlt.« Fragend sah sie zu GeeGee, als wolle sie sagen: »Meint diese Frau das ernst?«

Sie drehte sich wieder zu der Frau. »Können wir jetzt reingehen? Die Hunde sind fertig mit Schnuppern.«

Wortlos wandte Delilah sich auf dem Absatz um und ging voraus ins Haus.

Im Inneren standen überall Möbel, sodass es schwer war, sich überhaupt zu bewegen und sich einen Eindruck von den Räumen zu verschaffen. Antiquitäten und Modernes standen zwischen billigen Bücherregalen.

Was für eine seltsame Mischung, dachte Erica, ließ sich jedoch nichts anmerken, während sie sich einen Weg durch das Esszimmer und die winzige Küche bahnte, drei vollgestellte Schlafzimmer durchquerte und schließlich durch große Glastüren hinaus auf die Terrasse trat, an die sich der Pool anschloss.

Der Garten war eine echte Überraschung, eine wunderschöne Oase aus Lavendel und Wandelröschen, Zitronenbäumen, Oleander und einigen Rosenstöcken. Es duftete himmlisch. An den Stufen zum Pool standen zwei große Elefanten aus Ton.

Ganz offensichtlich war Delilah auf ihren Garten viel stolzer als auf ihr Haus.

Erica drehte sich mit dem Rücken zum Pool und betrachtete das Haus. War dies das zukünftige Heim für sie und Cammie? Ohne all die Möbel hätten die Räume, abgesehen von der Küche, die richtige Größe. In Gedanken sah sie das Haus vor sich, wie es geputzt und mit ihren eigenen Möbeln eingerichtet aussehen mochte.

Ihr kam eine Reihe von Fragen, die sie GeeGee stellen würde, sobald sie wieder wegfuhren. Auf keinen Fall wollte sie Delilah gegenüber auch nur das geringste Interesse zeigen.

Erica sah auf die Uhr. »Vielen Dank. Wir haben heute Vormittag noch eine weitere Besichtigung, deshalb belästigen wir Sie jetzt nicht länger.«

Sie ging wieder ins Haus und hörte hinter sich, wie GeeGee sich überstürzt verabschiedete. Erica war bereits wieder im Vorgarten angelangt, ehe Delilah überhaupt reagieren konnte.

Als das Tor sich hinter ihnen schloss, räusperte Erica sich. »Das war ja ziemlich interessant. Ich muss sagen, diese Frau hat mich dazu gebracht, mich von meiner schlimmsten Seite zu zeigen. Hast du viele solcher Klienten?«

Leise lachend schüttelte GeeGee den Kopf. »Zum Glück nicht. Hat dir die Villa denn überhaupt gefallen?«

Erica seufzte. »Ja und nein. Ich bin mir nicht sicher, ob sie groß genug für mich ist. Die Küche ist es jedenfalls nicht. Weißt du, wieso sie verkaufen will?«

»Sie möchte etwas Kleineres und sucht ein Apartment.«

»Dann muss sie sich aber von einer Menge Möbel trennen. Da drinnen konnte man sich ja kaum bewegen.«

»Sehen wir uns einfach das nächste Haus an«, sagte GeeGee. »Vielleicht gefällt dir das besser.«

Der Eigentümer des nächsten Hauses war sehr charmant, bot ihnen gleich bei der Ankunft Kaffee und Kuchen an und beantwortete sämtliche von Ericas Fragen lächelnd. Die Villa war sehr hübsch, doch als sie gingen, sagte Erica zu GeeGee: »Mit dieser vierspurigen Straße gleich hinter dem Garten kommt es für mich nicht infrage. Tut mir leid.«

24. Kapitel

GeeGee brachte Erica zurück zum Cupboard Under the Stairs und fuhr dann weiter in die Altstadt, um dort ihre Fahrgäste abzuholen, die sie zum Flughafen bringen musste.

Nachdem sie die Gäste in der »Kiss and Fly«-Zone vor der Abflughalle verabschiedet hatte, begab sie sich wieder auf den Rückweg, doch noch bevor sie das Flughafengelände verlassen hatte, klingelte ihr Handy, und sie hielt auf dem Seitenstreifen an. Es war Bruno.

»Bist du zufällig noch am Flughafen?«, wollte er wissen.

»Ich bin gerade vom Terminal zwei losgefahren. Wieso?«

»Kannst du bitte zum Terminal eins fahren? In zehn Minuten landet eine Maschine aus London. Mir ist was dazwischengekommen, und ich schaffe es nicht.«

»Natürlich. Namen der Gäste? Wo bringe ich sie hin?«

Brunos erleichtertes Seufzen konnte sie bis ans andere Ende der Leitung hören.

»Fahr sie ins Auberge, da treffe ich mich mit euch. Die Park- und Fahrkosten für diese Fahrt übernehme ich, GeeGee. Versprochen. Gleich beim nächsten Mal, wenn wir uns sehen.«

»Okay«, erwiderte sie überrascht. »Also, wer …?«

»Es sind mein Bruder und seine Frau. Ich glaube, du hast sie letztes Jahr kennengelernt. Du erkennst sie bestimmt.«

»Dann treffen wir uns in einer Stunde.«

Als sie das Auto beim Terminal eins geparkt hatte, war das Flugzeug bereits gelandet, und die ersten Passagiere strömten in den Bereich der Gepäckausgabe.

Durch die großen Glastüren hindurch entdeckte GeeGee Brunos Bruder Adam und seine Frau Lucy, die sich angeregt mit einem Mann unterhielten, der zum Verwechseln aussah wie … Jay!

Hastig trat sie von den Glastüren zurück und versuchte, das Chaos in ihren Gedanken zu sortieren. Was in aller Welt tat er hier? Wenn Bruno gewusst hätte, dass er zusammen mit Adam hier eintraf, hätte er es ihr doch bestimmt gesagt, oder? Hoffentlich war es nur ein Zufall, dass Jay und Adam im selben Flugzeug gesessen hatten. Dann würde er, sobald er sein Gepäck hatte, verschwinden und sich selbst darum kümmern, vom Flughafen wegzukommen.

Zum Glück wurden Adam und Lucy beim Zoll nicht aufgehalten, und sobald sie durch die Glastüren kamen, eilte GeeGee zu ihnen und begrüßte sie.

»Hi. Bruno ist aufgehalten worden, und weil ich ohnehin gerade hier war, hat er mich gebeten, euch ins Auberge zu bringen.«

Wenn es ihr gelänge, die beiden möglichst schnell zum Auto zu bringen, ließe sich die peinliche Begegnung mit Jay hoffentlich vermeiden.

»Hi, GeeGee, schön, dich zu sehen.« Lucy zögerte, bevor sie fortfuhr: »Hoffentlich ist es für dich kein Problem, aber auf dem Flug haben wir Jay getroffen, und weil wir davon ausgegangen sind, dass Bruno uns abholt, haben wir ihm angeboten, ihn in die Stadt mitzunehmen. Wir haben gedacht, das sei in Brunos Sinn.« Verlegen lächelte sie GeeGee an.

GeeGee atmete tief durch. Okay, das hier war ihr ganz persönlicher Albtraum. Aber wenn sie keine Szene in aller Öffentlichkeit machen wollte, blieb ihr nichts anderes übrig, als sich zu fügen. »Wo steckt er?«

»Er müsste jeden Augenblick durch den Zoll kommen.« Adam sah sich um. »Ah, da ist er ja.«

Es gelang GeeGee, dem Wangenkuss auszuweichen, den Jay ihr geben wollte. Auf sein »Hi, toll, dich zu sehen« antwortete sie mit einem kaum hörbaren »Hi«, doch das schien Jay nicht aufzufallen.

»Das Auto steht nicht weit entfernt«, erklärte sie. »Folgt mir.«

Zum Glück bestand Lucy darauf, sich auf den Beifahrersitz zu setzen, sodass die beiden Männer hinten Platz nahmen und sich dort unterhielten. Die Fahrt über die Küstenstraße war GeeGee noch nie so lang vorgekommen. Sie konnte es kaum erwarten, dass Jay ihr Auto wieder verließ.

»Und? Wie läuft es so bei dir?«, fragte Lucy, als sie sich Cagnes-sur-Mer näherten.

»Ach, so wie immer.« GeeGee wusste genau, dass Jay jedem ihrer Worte lauschte.

»Wie lange bleibt ihr zwei hier?«, fragte sie zurück. Auf gar keinen Fall würde sie Jay fragen, wie lange er blieb. War er für immer zurückgekehrt? Oder machte er hier nur Ferien?

»Ein paar Wochen. Oder bis Bruno und Patsy genug von uns haben.«

Als sie vor dem »Auberge« anhielt, atmete GeeGee erleichtert aus, als sie sah, dass Bruno sie bereits erwartete. Während alle ausstiegen und ihr Gepäck aus dem Kofferraum holten, kam Bruno zu ihr ans heruntergelassene Seitenfenster.

»Es tut mir ehrlich leid, dass ...« Mit dem Kopf deutete er in Jays Richtung. »Wenn ich das gewusst hätte, hätte ich dich nie darum gebeten.«

»Du kannst ja nichts dafür. Haben sie alles? Wir sehen uns, Bruno.« Schnell fuhr sie los, bevor Jay auch nur ein Wort zu ihr sagen konnte.

Ihre Mutter hatte immer gesagt: »Im Leben gibt es viele Überraschungen, schöne und auch andere.« Dass Jay hier ganz unvermittelt wieder auftauchte, war eindeutig eher eine Überraschung der anderen Art. Trotzdem ließ GeeGee die Frage nicht los, aus welchem Grund er wohl zurückgekehrt war.

25. Kapitel

Das schöne Wetter in der folgenden Woche bedeutete, dass das Café zur Mittagszeit jeden Tag voller Gäste war. Und so blieb Rosie keine Zeit, sich Gedanken über Seb oder Terry Hewitt zu machen.

Sie heftete ein Schild »Aushilfe gesucht« an die Scheibe und flehte darum, dass sich ein geeigneter Kandidat melden würde.

Seb behielt recht, es gab tatsächlich viele Studenten, die einen Job suchten, aber nur wenige von ihnen konnten auch die notwendigen Dokumente vorweisen, die es ihnen erlaubten, in Frankreich zu arbeiten. Seufzend erteilte Rosie einem weiteren Bewerber eine Absage. Auf keinen Fall wollte sie sich mit den französischen Behörden anlegen, indem sie jemanden in ihrem Café schwarzarbeiten ließ.

Als sich eines Nachmittags Yannick, ein sehr ernst wirkender Franzose mit Brille, der aussah, als könne er eine anständige Mahlzeit dringend gebrauchen, vorstellte und eine Arbeitserlaubnis vorweisen konnte, ließ Rosie ihn einen Tag lang zur Probe arbeiten – und bot ihm danach sofort einen Saisonvertrag an.

Als sie zwei Tage darauf auch noch Gina als Kellnerin und Aushilfe für den Take-away-Bereich einstellte, zog Tansy fragend die Brauen hoch. »Vornehmes Fräulein. Die Kleine hält keine fünf Minuten durch. Lebt bestimmt von Daddys Geld.«

»Dann würde sie ganz sicher nicht in einem Café jobben«, erwiderte Rosie. »Gib dem Mädchen eine Chance. Sie hat die notwendigen Arbeitspapiere für Frankreich, und wir brauchen Hilfe.«

Während sie zur Lunchzeit kaum zum Luftholen kamen, war es an den Wochentagen abends am Strand ruhiger, als Rosie erwartet hatte.

Als sie eines Nachmittags die Einnahmenstatistik durchging, wurde ihr klar, dass sie ab sechs Uhr abends Verluste machte. Anscheinend wollten die Leute, wenn sie den ganzen Tag am Strand verbracht hatten, abends nicht wieder dorthin zurück.

Nachdem sie es mit Tansy besprochen hatte, beschloss sie, abgesehen von freitags und samstags und einem gelegentlichen Jazzabend am Strand, das Café um sechs Uhr zu schließen. Das war's also mit ihrem Versuch, sich bei den Einheimischen zu etablieren, um auch außerhalb der Saison Gäste zu bekommen.

Seb ärgerte sich anscheinend immer noch über sie, denn seit dem Sonntagsausflug nach Monaco hatte er sich nicht wieder bei ihr gemeldet. Als Tansy sie fragte, wo Seb steckte, gelang es Rosie, gleichgültig mit den Schultern zu zucken. »Schätze, er hat ein paar persönliche Probleme.«

»Ich vermisse es, dass er ab und zu hier hereinschneit.« Tansy verteilte Baisers auf einem Backblech. »Ich finde, du solltest rübergehen und mit ihm reden. An Bord warst du immer gut darin, anderen beim Lösen ihrer Probleme zu helfen.«

»Ich fürchte, in diesem Fall kann ich Seb nicht helfen. Außerdem weißt du genau, wer immer noch dort drüben wohnt. Ich will nicht riskieren, ihm über den Weg zu laufen.«

Im Lauf der Woche war Terry einige Male am Café vorbeigekommen, und Rosie hielt sich die meiste Zeit in der Küche auf, außerhalb des Blickfelds ihrer Gäste. Allerdings war ihr klar, dass sie sich bei Seb für letzten Sonntag entschuldigen musste.

Vielleicht wusste er, ob Terry demnächst abreiste, nachdem er es nicht schaffte, sie zu einem Treffen zu überreden.

»Vielleicht gehe ich heute später rüber«, antwortete sie. »Ich muss wirklich mit Seb sprechen.« Wenn sie erst nach neun Uhr zu ihm ging, wären die Hotelgäste bereits mit ihrem Dinner fertig. Die meisten Gäste amüsierten sich abends in den Casinos und Clubs, und Terry machte da sicher keine Ausnahme.

Es war fast zehn Uhr, als Rosie das Hotel durch den Seiteneingang betrat. Sie entdeckte Seb sofort in seinem kleinen Reich, einer Nische am anderen Ende der Küche, wo er Menüs plante und die Abrechnungen machte.

Die Köche bereiteten bereits alles fürs nächste Frühstück vor, während die Aushilfen aufräumten und putzten. Ein Angestellter wischte die Böden.

»Darf ich reinkommen? Oder bist du zu beschäftigt zum Reden?«

Seb schaute von den Rechnungsbüchern auf. »Hier sind wir nur im Weg. Gehen wir rauf in mein Apartment.«

»Ich will dich von nichts abhalten, wenn du zu tun hast. Ich bin nur hier, um mich für letzten Sonntag zu entschuldigen.« Rosie atmete tief durch. »Tut mir leid, dass ich so bissig war.« So. Jetzt hatte sie es ausgesprochen und konnte wieder gehen.

»Falls du Angst hast, einer bestimmten Person zu begegnen: Er ist nicht hier.«

»Er ist abgereist?« Rosie lächelte. Das waren tolle Neuigkeiten.

Seb schüttelte den Kopf. »Nein, er ist für heute Abend nach Monaco gefahren.«

»Nach Monaco?«, fragte sie sofort nach. »Doch nicht etwa, um sich mit Olivia zu treffen?« Falls doch, dann würde ihm sicher eine weitere Enttäuschung bevorstehen.

»Er hat gesagt, er will ins Casino und anschließend in den

Sporting Club. Könnte sein, dass er dort Zander und Olivia über den Weg läuft.« Seb hob die Schultern. »Für dich besteht also keine Gefahr, wenn du reinkommst und etwas mit mir trinkst. Bitte, Rosie …«, fuhr er schnell fort, als sie den Kopf schüttelte. »Ich muss mit dir reden. Ich schulde dir auch eine Entschuldigung.«

Es war ihr peinlich, dass alle Anwesenden zu ihr herübersahen, und deshalb gab Rosie nach. »Okay.«

»Hast du schon was gegessen?«

Sie schüttelte den Kopf. Das Essen hatte sie heute Abend vollkommen vergessen. »Nein.«

»Ich auch nicht. Ich lass uns was raufschicken.« Schnell schrieb er ein paar Zeilen und reichte die Notiz an einen seiner Angestellten. »Bitte in zehn Minuten in mein Apartment.«

Er griff nach Rosies Hand, führte sie zu einem Schrank und öffnete die Tür.

Sie sah ihm in die Augen und musste lachen. »Das ist ja wie Narnia. Nur dass sich hinter der Tür ein Fahrstuhl verbirgt und kein Kleiderschrank.« Auf seinen verwunderten Blick hin winkte sie ab. »Das erkläre ich dir ein andermal. Anscheinend haben wir nicht dieselben Kinderbücher gelesen.« War das Lieblingsbuch ihrer Kindheit in Frankreich unbekannt?

Zwei Minuten später betraten sie Sebs Penthouse.

»Wow«, stieß sie aus, als er die Glastüren zur Dachterrasse öffnete, die von keiner Seite eingesehen werden konnte. »Du steckst wirklich voller Überraschungen.«

Zahlreiche mit Lavendel und Jasmin bepflanzte Amphoren waren um den schwarz-weiß gefliesten Marmorboden herum verteilt. Ein gusseiserner Tisch und zwei Stühle standen am Geländer am perfekten Platz, um von dort aus den Sonnenuntergang hinter dem weit entfernten Gebirgszug des Esterel zu verfolgen.

»Was für ein wunderschönes Geheimversteck«, stellte Rosie leise fest. »Ich hätte nie gedacht, dass sich hier so ein kleines Paradies befindet.« Sie trat ans Geländer und blickte hinab auf den Strand, während Seb eine Flasche Champagner und zwei Gläser aus einer kleinen Kompaktküche holte, die diskret von zwei eingetopften Palmen verdeckt wurde. »Von hier aus kannst du alles ausspionieren.«

»Mir bleibt nur sehr selten die Zeit, hier heraufzukommen, wenn der Strand belebt ist. Aber um Mitternacht kann man hier sehr schön entspannen.« Er schenkte ihnen ein. »Und auf das Feuerwerk vom Festival hat man hier auch eine großartige Aussicht.«

»Im August könntest du hier oben schlafen.« Sie blickte nach oben. »Direkt unter den Sternen.«

»Dafür gibt es zu viele Mücken.« Er reichte ihr eine der Sektflöten. »Aber keine Sorge, hier drin sind keine Insekten. *Santé.*«

Sie lächelte. *»Santé.«*

Ein Buzzer summte.

»Das ist unser Abendessen.« Er kehrte ins Apartment zurück und öffnete die Tür.

Rosie beobachtete ihn, wie er den kleinen Servierwagen auf die Dachterrasse herausrollte und die Abdeckhauben abnahm.

»Das hier musst du zuerst probieren.« Er deutete auf einen der Teller. »Solange der Teig noch kross ist.«

»Hmm.« Anerkennend nickte sie nach dem ersten Bissen. »Zucchiniblüten im Teigmantel habe ich auch schon mal gemacht, aber das hier … das ist Aubergine. Vielleicht stehle ich dir diese Idee.« Vielsagend lächelte sie ihn an.

In gespieltem Tadel erwiderte er ihren Blick.

»Was ist in der Terrine?«

»Seeteufel.« Er schnitt ein Stück davon ab und reichte ihr Teller und Gabel.

»Das ist wirklich verdammt gut«, stellte sie kurz darauf nach dem letzten Bissen fest. »Hast du dir schon mal überlegt, Koch zu werden?«

Während Seb ihnen beiden Champagner nachschenkte, sah Rosie sich auf der Terrasse um. »Gehört das Isabella?« Sie deutete auf einen Tretroller, der an der Kompaktküche lehnte.

»Ja. Sie nutzt die Dachterrasse als Rennstrecke.« Er wandte sich ihr zu. »Rosie, was Zoe betrifft … Es tut mir leid, dass sie sich dir gegenüber so widerlich aufgeführt hat. Mir war klar, dass sie nicht erfreut reagieren würde, wenn sie dich mit mir zusammen sieht, aber dass sie so unhöflich zu dir ist, hätte ich nicht gedacht.«

»Ganz offensichtlich ist sie ziemlich eifersüchtig. Wäre ich wirklich deine Freundin, wäre das sicher ein Problem, aber da alles nur vorgetäuscht ist, spielt es keine Rolle.« Sie trank von ihrem Champagner. »Ich kann mir euch zwei immer noch nicht als Paar vorstellen.«

Seb zuckte mit den Schultern. »Das mit uns ging immer hin und her. Und dann wurde sie schwanger, und die Beziehung war endgültig vorbei.«

»Durch ein Baby verändert sich eine Menge«, stellte sie leise fest. »Besonders wenn einer der Partner dieses Baby nicht will.«

»Du meinst, besonders wenn einer der Partner beschließt, dass der andere seine Funktion erfüllt hat und deshalb kein Grund mehr für eine Partnerschaft besteht.«

Sie wandte sich ihm zu. »Du hast es beendet, als Zoe schwanger wurde?«

»Nein. Ich wollte Schluss machen, aber Zoe ist mir zuvorgekommen.« Einen Moment zögerte er. »Dass sie schwanger war, hat sie mir verschwiegen.«

Eingehend musterte sie ihn. »Aber du hast gesagt, sie habe dir fehlende Moral vorgeworfen. Da dachte ich, du hättest sie wegen Isabella verlassen.«

»Da ziehst du wieder einmal voreilige Schlüsse, Rosie. Damit solltest du wirklich aufhören.« Er schüttelte den Kopf. »Zoe wollte ein Baby, aber keinen Ehemann. Sie fand, ich hätte die notwendigen Eigenschaften, um Vater ihres Kindes zu werden. Deshalb hat sie die Pille abgesetzt und ist schwanger geworden.«

Nachdenklich sah er in sein Glas, bevor er wieder zu Rosie blickte. »Sie hat mich benutzt, um ein Baby zu bekommen. Ich habe nicht gewusst, dass es von mir ist, bis sie kurz vor der Entbindung stand. Und da sind meine altmodischen Moralvorstellungen ins Spiel gekommen. Hätte ich einfach gehen und mich meiner Verantwortung entziehen sollen?«

»Viele sogenannte normale Männer hätten das an deiner Stelle getan«, erwiderte sie leise.

Er trank sein Glas leer, bevor er eine Packung Zahnstocher aus der Tasche zog.

»Rauchst du immer noch nicht? Mein Kompliment.«

Er lächelte. »Danke. Jedenfalls war ich ziemlich wütend, als ich begriff, dass Zoe nichts mehr mit mir zu tun haben will. Schließlich ist Isabella genauso mein Kind wie ihres. Sie konnte mir den Kontakt zu meiner Tochter doch nicht verbieten!« Er atmete tief aus. »Offenbar konnte sie das doch, obwohl mein Name mit auf der Geburtsurkunde eingetragen ist.«

»Was hat sie ihre Meinung ändern lassen?«

»Oh, das ist erst vor Kurzem geschehen. Anfangs war sie rasend vor Wut, weil ich nicht einfach aus ihrem Leben verschwunden bin. Sie war so gnädig, mir zuzugestehen, Isabella einmal im Monat sehen zu dürfen. Und selbst diese Termine hat sie oftmals kurz vorher wieder abgesagt.«

Er kaute auf dem Zahnstocher. »Aber dann ist die Aufregung ihres neuen Daseins als alleinerziehende Mutter abgeklungen. Vor ein paar Jahren hat sie wohl erkannt, dass sie einen Fehler gemacht hat. Schließlich konnte ich ihr ab und zu durchaus von Nutzen sein. Deshalb sei es an der Zeit, Isabella zuliebe unser Leben als Familie anzunehmen, so hat sie es ausgedrückt. Urplötzlich durfte ich meine Tochter sehen, wann immer ich wollte. Das ist wunderbar, aber ich kann es nicht akzeptieren, dass sie anfängt, mich manipulieren zu wollen.«

»Sie möchte, dass ihr zwei wieder zusammenkommt, oder?«, fragte Rosie leise.

Seb nickte. »Sie sagt, Isabella würde eine richtige Familie verdienen. Und einen Bruder oder eine Schwester. Ich liebe Isabella über alles, aber Zoe …« Er seufzte. »Geliebt habe ich sie nie, und ich glaube auch nicht, dass sie mich jemals geliebt hat. Je öfter ich ihr sage, dass ich alles für Isabella tun würde, aber nicht heile Familie spielen werde, desto versessener ist sie von dem Gedanken, dass ich das nicht ernst meine. Genau deshalb habe ich dich am Sonntag gebeten, mit mir zu kommen. Sie sollte sehen, dass ich mich weiterentwickelt habe, damit sie es endlich begreift.«

Verlegen lächelnd sah er sie an. »Es tut mir ehrlich leid. Ich werde mir etwas anderes überlegen müssen.«

»Ich glaube, es ist egal, was du unternimmst. Du wirst noch eine sehr lange Zeit Probleme mit Zoe haben. Und du kannst nur hoffen, dass Isabella nicht zu sehr darunter leidet.«

»Ich werde alles in meiner Macht Stehende tun, um dafür zu sorgen, dass sie das nicht tut«, erklärte er entschlossen. »Nicht Isabella ist das Problem, sondern Zoe.«

Rosie trank aus. »Ich sollte jetzt lieber gehen. Danke für das Abendessen.«

»Ich bring dich nach Hause.«

»Vorher muss ich aber noch Lucky aus dem Café holen.« Mittlerweile wusste Rosie, dass es keinen Zweck hatte, sich gegen Sebs Hilfsbereitschaft zu sträuben. Er würde nur mit den Schultern zucken und trotzdem seinen Willen durchsetzen, auch wenn es sie noch so wütend machte.

Als sie mit Lucky an der Leine vom Café Fleur losgingen, hörten sie hinter sich eine Stimme.

»Guten Abend, Seb. Rosie.«

Sie rang nach Luft und ging schneller, wobei sie sich einzureden versuchte, dass sie den Gruß überhaupt nicht gehört hatte.

»Guten Abend, Tiki. Hattest du Spaß in Monaco?«, rief Seb zurück. »Sehen wir uns nachher noch an der Bar?«

»Musst du dich unbedingt mit dem Feind verbünden?«, wollte Rosie von ihm wissen. Alles Mitgefühl, das sie eben noch wegen seiner Probleme mit Zoe für ihn empfunden hatte, war wie weggeblasen.

»Für dich mag er ein Feind sein, für mich ist er ein Gast. Ich bin selten unhöflich zu Gästen. Nur, wenn sie es verdienen. Sich mit ihnen abends auf einen Drink an die Bar zu setzen gehört als guter Gastgeber einfach dazu.«

Rosie zuckte mit den Schultern. »Hauptsache, du sprichst mit ihm nicht über Olivia oder mich.«

»Darauf hast du mein Wort.« Er beugte sich vor und gab ihr einen freundschaftlichen Gutenachtkuss. »Schlaf gut, Rosie. Wir sehen uns morgen. Und, Rosie … danke.«

26. Kapitel

Während alle anderen im Café sich um die alltäglichen Aufgaben kümmerten, tauchte Rosie die Teigplatten für Tansys Hochzeitskuchen in Brandy. Jetzt brauchten sie nur ein paar Wochen zu warten, und dann konnten sie sich um das Marzipan und die Glasur kümmern.

Sie blickte sich um. Tansy summte leise vor sich hin, während sie den Kühlschrank einräumte. James unterhielt sich mit Yannick über Fußball, während die beiden im Gästeraum Flaschen und Gläser sortierten. Und Gina putzte draußen auf der Terrasse den Boden und die Tische.

Durch die zusätzlichen Arbeitskräfte war jetzt vieles leichter, aber Rosie machte sich ständig Sorgen wegen der zusätzlichen Löhne, die sie zahlen musste. Allerdings hatten alle nun weniger Stress. Sie musste einfach darauf hoffen, dass das gute Wetter anhielt und das Café Fleur viele Gäste hatte.

Gina und Yannick hatten sich beide schnell ins Team eingefügt. Rosie musste lächeln, wenn sie an die beiden dachte und daran, wie Yannick jedes Mal knallrot anlief, wenn er sie ansprechen musste. Wahrscheinlich hing das mit den tief ausgeschnittenen Tops zusammen, die Gina gern trug.

Als Rosie die Tortenböden in den luftdichten Verpackungen wegstellte, kam Alicia zu ihr. »Wenn du willst, kann ich das Verzieren der Torte für dich übernehmen. Ich liebe solche Sachen, das ist für mich so eine Art Hobby.«

»Du bist meine Rettung.« Erleichtert lächelte Rosie sie an. »Du hast keine Ahnung, wie sehr mir vor der Glasur gegraut hat. Ich bezahle dich natürlich dafür, das heißt, im Grunde bezahlt dich Tansy.«

Der nächste Punkt auf ihrer To-do-Liste bestand darin, Musiker zu finden, die das allererste »Fête de la Musique« im Café Fleur gestalteten. Peinlich berührt gestand Rosie sich ein, dass sie das schon viel zu lange vor sich hergeschoben hatte.

Der Pianist von der Eröffnungsparty – es kam ihr vor, als liege dieser Abend schon eine Ewigkeit zurück – hatte bereits ein anderes Engagement, doch er hatte ihr eine Telefonnummer gegeben, unter der sie zwei seiner Kumpel erreichen könne, die Gitarre und Saxofon spielten. Hoffentlich spielten die beiden gut und hatten Zeit.

Es würde sicher ein langer Abend werden. Alle »Fêtes de la Musique«, die Rosie besucht hatte, hatten bis weit nach Mitternacht gedauert. Hoffentlich zogen sie damit einige neue Gäste an. Hauptsache, Terry Hewitt und sein blondes Flittchen blieben weg.

Einige Male hatte Rosie die beiden draußen am Café vorbeigehen sehen. Die Blondine hatte sich im Café sogar einmal ein Eis zum Mitnehmen gekauft.

Sie wusste, dass Olivia und Zander eines Abends in Monaco im Sporting Club gewesen waren, als auch Terry und die Blondine dort aufgetaucht waren. Olivia hatte ihr erzählt, dass sie und Zander sofort gegangen waren, ehe Terry die Gelegenheit hatte, sie zu bemerken.

Erst gestern hatte Seb ihr erzählt, dass Terry die beste Suite des Hotels für weitere drei Wochen gebucht hatte.

»Für mein Geschäft ist es ausgezeichnet, wenn ihr zwei nicht miteinander sprecht«, hatte er trocken festgestellt. »Macht so weiter, dann bleibt er den ganzen Sommer lang.«

Bei dem Gedanken war Rosie innerlich erzittert. Was für eine schreckliche Vorstellung!

Sie fragte sich immer wieder, was Terry vorhatte. Allmählich musste er doch begriffen haben, dass weder sie noch Olivia mit ihm reden würden. Wieso stieg er nicht einfach in Nizza ins nächste Flugzeug und flog nach Hause? Nach seinem großen Gewinn in Cannes musste er in seiner Heimat doch ein viel gefragter Mann sein.

In der Zwischenzeit schien Olivia ihr glamouröses Leben zu genießen. Sie ließ sich von Zander zu allen möglichen Anlässen ausführen und an alle möglichen Orte einladen. Eine Woche Korsika, anschließend nach St. Tropez, um Ferien auf einer Yacht zu machen, die einem milliardenschweren Freund von Zander gehörte. Wenigstens war die Wahrscheinlichkeit, dass sie bei all den ständigen Reisen Terry über den Weg lief, verschwindend gering.

Tansy reichte ihr einen Becher Kaffee. »Woran denkst du? Seit fünf Minuten stehst du jetzt wie in Trance hier rum.«

Rosie trank einen Schluck von dem Kaffee. »Oh, an dies und das. Hauptsächlich an die ›Fête de la Musique‹. Hoffentlich wird der Abend ein Erfolg.«

Warum sollte sie ihre Sorgen wegen Terry erwähnen? Er würde ohnehin bald abreisen. Diesen Urlaub konnte er nicht ewig ausdehnen. Irgendwann musste auch er wieder nach Hause zurückkehren.

Am Tag der »Fête de la Musique« war das Café zur Mittagszeit voller Gäste. Die Glastüren zur Terrasse waren vollständig geöffnet, und auf der Terrasse war jeder Tisch besetzt. Rosie summte bei der Arbeit hinter der Bar leise vor sich hin, während der Gitarrist Hervé eine Reihe unterschiedlicher Songs spielte. Im Café herrschte lebhafte Stimmung, und die zufriedenen Gäste wippten zur Musik mit den Füßen und applaudierten, wenn Hervé einen Song beendete.

GeeGee, Erica und Cammie kamen während Cammies Lunchpause ins Café, und als Cammie aufstand und anfing, allein zu tanzen, musste Rosie lächeln.

GeeGee hatte ihr erzählt, wie sehr Cammie unter dem Verlust ihres Vaters litt, als Rosie sich darüber gewundert hatte, wie still und zurückhaltend das kleine Mädchen immer wirkte. Jetzt zu sehen, wie glücklich sie tanzte, ließ Rosie begeistert applaudieren, als Cammie vor ihr stehen blieb und einen unsicheren Knicks machte.

»Das war toll, Cammie«, sagte sie. »Lauf und frag deine Mummy, ob ich dir als Belohnung ein Eis geben darf.«

Als sie ihre Tochter tanzen sah, musste Erica schlucken, um vor Rührung nicht loszuweinen. Cammie hatte immer so gern getanzt, und Pascal hatte sie stets dazu ermutigt. Oft hatte er mitgetanzt und sie mit albernen Bewegungen zum Lachen gebracht. Es war schon sehr lange her, seit Cammie so unbeschwert getanzt hatte. Der Arzt, der ihr behutsam versichert hatte, sie bräuchten beide nur Zeit, hatte sich offenbar nicht geirrt. Das Leben bahnte sich seinen heilsamen Weg durch ihre Trauer.

Rosie sah, wie Saskia das Café betrat und sich an einen Tisch setzte. Genervt seufzte sie auf und spielte flüchtig mit dem Gedanken, Saskia zum Gehen aufzufordern, doch dann entschied sie sich dagegen. Wenn das Flittchen ihres Vaters hier etwas essen wollte, war das okay. Damit kam Rosie zurecht, solange ihr Vater nicht mit dabei war.

Sie nickte Saskia kurz zu und schickte James mit der Speisekarte zu ihr. Gerade als sie sich um die Rechnung eines anderen Gasts kümmerte, sah sie, wie James eine kleine Karaffe Rosé aus dem Kühlschrank nahm und Saskia servierte.

»Ich bringe die Bestellung in die Küche«, sagte Rosie zu ihm und streckte die Hand aus. »Wartet sie noch auf jemanden?

Okay. Bleib hier draußen. Ich schicke dir Yannick als Hilfe.«

»Salat Niçoise«, rief sie in die Küche. »Tisch fünf. Yannick, geh bitte und hilf James. Ich übernehme hier für eine Weile.« Auf keinen Fall wollte sie eine Konfrontation mit Terry im Café riskieren, falls Saskia hier mit ihm verabredet war. Und so war es auch.

»Tiki Gilvear ist hier. Willst du, dass ich ihm sage, er soll gehen? Wenn nicht, dann möchte er auch einen Salat Niçoise und eine Portion Pommes frites«, sagte James. »Er sagt, diesmal besteht er darauf, die Rechnung zu bezahlen.«

»Hat er darum gebeten, mich zu sehen?«, fragte Rosie.

James schüttelte den Kopf. »Nein.«

»Ich mache den Salat.« Sie griff nach einem Teller. Sie würde Terry wie jeden anderen Gast behandeln. Solange sie hier in der Küche blieb, wäre alles okay.

Eine Sechsergruppe setzte sich an den letzten freien Tisch im Café, und sobald auf der Terrasse Gäste gingen, nahmen neue Gäste vom Strand ihren Platz ein und wollten etwas essen. In der Hektik der Zubereitung all der Gerichte verlor Rosie jedes Zeitgefühl.

Überrascht sah sie auf die Uhr, als James sagte, es sei bereits vier Uhr und Zeit, das »Geschlossen«-Schild an die Tür zu hängen.

»Das erledige ich«, sagte sie. »Nimm dir schnell was zu essen, und hilf dann Gina bei der Ausgabe am Take-away.« Erst als sie den Gästeraum betrat, wurde ihr klar, dass sie einen Fehler begangen hatte. Terry und Saskia saßen noch immer dort. Verdammt! Die zwei hätten doch schon vor einer Ewigkeit gegangen sein müssen.

Ohne auf die beiden zu achten, ging Rosie zu den Glastüren und schob sie zu, bevor sie das »Geschlossen«-Schild aufhängte. In Gedanken wiederholte sie immer wieder »Sie sind weg, sie sind weg, sie sind weg, wenn ich mich umdrehe«, aber die zwei saßen immer noch dort.

Terry musterte sie, während Saskia von einem großen Eis aß. Rosie erinnerte sich, dieses Eis vor zehn Minuten zubereitet zu haben. Da hatte sie nicht gewusst, für welchen Tisch die Bestellung war.

»Rosie, können wir uns bitte unterhalten?«

In den britischen Tonfall von Terrys Stimme, an den Rosie sich noch erinnern konnte, hatte sich ein leichter amerikanischer Akzent gemischt, und dadurch klang er in ihren Ohren wie ein Fremder.

Sie schüttelte den Kopf. »Ich habe kein Interesse daran, mit dir zu reden. Wir haben uns nichts zu sagen.«

»Das stimmt nicht, Rosie. Wir haben uns eine Menge zu sagen.«

»Dafür ist es Jahre zu spät.«

»Es ist niemals zu …«

»Doch, das ist es«, unterbrach Rosie ihn. »Für dich und mich ist es zu spät. Deshalb lass mich in Ruhe. Ich habe kein Interesse. Weder an dir noch an allem, was du zu sagen hast.«

Als er ihre Worte hörte, schien Terry vor ihren Augen in sich zusammenzusinken. Rosie wandte den Blick ab. Es gab nichts, was er hätte sagen können, um sie umzustimmen.

»Bist du sicher, dass es nichts gibt, womit ich dich überreden könnte? Es gibt so viel, was ich dir sagen möchte. Worüber ich mit dir sprechen will.«

»Gar nichts«, erwiderte sie. »Ich hoffe, du und dein Flittchen habt euer Essen genossen.«

»Hey, ich bin kein Flittchen.« Saskia blickte von ihrem Eisbecher hoch, aus dem sie die letzten Reste kratzte.

Rosie sah sie an. »Du bist blond, süß, jung und mit ihm zusammen.« Mit dem Kopf deutete sie in Terrys Richtung.

»Damit fällst du laut meinem Verständnis unter die Rubrik: Flittchen eines alten Mannes.«

Ihr zitterten die Hände, als sie die leeren Gläser abräumte und ging. »Ich schicke jemanden wegen der Rechnung. Bitte bezahlt, geht und kommt nicht wieder.«

27. Kapitel

Spätnachmittags kehrte GeeGee an den Strand zurück. Sie hatte mit einem neuen Interessenten eine Reihe von Häusern besichtigt. Das Musik-Festival würde erst in einigen Stunden anfangen, doch der Strand war von Sonnenanbetern und Familien bevölkert. Die Leute kauften sich am Café Eis und Drinks zum Mitnehmen, doch auf der Terrasse waren einige Tische frei, darunter auch ihr Stammplatz in der hinteren Ecke.

Während sie sich ihren Weg dorthin bahnte, bestellte sie bei Rosie einen Kaffee und setzte sich in den Schatten eines Sonnenschirms. Sie klappte ihren Laptop auf und wartete auf ihre Bestellung – und auf Jay.

Als sie Erica mittags vom wieder aufgetauchten Jay erzählt hatte, hatte Erica sich sehr aufgeregt und sich gewundert, wieso er GeeGee jetzt sehen wolle, um »mit ihr zu reden«. »Erst verschwindet er einfach so, weil er sich angeblich selbst finden muss, und jetzt will er mit dir reden? Ehrlich, GeeGee, ich hoffe, du hast Nein gesagt.«

Nach einem Blick in GeeGees Gesicht hatte sie nur geseufzt. »Du hast eingewilligt, stimmt's? Wieso?«

Es war GeeGee nicht leichtgefallen, ihre Gründe zu erklären, und auch jetzt war sie sich noch nicht sicher, warum sie eigentlich hier saß und darauf wartete, dass Jay sich blicken ließ.

»Vielleicht hat es damit zu tun, dass ich dieses Kapitel meines Lebens endlich richtig abschließen will«, hatte sie Erica geantwortet.

Nach dem ersten Schock, ihn so unvermittelt am Flughafen zu sehen, und nach ihrem Ärger darüber, sich unerwartet in so einer peinlichen Situation wiederzufinden, hatte sie versucht, die Dinge vernünftig zu sehen. War er hier, weil er wieder mit ihr zusammen sein wollte? Und wenn ja, wollte sie das auch? Als sie ihn wiedergesehen hatte, war ihr Puls nicht losgerast, das sollte ihr also als Antwort auf diese Frage reichen. Sie war über ihn hinweg. Weshalb hatte sie dann diesem Treffen zugestimmt?

Als Jay sie in einer Textnachricht um ein Treffen zum Reden gebeten hatte, hatte sie zunächst ablehnen wollen, weil ein Gespräch keinen Sinn habe, doch letztlich hatte sie beschlossen, es sei besser, höflich zu reagieren und mit ihm befreundet zu bleiben. Außerdem wollte sie ihn unbedingt fragen, wieso er einfach verschwunden war, ohne ihr dafür einen Grund zu nennen. Vierundzwanzig Stunden später eine E-Mail mit einer Entschuldigung zu schicken und zu behaupten, er müsse sich selbst finden, reichte ihr einfach nicht.

Möglicherweise ging es ihr tatsächlich darum, einen Schlussstrich zu ziehen, genau wie sie es Erica gesagt hatte. Sie musste wissen, was schiefgelaufen war, und wollte Jays Standpunkt erfahren, denn sie hatte nicht gewusst, dass etwas nicht stimmte, bis er plötzlich einfach auf und davon war. Die Frage, auf die sie eine Antwort brauchte, war ein schlichtes Wieso.

Wenn er darauf mit dem alten Klischee antwortete, es habe nicht an ihr gelegen, sondern an ihm, dann würde sie lächeln, zustimmen und sich beherrschen, um nicht sarkastisch zu werden oder ihn sogar zu ohrfeigen. Natürlich lag es an ihm, verdammt! Er war es, der verschwunden war! Und jetzt war er zurück – und kam auf sie zu.

Ihn selbstbewusst über den Strand laufen zu sehen machte ihr wieder klar, wie sexy er war. Zwei Frauen, die an der Ausgabe vom Take-away anstanden, musterten ihn unauffällig, aber voller Anerkennung, und beide wirkten enttäuscht, als sie sahen, dass er sich GeeGees Tisch näherte.

Diesmal wich GeeGee ihm nicht aus, als er sich für einen Wangenkuss über den Tisch beugte.

»Es ist wirklich schön, dich zu sehen.« Jay setzte sich ihr gegenüber. »Wie läuft's?«

»Ausgezeichnet«, antwortete sie. »Könnte nicht besser sein.« Auf keinen Fall würde sie ihm gegenüber etwas anderes zugeben. Außerdem lief es momentan tatsächlich ganz gut, und es wurde immer besser. »Und bei dir?«

Bevor er antworten konnte, servierte Rosie ihnen eine Flasche Prosecco in einem Sektkühler und stellte eine Platte mit Kanapees dazu.

»Danke.« Jay sah zu GeeGee. »Ich hoffe, es stört dich nicht. Das hier habe ich uns bestellt, als du zugesagt hast.«

Sie schüttelte den Kopf. »Für mich bitte nur ein Glas. Ich bin mit dem Auto hier. Aber das Essen freut mich.« Sie nahm ihm das Glas ab, das er ihr reichte. »Gibt es einen Grund zum Feiern?«

»Santé.« Er stieß mit ihr an. »Das erzähle ich dir später. Lass uns erst mal meine Rückkehr feiern und die Tatsache, dass wir beide hier wieder zusammensitzen. Auf dieser Terrasse haben wir viele Deals abgeschlossen, stimmt's?« Er blickte sich um.

GeeGee nickte und beschloss, den Ausdruck »wieder zusammen« zu ignorieren. »Das haben wir. Wie lange bleibst du?« Nachdenklich biss sie in einen Blini mit Lachs und Frischkäse und fragte sich, worauf diese Unterhaltung hinauslief.

Jay trank einen großen Schluck Prosecco, bevor er GeeGee wieder ansah. »Ich bin zurück. Punkt.«

Erstaunt erwiderte sie seinen Blick. »Für immer? Aber ich dachte, dir gefällt es in London. Was ist passiert? Hast du dich gelangweilt?« Falls diese letzte Frage schnippisch klang, war es ihr egal. Erwartete er etwa, dass sie wieder mit ihm zusammen sein wollte, als wäre nichts geschehen?

»Es war schön, und ich habe eine Menge gelernt. Außerdem habe ich herausgefunden, was mir im Leben wichtig ist.«

»Dann hast du gemacht, was du tun wolltest: Du hast dich gefunden.« Sie gab sich große Mühe, keinerlei Sarkasmus mitklingen zu lassen. »Aber will der neue Jay nicht in London alles erleben, was das Leben ihm zu bieten hat?«

»Ich habe erkannt, dass ich lieber an der Côte d'Azur lebe. Hier scheint zumindest viel häufiger die Sonne.« Er hob die Flasche, und als GeeGee die Hand auf ihr Glas legte, schenkte er sich selbst nach. »Außerdem bist du hier.«

Als er sie anlächelte, erkannte sie wieder den Jay von damals, den sie zu lieben geglaubt hatte. »Schluss damit. Du hast mich verlassen, schon vergessen?«

Schweigend sah er ihr in die Augen, doch sie hielt seinem Blick stand. Sie war fest entschlossen, ihn dazu zu bringen, dass … was genau, das wusste sie nicht. Sollte er sich entschuldigen? Sagen, dass es ein Fehler war? Sich vor ihr winden?

Als das Schweigen zwischen ihnen sich in die Länge zog, trank GeeGee einen Schluck. Das war doch alles albern. Sie wollte mit Jay keine Spielchen spielen. Am besten beeilte er sich, damit sie diese Unterhaltung zu einem Ende brachten.

Sie seufzte. »Du hast gesagt, du willst reden. Könntest du dann bitte damit anfangen? Aber erzähl mir jetzt nicht, du willst, dass wir wieder zusammen sind.« So. Deutlicher konnte sie es ihm nicht mitteilen, oder?

»Nein, hier geht es nicht darum, dass wir wieder zusammenkommen. Obwohl ich dich vermisst habe, also vielleicht …?«

Entschieden schüttelte sie den Kopf. »Auf keinen Fall.«

»Mist. Tja, meine gute Neuigkeit lautet, dass ich ab nächster Woche die Agentur von Hugo übernehme. Ich wollte dir schon mal ankündigen, dass die laufenden Verträge für die Büroplätze neu ausgearbeitet werden und ab Anfang September gelten. Du solltest dich schon mal nach einem Platz in einer anderen Agentur umsehen, falls es für dich ein Problem ist, mir Miete zu zahlen.«

GeeGee hörte, wie er ihr die Nachricht in völlig ruhigem Tonfall mitteilte und damit wieder einmal ihre Welt zum Einsturz brachte. Ihr Ex-Freund würde ihr Boss sein und sich für dieses Privileg auch noch bezahlen lassen.

Hugo hatte die Miete bereits zum Anfang des Sommers angehoben und allen versichert, es sei die letzte Erhöhung für dieses Jahr.

GeeGee wurde fast übel. Jetzt musste sie noch mehr Geld auftreiben. »Um wie viel willst du erhöhen?«

»Um zehn Prozent.«

»Das ist pure Gier!«

Jay zuckte mit den Schultern. »Irgendwo muss ich ja anfangen, um die Kosten für den Kauf der Agentur wieder hereinzubekommen. Du kannst doch deine eigene Provision auch anheben.«

Sie griff nach ihrer Tasche und dem Laptop, bevor sie aufstand. »Verstehe ich das richtig, dass ich den Tisch in der Agentur noch bis September habe?«

Jay nickte.

»Gut. Ich schicke dir eine E-Mail mit meiner offiziellen Kündigung, dass ich den Platz dann aufgebe.« Am liebsten hätte sie ihm den restlichen Prosecco über den Kopf geschüttet, doch sie widerstand dem Impuls, wandte sich ab und ging.

Als sie ihr Auto aufschließen wollte, zitterte ihre Hand so sehr, dass sie den Schlüssel kaum ins Schloss bekam. Erst vor einer Stunde hatte sie sich dazu beglückwünscht, ihr Leben im Griff zu haben, und jetzt würde sie Anfang September wieder ganz am Anfang stehen. Nur war das Spiel vielleicht ein anderes.

Sie atmete tief durch. Jay hatte ihr Leben auf den Kopf gestellt, als er sie letztes Jahr einfach verlassen hatte, und jetzt war er wieder da und wollte es erneut tun. Aber diesmal würde sie kämpfen. Sie würde sich von ihm nicht wieder so vernichtend schlagen lassen wie letztes Mal. Diesmal standen ihr mehrere Optionen offen. Richtig?

28. Kapitel

Am Abend kehrte Hervé mit dem Saxofonspieler ins Café zurück, und schon bald umringte eine gut gelaunte Menschenmenge das Café am Strand. Bei all den Speisen, die die Leute sich zum Mitnehmen bestellten, und den Gästen an den Tischen hatte Rosie sehr viel zu tun, doch das passte ihr gut, denn dadurch blieb ihr keine Zeit zum Grübeln.

Seit dem Treffen mit Terry und Saskia war sie gereizt und unruhig. Die Beschäftigung lenkte sie jetzt von ihren Gedanken an die Begegnung ab. Doch sie konnte all das nicht länger verdrängen, als kurz vor Mitternacht Seb in Begleitung von Terry und Saskia an den Strand kam und sich mit ihnen an einen der Tische auf der Terrasse setzte.

James kümmerte sich um ihre Bestellung, servierte ihnen Champagner und entkorkte die Flasche perfekt, bevor er ihnen die Gläser füllte und die Flasche in einen Kühler stellte.

Rosie beobachtete ihn, wie er die Essensbestellung notierte. Ohne ein Wort nahm sie ihm den Zettel mit der Bestellung ab und fing an, die Platten mit kleinen Snacks zuzubereiten.

Wie in aller Welt kam Seb dazu, hier mit Terry im Schlepptau aufzutauchen? Erst vor ein paar Stunden hatte sie Terry gesagt, er solle nie mehr wiederkommen. Warum glaubte er, er sei hier doch noch willkommen? Zählte er darauf, dass Rosie ihm vor den übrigen Gästen keine Szene machen würde? In dieser Hinsicht hatte er recht, aber das hielt sie nicht davon ab, ein ernstes Wort mit Seb zu reden, als er zu ihr kam, um »Hi« zu sagen und eine zweite Flasche Champagner zu bestellen.

»Ich könnte mich weigern, dir noch eine zu servieren«, antwortete sie. »Dann müsstest du mit deinen ›Freunden‹ gehen.« Wütend sah sie ihm in die Augen und war froh, dass im Moment kein anderer Gast etwas zu trinken haben wollte. »Geh mit ihnen zurück in dein Hotel.«

»Rosie, das ist doch rein geschäftlich. Er ist Gast in meinem Hotel, und er hat mich eingeladen, mit ihm bei deiner *›Fête de la Musique‹* etwas zu trinken. Ich wollte mit ihm nach Cannes oder ins Croisette fahren, aber er hat darauf bestanden, dass wir hierher gehen.«

»Hat er dir erzählt, dass ich ihn heute Nachmittag gebeten habe zu gehen? Und nicht mehr wiederzukommen? Wieso fliegt er nicht einfach wieder nach Hause?«

»Wenn du damit meinst, er soll in die Staaten zurückkehren – das wird er nicht. Seit London haben sich seine Pläne geändert. Er siedelt nach Europa um. Ehrlich gesagt hat er mich gebeten, ihm bei der Suche nach einem Haus zu helfen. Ich habe ihn mit GeeGee bekannt gemacht, und eine Villa, die sie ihm gezeigt hat, gefällt ihm sehr.«

»Wie bitte? Er hat vor, hier in der Gegend zu leben?«

Seb hob die Schultern. »Irgendwo an der Küste. Aber behalte es vorerst für dich. Er will nicht, dass es sich rumspricht, dass er nicht nach L. A. zurückkehrt.«

Rosie seufzte. »Und wieso ausgerechnet hier? Warum nicht Italien oder Spanien? Irgendwo. Nur nicht in meiner Nähe.«

Warum mussten sie nach all den Jahren ausgerechnet an derselben Küste Europas landen? Für ein Leben als glückliche Familie war es viel zu spät.

»Warum willst du denn nicht wenigstens mit ihm reden?«

»Weil ich ihm nichts zu sagen habe. Jedenfalls nichts, was er gern hören dürfte.« Sie griff nach einem Lappen und putzte energisch den Tresen.

»Aber du könntest ihm zuhören. Gut möglich, dass er dir etwas Wichtiges zu sagen hat.«

»Ich bin an nichts interessiert, was er mir zu sagen hat. Dafür ist es schon viele Jahre zu spät.«

Rosie schleuderte den Lappen in die Spüle unter dem Tresen und blickte zu den spielenden Musikern. Kurz zuvor hatten sie ein paar ihrer Freunde dazu ermutigt, bei einem Medley mit Songs aus den Zwanzigern mitzusingen. Im Moment spielten sie eine Auswahl von Hits von Charles Aznavour.

»Was hat er vor? Hauptsache, er kommt nicht zu mir rüber.« Sie beobachtete, wie Terry von seinem Platz aufstand und zu den Musikern ging.

»Wahrscheinlich hat er einen Musikwunsch«, erwiderte Seb. »Welche Art von Musik mag er?«

Fassungslos sah Rosie ihn an. »Woher in aller Welt soll ich das wissen?«

»Er ist dein Vater. Da musst du doch wissen, was er mag und was nicht.«

»Es geht dich zwar nichts an, aber er hat Olivia und mich verlassen, als ich acht war. Ich kenne weder seinen Musikgeschmack noch sonst etwas über seine Vorlieben. Höchstens … Richtig, er steht auf blonde Flittchen.«

»Okay.« Seb hob beide Hände. »Tut mir leid.«

Rosie blickte an ihm vorbei und sah, wie Tiki nach dem Mikrofon griff. »Oh, nein, er hat vor zu singen.«

»Kann er denn s…«

Rosies Blick reichte, um Seb mitten im Satz verstummen zu lassen.

Er wandte sich zu Terry um, der den Song von Charles Aznavour mitsang.

»Wenigstens trifft er die Töne«, stellte Rosie unwillig fest.

»Ich habe schon Schlimmeres gehört«, stimmte Seb zu. »Ich glaube, er singt dieses Lied für dich.«

»Peinlich.« Rosie erkannte, dass Seb recht hatte. Terry sah immer wieder herüber und suchte den Blickkontakt zu ihr. Entschlossen sah sie überallhin, nur nicht in seine Richtung.

Einige Minuten später seufzte sie erleichtert, weil sich der Song endlich seinem Ende näherte. Und in dem Moment beging sie den Fehler, Terry direkt anzusehen, der gerade darüber sang, die Zeit sei gekommen, um für die Sünden der Jugend zu büßen. Eindringlich erwiderte er Rosies Blick.

»Wenn er glaubt, er könne mich mit diesem kleinen Auftritt umstimmen, dann hat er sich getäuscht.« Ganz bestimmt würde sie jetzt nicht zugeben, dass es sie tief bewegte, Terrys aufrichtige Emotionen mitzuerleben.

»Ich habe viel zu tun.« Sie wollte wieder in die Küche gehen, aber Seb hielt sie am Arm zurück.

»Hör mir zu, Rosie. Du musst mit ihm reden.«

Wieder schüttelte sie den Kopf, aber etwas in Sebs Tonfall ließ sie zögern, und sie sah ihm in die Augen. »Wieso? Ich kann mir keinen einzigen Grund denken, wieso ich das tun sollte.«

Seb zögerte, bevor er sagte: »Er ist krank. Und Saskia ist nicht sein Flittchen. Sie ist deine Schwester.«

29. Kapitel

Es war zwar schon spät, aber Rosie wusste, dass sie ohnehin nicht schlafen könnte, wenn sie jetzt in ihr Apartment zurückging. Sie machte mit Lucky einen ausgedehnten Strandspaziergang und setzte sich anschließend auf die Felsen. Ihre Begeisterung über die guten Einnahmen des Café Fleur bei ihrer ersten ›*Fête de la Musique*‹ hatte sich schlagartig gelegt, als Seb ihr von Terry berichtet hatte.

Jetzt saß sie hier und versuchte zu verarbeiten, was er gesagt hatte.

Es dauerte keine zehn Minuten, und Seb kam zu ihr.

»Dachte ich es mir doch, dass ich dich hier finde. Hast du Lust auf Gesellschaft?«

Sie hob die Schultern. »Wenn du magst, aber ich muss dich warnen: Ich bin nicht in Stimmung, falls du Nettigkeiten von mir hören willst.«

»Ich habe dir doch schon gesagt, dass ich ein guter Zuhörer bin. Vielleicht kann ich dir sogar helfen. Anderer Blickwinkel und so.«

»Ich schätze, Terry hat dich darum gebeten, mir zu sagen, dass er krank ist? Tja, so läuft das aber nicht. Ich lasse mich nicht dazu erpressen, Mitleid mit ihm zu haben und mich deshalb anders zu verhalten.« Sie hob einen runden Stein auf und versuchte, ihn über das Wasser hüpfen zu lassen. Keinen Meter vom Ufer entfernt versank er im Meer. »Denn genau das hat er vor, indem er dich dazu bringt, mir zu erzählen, er sei krank. Schlichtweg Erpressung.« Ein zweiter Stein folgte dem Weg des ersten.

Seb seufzte. »Nein, es ist keine Erpressung. Er hat mich um gar nichts gebeten. Ich habe sein Vertrauen missbraucht, indem ich es dir gesagt habe.«

»Wieso hast du es dann getan?«

Ein paar Sekunden lang schwieg er. »Weil ich dir helfen will, die richtige Entscheidung zu treffen.«

»Du meinst nachgeben und mit ihm reden?«

»Gut möglich, dass du es später bereust, wenn du es nicht tust.«

»Die Wahrheit lautet: Es ist mir egal, ob er krank ist. Ich weiß, das klingt schlimm, aber ich kann es nicht ändern.«

Rosie sah ihm an, wie sehr ihn diese Aussage schockierte. Doch es war die Wahrheit.

Sie atmete tief aus. »Wir sind einander schon länger als mein halbes Leben fremd. Terry hat Olivia und mich sehr enttäuscht, und dann hat er die letzte Chance auf eine engere Vater-Tochter-Beziehung verspielt, als ich siebzehn war. Das war neun Jahre nachdem er Olivia und mich verlassen hat.«

Entnervt hob sie gleich eine Handvoll Steine hoch und warf sie einen nach dem anderen ins Meer. Plopp, plopp, plopp. Die Steine hüpften kaum auf der Oberfläche, bevor sie in die Tiefe sanken.

»Natürlich werde ich traurig sein. Das bin ich immer, wenn jemand stirbt, den ich kenne. Wahrscheinlich werde ich bei Terrys Tod sogar den Verlust empfinden, aber …« Sie schüttelte den Kopf. »Es wird nicht die Trauer um einen geliebten Menschen sein. Zwischen Terry und mir gibt es keine gefühlvolle Bindung. Und komm mir jetzt bitte nicht mit dem Spruch, dass Blut dicker als Wasser ist. Daran glaube ich schon lange nicht mehr.« Von diesem Sprichwort hatte sie noch nie etwas gehalten.

»Und was Saskia angeht: Ich bin mein Leben lang ein Einzelkind gewesen, da brauche ich jetzt keine Schwester mehr.« Schon gar keine Schwester, die offenbar genau das Familienleben mit ihrem Vater geführt hatte, das Rosie versagt geblieben war.

»Aber vielleicht braucht sie dich«, erwiderte Seb leise. Er schwieg einige Sekunden, bevor er sich räusperte: »Wenn du dich nicht mit Tiki versöhnst, könnte das etwas sein, was du für den Rest deines Lebens bereust.«

»Ich bin sicher, ich lerne, damit zu leben, falls es so weit kommt.«

»Du denkst nur an deine eigenen Gefühle. Ich glaube, Tiki leidet sehr und will dir von Angesicht zu Angesicht sagen, wie leid ihm alles tut. Letztlich ist es deine Entscheidung, aber ich fürchte, auf andere könnte es egoistisch wirken, wenn du einem kranken Menschen die Möglichkeit nimmst, sein Gewissen zu entlasten.«

»Andere Leute können denken, was sie wollen. Er mag mein Vater sein, aber ich schulde ihm nichts. Die Tatsache, dass er – vielleicht – ein schlechtes Gewissen hat, weil er Olivia und mich so schlecht behandelt hat, ist sein Pech. Allerdings habe ich bei der ganzen Geschichte meine Zweifel. Mum hat immer gesagt, er habe bei allem, was er tut, Hintergedanken.«

»Ich wünschte, du könntest großzügig über die Fehler, die er in der Vergangenheit gemacht hat, hinwegsehen und mit ihm reden«, sagte Seb leise.

Wieder versuchte Rosie, einen Stein über die Wellen hüpfen zu lassen, doch jeder Stein versank keinen Meter entfernt im Wasser. Wenn doch nur ihre Wut und ihre Verbitterung auch so schnell in der Tiefe versinken würden! »Und ich wünschte, du würdest dich aus meinen Angelegenheiten raushalten und dich um deinen eigenen Kram kümmern.«

Abwehrend hob er beide Hände. »Entschuldige, ich versuche nur zu helfen.«

Nach langem Schweigen wandte Rosie sich ihm zu. »Du findest wirklich, ich sollte mich mit ihm treffen, stimmt's?«

Schweigend nickte er.

Sie seufzte. Was sollte sie dazu sagen? Was sollte sie tun? Sollte sie sich über die emotionale Erpressung beschweren, mit der er sie dazu bringen wollte, sich mit Terry zu treffen?

Warum war Terry nach so langer Zeit überhaupt daran interessiert, mit ihr zu reden? Seb kannte nicht die ganze Geschichte der jahrelangen Entfremdung, aber insgeheim musste Rosie zugeben, dass er wahrscheinlich recht hatte. Sie sollte sich mit Terry treffen.

Wenn doch Olivia jetzt bei ihr wäre! Rosie sehnte sich nach einer Umarmung ihrer Mutter. Das war noch so ein Punkt: Sie musste ihre Mutter anrufen und ihr mitteilen, dass Terry krank war und jetzt dauerhaft an der Riviera leben würde.

Ihr letzter Stein hüpfte zweimal über das Wasser, als wolle er sie dazu ermutigen, das zu tun, von dem sie insgeheim wusste, dass es das Richtige war.

Wie Seb gesagt hatte: Sie musste ihren Egoismus zügeln und sich mit ihrem Vater treffen. Aber nicht jetzt. Auf keinen Fall fühlte sie sich jetzt in der richtigen Verfassung für ein Treffen mit ihm.

Sie musste nachdenken und sich überlegen, was sie ihm sagen sollte. Wie konnte sie ihm begreiflich machen, dass es für ihn keinen Platz in ihrem Leben gab? Selbst wenn sie nach all den Jahren wieder miteinander sprachen.

»Komm, Lucky, wir müssen nach Hause.« Sie bückte sich und leinte den Hund an.

Seb begleitete sie zum Café, wo Rosie sich ihm zuwandte. »Mach dir nicht die Mühe, mich nach Hause zu begleiten. Ich brauche Freiraum zum Denken. Da würde mich deine Nähe nur ablenken.«

Wortlos trat er einen Schritt zurück und blickte Rosie nach, bevor er ihr in diskretem Abstand folgte, um sich davon zu überzeugen, dass sie auch wirklich unversehrt zu Hause ankam.

30. Kapitel

Am Sonntagmorgen saß Erica im »Le Petit Train«, und neben ihr konnte Cammie vor Aufregung kaum still sitzen. Der kleine Zug verließ Nizza, und die Industriegebiete wichen der Aussicht auf tiefe Täler und den Fluss Var. Langsam kämpfte der Zug sich in die Berge hinauf.

An einigen der winzig kleinen Bahnhöfe, die wie aus einer vergessenen Zeit gefallen schienen, hielt der Zug an, durch andere fuhr er langsam hindurch. Die zugehörigen Dörfer sahen hinreißend aus, und Cammie war von allem begeistert, was sie sah.

Als sie das letzte Mal diese Fahrt mit dem Zug gemacht hatten, war sie noch ein kleines Baby gewesen. Pascal war die sechzig Kilometer zum Wohnort seiner Eltern immer lieber mit dem Auto gefahren. Doch eine Fahrt mit dem Auto kam heute nicht infrage, und Erica genoss die Aussicht auf Orte, die sie vom Beifahrersitz aus nie zu Gesicht bekommen hatte.

Als der Zug den Ort Puget-Théniers verließ, fing Erica an, die Sachen zusammenzupacken. Sie half Cammie, sich den pinkfarbenen Rucksack aufzusetzen. »Noch ein paar Minuten, dann sind wir in Entrevaux. Sieh mal, da ist schon die Zitadelle oben auf dem Berg.«

»Können wir da raufsteigen?«, wollte Cammie wissen.

»Wahrscheinlich nicht bei diesem Besuch«, wandte Erica ein. »Heute haben wir keine Zeit dafür, und morgen früh müssen wir gleich mit dem ersten Zug wieder zurückfahren. Aber nächstes Mal, versprochen.«

Jean-Pierre erwartete sie bereits auf dem Bahnsteig, als sie aus dem Zug stiegen. Er hob Cammie hoch und drehte sie im Kreis herum. *»Bonjour, ma petite.«* Er umarmte sie und ließ seine kichernde Enkelin wieder herunter, bevor er sich Erica zuwandte und sie mit Wangenküssen und einer dicken Umarmung begrüßte.

»Ich bin so froh, dass ihr heute gekommen seid«, sagte er leise. »Amelia hat schon fast alles vorbereitet. Sie erwartet euch im Haus«, fügte er hinzu, als Erica sich suchend umblickte. »Sie ist ein bisschen im Stress wegen der Party heute Abend. Sie sagt, sie hat noch ein, zwei Dinge zu erledigen, die sie vergessen hat.« Er seufzte. »Danielle und Co. sind schon da, das beruhigt sie bestimmt.«

Der Fußweg am Gleis entlang dauerte nur fünf Minuten, und sie erreichten das Haus auf dem Hügel, von wo aus man die Altstadt überblicken konnte. Hier hatten Amelia und Jean-Pierre ihr gesamtes Eheleben verbracht. Hier waren Pascal und Danielle aufgewachsen. Und hier waren überall Erinnerungen an Pascal. Auf dem Klavier im Wohnzimmer standen Fotos, an der Wand neben der Treppe hingen die gerahmten Zeugnisse, und seine Skier lehnten im Lagerraum neben seinem Mountainbike an der Wand.

Amelia umarmte und küsste Erica und Cammie herzlich. »Ich bin so froh, dass ihr gekommen seid. Es bedeutet mir und Jean-Pierre sehr viel, euch hierzuhaben, auch wenn …« Sie verstummte.

Erica spürte, dass sie den Tränen nahe war. Schnell öffnete sie ihre Reisetasche. »Cammie und ich haben euch beiden etwas mitgebracht. Das hier muss in den Kühlschrank.« Sie stellte eine Flasche pinkfarbenen Sekt auf den Küchentisch. »Cammie hat euch eine Karte gemalt.« Sie legte die Karte neben den Sekt. »Und wir hoffen, euch gefällt das hier.« Sie reichte Amelia eine Schachtel, die in rot-silbernes Papier eingewickelt war. »Eine fröhliche Rubinhochzeit.«

Staunend rang Amelia nach Luft, als sie in der Schachtel einen antiken Dekanter aus rotem Glas und zwei passende Weingläser fand. »Der ist wunderschön.« Sie hielt den Dekanter gegen das Licht. »Vielen Dank, den werden wir wie einen Schatz behandeln.«

»Genau«, stimmte Jean-Pierre zu. »Ich habe uns einen Tisch für einen Familienlunch in unserem Lieblingsrestaurant in der Altstadt reserviert. In einer halben Stunde müssen wir da sein.«

»Komm mit, Cammie, sehen wir zu, dass wir dich aus deiner Jeans und in dein hübsches Kleid bekommen.« Erica hoffte, dass ihr eigenes Outfit in der Reisetasche nicht zu stark verknittert war. »Das übliche Zimmer?« Sie hob ihren Rucksack hoch.

Amelia nickte. »Alles ist bereit und wartet auf euch. Ich gehe mit euch rauf.«

Erica unterdrückte ein Seufzen. Es würde nicht leicht für sie werden, das erste Mal allein in dem Zimmer zu schlafen, das sie sonst bei ihren Besuchen immer mit Pascal geteilt hatte. In diesem Zimmer hatte er seine Kindheit verbracht, und dort befanden sich noch viele Dinge von ihm, weil Amelia sich immer geweigert hatte, es auszuräumen und in ein richtiges Gästezimmer zu verwandeln. Für sie war und blieb es Pascals Zimmer.

»Ich hoffe, du fühlst dich hier wohl, Erica.« Amelia öffnete die Tür zu dem Zimmer. »Ich habe es ein bisschen umgestaltet.«

Wie angewurzelt blieb Erica stehen und blickte sich um. Der Raum war vollkommen verwandelt. Frisch gestrichene weiße Wände, neue Gardinen, neuer Teppich, und in einer Ecke stand eine brandneue schicke Kommode. Unwillkürlich biss Erica sich auf die Lippe, als sie auf das Einzige blickte, was noch daran erinnerte, dass dies hier früher Pascals Zimmer gewesen war. Auf dem Nachttisch stand ein Foto im Silberrahmen, das ihn zeigte, wie er Cammie als Baby hielt und strahlend in die Kamera lächelte.

»Ich fand, mein neues Gästezimmer verdient auch ein glückliches Foto aus der Vergangenheit«, sagte Amelia leise und sah zu dem Bild.

Ohne ein Wort drehte Erica sich zu ihr um und umarmte sie. Sie wusste, wie viel Mut es Amelia gekostet hatte, hier alles zu verändern und damit einen Schritt in ein Leben zu gehen, in dem ihr Sohn dieses Zimmer nie wieder brauchen würde.

Für Erica war es immer wie ein Schritt in eine lang zurückliegende Zeit, wenn sie über die Zugbrücke und durch das Stadttor hindurch die aus dem Mittelalter stammende Altstadt betreten hatte.

Das war heute nicht anders. Die engen Straßen mit den alten, hoch aufragenden Häusern ließen die Vergangenheit lebendig werden, und Erica fühlte sich ins fünfzehnte Jahrhundert zurückversetzt.

Pascal hatte sie wegen ihrer lebhaften Fantasie oft aufgezogen, doch selbst er hatte zugeben müssen, dass er in dieser alten Stadt mit der soliden Stadtmauer manchmal den Eindruck hatte, hier würden die Erinnerungen an gespenstisch düstere, lang zurückliegende Ereignisse wieder wach.

»Das ist kein Ort, an dem man zu Halloween gern allein wäre«, hatte er zu ihr gesagt.

Sie folgte Jean-Pierre, der zum Restaurant vorausging, hielt Cammie an der Hand und sagte sich immer wieder, dass sie im einundzwanzigsten Jahrhundert lebte.

Und tatsächlich zeigte sich das heutige Entrevaux von seiner besten Seite: Die Sonne schien, die Bäume trugen Laub, duftende Blumen hingen in Hängetöpfen, und das Lachen glücklicher Menschen war zu hören. Die Stimmung war wirklich Jahrhunderte von der brutalen Vergangenheit entfernt.

Beim Essen saß sie neben Danielle und versuchte, sich zu entspannen. Es war das erste richtige Familientreffen seit Pascals Tod, und es kam Erica seltsam vor, ihn inmitten seiner Familie nicht an ihrer Seite zu haben. Sie lauschte den in schnellem Französisch geführten Gesprächen und versuchte, sich nicht als Eindringling zu fühlen.

Seit fast zehn Jahren war sie jetzt Teil dieser Familie, und vom ersten Tag an war sie willkommen gewesen, doch heute fiel es ihr schwer, sich nicht als Außenseiter zu fühlen, während Danielle und ihre Eltern sich über ihre Kindheit mit Pascal unterhielten. Einige dieser Geschichten hatte sie natürlich schon mal gehört, aber im Verlauf des Essens hörte sie auch ein oder zwei neue.

Erica wusste, dass Danielle und Pascal sich sehr nahegestanden hatten, zumal sie vom Alter her nur zehn Monate auseinanderlagen. An dieser engen Verbundenheit hatte sich auch nichts geändert, als sie beide erwachsen waren. Doch diese Nähe hatte sie nie davon abgehalten, sich zu streiten oder sich ab und zu gegenseitig in Schwierigkeiten zu bringen.

»Meistens habe ich den Ärger abbekommen«, erklärte Danielle lachend, als die Desserts serviert wurden. »Aber Pascal hat immer gesagt, das sei meine Pflicht als ältere Schwester, und ich muss zugeben, dass er mir als Teenager auch oft zur Seite gestanden hat.« Sie zuckte mit den Schultern und sah zu Erica. »Ich schätze, man kann sagen, wir haben uns gegenseitig den Rücken gestärkt. Ich vermisse ihn.«

»Ich auch.« Erica blickte zum anderen Tischende, wo Cammie bei ihren Cousinen saß. Ihre Sorge, dass die ganzen Geschichten über Pascal ihre Tochter bedrücken könnten, verflüchtigte sich, als sie sah, wie Cammie gerade über etwas lachte, was Carla sagte.

Erica entspannte sich. Cammie hatte offensichtlich Spaß, und es tat gut, sie zusammen mit ihren Cousinen lachen zu sehen.

Amelia folgte ihren Blicken. »Vielleicht könnte Cammie uns in den Schulferien besuchen kommen.« Hoffnungsvoll lächelte sie Erica an. »Wir hätten sie liebend gern hier bei uns, und wir versprechen, sehr gut auf sie aufzupassen. Ich bin sicher, es würde ihr gefallen.«

Erica erwiderte das Lächeln und unterdrückte das spontane Nein, das ihr in den Kopf kam. »Vielleicht.« Cammie hätte bestimmt Spaß daran, aber konnte sie selbst die einzige Konstante in ihrem Leben loslassen, auch wenn es nur für ein paar Tage war?

Nach dem Lunch kehrten alle zum Haus zurück, und als Cammie sich mit ihren Cousinen im Wohnzimmer eine DVD ansah, ging Erica nachdenklich in die Küche, um Amelia und Danielle bei den letzten Vorbereitungen für die Party am Abend zu helfen.

»Es ist so schade, dass ihr zwei morgen schon so früh wieder abreist.« Amelia schnitt eine Quiche in mundgerechte Häppchen. »Ich wünschte, ihr könntet länger bleiben.«

»GeeGee hat freundlicherweise angeboten, morgen früh den Laden aufzuschließen und ein paar Stunden aufzupassen, aber sie hat ihre eigenen Verpflichtungen.« Erica unterdrückte ein Seufzen.

Wenn sie sich von Amelia jetzt ständig anhören musste, dass sie ihre Enkelin und Erica länger und häufiger sehen wollte, stand ihr ein langer Abend bevor.

31. Kapitel

Da Erica nicht da war, saß GeeGee allein unter dem Sternenhimmel auf der Dachterrasse und dachte über ihre Zukunft nach. Sie konnte sich noch so oft schwören, nicht zuzulassen, dass ihr Leben durch Jays Handlungen aus der Bahn geriet, weil ihr eigene Wege offenstanden. Aber welche Optionen hatte sie denn?

Auf dem kleinen Tisch neben ihr lag neben der Flasche Rosé ihr Notebook und wartete auf Eingebungen, wie sie ihre Zukunft gestalten könnte. Bisher hatte sie die halbe Flasche Wein ausgetrunken, und ihr war noch keine einzige Idee gekommen. Stattdessen drehten ihre Gedanken sich ständig im Kreis.

Sollte sie aufhören, Häuser zu vermitteln? Sie liebte diesen Job, und sie hatte darum gekämpft, sich dafür zu qualifizieren, seit sie hier in Frankreich lebte. Sollte sie die Anzahl der Fahrten zum Flughafen erhöhen? Finanziell hätte das sicher Vorteile, und Bruno hatte selbst zugegeben, dass er überlastet war. Er wäre bestimmt froh, wenn GeeGee ihm mehr Fahrten abnahm. Sollte sie sich einen Teilzeitjob suchen? Sollte sie Erica fragen, ob sie im Cupboard Under the Stairs häufiger Hilfe brauchte?

Nein. Sie wollte nicht, dass Erica sich verpflichtet fühlte, Ja zu sagen. Sie stand bei Erica ohnehin schon tief in der Schuld, weil die ihr ein Dach über dem Kopf gab.

Sie könnte Rosie sagen, sie brauche nur anzurufen, falls sie jemals im Café Fleur eine weitere Hilfskraft benötigte.

GeeGee füllte ihr Glas wieder auf. Im Grunde war das alles nur Flickwerk. Vielleicht sollte sie sich auf einen einzigen Job konzentrieren. Es müsste der sein, der ihr das meiste Geld einbrachte. Und das waren die Provisionen für die Vermittlung von Immobilien.

Den Büroplatz in der Agentur konnte sie noch ein paar Wochen nutzen. Diese Zeit blieb ihr, um sich zu überlegen, wie sie sich der Öffentlichkeit präsentieren wollte, um neue Aufträge zu bekommen. Bis dahin musste sie eine Idee haben und sie auch umsetzen.

Brauchte sie tatsächlich einen Schreibtisch hinter einem Schaufenster? Könnte sie nicht auch von zu Hause aus arbeiten, wo immer dieses Zuhause am Ende des Sommers auch war? Wie viele ihrer Interessenten waren tatsächlich in die Agentur gekommen? Von diesen Interessenten hatte Hugo ihr einige weggenommen, und Jay verhielt sich in dieser Hinsicht bestimmt ähnlich. Die meisten ihrer Kunden wurden durch Mundpropaganda auf sie aufmerksam. Das galt für Verkäufer und auch für Kaufinteressenten. Konnte sie in so kurzer Zeit darauf aufbauen?

GeeGee stellte ihr Glas weg und klappte ihren Laptop auf. Schnell schaltete sie ihn ein und ging auf ihre Website.

Auf den Seiten waren Dankesbriefe von zufriedenen Kunden zu finden, denen sie geholfen hatte, ihr Traumhaus zu finden oder ein passendes Ferienapartment.

Ihr kam eine Idee. Könnte sie nicht einfach die Verwaltung dieser Immobilien als Rundumservice anbieten?

Sie schlug sich vor die Stirn. Unbegreiflich, wieso ihr dieser Gedanke noch nie zuvor gekommen war! Häuser verkaufen, die Grundstücke verwalten, die oftmals vermietet wurden, und die Fahrten zum Flughafen als zusätzliche Einkommensquelle – all diese drei Geschäftsfelder könnte sie vereinen.

Dazu brauchte sie kein Büro. Ein Laptop und ein Drucker reichten völlig. Der Großteil könnte online ablaufen. Dafür war kein Büroraum mit eigener Adresse notwendig.

Ihre Website war aktuell, und sie galt in Frankreich bereits als Selbstständige, daher war das keinerlei Problem. Das Geld, das sie einsparte, weil sie keinen Büroplatz in einer Agentur bezahlen musste, könnte sie in Online-Werbung und in den Ausbau ihrer Website investieren.

Okay, der Plan wirkte vielleicht ein bisschen zu einfach. Bestimmt würden irgendwo Probleme auftauchen, von denen sie jetzt noch nichts ahnte. Finanziell wäre ihre Lage sicher eine Zeit lang angespannt, aber ein paar ihrer Kunden standen kurz vor dem Kauf von Ferienapartments. Die würde sie auf jeden Fall auf ihren Verwaltungsservice hinweisen.

Schnell tippte sie eine Liste aller Dinge ein, die sie zu erledigen hatte, und sortierte sie nach Wichtigkeit. Endlich hatte sie für ihr Leben einen richtigen Plan, anstatt sich bloß von Krise zu Krise zu hangeln.

Jetzt musste sie nur noch dafür sorgen, dass ihr Plan auch funktionierte.

32. Kapitel

Spätnachmittags spielte Rosie vor dem Heimweg noch mit Lucky auf der Terrasse des Cafés, als sie sah, wie Seb und Isabella auf sie zukamen. Mist. Seit der Nacht der »Fête de la Musique« war sie Seb aus dem Weg gegangen, obwohl ihr schon, als sie ihn dort am Strand zurückgelassen hatte, klar gewesen war, dass sie im Unrecht war.

Seitdem hatte sie viel über Seb und auch über Terry nachgedacht. Sie war zwar immer noch nicht bereit, sich wie eine Erwachsene zu verhalten und sich mit Terry zu treffen, aber sie gestand sich zumindest ein, dass alles, was Seb gesagt hatte, richtig war. Und dass sie ihm eine Entschuldigung schuldete.

»Hi, Isabella«, begrüßte sie seine Tochter und beugte sich vor, damit das Mädchen ihr Wangenküsse geben konnte. »Schön, dich wiederzusehen.«

»Darf ich mit deinem Hund spielen? Holt er einen Ball, wenn ich einen werfe?«

»Sicher. Damit machst du Lucky eine große Freude.«

Isabella warf den Ball, Lucky rannte los, und Rosie blickte zu Seb.

»Ich schulde dir schon wieder eine Entschuldigung«, sagte sie leise. »Tut mir leid, dass ich dir gesagt habe, du sollst dich um deinen eigenen Kram kümmern. Ich hätte nicht so einfach verschwinden sollen. Verzeihst du mir?«

Er winkte ab. »Du warst aufgewühlt, und wahrscheinlich hätte ich genauso reagiert, wenn du angefangen hättest, mir zu erzählen, wie ich mich Zoe gegenüber verhalten soll.«

Rosie musste lächeln. »Das würde ich nie wagen.«

»Nachher bringe ich Isabella zurück nach Monaco. Hast du Lust mitzukommen? In Juan-les-Pins gibt es ein neues Bistro am Strand. Auf dem Rückweg könnten wir dort zu Abend essen.« Hoffnungsvoll sah er sie an.

»Du willst, dass ich mir die Konkurrenz ansehe?« Sie lachte leise. »Klingt gut. Aber ich möchte mich lieber nicht mit Zoe in ihrem Apartment treffen.«

Seb zuckte mit den Schultern. »Kein Problem, ich setze dich im Café de Paris ab, und du kannst einen Kaffee trinken, während ich Isabella nach Hause bringe.«

»Okay, wann willst du los?«

»So um sieben?« In dem Moment summte sein Handy, weil eine Textnachricht einging. »Entschuldige bitte.«

Rosie beobachtete Isabella, die am Strand mit der begeisterten Lucky spielte, während Seb durch die Nachricht scrollte.

»*Merde!* Diese verdammte Frau!«

Sie wandte sich ihm wieder zu. »Heißt das, es ist eine Nachricht von Zoe?«

Entnervt atmete er aus. »Diese Frau ist der reinste Albtraum. Rosie …« Er schwieg kurz. »Planänderung. Wäre es möglich, dass du mir einen Riesengefallen tust und für mich ein paar Stunden auf Isabella aufpasst? Ich muss los, um mit Zoe zu sprechen, und ich möchte nicht, dass Isabella dabei im Nebenraum ist, denn es ist gut möglich, dass ich ihre Mutter umbringe.«

»Sicher, setz uns beide einfach in Monaco am Hafen ab. Dann machen wir dort so lange einen Spaziergang, bis die Lage sich entschärft hat und du sie nach Hause bringen kannst. Nein?«, fragte sie, als Seb den Kopf schüttelte.

»Nein. Mir wurde gerade mitgeteilt, ich solle Isabella hier bei mir behalten, weil Zoe beschlossen hat, sich sechs Monate lang abzusetzen!«

»Was? Ab wann?«

»Sie reist morgen ab.«

»Weiß Isabella davon?«

»Das kommt noch dazu. Ich muss ihr beibringen, dass ihre Mutter sie im Stich lässt. Ein Glück, dass die Sommerferien gerade anfangen. Sie jeden Morgen nach Monaco in die Schule zu bringen wäre die Hölle.«

Er blickte zu Isabella hinüber, die jetzt am Strand saß, die Füße im Wasser und den Arm um Lucky gelegt. Das Mädchen beobachtete die Wellen. »Ich muss ein Hotel leiten. Wie, verdammt noch mal, soll ich da die Zeit finden, mich um eine Sechsjährige zu kümmern?«

»Da findest du schon eine Lösung. Ich helfe dir. Gleich jetzt. Komm mit, wir reden mit Isabella, und dann kannst du nach Monaco fahren.« Sie pfiff nach Lucky, und Isabella rannte der Hündin nach, die über den Strand zurück zu Rosie kam.

»Isabella, Darling. Ich muss los und mit Mummy reden. Du bleibst hier bei Rosie, bis ich wieder da bin, okay?«

»Heißt das, ich fahre heute nicht zurück nach Hause?«

»Du bleibst für ein paar Wochen bei mir«, antwortete Seb. »Wir besprechen das, sobald ich zurück bin.«

»Okay. Wirbelst du mich noch mal im Kreis, bevor du fährst?«

»Klar doch.« Er hob sie hoch und drehte sich schnell mit ihr im Kreis, bevor er sie eng an sich drückte, behutsam wieder auf die Füße ließ und ihr einen Kuss auf die Stirn gab. »Dann sehe ich euch zwei später. Danke, Rosie.«

Bevor sie erkannte, was er vorhatte, gab er auch ihr einen Kuss. Aber nicht auf die Stirn. Auf die Lippen. Es war kein langer Kuss, aber auf den Mund. Was in aller Welt wollte er ihr damit sagen?

Nachdem er weggefahren war, spielte Isabella noch eine Zeit

lang glücklich mit Lucky am Strand, bevor sie zu Rosie gelaufen kam. »Ich glaube, Lucky hat Hunger.«

Rosie sah auf ihre Uhr. »Tja, es ist Zeit für ihre Mahlzeit.«

»Darf ich sie füttern?«

»Natürlich. Gehen wir rauf zum Café und suchen für sie etwas zu fressen. Wie ist es mit dir? Hast du auch Hunger?«

Isabella nickte.

Sobald sie zurück im Café waren, füllte Isabella glücklich Luckys Napf mit Fleisch und Trockenfutter, während Rosie den Kühlschrank nach etwas durchsuchte, was eine Sechsjährige gern aß und was sich schnell zubereiten ließ.

»Magst du Pfannkuchen?«

»Ich kann ganz viele Pfannkuchen essen«, versicherte Isabella ihr. »Mindestens fünf. Besonders, wenn Ahornsirup drauf ist«, fügte sie mit hoffnungsvollem Blick hinzu. »Daddy macht gute Pfannkuchen, aber Mummys schmecken nicht so gut.«

»Also Pfannkuchen.« Rosie holte Eier und Milch aus dem Kühlschrank. »Magst du mir helfen, sie beim Wenden hochzuwerfen?«

Isabella musste lachen. »Ich bin nicht so gut darin, sie wieder aufzufangen, wenn sie runterkommen. Und einmal … einmal ist mir einer oben an die Lampe geklatscht!«

»Oh, dann müssen wir heute besonders aufpassen. Hier ist niemand groß genug, um bis an die Lampe zu kommen.« Sie sah hinauf zur Küchendecke.

Eine Stunde später hatten Isabella und Rosie beide den Überblick verloren, wie viele Pfannkuchen sie geworfen, wieder aufgefangen und gegessen hatten, und die Flasche mit Ahornsirup war fast leer.

Rosie atmete tief durch. »Ich denke, jetzt ist es Zeit, dass du mir dein Zimmer in Daddys Apartment zeigst, damit wir dich ins Bett bringen können.«

Isabella bestand darauf, Luckys Leine und auch Rosies Hand zu halten, während sie den kurzen Weg vom Café zum Kücheneingang des Hotels gingen.

Den Haupteingang wollte Rosie nicht benutzen, weil sie befürchtete, Terry über den Weg zu laufen. Jetzt hoffte sie, dass niemand mitbekam, wie sie mit dem Hund die Abkürzung durch die Hotelküche nahmen.

»Schnell«, sagte sie leise. »Und jetzt in den Fahrstuhl, bevor jemand Lucky sieht.«

Sobald sie oben in Sebs Apartment ankamen, lief Isabella in ihr Zimmer, während Rosie die Glastüren zur Dachterrasse aufschob und Lucky hinausließ.

Im Nachthemd tauchte Isabella wieder auf. Mit beiden Händen umklammerte sie ein Buch. »Daddy liest mir immer eine Geschichte vor«, erklärte sie. »Manchmal auch zwei.«

»Fangen wir erst mal mit einer an.« Rosie nahm das Buch. »Hast du dir die Zähne geputzt? Dann ab ins Bett mit dir.«

Rosie setzte sich auf die Bettkante und schlug das Buch auf, doch bevor sie anfangen konnte zu lesen, fragte Isabella leise: »Mummy fährt weg, oder? Deshalb ist Daddy jetzt zu ihr gefahren. Um sich zu verabschieden. Kommt sie denn zurück?«

Hilflos hob Rosie die Schultern. »Oh, Isabella, ich bin ganz sicher, dass sie wieder zurückkommt. Das heißt, falls sie überhaupt wegfährt.«

»Ich weiß, dass sie wegfährt.«

»Hat sie dir das gesagt?«

Das Mädchen schüttelte den Kopf. »Nein, aber ich habe gehört, wie sie telefoniert hat. Und gestern hat sie mir einen Abschiedskuss gegeben, als Daddy mich abgeholt hat. Das macht sie sonst nie.« Tränen traten ihr in die blauen Augen, als sie Rosie fast flehend ansah.

»Oh, Isabella, meine Süße.« Rosie schloss sie in die Arme. »Daddy ist bald wieder hier. Vielleicht kann er dir Genaueres sagen. Ich weiß nur eines ganz sicher. Eigentlich weiß ich zwei Dinge. Erstens: Er fährt nirgendwohin und wird immer für dich da sein. Und zweitens: Er wird wahnsinnig froh sein, dich hier bei sich zu haben. Er liebt dich über alles.«

»Aber bin ich ihm denn nicht im Weg? Mummy sagt immer, Daddy ist zu sehr mit dem Hotel beschäftigt und kann sich nur zweimal im Monat um mich kümmern.«

Rosie atmete tief durch. Was in aller Welt fiel Zoe ein, Isabella solche Lügen zu erzählen? »Nein, du bist ihm ganz bestimmt nicht im Weg. So, und welche Geschichte soll ich dir jetzt vorlesen?«

»Gleich die erste bitte.« Isabella kuschelte sich in ihre Decke, während Rosie zu lesen begann. Es dauerte nicht lange, da fielen dem Mädchen die Augen zu, und es schlief ein.

Vorsichtig stand Rosie auf und schlug die Decke am Fußende um, bevor sie Isabella sachte auf die Stirn küsste.

Es war schon fast elf, als Seb zurückkehrte. Er fand Rosie schlafend auf einem der Liegestühle auf der Dachterrasse vor, und Lucky hatte sich zu ihren Füßen zusammengerollt.

»Hey, das tut mir so leid.« Er setzte sich auf den anderen Liegestuhl und reichte ihr ein Glas Rosé, als sie sich aufsetzte.

»Wie ist es gelaufen?«, fragte Rosie verschlafen. »Hast du sie umgebracht und die Leiche ins Hafenbecken geworfen?«

»Fast wäre es dazu gekommen, aber nein, Zoe lebt noch und verreist morgen für sechs Monate nach Indonesien. Zur Selbstfindung, ist das zu fassen?«

»Isabella weiß, dass sie verreist«, antwortete Rosie leise. »Sie denkt auch, sie sei dir im Weg und du würdest sie deshalb nur zweimal im Monat sehen wollen.«

»Hat Zoe ihr das erzählt?«

Sie nickte.

»*Merde*, was für ein verlogenes Miststück.«

Rosie trank einen Schluck. »Dann wohnt Isabella jetzt für sechs Monate bei dir, bis Zoe wieder auftaucht und sie einfach so zurück nach Monaco mitnimmt?«

»Nein.« Seb trank sein Glas in einem Zug fast leer. »Ich habe Zoe gesagt, dass sie sich auf Ärger gefasst machen kann, wenn sie zurückkommt. Ich werde ihr Isabella nicht so ohne Weiteres wieder überlassen. Im Moment gehe ich davon aus, dass meine Tochter von jetzt an bei mir bleiben wird.«

33. Kapitel

Nachdem sie am Montagmorgen Cammie bei der Schule abgesetzt und sich betroffen bei der Lehrerin für die Verspätung entschuldigt hatte, ging Erica direkt zum Cupboard Under the Stairs. Als sie das Geschäft betrat, war kein Kunde dort, und GeeGee blickte von ihrem Laptop hoch.

»Hoffentlich hast du schon Kaffee gekocht. Amelia hat mir Kuchen für dich mitgegeben.« Bei GeeGees Anblick verstummte Erica kurz. »Lieber Himmel, du siehst ja grauenhaft aus. Ist was passiert, während ich weg war?«

»Nur Jay. Und ich war beschäftigt«, erwiderte GeeGee. »Das erzähle ich dir später noch alles ganz genau. Kuchen klingt himmlisch. Wie war das Wochenende?«

»Es gab ein paar kritische Momente, aber alles in allem war es schön.« Erica ging zur Kaffeemaschine. »Cammie hat sich blendend amüsiert.« Sie füllte zwei Becher mit Kaffee und wandte sich wieder GeeGee zu. »Also, was hat Jay jetzt wieder angestellt?«

»Er hat lediglich die Agentur übernommen.«

»Was? Dann bleibt er jetzt hier?«

GeeGee nickte. Bevor sie etwas antworten konnte, ging die Tür auf, und drei Frauen betraten den Laden.

»Bonjour«, rief Erica nach vorn, bevor sie an GeeGee gewandt leise sagte: »Wir müssen dringend reden. Ich könnte auch von dir einen Ratschlag gebrauchen. Wie wär's später mit Eis am Strand? Cammie ist zum Teetrinken bei Madeleine. Wir zwei sollten uns was gönnen, um unsere Laune aufzubessern. Und dann reden wir.«

»Klingt gut. Ich habe auch noch ein weiteres Haus für dich gefunden«, antwortete GeeGee. »Ich drucke die Infos aus und bringe sie mit.« Sie klappte ihren Laptop zu und griff nach ihrer Tasche. »Das bedeutet, ich fahre jetzt zur Agentur. Wir sehen uns später.«

Später am Nachmittag traf Erica als Erste im Café Fleur ein und bestellte zwei große Eisbecher mit Vanillesahne und allen Toppings, sobald GeeGee eintreffen würde. »Je größer, desto besser«, sagte sie lachend.

Rosie musste ebenfalls lachen, während sie die Bestellung aufnahm. »Habt ihr beide etwas zu feiern, oder müsst ihr euch über etwas hinwegtrösten?«

»Wir haben ein Mädchentreffen und brauchen etwas Süßes für unsere kindlichen Seelen. GeeGee hat anscheinend schlechte Neuigkeiten erfahren, und ich habe …« Sie zuckte mit den Schultern. »Also, ich muss eine schwierige familiäre Entscheidung treffen.«

»Willkommen im Klub«, erwiderte Rosie trocken.

»Komm und setz dich doch zu uns, wenn du Zeit hast«, schlug Erica vor. »Dann können wir uns zu dritt die Köpfe über unsere Probleme zerbrechen.«

»Vielleicht tue ich das für fünf Minuten, wenn ich die Zeit finde. Danke. Da kommt GeeGee. Ich sehe jetzt erst mal zu, dass ihr euer Eis bekommt.« Rosie kehrte ins Café zurück.

»Wieso grinst du denn so?«, wollte Erica von GeeGee wissen, als die sich zu ihr setzte. »Was ist jetzt wieder passiert? Bitte sag nicht, dass es was mit Jay zu tun hat.«

»In gewisser Weise hat es das, aber es wird ihn rasend machen, wenn ich es ihm mitteile«, antwortete GeeGee. »Hier, das sind die Infos zu der Villa für dich.« Sie reichte Erica eine Broschüre. »Was meinst du?«

Erica atmete tief durch und legte die Mappe beiseite, ohne

einen Blick hineinzuwerfen. »Ganz ehrlich? Ich bin mir nicht mehr sicher, ob ich das Richtige tue.«

»Hast du deine Meinung geändert? Willst du das Haus nicht mehr verkaufen?«

»Nein, das Problem besteht eher darin, was ich tun soll, wenn es verkauft ist. Wo wir leben sollen.«

»Aha. Amelia hat am Wochenende Druck auf dich ausgeübt?«

Erica nickte. »Sehr sanften Druck, aber Cammie hat auf dem Rückweg etwas gesagt, was mich auch zum Nachdenken gebracht hat. Sie hat sich mit ihren Cousinen großartig verstanden, und sie wünscht sich, wir würden näher bei ihnen wohnen.«

Besorgt strich Erica sich durchs Haar. »Ist es egoistisch von mir, wenn ich weiter hier an der Küste leben will? Vielleicht sollte ich doch darüber nachdenken, Cammie zuliebe näher zur Familie zu ziehen.«

»Stelle eine Liste mit allen Vorteilen zusammen, und anschließend machst du dasselbe mit allen Argumenten, die dagegensprechen.« GeeGee sah sie eingehend an. »Dann sortierst du aus, was davon am wichtigsten ist. Die Dinge, die dir wirklich etwas bedeuten. Das wird dir bei der Entscheidung helfen.«

»Ich muss auch überlegen, was Pascal wollen würde, das ich tue.«

»Letztlich musst du tun, was für dich am besten ist. Er ist nicht mehr da«, wandte GeeGee behutsam ein. »Oh, die sehen ja fantastisch aus!« Begeistert blickte sie zu den riesigen Eisbechern, die Rosie ihnen brachte.

»Setzt du dich nicht zu uns?«, fragte Erica nach.

Rosie stellte ihnen die Becher hin. »Entschuldigt, ich habe leider keine Zeit dafür. Lasst es euch schmecken!«

Ein paar Minuten schwiegen beide Frauen, während sie von dem köstlichen Eis aßen.

»Das war eine ausgezeichnete Idee von dir«, stellte GeeGee schließlich fest.

»Verrätst du mir jetzt endlich, was dich seit heute früh so glücklich gemacht hat?«, bohrte Erica nach.

»Seb hat mich mit einem seiner Gäste bekannt gemacht, der hier seit Kurzem auf der Suche nach einem Haus ist, und ich habe ihm diese Villa verkauft, deren Vergangenheit bis in die Goldenen Zwanziger zurückreicht. Du weißt schon, F. Scott Fitzgerald und seine Leute. Weißt du, welche Villa ich meine? Ein Stück die Küste entlang. Steht seit ein paar Jahren leer, ist in den letzten sechs Monaten aber von Grund auf renoviert worden.«

Erica nickte. »Die kenne ich.« Jetzt begriff sie, wieso GeeGee sich so freute. Für diese Vermittlung bekam sie eine gigantische Provision.

»Das bedeutet, dass ich Jay jetzt sagen kann, wohin er sich seinen Büroplatz in der Agentur am Ende des Sommers stecken kann, vielleicht auch schon früher.« GeeGee kratzte den letzten Rest Schokosoße aus ihrem Becher. »Ich kann es kaum erwarten. Oh, du musst noch mehr wissen!« Zufrieden lächelnd legte sie den Löffel weg. »Ich werde meine Internetpräsenz ausbauen, meine Tätigkeit auf die Verwaltung von Ferienwohnungen ausweiten und mehr Shuttles zum Flughafen machen.«

»Wow. Das sind fantastische Neuigkeiten. Ich finde, das schreit nach einem Glas Prosecco, während du mir alles haarklein erzählst. Ich gehe und bestelle uns eine Flasche.«

Auf dem Weg ins Café wünschte Erica sich, ihre moralische Zwickmühle würde sich auch mit einer dicken Provision lösen lassen. Sobald sie nach Hause kam, würde sie GeeGees Ratschlag befolgen und eine Liste aller Vor- und Nachteile aufstellen. Küste oder Inland? Zumindest würde es ihr helfen, ihre Gedanken zu sortieren.

Als Rosie ihnen den Prosecco in einem Sektkühler an den Tisch brachte, nickte sie GeeGee zu. »Ich darf dir gratulieren, schätze ich?«

»Im Moment ist es noch vertraulich, aber ich stehe kurz davor, die größte Provision meines Lebens einzustreichen.« GeeGee nahm eines der Gläser entgegen. »Ich stehe tief in Sebs Schuld, weil er mich diesem Klienten vorgestellt hat.«

Rosie schwieg, während sie ein zweites Glas füllte und an Erica reichte. »Dann wohnt der Käufer bei Seb im Hotel?«

»Wie gesagt, es ist alles noch nicht offiziell, bis die Verträge unterschrieben sind, deshalb beantworte ich diese Frage lieber nicht direkt, aber es könnte sein, dass du richtigliegst.« Mit strahlendem Lächeln hob GeeGee ihr Glas. »Cheers.«

»Cheers«, antwortete Rosie. »Und diese Villa? Liegt sie in der Nähe?«

»Nur einen oder zwei Kilometer die Küstenstraße entlang, nicht weit von Cannes«, antwortete GeeGee. »Bestens gelegen fürs Filmfestival.«

Rosie spürte einen Kloß im Magen. Mit ihrer letzten Bemerkung hatte GeeGee ihr jede Hoffnung geraubt, dass Terry es sich doch noch anders überlegen und nach Amerika zurückkehren würde. Er musste der Käufer sein, wegen dessen GeeGee so glücklich war. Und sie selbst am Boden zerstört.

34. Kapitel

Als eingespieltes Team arbeiteten Rosie und Tansy in angenehmem Schweigen in der Küche. Tansy bereitete Gemüse vor, und Rosie backte noch ein Blech Tiramisu.

»Am Freitag ist doch dein Geburtstag. Hast du etwas geplant?«

Rosie schüttelte den Kopf. »Nein. Ehrlich gesagt hatte ich das bei all der Arbeit vollkommen vergessen.« Außerdem hatte sie sich so über Terry geärgert. Verdammt! Terry. Er würde den Anlass sicher ausnutzen und sie wieder mal in Verlegenheit bringen, indem er sie bat, mit ihm zu reden, oder? Dabei hatte er sich in den letzten achtzehn Jahren nie an ihren Geburtstag erinnert.

»Wir könnten doch am Freitag nach der Arbeit alle zusammen eine Flasche Champagner leeren«, schlug sie vor. »Es sei denn, ihr habt alle schon was anderes vor.«

»Für Champagner habe ich immer Zeit.« Tansy lachte. »Kann Rob mit dazukommen?«

Rosie nickte. »Ich frage mal, ob Seb und Isabella auch kommen können.« Mit dieser Einladung würde sie allerdings so lange wie möglich warten, sonst riskierte sie, dass Seb es Tiki gegenüber erwähnte.

»Und Olivia?«

»Ich bin mir nicht sicher, ob sie schon von Korsika zurück ist. Dann sind es nur wir … wir sieben«, sagte sie, nachdem sie schnell durchgezählt hatte. Ein paar Flaschen Champagner, ein paar kleine Snacks, und damit hätte sie ihren fünfunddreißigsten Geburtstag hinter sich.

»Und was ist mit Charlie?«, fragte Tansy nach.

»Was soll mit ihm sein?«

»Lädst du ihn ein?«

»Nein«, antwortete Rosie, bevor Tansy noch etwas sagen konnte. Von Charlie hatte sie schon ein paar Wochen nichts mehr gehört, und so sollte es auch bleiben.

»Möchtest du, dass ich dir eine Torte backe?«

Rosie schüttelte den Kopf. »Nein, danke. Ich mache mir nicht so viel aus Kuchen.«

Am Freitagmorgen rief Olivia an, um Rosie zum Geburtstag zu gratulieren und ihr mitzuteilen, sie sei zurück in Monaco und werde mit Zander am Abend vorbeikommen.

Rosie zögerte, bevor sie ihr sagte: »Mum, Terry ist noch hier.«

»Hast du ihn eingeladen?«

»Nein, natürlich nicht, aber er besteht immer noch darauf, dass ich mich mit ihm treffen soll, um mir anzuhören, was er zu sagen hat. Was, wenn er beschließt, mir heute Abend eine Szene zu machen? Ich möchte nicht, dass du dich aufregst oder in Verlegenheit gerätst.«

»Über diesen Mann rege ich mich schon lange nicht mehr auf«, erwiderte Olivia.

»Mum, können wir unter vier Augen miteinander reden, wenn du hier bist?«

»Natürlich. Bis später.«

Zur Mittagszeit war das Café gut besucht, als das erste der Blumengestecke eintraf. Es war ein prachtvoller Strauß aus Nelken und Rosen mit weißem und pinkfarbenem Schleierkraut. Rosie zitterten die Hände, als sie die Grußkarte öffnete, die an der Zellophanverpackung hing. Wenn dieser Strauß von Terry kam, würde sie ihn sofort wegwerfen.

»Herzlichen Glückwunsch zum Geburtstag. Alles Liebe, Seb und Isabella. XXXXX«

Rosie lächelte über die lange Reihe von Küssen auf der Karte und war froh, dass sie die Blumen behalten konnte. Sie waren wirklich zu schön, um sie wegzuwerfen.

GeeGee, die auf einen Kaffee ins Café kam, staunte: »Wow! Ich wünschte, jemand würde mir so einen Strauß schicken. Hat das einen besonderen Anlass?«

Rosie nickte. »Ehrlich gesagt habe ich heute Geburtstag.«

»Herzlichen Glückwunsch.«

»Hast du heute Abend schon was vor?«, fragte Rosie aus einem Impuls heraus. »Wir wollen zusammen was trinken. Nichts Besonderes, aber ich würde mich sehr freuen, wenn du kommst, falls du Zeit hast. Bring Erica und Cammie mit. Sebs Tochter Isabella wird auch hier sein.«

»Ich komme gern.« Lächelnd nickte GeeGee. »Und ich sage Erica Bescheid.«

Der zweite Strauß kam eine Stunde später: »Alles Gute zum Geburtstag. In Liebe, Mum und Zander.«

Charlies Gesteck kam nach der Lunchzeit mit einem schlichten »Herzlichen Glückwunsch« auf der Karte.

»Wenn das so weitergeht, haben wir bald keine Vasen mehr«, stellte Tansy fest, als Rosie zwei weitere Vasen links und rechts ans Ende des Tresens stellte.

Rosie gab Tansy den Auftrag, am Abend Zander zu beschäftigen, während sie ungestört mit ihrer Mutter sprach.

»Höchstens fünf oder zehn Minuten«, versprach sie Tansy und schnappte sich eine Flasche und zwei Gläser, als ihre Mutter und Zander eintrafen. »Mum, komm mit.«

»Worum geht es denn eigentlich?«, fragte Olivia leise, als sie sich abseits von allen anderen auf die Felsen am Strand setzten.

»Ich muss mit dir über Terry sprechen. Hast du noch irgendwelche Gefühle für ihn? Würdest du dich mit ihm treffen, wenn er dich darum bittet?« Rosie schenkte ihnen beiden ein Glas Champagner ein.

Einen Moment lang schwieg Olivia. »Nein, ich würde mich nicht mit ihm treffen, und nein, ich empfinde nach all der Zeit nichts mehr für ihn. Ich habe mich verändert, und ich vermute, Terry auch. Aber wir haben eine gemeinsame Vergangenheit, von der du ein Teil bist, deshalb lässt sich das niemals vergessen. Allerdings hat er dich eine Reihe von Jahren vergessen. Irgendeine Idee, wieso er nach so langer Zeit auf einmal mit dir reden will?«

Rosie atmete tief durch. »Er hat Seb erzählt, dass er krank ist und die Dinge zwischen uns wiedergutmachen will. Und ...« Sie sah zu Olivia. »Das blonde Flittchen ist seine Tochter.« Sie Olivia gegenüber als Terrys Tochter zu bezeichnen fiel ihr viel leichter als zu sagen, sie sei ihre Schwester.

Wieder schwieg Olivia und betrachtete die Bläschen, die in ihrem Champagner aufstiegen. Dann wandte sie sich an Rosie. »Ist Seb sich sicher, dass das mit der Krankheit nicht nur dramatisch klingen soll? Kann das einer von Terrys Tricks sein, um dich dazu zu bringen, dich mit ihm zu treffen? Ihn zu sehen macht überhaupt nichts wieder gut. Du kannst Versäumnisse der Vergangenheit nicht wieder ausbügeln. Er kann nur um Entschuldigung bitten und hoffen, dass du ihm verzeihst. Möchtest du ihn denn sehen? Willst du seine Entschuldigung annehmen, falls es das ist, was er vorhat?«

Rosie hob die Schultern. »Eigentlich nicht, aber Seb meint, ich sollte es tun, um später nichts bereuen zu müssen.«

»In dem Punkt könnte Seb recht haben. Kommt drauf an, wie gut du es schaffst, all das innerlich einfach abzuhaken.« Olivia seufzte. »Wenn du ebenfalls Schuldgefühle hast, weil es zwischen Terry und dir so ist, wie es ist, dann solltest du dich vielleicht auf ein Treffen einlassen. Um für dich selbst einen Abschluss zu finden. Nicht ihm zuliebe. Es könnte auch sein, dass dir die Vorstellung, eine Schwester zu haben, gefällt.«

»Ich habe keine Schuldgefühle«, erwiderte sie aufgebracht. »Wieso sollte ich? Und ich brauche ganz bestimmt keine Schwester.«

»Tja, du hättest vielleicht intensiver versuchen können, mit ihm in Kontakt zu bleiben. Allerdings denke ich, du hast versucht, Rücksicht auf meine Gefühle zu nehmen. Wolltest du mich nicht verletzen?« Olivia trank einen Schluck.

»Zum Teil«, gestand Rosie zögernd ein, bevor sie fortfuhr: »Ich hatte einen Streit mit ihm und habe gesagt, ich wolle nie wieder mit ihm reden.« Sie trank von ihrem Champagner, bevor sie langsam sagte: »Damals war ich siebzehn, und bei dir war gerade dieser Knoten entdeckt worden.«

Olivia sah kurz zu ihr, sagte jedoch nichts und wartete ab.

»Ich hatte solche Angst, dass du sterben könntest. In deinen Unterlagen habe ich seine Kontaktdaten gefunden und ihn angerufen. Ich habe ihn gebeten zurückzukommen. Aber er hat sich geweigert, überhaupt darüber zu diskutieren. Er sagte, er habe seine eigenen Probleme und deswegen sei das nicht möglich. Er meinte, wir müssten damit allein zurechtkommen. Ich konnte gar nicht fassen, dass er so grausam sein kann.«

Olivia seufzte. »Oh, Rosie! Zwischen ihm und mir war es damals schon lange aus. Für ihn gab es überhaupt keinen Grund, zurückzukommen, nur weil ich gesundheitliche Probleme hatte.«

»Er hätte für mich zurückkommen sollen«, erwiderte Rosie wütend. »Ich habe ihn damals dringend gebraucht. Als er abgelehnt hat, habe ich die Fassung verloren und ihm gesagt, ich wolle ihn niemals wiedersehen und für den Rest meines Lebens nichts mehr von ihm hören. Und dann habe ich aufgelegt.«

»Dann bist du an der jahrelangen Funkstille vielleicht genauso Schuld wie er?«, gab Olivia vorsichtig zu bedenken.

»Nein, mich trifft daran keine Schuld«, widersprach Rosie. »Das lag einzig und allein daran, wie er sich damals verhalten hat!«

Olivia zog eine Braue hoch. »Für mich klingt das, als würdest du dich immer noch an deine Wut klammern, die du damals als Teenager empfunden hast. Falls du dir Sorgen machst, mich könnte es aufregen: Das brauchst du nicht. Ich bin längst über die Phase hinweg, dass dieser Mann mich aus der Fassung bringen kann.« Sie stand auf. »Vielleicht solltest du die Gelegenheit nutzen, mit ihm zu sprechen. Dann können er und Saskia zurück nach L. A. fliegen oder wohin auch immer, und sie verschwinden aus deinem Leben. Ich mache mich jetzt auf die Suche nach Zander. Und ich denke, du solltest dich auch unter deine Gäste mischen. Schließlich ist das hier deine Geburtstagsparty.«

Bevor Rosie ihr sagen konnte, dass Terry sich hier in der Gegend eine Villa kaufen wollte, ging Olivia bereits über den Strand zurück. »Komm, Rosie, lass uns feiern. Sieh mal, Seb und Isabella sind da.«

Rosie seufzte. Sie wusste immer noch nicht, ob sie sich nach all den Jahren mit Terry treffen sollte oder nicht. Die Unterhaltung mit Olivia hatte ihr nicht geholfen. Allerdings war ihr jetzt klar, dass Olivia mit ihrer lang zurückliegenden Beziehung zu Terry abgeschlossen hatte. Wahrscheinlich half ihr Zander dabei, unter diesen Teil ihres Lebens einen Schlussstrich zu ziehen.

Als sie Olivia zurück zum Café folgte, kam Isabella mit einem glitzernden Luftballon in der Hand.

»Happy Birthday, Rosie. Der ist für dich.« Strahlend lächelnd hielt sie ihr den Ballon entgegen. »Daddy hat dir einen Kuchen gemacht, und ich habe beim Dekorieren geholfen.«

»Vielen Dank.« Rosie bückte sich und umarmte das kleine Mädchen. »Dann lass uns schnell gehen und dir ein Stück davon abschneiden. Einverstanden?«

»Oh, ja, bitte, aber vorher müssen wir die Kerze anzünden und alle zusammen ›Happy Birthday‹ singen.« Isabella ergriff ihre Hand und ging an ihrer Seite den Strand entlang.

Die vertrauensvolle Geste rührte Rosie tief.

Als sie am Café ankamen, unterhielt Seb sich gerade mit Zander, doch er kam sofort zu ihr und küsste Rosie. *»Bon anniversaire.«*

»Danke.«

»Tiki schickt dir auch seine Glückwünsche«, fügte Seb hinzu.

»Er hat doch nicht etwa vor zu kommen? Denn falls doch, dann …« Rosie ließ den Satz unbeendet.

»Entspann dich. Er ist heute Abend mit Saskia nach Cannes ins Jimmy's gefahren.«

»Hoffentlich macht ihr das Spaß«, erwiderte sie unwillig.

»Sieh dir den Kuchen an, Rosie!«, rief Isabella. »Diese Hälfte habe ich glasiert.« Sie deutete auf ein paar verwischte Sterne und Rosetten. »Wenn du die Kerze drehst, so wie ich, dann spielt sie ›Happy Birthday‹.« Erwartungsvoll sah sie Rosie an, während die leisen Töne erklangen. »Daddy hat gesagt, du willst nicht viele Kerzen auf dem Kuchen.«

»Da hat dein Daddy absolut recht.« Rosie griff nach dem Messer. »Der sieht zwar fast zu schön aus, um ihn anzuschneiden, aber los geht's.«

Während alle Gäste »Happy Birthday to you« sangen, schnitt sie den Kuchen an.

Es war ein perfekter Abend für eine Geburtstagsparty am Strand, und Rosie begann, sich zu entspannen. Sie genoss es, sich verwöhnen zu lassen.

Olivia und Zander schenkten ihr ein iPad, etwas, das sie sich schon seit Langem wünschte, aber bisher nicht hatte leisten können. Sogar Charlie, der später noch auftauchte, konnte ihre Stimmung nicht trüben, und sie bedankte sich bei ihm für die Blumen, bevor sie ihn mit GeeGee und Erica bekannt machte.

Es gelang ihr sogar, noch fünf Minuten allein mit ihrer Mutter zu sein, ehe Olivia und Zander gegen Ende des Abends wieder abfuhren, und sie nutzte diese Zeit, um Olivia davon zu erzählen, dass Terry sich hier ein Haus kaufte.

Olivia winkte nur ab. »Mir ist es egal, wo er jetzt lebt. Oder mit wem.«

Rosie wünschte, sie könnte genauso gelassen akzeptieren, dass Terry und Saskia jetzt ebenfalls an diesem Küstenstreifen wohnten, doch das gelang ihr nicht. Sie wusste lediglich, dass das unausweichliche Treffen immer näher rückte.

35. Kapitel

Am Dienstagabend räumten Rosie und Tansy um sieben Uhr abends die Küche auf, als das Telefon klingelte. Rosie trug gerade Weinflaschen zum Kühlschrank, deshalb ging Tansy dran.

»Es ist Seb. Er möchte wissen, ob du ihm heute Abend als Babysitter aushelfen kannst.«

»Um welche Zeit?«

»So bald wie möglich.«

Rosie nickte. »Okay. Sag ihm, ich bin in zehn Minuten drüben.«

Seb hatte ein Kindermädchen eingestellt, das sich tagsüber um Isabella kümmerte und an einigen Wochentagen auch abends, wenn er im Hotel zu tun hatte, aber Rosie wusste, dass es abends oft schwierig war. Da ihr Café mittlerweile nur noch freitags und samstags in den Abendstunden geöffnet war, hatte sie ihm angeboten, den Babysitter zu spielen, falls er dringend Hilfe brauchte. Da sie Isabella sehr mochte, kostete sie das keine Überwindung.

Weil sie mit Lucky nicht durch die Hotelküche laufen wollte, wo gerade die Gerichte für das Dinner vorbereitet wurden, leinte sie die Hündin an und ging zum Vordereingang des Hotels. Dabei flehte sie, dass Terry nicht in der Nähe war.

Der Anzeige über dem Fahrstuhl am Ende des Foyers entnahm Rosie, dass die Kabine auf dem Weg nach unten war, also wartete Rosie davor. Mit dem Fahrstuhl würde sie schneller nach oben gelangen als über die Treppe, und nach dem anstrengenden Tag wollte sie ihre Beine nicht noch mehr belasten.

Jetzt ein heißes Bad! dachte sie verträumt. Eine ganze Stunde lang im heißen Schaumbad liegen, entspannen, ein gutes Buch lesen und Wein trinken …

Die Fahrstuhltüren öffneten sich, und Saskia trat heraus.

»Hi … Schwesterherz.«

Bei dem spöttischen Klang, mit dem Saskia dieses Wort aussprach, zuckte Rosie innerlich zusammen. »Hi«, erwiderte sie nur und betrat schnell den Fahrstuhl. Die Türen hatten sich fast geschlossen und sie wollte gerade den Knopf für das oberste Stockwerk drücken, als Saskia sich umdrehte und die Tür mit einem Fuß offen hielt.

»Ich habe mir immer eine Schwester gewünscht, und jetzt habe ich eine. Schade nur, dass sie so eine selbstsüchtige Ziege ist.«

Rosie öffnete den Mund, um etwas zu erwidern, doch dazu ließ Saskia ihr keine Gelegenheit.

»Ich begreife einfach nicht, wieso Dad unbedingt mit dir reden muss, aber das will er. Wenn du nicht so ein egozentrisches Miststück wärst, würdest du dich mit ihm treffen und dir anhören, was er zu sagen hat. Aber ich schätze, bei dir heißt es immer nur ›ich, ich, ich‹ und andere Menschen sind dir egal.« Wütend sah Saskia ihr in die Augen.

»Es ist mir absolut egal, was du über mich denkst«, antwortete Rosie und bemerkte, dass andere Hotelgäste neugierig zu ihnen herübersahen. »Aber vergiss nicht, dass jede Geschichte zwei Seiten hat. Vielleicht könnte es ja sein, dass Terry ein schlechtes Gewissen hat. Und ehrlich gesagt habe ich es auch nicht sonderlich witzig gefunden, von dir zu erfahren. Eine Schwester habe ich mir nie gewünscht, und jetzt, nachdem ich dir begegnet bin, hat sich daran nichts geändert. Jetzt sei so freundlich, und nimm den Fuß aus der Tür. Ich hab's eilig.«

Mit zitternden Fingern drückte sie den Knopf für das oberste Stockwerk und seufzte erleichtert auf, als die Türen sich schlossen und der Fahrstuhl nach oben fuhr. Wie konnte Saskia es wagen, sie als Miststück zu bezeichnen, nur weil sie nicht mit Terry sprechen wollte! Sie war kein Miststück. Ein Miststück war eher jemand wie Zoe.

Seb trug seine weiße Küchenuniform, als er ihr die Apartmenttür öffnete. »Rosie, vielen, vielen Dank … Hey, alles okay bei dir?«

Sie nickte. »Ich glaube schon. Nur ein Wortwechsel mit Saskia im Fahrstuhl. Wo steckt Isabella?«

»Die wartet auf der Terrasse auf dich.« Besorgt musterte er sie. »Ich muss los. In der Küche fallen heute zwei Leute aus. Wir reden, wenn ich zurück bin. Dürfte nicht zu spät werden. Was immer du auch willst, bediene dich einfach. Oh, und Isabella braucht ein Bad und muss um neun im Bett sein.« Nach einem schnellen Kuss auf die Wange ging er.

Draußen auf der Dachterrasse kurvte Isabella auf ihrem Tretroller einen verschlungenen Kurs entlang, den sie mit Kartons und ein paar Stühlen aufgebaut hatte.

»Ich werde immer schneller«, rief sie. »Daddy hat meine Zeit gestoppt. Er sagt, ich brauche nicht mal mehr eine Minute.«

Beim Anblick, wie Isabella die Hindernisse umfuhr, musste Rosie an einen anderen Parcours denken. Bei diesem Parcours war es um Terry, sie und ein Pferd gegangen. Es war in dem letzten Sommer, in dem Terry noch bei Olivia und ihr gewohnt hatte, also musste Rosie damals acht Jahre alt gewesen sein.

In dem Alter war sie verrückt nach Pferden gewesen und hatte ihre Eltern ständig angefleht, Reitunterricht nehmen zu dürfen. In jenem Jahr hatten sie nachgegeben und sie jeden Samstag zu einem Reitstall in der Nähe gefahren.

Rosie hatte dort jede Minute genossen und es geliebt, ihr graues Lieblingspony Twinkle zu striegeln. Ihr größter Ehrgeiz in jenem Sommer hatte darin bestanden, ins Wettkampfteam des Ponyklubs aufgenommen zu werden.

Aus irgendeinem Grund hatte Terry die Aufgabe übernommen, sie zu trainieren, und an einem Nachmittag hatte er einen Hindernisparcours mit kleinen Sprüngen aufgebaut, auf dem Rosie mit Twinkle üben konnte.

Rosie hatte Twinkle so oft im Trab und im Kanter über diesen Kurs geritten, dass sie ihn am Ende beide auswendig kannten. Sie hatte sich große Hoffnungen gemacht, ins Team aufgenommen zu werden.

Doch in jenem Sommer war ihr Leben zum ersten Mal in Scherben zerbrochen. Sie hatte es nicht ins Team geschafft, und nachdem er sie damit getröstet hatte, sie könne es ja im nächsten Jahr wieder versuchen, war Terry aus ihrem Leben verschwunden und hatte sie hilflos zurückgelassen.

Auch jetzt noch konnte sie sich an diese verzweifelte Leere erinnern, die sie empfunden hatte, als Olivia ihr gesagt hatte: »Daddy ist fort, und wahrscheinlich kommt er nicht mehr zurück.«

Schlagartig hatte sie in dem Moment auch ihr Interesse an Pferden verloren.

Jetzt sah sie zu Isabella und fragte sich, ob das Mädchen dieselbe Leere verspürt hatte, als Zoe verreist war. Der verbleibende Elternteil konnte sich noch so bemühen – und Olivia hatte ihr Bestes für Rosie gegeben, so wie Seb sich jetzt auch für Isabella anstrengte – der Schmerz, verlassen zu werden, hielt Jahre an. Doch wenigstens würde Zoe in ein paar Monaten zurückkehren.

Als Isabella vom Rollerfahren erschöpft war, kuschelten sie und Rosie sich aneinander und sahen sich ein paar Cartoons an, bis Rosie sagte: »Ich glaube, es wird Zeit, dich ins Bett zu bringen.«

Nachdem Isabella gebadet hatte, brachte Rosie sie zu Bett und las ihr vor, bis sie einschlief. Anschließend putzte sie das Bad. Das war im Grunde nicht nötig, denn genau wie alle anderen Zimmer wurde auch Sebs Apartment jeden Tag von den Zimmermädchen gereinigt. Die Handtücher hingen makellos sauber an der Wand, und das Badezimmerschränkchen war befüllt. Sogar ein paar Duftkerzen standen auf dem Regalbord am Rand der Badewanne.

Beim Blick auf die großen, flauschigen Badetücher, die Shampoos, Seifen und Lotionen fragte Rosie sich, wer wohl die Badezusätze mit weiblicher Duftnote benutzte. In den Monaten, in denen sie Seb jetzt kannte, hatte sie ihn nie mit einer anderen Frau als Zoe gesehen, und sie bezweifelte, dass Zoe jemals dieses Badezimmer von innen gesehen hatte.

In Gedanken versunken strich sie über das große, weiße Badetuch. Dabei malte sie sich aus, etwas von dem exklusiven Schaumbad in die mit heißem Wasser gefüllte Wanne zu schütten und sich in das entspannende Bad sinken zu lassen. Sich danach in so ein flauschiges Tuch einzuhüllen musste sich himmlisch anfühlen.

Sie sah auf die Uhr. Blieb ihr noch Zeit, bevor Seb zurückkehrte? Konnte sie das tun? Würde es Seb etwas ausmachen?

Innerlich riss sie sich zusammen. In ihrem Apartment hatte sie ein absolut ausreichendes Bad. Das war zwar nicht so luxuriös wie dieses hier, aber auch sie besaß ein kleines Fläschchen mit einer teuren Badelotion, die Olivia ihr letztes Jahr zu Weihnachten geschenkt hatte. Ihre Badetücher waren auch groß, wenn auch nicht so weich, weil sie den Weichspüler seit ein paar Monaten von ihrer Einkaufsliste gestrichen hatte, da er nicht zwingend notwendig war. Außerdem trockneten die

Handtücher besser und schneller, wenn sie nicht weich gespült waren.

Bedauernd schloss sie die Badezimmertür und ging wieder hinaus auf die Terrasse, wo Lucky sich auf einem Kissen der Sonnenstühle zusammengerollt hatte. In der kleinen Kompaktküche schenkte sie sich ein Glas Wasser ein und ging zum Geländer und genoss die Aussicht.

Die Sonne, die gerade hinter dem Esterel unterging, warf Strahlen von blendendem rotem und orangefarbenem Licht über den Himmel. Unten am Strand verfolgten einige Strandgäste ein Volleyballspiel, und als eine Mannschaft einen Punkt erzielte, jubelten zwei der Spieler und schlugen sich gegenseitig ab. Rosie erkannte, dass eine der Spielerinnen Saskia war.

Ihre Schwester. Die sie für ein Miststück hielt. Nein, dachte Rosie, sie ist meine Halbschwester. Bin ich dadurch nur ein halbes Miststück?

Rosie beobachtete, wie Saskia über das Feld sprintete und einen Ball hoch in der Luft zurück ins andere Feld schlug. Die abgeschnittene, knappe Jeans betonte ihre langen Beine und ihren schlanken Körper, als sie barfuß über den Sand lief. An den aufmunternden Rufen der übrigen Spieler erkannte sie, dass die Teams sich aus amerikanischen Mädchen und französischen Jungs zusammensetzten.

Beim Zusehen wurde Rosie klar, dass Saskia jünger sein musste, als sie ursprünglich gedacht hatte. Sie konnte nur sechzehn oder siebzehn Jahre alt sein. Das bedeutete, dass sie zu der Zeit geboren war, als Rosie so alt gewesen war wie Saskia jetzt. In dem Alter hatte Rosie in ihrem Leben einen dramatischen Wendepunkt erlebt, der sie seelisch fast zerstört hätte.

Als das letzte Tageslicht erstarb, endete auch das Spiel, und die Spieler machten sich auf den Weg zum Parkplatz des Beach

Hotels. Ein großer dunkelhaariger Junge hatte Saskia einen Arm um die Schultern gelegt und sagte gerade etwas, über das sie lachen musste, während sie nebeneinanderher gingen.

Rosie zuckte zusammen, als Seb sie an der Schulter berührte. »Oh, ich habe dich gar nicht kommen hören. Ich war in Gedanken ganz weit weg.«

Auch er blickte hinunter zum Strand. »Beobachtest du Saskia?«

Sie nickte. »Vorhin hat sie mich als egozentrisches Miststück bezeichnet. Findest du, sie hat recht?«

Er schüttelte den Kopf. »Nein, du bist kein Miststück.« Er zögerte. »Vielleicht ein bisschen egozentrisch, aber ...« Er zuckte mit den Schultern. »Wir reagieren alle anders auf Ereignisse, die wir als bedrohlich empfinden. Letztlich resultieren alle unsere Entscheidungen aus unseren ureigenen Bedürfnissen.«

Wenigstens hielt Seb sie nicht für ein Miststück, das war doch schon was. Trotzdem tat ihr das mit der Egozentrik weh. Dass sie Terry nach all dieser Zeit nicht mehr in ihrem Leben haben wollte, machte sie doch nicht gleich egozentrisch, oder doch? Und Saskia als Schwester in ihrem Leben willkommen zu heißen, das kam einfach nicht infrage. Sie war für neue Bekanntschaften immer aufgeschlossen, aber Terry und Saskia rangierten auf dieser Skala nicht sehr weit oben.

»Hast du Isabella gut ins Bett bekommen?«, fragte Seb.

»Problemlos.«

»Ich habe uns ein paar Häppchen mit nach oben gebracht. Möchtest du ein Glas Wein zum Runterspülen?«

»Danke. Und danach gehe ich lieber nach Hause.«

Während Seb das kleine Abendessen vorbereitete, trat Rosie vom Geländer zurück und setzte sich auf einen der hölzernen Liegestühle. Auf einem kleinen Beistelltisch daneben lagen ein

Stapel Flyer und ein paar Hochglanzbroschüren über Immobilien. Diese Unterlagen waren ihr zuvor noch gar nicht aufgefallen. Interessiert griff sie nach einer davon und begann, darin zu blättern.

Gleich unter dem ersten Foto stand »Preis auf Anfrage«. Natürlich, dachte Rosie. Niemand, der sich so ein Haus leisten kann, möchte, dass die Nachbarn alle wissen, was er dafür bezahlt hat. Allerdings schien es bei all diesen Häusern innerhalb von hundert Metern keine direkten Nachbarn zu geben.

»Spielst du mit dem Gedanken, dir ein Haus zu kaufen?«, fragte Rosie, als Seb mit den angerichteten Speisen und dem Wein zu ihr kam.

Er schüttelte den Kopf. »Ich nicht. Das sind alles Häuser, die Tiki sich in letzter Zeit angesehen hat. GeeGee hat mich gebeten, die Broschüren im Foyer auszulegen, falls einer meiner anderen Gäste auch nach einer Immobilie sucht.«

Auf die Erwähnung von Terry ging sie gar nicht ein und griff nach einer anderen Broschüre. »Wow, das hier ist beeindruckend.« Sie zeigte Seb das Foto. »Stell dir vor, in so einem Haus zu leben.«

Die Villa befand sich auf einer Landzunge, und das Grundstück erstreckte sich bis zu den Felsen, gegen die das Mittelmeer brandete. Es gab sogar einen kleinen Privatanleger, von dem aus Treppen bis hinauf zum Haus führten.

Das Haus, dessen großflächige Fenster auf dem Foto im Licht der Abendsonne erstrahlten, war laut dem Text so gebaut, dass es das Licht aus allen Himmelsrichtungen einfing und in alle Richtungen den perfekten Ausblick bot.

»Als es in den Zwanzigern erbaut wurde, war es eines der angesagtesten Plätze an der gesamten Küste.« Er reichte ihr einen Teller mit Kanapees. »Ich habe gehört, dort hätten wilde Partys stattgefunden und Geld habe keine Rolle gespielt.«

»Das kann ich mir vorstellen«, sagte sie leise. »Für eine Party kann man sich keinen besseren Ort vorstellen. Auf den Fotos sieht man, dass innen alles im Art-déco-Stil eingerichtet ist.«

Seb nickte. »Zum Großteil. Die Bäder sind aus Marmor mit Aphrodite-Statuen und freistehenden Wannen. Die Küche ist auf modernstem Stand, und der Innenpool ist auch renoviert worden. Diese Fotos werden dem Anwesen nicht gerecht.«

Rosie sah ihn an. »Du warst da drin? Du Glücklicher.«

»Tiki hat mich gebeten, ihn zu begleiten, als er es besichtigt hat.« Seb zögerte, bevor er fortfuhr: »In ein paar Wochen zieht er dort ein. Du kannst es von innen sehen, wann immer du magst. Du könntest dort sogar wohnen, wenn du willst.«

Geschockt wandte sie sich von Seb ab und blickte starr hinaus aufs Meer. Dies war also die Villa, deren Vermittlung GeeGee neulich am Strand gefeiert hatte. Wenn unter dem Foto »Preis auf Anfrage« stand, war es kein Wunder, dass sie sich so gefreut hatte. Terry musste wirklich reich sein, wenn er vorhatte, diese besondere Villa zu seinem neuen Zuhause zu machen.

36. Kapitel

Da das Café Fleur tagsüber sehr gut besucht war und sie jede Woche an einigen Abenden auf Isabella aufpasste, blieb Rosie kaum Zeit zum Grübeln. Und erst recht nicht, um sich mit Terry zu treffen. Leider hielt das ihr Unterbewusstsein nachts nicht davon ab, auf Hochtouren zu arbeiten, und so wälzte sie sich im Bett unter dem altersschwachen Deckenventilator, der gegen die Hitze nicht ankam.

Zu den seltsamsten Zeitpunkten gingen ihr die Hochglanzfotos in den Unterlagen über das Haus durch den Kopf. Die überwältigend ausgestattete Villa, die Terry sich gekauft hatte, stand in krassem Gegensatz zu dem bescheidenen Haus, in dem Rosie bei Olivia aufgewachsen war.

Bevor ihr Vater Olivia und sie verlassen hatte und nach Amerika ausgewandert war, hatte er immer abschätzig über Geld und materielle Dinge gesprochen. »Solche Dinge machen dich nicht glücklich«, hatte er sehr ernsthaft erklärt, »wahres Glück kommt von innen.«

Was für ein Heuchler! dachte sie. Einen Vater wie ihn konnte sie in ihrem Leben nicht gebrauchen.

Allerdings war er jetzt nicht mehr ihr Vater Terry Hewitt. Er war diese andere Person namens Tiki Gilvear, und damit in mehr als nur einer Hinsicht ein Fremder. Diesen Jemand wünschte sie niemals kennengelernt zu haben, und ausgerechnet er zwang sie zu einer Entscheidung und dazu, vieles neu zu bewerten.

Seine neue Villa mochte vielleicht die drei Dinge verkörpern, die alle mit der Côte d'Azur verbanden: Glamour, Lifestyle und Geld, doch Rosie kam auch ohne diese Dinge aus, auch wenn sie sich wünschte, dass das Café Fleur Gewinn machte.

Falls er tatsächlich krank war, wäre es liebenswert, sich mit ihm zu treffen. Sie könnte ihn sagen lassen, was er loswerden wollte, und sich anschließend verabschieden. Sie bräuchte sich nicht in einen Streit über die Vergangenheit verwickeln zu lassen. Und falls es nur ein Vorwand war, um sie dazu zu bringen, mit ihm zu reden, wäre das zumindest das Ende für jede mögliche Versöhnung, die er sich erhoffte.

Wenn er hier lebte, konnte sie ihm jederzeit und überall unverhofft über den Weg laufen. Da wäre es besser, die Feindseligkeit zu überwinden, um zukünftig zu vermeiden, dass eine Begegnung mit ihm peinlich würde.

Aber wenn es ihm tatsächlich so wichtig war, sich alles von der Seele zu reden, dann sollte er, so fand Rosie, lieber zu einem Priester zur Beichte gehen.

Tief drinnen wusste sie, dass sie die Entscheidung, sich noch vor dem Ende des Sommers mit ihm zu treffen, bereits gefällt hatte. Aber dieses Treffen würde zu ihren Bedingungen stattfinden. Es müsste ein Treffen unter vier Augen sein. Ohne Saskia.

Das war noch so ein Punkt: Sollte Saskia jetzt auch hier in Europa leben? Was war mit ihrer Mutter? Wo steckte sie?

Ganz unvermittelt kam Rosie ein Gedanke. Hatte Terry drüben in den Staaten eine Ehefrau? Hatte er sie verlassen, genau so wie damals Olivia?

Als Charlie ganz urplötzlich anrief und Rosie für Sonntagabend zu einer Party an Bord der »A Sure Thing« einlud, versuchte sie, dankend abzulehnen.

»Wir haben im Moment wirklich sehr viel zu tun, Charlie. Außerdem bin ich müde. Mir fehlt einfach die Energie zum Feiern.«

Doch Charlie wollte davon nichts wissen.

»Bitte sag Ja. Es kommt eine ganze Reihe von Leuten, die ich dir vorstellen möchte, und William hat mich ausdrücklich darum gebeten, dich einzuladen. Er sagt, er vermisst dich. Genau wie ich«, fügte er hinzu.

Die Erwähnung von William stimmte sie um, und fast gegen ihren Willen sagte sie zu. Sie hatte seine neue Ehefrau noch nicht kennengelernt, und sie wollte ihm zur Hochzeit gratulieren.

»Okay. Danke.« Sie zögerte, bevor sie hinzufügte: »Kann ich jemanden mitbringen?«

»Falls du überlegst, mit Seb zu kommen – der ist bereits eingeladen. Dann bis Sonntag.« Damit legte er auf.

Rosie seufzte. Sie hatte tatsächlich überlegt, Seb zu fragen, ob er sie begleitete, so wie sie ihn an jenem Sonntag mit zu Zoe begleitet hatte. Natürlich nur als moralische Unterstützung, nicht, um ihn als ihren neuen Freund vorzustellen. Es wäre schön gewesen, mit ihm als Pärchen an Bord zu gehen und nicht allein.

Seb erwartete sie bereits, als sie abends zum Hotel hinüberging. Sie hatte versprochen, für ein paar Stunden auf Isabella aufzupassen. Sie sehnte sich danach, mit ihm über Terry zu sprechen, und hoffte, dass er noch Zeit zum Reden hatte, bevor er nach unten in die Küche ging.

Bevor sie ein Wort sagen konnte, ergriff er sie bei den Schultern und gab ihr die üblichen Küsse auf beide Wangen, bevor er sie ein Stück von sich weghielt und eingehend ansah. »Wie ich höre, bist du zu der Party am Sonntag eingeladen. Gehen wir zusammen?«

»Das wäre … wundervoll.« Rosie küsste ihn auf die Wange und fühlte sich von einem Moment zum nächsten unbeschwert.

»Wenn du willst, kannst du mich den Leuten als dein neuer Freund vorstellen. Aber nur, wenn du magst«, fügte er leise hinzu.

Rosie erwiderte seinen Blick. »Tust du das, weil ich mich als deine Freundin ausgegeben habe, damit du Zoe loswirst?«

Er zuckte mit den Schultern. »Ich dachte, es könnte dir bei Charlie helfen. Aber es würde mir gefallen, als dein Freund vorgestellt zu werden. Nicht nur gespielt, sondern ganz ehrlich.« Sanft zog er sie wieder an sich und umarmte sie, bevor er sie zärtlich auf die Stirn küsste. »Ich muss los. Wir reden später.« Damit war er fort, und Rosie begab sich benommen auf die Suche nach Isabella.

Sobald sie Isabella ins Bett gebracht hatte, schenkte sich Rosie von dem Rosé aus dem Kühlschrank ein und schlenderte über die Terrasse. Nachdenklich lehnte sie sich an die Wand und hörte in Gedanken immer noch Sebs Worte. Damit sprach er ihr seltsamerweise aus tiefstem Herzen. Erst jetzt wurde ihr klar, dass sie Seb sehr gern als ihren festen Freund bezeichnen würde.

Obwohl sie Olivia und aller Welt erzählt hatte, sie habe weder die Zeit noch die Energie für einen Mann in ihrem Leben, hatte Seb sich in ihr Herz geschlichen. Ohne dass sie es bemerkt hatte, war es ihm gelungen, ihren Schutzwall zu durchdringen.

Er war nicht mehr einer von vielen Menschen aus ihrer Umgebung. Er stellte einen zentralen Teil ihres Lebens dar. Sie sah ihn jeden Tag, passte mehrmals pro Woche auf Isabella auf, und ihr Leben war eng mit seinem verwoben.

Bei der Vorstellung, Seb oder Isabella nicht mehr zu sehen, zuckte Rosie zusammen. Ein Leben ohne die beiden war für sie nicht mehr denkbar. Aber meinte er es mit ihr tatsächlich ernst? Erst in diesem Augenblick wurde Rosie sich bewusst, wie ernst es ihr mit ihm war. Sie musste sich vergewissern, dass sie für ihn nicht nur eine Sommeraffäre war, bevor sie anfing, ihre Gefühle für ihn eingehend zu ergründen.

37. Kapitel

Erica schaltete den Ventilator auf dem Tresen auf die höchste Stufe und stellte sich direkt davor. Auch wenn die warme Luft sie nicht abkühlen konnte, so tat der Luftzug doch gut. Wenigstens hatte sie ein Glas eiskalten Apfelsaft in der Hand, und im Kühlschrank stand noch mehr davon.

Den ganzen Tag über war viel Kundschaft ins Cupboard Under the Stairs gekommen, doch jetzt, am späten Nachmittag, war der kleine Laden leer, und Erica konnte etwas Papierkram nachholen. Unter diese lästige Pflicht fiel auch ein Zettel mit einer Liste unter den drei Rubriken »Küste«, »Berge« und »Zu klären«.

Sie war GeeGees Ratschlag gefolgt und hatte versucht, alle Aspekte möglichst objektiv aufzuschreiben, aber bisher hatte nichts davon ihr geholfen, zu einer Entscheidung zu kommen. Jede Frage, die sie sich stellte, warf neue Punkte auf, die sie nicht beantworten konnte. Es kam ihr vor, als solle sie die Antwort darauf finden, ob es nächstes Jahr zum Nationalfeiertag regnete und dadurch das Feuerwerk ins Wasser fiel. Nur leider ging es hier um etwas viel Wichtigeres, womit sie für ihr weiteres Leben eine entscheidende Weiche stellte.

Ganz oben auf der Liste stand die Frage, ob sie das Haus verkaufen oder behalten sollte. Die Antwort darauf war leicht, denn das Haus wurde bereits zum Verkauf angeboten. Cammie und sie brauchten ein Zuhause für ihr neues Leben ohne Pascal.

Die nächste Frage lautete: Wo sollen wir nach einem neuen Haus suchen? An der Küste oder weiter im Landesinneren?

Amelia hatte sie dazu überredet, sich im Dorf vor ihrer Abreise noch das Haus der Bertrands anzusehen, aber Erica war nicht überzeugt, dass dieses Haus für Cammie und sie das richtige war. Leider hatte das Haus nicht gerufen: »Kauf mich, hier wirst du glücklich.« Natürlich war es kindisch zu glauben, ein Haus könne etwas ausstrahlen, wodurch man sich dort sofort warm und heimisch fühlte, doch Erica konnte sich, wenn sie ganz ehrlich war, nicht einmal vorstellen, in diesem Dorf zu leben.

Ihr ganzes Leben drehte sich um Cammie und dieses Geschäft hier. Worum sollte sie sich kümmern, wenn sie in diesem Dorf im Hinterland lebte? Cammie würde dort zur Schule gehen, Freunde finden und mit ihren Cousinen spielen. Erica dagegen hätte in ihrem Leben kein Ziel mehr. Ganz bestimmt würde Amelia sie in lokale Aktivitäten miteinbeziehen, aber sie würde ihr kleines Geschäft vermissen, das ihr tagtäglich neue Energie gab.

Sie seufzte. Das Haus zu verkaufen war ein erster Schritt hin zu einem neuen Lebensabschnitt. GeeGee hatte angekündigt, am Wochenende werde ein interessiertes Pärchen zu einer ersten Besichtigung kommen. Der Verkauf lief also an. Und sobald das Haus verkauft war, konnte Erica sich die Art von Haus kaufen, von der Pascal und sie immer geträumt hatten. Der Gedanke, dass er nicht mehr bei ihr war, um den Traum mit ihr zu teilen, machte es ihr schwerer, dennoch würde sie weiter nach ihrem Traumhaus suchen.

Der Verkauf des Hauses war eine Sache, doch ihr kleines Geschäft zu verkaufen, wollte sie sich gar nicht erst vorstellen.

Sie trank von ihrem kühlen Drink und erkannte, dass sie bereits Entscheidungen traf. Wenn sie das Geschäft behielt, bedeutete das, dass sie auch weiterhin an der Küste leben würde.

Sie wandte sich um, um einen neuen Kunden zu begrüßen. »*Bonjour.* Kann ich Ihnen helfen? Rosie?«, stellte sie verblüfft fest. »Schön, dich zu sehen.«

»Hi. Ich weiß zwar selbst nicht genau, wieso, aber ich bin tatsächlich bisher noch nie hier drin gewesen.« Rosie blickte sich um. »Es ist unglaublich. Ich komme mir wie in einer riesigen Schatzkiste vor. Im Moment bin ich auf der Suche nach einem etwas verspäteten Hochzeitsgeschenk für meinen Ex-Boss.«

»Sieh dich in aller Ruhe um, ob du etwas findest, was dir gefällt. Und wenn du Fragen hast, dann ruf einfach.«

»Ich finde es schwierig, etwas für ein Paar zu finden, das im Grunde schon alles hat«, stellte Rosie zehn Minuten später fest, als sie an den kleinen Verkaufstresen zurückkam. In den Händen hielt sie einen Fotoband mit Aufnahmen der schönsten Anwesen an der Riviera. »Ich weiß, dass William begierig ist, alles über die Geschichte der Côte d'Azur zu erfahren. Caroline und er finden die Schwarz-Weiß-Aufnahmen hier drin bestimmt faszinierend. Viele dieser wunderschönen Villen sind ja mittlerweile abgerissen worden.«

»Es ist ein schönes Buch«, stimmte Erica zu. »Möchtest du noch eine Widmung hineinschreiben, bevor ich es als Geschenk einpacke?«

Rosie schüttelte den Kopf. »Nein, danke.« Sie zog eine Glückwunschkarte aus einem Kartenständer. »Meine Glückwünsche schreibe ich hier drauf. Bitte pack die Karte dann mit zu dem Buch.«

Während Erica das Buch einpackte, stöberte Rosie weiter und verliebte sich auf den ersten Blick in einen Seidenschal im Vintage-Look mit kunstvoll angeordneten Pfauenfedern und grünen Blättern auf gelbem Hintergrund.

»Den hier schenke ich mir selbst.« Sie reichte Erica ihre

Kreditkarte. »Dein Geschäft ist eine einzige, verlockende Versuchung.«

Leise lachend versprach Rosie, in Zukunft häufiger zu kommen, und nachdem sie das Geschäft verlassen hatte, blickte Erica wieder auf ihre Liste. Entschlossen zerknüllte sie den Zettel und warf ihn in den Papierkorb. Die wichtigsten Entscheidungen hatte sie getroffen.

Sie würde an der Küste bleiben. Hoffentlich ergab sich dadurch auch alles Weitere.

38. Kapitel

Erschöpft, aber glücklich ging Rosie gemeinsam mit Seb am Sonntagabend zum Hafen, wo die »A Sure Thing« vor Anker lag.

Seb trug den schweren Bildband für sie und hielt ihre Hand.

Dank des heißen, sonnigen Wetters hatte das Café Fleur jeden Tag sehr viel Kundschaft, und die wöchentlichen Abrechnungen wiesen langsam, aber sicher einen kleinen Gewinn aus. Allerdings bedrückte Rosie weiterhin die Anschuldigung wegen der Lebensmittelvergiftung, auch wenn sich der Anwalt noch nicht wieder gemeldet hatte. War das Ganze vielleicht ein Irrtum, und sie würde nie wieder etwas von der Sache hören?

Sie hatte auch oft über Terry und Saskia nachgedacht und fragte sich, ob sie irgendwo eine Stiefmutter hatte. Vielleicht wusste Seb mehr darüber.

Als sie den Anleger betraten, an dem die Yacht festgemacht hatte, fragte sie: »Seb, hat Terry dir gegenüber jemals seine Ehefrau erwähnt?«

»Nein.«

»Und Saskia? Spricht sie jemals über ihre Mutter?«

Er schüttelte den Kopf. »Nein, wieso?«

»Mir ist klar geworden, dass ich irgendwo auf der Welt eine Stiefmutter habe.«

»Frag doch Tiki, wenn ihr zwei euch unterhaltet«, schlug Seb vor. »Dazu wird es bald kommen, stimmt's?«

Als sie nicht sofort antwortete, drückte er ihr aufmunternd die Hand. »Je länger du es hinausschiebst, desto schwieriger wird es.«

William und seine neue Ehefrau Caroline begrüßten an der Gangway jeden Gast, der an Bord kam.

Rosie gratulierte beiden, überreichte ihr Geschenk und wünschte ihnen alles Glück der Welt, bevor sie von einem der Stewards ein Glas Champagner annahm.

Seite an Seite mit Seb betrat sie den Salon und entdeckte sofort Olivia und Zander, die sich mit einem anderen Paar unterhielten. Ganz hinten im Raum redete Charlie mit einer Schwangeren. Und dort standen auch Terry und Saskia.

Rosie erstarrte und konnte sich keinen Schritt weiterbewegen. Jetzt würde das geschehen, wovor ihr so sehr gegraut hatte: die Begegnung mit Terry auf irgendeiner Party.

Hatte Terry nicht nur Seb, sondern auch Charlie erzählt, dass er ihr Vater war? Und falls ja, wem hatte er das noch verraten? Vielleicht erzählte er das überall herum, um Rosie so sehr in Verlegenheit zu bringen, dass sie irgendwann den Widerstand aufgab und sich zu ihm bekannte. Hatte Charlie sie aus diesem Grund bedrängt, heute Abend hierherzukommen? War genau das sein Plan?

Beiläufig legte Seb ihr einen Arm um die Schultern und drückte sie sanft an sich. »Lächeln«, flüsterte er ihr ins Ohr, und genau das tat sie augenblicklich, als sie sah, wie Charlie in ihre Richtung sah und wie er darauf reagierte, dass Seb sie so eng an sich drückte.

Sie trank einen großen Schluck Champagner, lockerte die Schultern und atmete tief durch.

Verwundert sah Seb sie an. »Ja, bitte?«

»Mir ist gerade klar geworden, dass es jetzt siebenundzwanzig Jahre her ist, seit meine Eltern gleichzeitig mit mir im selben Raum waren. Und wenn ich mich recht entsinne, haben sie damals auch kein einziges Wort miteinander gesprochen.«

Kurz fragte sie sich, wie ihr Leben verlaufen wäre, wenn Olivia und Terry sich nicht getrennt hätten. Hätte Terry auch ein Vermögen verdient, wenn er nicht in die USA ausgewandert wäre? Oder hätte er Frau und Kind mit nach Hollywood geschleppt? Solche Gedankenspiele waren albern. Sie würde es nie erfahren.

»Darling, wie reizend, dich hier zu treffen.« Lächelnd trat Olivia zu ihr. »Es hat mich ein bisschen überrascht, Du-weißt-schon-wen hier zu sehen. Ich wusste gar nicht, dass William und Charlie Terry – entschuldige, ich meine Tiki – überhaupt kennen.«

»Hast du mit ihm gesprochen?«

Olivia schüttelte den Kopf. »Noch nicht. Wir haben uns lediglich zugenickt. Aber Zander möchte, dass ich ihn mit ihm bekannt mache. Er sagt, sie hätten sicher gemeinsame Freunde in Kalifornien. Allerdings bin ich mir nicht sicher, ob ich für diese besondere Begegnung schon bereit bin.« Sie beugte sich noch näher zu Rosie. »Deine Schwester ist ein bildhübsches Mädchen«, flüsterte sie.

Rosie nickte. »Das ist sie. Glück für sie. Anscheinend kommt sie mehr nach ihrer Mutter.«

»Darling, das tut mir jetzt auch etwas weh.«

»Oh, Mum, bitte entschuldige, das war eklig von mir. Aber du weißt, wie ich es meine.«

Sie spürte, wie Seb den Griff um ihre Schultern einen Moment verstärkte. »Möchtest du gehen?«, fragte er.

Sie nickte. »Ja, bitte.«

Doch bevor sie den Salon wieder verlassen konnte, schob Charlie sich Hand in Hand mit der schwangeren Frau vor sie beide. »Rosie, ich möchte dir eine alte Freundin von mir vorstellen. Das ist Sarah Miller.«

War dies die Sarah, der er vor ein paar Wochen zu Hilfe geeilt war? War das Baby, das sie erwartete, von Charlie?

»Erinnerst du dich noch an Alan Miller aus unserer Collegezeit?«

»Natürlich.« Sie lächelte Sarah an. Auf dem College waren Charlie und Alan die besten Freunde, und zu dritt hatten sie viel unternommen und großen Spaß gehabt. Das Letzte, was sie von Alan gehört hatte, war, dass er mit Extremsportarten angefangen hatte. »Sind Sie Alans Frau? Wo steckt er heute Abend?« Suchend blickte sie sich um.

Es war Charlie, der ihr diese Frage beantwortete. »Alan ist vor ein paar Monaten bei einem Absprung ums Leben gekommen.«

»Oh, Sarah, das tut mir unendlich leid.« Betroffen sah Rosie sie an. »Alan war ein herzensguter Mensch.« Wieso in aller Welt hatte Charlie ihr das mit Alan nicht schon vorher gesagt? Das hätte ihr die peinliche Situation erspart, Sarah mit ihrer unbedachten Frage Kummer zu bereiten. Darüber würde sie bei nächstbester Gelegenheit noch ein Wörtchen mit Charlie reden, aber da Terry und Saskia gerade auf sie zukamen, wollte sie nur noch so schnell wie möglich von dieser Yacht weg.

»Sarah, es freut mich, Sie kennenzulernen, aber ich fürchte, ich muss jetzt gehen.« Sie wandte sich an Seb. »Auf der Stelle.«

»Zwei Sekunden noch.« Charlie drehte sich halb zur Seite. »Ich möchte euch unbedingt Tiki Gilvear vorstellen.«

»Netter Versuch, Charlie, aber dein Mr. Gilvear und ich kennen uns bereits, wie du sicher weißt. Mach's gut.« Noch ehe Terry und Saskia bei ihnen waren, ging Rosie bereits in die entgegengesetzte Richtung davon.

Erst als sie die Yacht schon verlassen hatte und über den Anleger ging, holte Seb sie ein.

»Ich will kein Wort hören«, fuhr sie ihn an. »Mir ist klar, dass ich nicht so hätte verschwinden dürfen. Ich weiß sehr genau, dass ich mich dafür bei William und Charlie entschuldigen muss, aber ich konnte einfach nicht bleiben. Hätte ich Small Talk mit ihm betreiben sollen?« Hastig wischte sie sich eine Träne weg. »Ich schäme mich selbst genug für die Szene, die ich da gerade veranstaltet habe.«

»Schluss mit den Selbstvorwürfen.« Seb zog sie in die Arme. »Tu einfach das, wovon du weißt, dass du es tun musst.«

Rosie atmete tief durch. »Leichter gesagt als getan.«

»Wenn du willst, begleite ich dich.«

»Das würdest du tun?«, fragte sie hoffnungsvoll nach, bevor sie seufzend den Kopf schüttelte. »Danke, aber das ist etwas, das ich allein durchstehen muss. Sobald Terry sich in seiner neuen Villa eingerichtet hat, fahre ich zu ihm.«

»Klingt vernünftig.« Aufmunternd klopfte er ihr auf die Schulter. »Und da Alicia heute Abend auf Isabella aufpasst und wir unerwartet die nächste Stunde beide freihaben, würde ich dich gern an einen ganz besonderen Ort entführen. Wir müssen nur zurück zum Hotel und mein Auto holen.«

Eine Viertelstunde später parkte Seb den Wagen auf dem Cap d'Antibes und führte Rosie den gewundenen Weg hinauf zum berühmten Leuchtturm, dessen Licht über das Mittelmeer kreiste.

Als sie die Anhöhe erklommen hatten, atmete Rosie den Duft der Pinien tief ein, der die Nachtluft erfüllte. »Wow, was für eine Aussicht!« Einen Moment lang raubte es ihr den Atem.

»Bist du noch nie zuvor hier gewesen?«

Rosie schüttelte den Kopf. »Vom Meer aus habe ich den

Leuchtturm unzählige Male gewesen, aber ich war noch nie hier oben.«

»Es ist eines der stärksten Lichter entlang der Côte d'Azur.« Er blickte zu dem kreisenden Scheinwerfer hinauf.

Während sie schweigend eng an Seb gedrückt dastand, saugte Rosie die romantische Stimmung dieses Orts förmlich in sich auf. Von hier aus konnte man weit über das Mittelmeer blicken und meilenweit in beide Richtungen die Küste entlang. Sie vergaß die Anspannung, die sie eben noch auf der »A Sure Thing« empfunden hatte, und als der warme Nachtwind durch die Zweige rauschte, seufzte sie zufrieden auf.

Seb verstärkte den Griff um ihre Schultern. Rosie lehnte sich an ihn. Seine Umarmung fühlte sich so gut an! Sie war so glücklich, dass sie für alle Zeiten hier mit ihm stehen und aufs Meer sehen wollte.

Wegen der vielen Lichtquellen waren die Sterne nicht zu erkennen, doch links und rechts funkelten an der Küste die Lichter der Häuser und Straßen. Auf den Küstenstraßen bewegten sich die Scheinwerferlichter der Autos, und auch auf dem Meer sahen die beleuchteten Schiffe, die in Richtung Italien oder westlich nach Marseille fuhren, wie kleine Kerzen aus. Über allem hing der große Sichelmond am Nachthimmel.

Es war ein perfekter Abend. Seb hatte recht, dies war ein ganz besonderer Ort.

»Wie friedlich alles aussieht! Von hier wirkt es fast magisch«, stellte Rosie leise fest. Dies war wirklich der perfekte Ort, um den Alltag zu vergessen, die Dinge aus einer anderen Perspektive zu betrachten und zu erkennen, welche Entscheidungen die richtigen waren.

Sie wandte sich zu einem Gebäude rechts von ihnen, das in den Schatten kaum noch zu erkennen war. »Ist das da eine Kapelle? Ich glaube, da ist ein Kreuz auf dem Dach.«

»Ja, diese Fischerkapelle ist schon Jahrhunderte alt. Dort drin liegen zahllose seltsame Opfergaben der Fischer und ihrer Familien, die für eine sichere Rückkehr gebetet haben. Dort findet man auch ein paar bedrückende Nachrichten an den Wänden zwischen den Kirchenfenstern.«

Rosie erzitterte.

»Frierst du?«

»Nein, es macht mich nur traurig, dass es an diesem schönen Ort nicht nur Glück gibt, sondern auch Kummer. Aber wahrscheinlich macht genau diese Mischung aus beidem die besondere Magie aus.«

»Ich bin jedenfalls sehr glücklich, jetzt mit dir zusammen hier zu sein.« Er drehte sie zu sich. »Und du?«

»Ich bin auch sehr glücklich. Hier mit dir.« Sie lächelte. »Mit dir zusammen an diesem Ort, das werde ich als ganz besondere Erinnerung bewahren. Es ist so …« Das »stimmungsvoll und romantisch« konnte sie nicht mehr aussprechen, weil Seb den Kopf zu ihr beugte und sie küsste.

Als er kurz darauf den Kopf wieder hob, wusste Rosie, dass es zwischen ihm und ihr nie wieder so sein würde wie bisher. Dieser Kuss hatte alles verändert. »Dieser Abend wird immer unvergesslicher«, stellte sie lächelnd fest.

Eingehend musterte er ihr Gesicht. »Hoffentlich in guter Hinsicht.«

Sie nickte. »Oh, ja.«

»Rosie, wir müssen uns unterhalten, aber vorher muss ich noch einige Dinge klären, die uns im Weg stehen könnten. Doch dafür ist heute nicht der richtige Abend.« Er sah auf seine Uhr. »Ich muss zurück ins Hotel. Aber ich verspreche dir, dass wir zwei zum Ende der Saison …« Er zog sie eng in die Arme. »Es wird sich alles fügen, das verspreche ich. Vertraue mir.«

39. Kapitel

Als sie ein paar Tage später abends das Café verließ, war Rosie weit mehr als nur erschöpft. Sie fühlte sich gestresst und völlig ausgelaugt. Dabei war es bis zum Ende der Saison noch Wochen hin.

Während der vergangenen Tage hatte im Café höllisch viel Betrieb geherrscht, und da sie abends immer noch ein paar Stunden auf Isabella aufgepasst hatte, war Rosie schlichtweg keine Zeit zur Erholung geblieben.

Aber heute Abend kümmerte sich ein ausgebildetes Kindermädchen um Isabella, und Rosie hatte endlich Zeit, nach Hause zu gehen, sich aufs Bett zu werfen – und dort wahrscheinlich sofort ins Koma zu fallen.

Erst gestern hatte sie Seb eingestanden, dass sie noch nie in ihrem Leben so müde und gestresst gewesen war. »Noch nicht mal, als ich vor ein paar Jahren an Bord dieser Superyacht fürs Catering all dieser VIPs zuständig gewesen bin.«

Wahrscheinlich lag es an diesem Geständnis, dass Seb darauf bestanden hatte, für heute Abend ein Kindermädchen zu engagieren. Er hatte Rosie regelrecht befohlen, nach Hause zu gehen und sich auszuschlafen.

»Ich habe dich ausgenutzt«, hatte er nur erwidert, als sie widersprochen hatte, sie würde sich sehr gern um Isabella kümmern. »Ich hätte schon längst merken müssen, dass du unter ständiger Anspannung stehst. Es tut mir leid.«

»Hey, dafür kannst du doch nichts. Außerdem finde ich die

Stunde oben auf deiner wunderbaren Dachterrasse sehr entspannend, wenn Isabella erst im Bett liegt.«

Entschieden hatte er den Kopf geschüttelt. »Das reicht nicht. Du brauchst mehr Erholung.«

»Aber ich mag es, dich jeden Abend nach der Arbeit zu treffen.« Dadurch kam es ihr vor, als würde sie zu einer richtigen Familie gehören. Mittlerweile war Isabella ein sehr wichtiger Teil ihres Lebens.

Jetzt musste sie lächeln, als sie daran dachte, was Seb ihr gestern Abend zum Abschied gesagt hatte. Nach einem zärtlichen Kuss, mit dem er wieder die Erinnerung an die romantische Stunde draußen am Leuchtturm in ihr geweckt hatte, hatte er leise gesagt: »Ich kann dir versprechen, dass unser Leben sich verändern wird, sobald die Saison zu Ende geht.«

Sie ließ den Strand hinter sich und ging an der Küstenstraße entlang. Immer wieder kam sie an eng umschlungenen Pärchen vorbei, die sich leidenschaftlich küssten.

Die Franzosen waren so entspannt, wenn es darum ging, Gefühle in aller Öffentlichkeit zu zeigen! Zum Beispiel das junge Pärchen vor ihr.

Rosie ging etwas langsamer, um diskreten Abstand zu den beiden zu halten.

Der Junge hatte dem Mädchen den Arm um die Schultern gelegt. Er zog es eng an sich und flüsterte ihm etwas ins Ohr. Doch irgendwas an der Körpersprache der beiden verriet Rosie, dass etwas nicht stimmte.

»Nein«, hörte sie das Mädchen rufen, »das werde ich nicht. Ich will nicht. Verschwinde.« Gleichzeitig versuchte das Mädchen, sich aus der Umarmung zu lösen.

Rosie erstarrte, als sie Saskias Stimme erkannte.

»Jetzt ist Schluss mit dem ständigen Flirten. Wer heißmacht, muss auch abliefern, du Bitch.«

Saskia versuchte erneut, den Arm des Jungen abzuschütteln und sich von ihm zu lösen. Entsetzt sah Rosie, wie der Junge Saskia grob zu sich zog, das Gesicht an ihres presste, sie obszön beschimpfte und sie in einen dunklen Ladeneingang zerrte. Dort schlug er sie ins Gesicht, und Saskia schrie auf.

Rosie tastete in ihrer Handtasche nach dem Handy, ließ Luckys Leine lockerer und lief auf die beiden zu. »Lass sie in Ruhe, du Mistkerl. Ich rufe die Gendarmerie.« Lucky fing wild an zu bellen.

»Halten Sie sich da raus, Lady. Kümmern Sie sich um Ihren eigenen Scheiß. Das hier geht nur meine Freundin und mich etwas an.«

»Es geht mich sehr wohl etwas an. Das ist meine Schwester, die du gerade geschlagen hast. Jetzt lass sie los. Und wag es bloß nicht, meinen Hund zu treten«, schrie Rosie ihn an, als er den Fuß in Richtung Lucky hob, die nach seinen Knöcheln schnappte.

Fluchend ließ er Saskia los, wandte sich ab und rannte davon.

»Bist du in Ordnung?« Besorgt betrachtete Rosie die Schwellung, die sich unter Saskias linkem Auge zeigte.

Saskia nickte. »Bitte ruf nicht die Polizei.«

»Man sollte den Kerl anzeigen. Er hat dich körperlich angegriffen.«

Kopfschüttelnd wischte Saskia sich die Tränen weg. »Nein. Bitte erzähl Dad nichts davon. Er organisiert sonst noch einen Lynchtrupp. Versprich mir, dass du weder Dad noch der Polizei erzählst, was du gerade gesehen hast.«

»Ich wüsste nicht, wie du ihm das verheimlichen willst. Er braucht nur einen Blick auf dein Gesicht zu werfen, dann weiß er, dass etwas Schlimmes passiert ist.«

»Ich sage einfach, ich sei gegen eine Tür gelaufen.« Saskia klang flehend. »Bitte. Rosie?«

Rosie seufzte. »Okay. Ich finde zwar, du machst einen Fehler, aber wenn du darauf bestehst, verrate ich nichts. Komm jetzt, bringen wir dich zurück ins Hotel, damit du dir eine Kühlkompresse auf das Auge legen kannst.«

»Rosie?« Saskia zögerte einen Moment. »Können wir lieber zu dir nach Hause gehen statt ins Hotel?«

Nachdenklich erwiderte Rosie ihren Blick. Vielleicht wäre das tatsächlich besser. So wäre Saskia wenigstens bei ihr, wenn der Schock einsetzte, was ganz bestimmt geschehen würde. »Okay. Komm mit, es ist nicht weit.«

Als sie in ihrem Apartment ankamen, wickelte Rosie ein paar Eiswürfel in ein Handtuch und gab es Saskia, damit die sich damit die Wange und das Auge kühlen konnte.

»Danke, dass du mich heute Abend gerettet hast, Schwester«, sagte Saskia sehr leise.

»Das hätte ich für jeden getan. Ich will mir gar nicht ausmalen, was hätte geschehen können, wenn ich nicht dort gewesen wäre. Du solltest es wirklich der Polizei melden. Das nächste Mädchen, das von diesem Kerl attackiert wird, hat vielleicht weniger Glück als du.«

Saskia seufzte. »Ich weiß, aber bedräng mich jetzt nicht weiter.«

»Das war doch einer der Jungs, mit denen du Volleyball gespielt hast, oder?«

Saskia nickte. »Ich dachte wirklich, dass er mich mag.« Sie fing an zu zittern und brach in Tränen aus. »Ich bin so ein Idiot!«

»Nein, das bist du nicht. Vielleicht ein bisschen naiv, aber kein Idiot.« Rosie schob ihr eine Packung mit Taschentüchern zu. »Ich koche uns jetzt einen Tee. Lieber Himmel, jetzt klinge ich schon wie meine eigene Mutter! Sie hat immer geglaubt, dass Tee in einer Krise das Allerwichtigste ist. Allerdings bin ich mir nicht sicher, ob sie heutzutage nicht eher auf Wein oder Champagner setzt. Trinkst du deinen Tee mit Zucker?«

»Nein.« Saskia schluchzte. »Ist deine Mutter nett?«

»Sie hat so ihre Eigenarten, aber im Großen und Ganzen würde ich sagen: Ja, sie ist ein lieber Mensch.«

»Ich wünschte, ich hätte meine Mutter kennengelernt«, erwiderte Saskia leise. »Dann wäre mein ganzes Leben anders verlaufen. Und Dads auch.«

Schockiert sah Rosie sie an. »Was meinst du damit?«

»Sie ist kurz nach meiner Geburt gestorben.« Schniefend zog Saskia eines der Taschentücher aus der Packung und rieb sich das unverletzte Auge, damit die Tränen aufhörten zu fließen. »Dad hat mir nie genau erzählt, was passiert ist. Er hat nur gesagt, dass sie gestorben ist, als ich noch sehr klein war. Wie alt ich genau war, als es passiert ist, hat er mir nie verraten. Jahrelang habe ich Fotos von ihr angesehen und verzweifelt versucht, mich an irgendetwas von ihr zu erinnern, wenigstens eine einzige Erinnerung. Aber da war nichts. Ich habe echt lange gebraucht, um zu begreifen, dass das einzige Foto, was es von ihr und mir gibt, gemacht wurde, als ich gerade mal eine Stunde alt war.«

Erzitternd holte sie Luft. »Und da hat Dad mir dann endlich die Wahrheit erzählt. Sie ist achtundvierzig Stunden nach der Entbindung gestorben.«

»Oh, Saskia, du armes, liebes Ding.« Rosie wollte Saskia in die Arme ziehen, doch bevor sie näher zu ihr rücken oder etwas Mitfühlendes sagen konnte, zog Saskia sich trotzig den Eispacken vom Auge.

»Wie sich herausgestellt hat, war nicht ich für ihren Tod verantwortlich. Es war ein Herzfehler. Trotzdem habe ich oft

Schuldgefühle.« Saskia atmete tief durch. »Wie kann ich sie vermissen, wenn ich sie niemals gekannt habe?«

»Hast du jemals mit einem Menschen darüber gesprochen? Mit einem Therapeuten? Weiß dein Dad von diesen Gefühlen?«

Verbittert lachte Saskia auf. »Rosie, ich bin Amerikanerin. Ich bin wegen allem Möglichen therapiert worden. Ich fürchte, ich brauche noch etwas Eis.« Sie hielt ihr das warm gewordene Tuch hin.

Anscheinend wollte sie jetzt nicht mehr weiter über ihre Mutter sprechen.

»Du siehst aus, als hättest du dich mit Mike Tyson geprügelt.« Rosie lächelte bedrückt. »Ich bezweifle, dass dir jemand die Geschichte mit der Tür abkaufen wird.«

Saskia zuckte mit den Schultern. »Es war eine sehr stabile Tür.« Sie betastete die hintere Tasche ihrer Jeans und stöhnte auf. »Scheint so, als hätte ich mein Handy verloren. Kann ich bitte deines benutzen? Ich war mit Dad zum Dinner verabredet. Er wundert sich bestimmt, wo ich bleibe. Außerdem …« Sie zögerte. »Ich will nicht, dass er sich aufregt. Zurzeit wirkt er ständig etwas gestresst.«

»Klar.« Rosie zog ihr Handy aus der Tasche. »Wir müssen dir auch ein Taxi rufen, das dich zurückbringt.«

»Muss das sein?« Saskia biss sich auf die Lippe, während sie Rosie ansah. »Kann ich Dad nicht sagen, dass ich erst morgen früh komme, und bei dir übernachten?«

40. Kapitel

Obwohl sie eigentlich dagegen war, willigte Rosie ein, dass Saskia über Nacht bei ihr blieb. Sie hatte Mitleid mit ihr, und zugleich war sie davon überzeugt, dass es besser wäre, wenn Saskia ins Hotel zurückkehrte und mit offenen Karten spielte. Sie sollte Terry zeigen, wie sie zugerichtet worden war. Er würde bestimmt darauf bestehen, dass sie diesen Angriff bei der Polizei anzeigte.

Rosie zog das Schlafsofa aus und bezog es mit Bettzeug, während Saskia mit ihrem Vater telefonierte, um ihm mitzuteilen, dass sie bei einer Freundin übernachtete.

»Ehrlich, Dad, reg dich ab. Ich bleibe über Nacht bei einer Freundin. Wie? Nein, da gibt es keinen Typen. Wir sehen uns morgen früh. Ich hab dich lieb.« Sie legte das Handy auf den Tisch und lächelte Rosie an. »So. Jetzt verbringt er nicht die ganze Nacht damit, sich um mich Sorgen zu machen.«

»Das bezweifle ich«, wandte Rosie ein. »Er weiß immer noch nicht, wo du steckst, und das beunruhigt ihn bestimmt.« Eindringlich sah sie Saskia in die Augen. »Du hättest ihm sagen sollen, dass du bei mir bist. Das hätte ihn vielleicht beruhigt. Oder auch nicht. Also schön, du kannst hier auf dem Sofa schlafen.«

»Darf ich vorher noch duschen? Ich fühle mich schmutzig.«

»Natürlich. Saubere Handtücher findest du im Regal im Bad.«

Gerade als Saskia im Bad verschwunden war, klingelte Rosies Handy auf dem Tisch, und Rosie ging dran, weil sie mit einem Anruf von Seb rechnete.

»Kann ich bitte mit Saskia sprechen?«, verlangte ein Mann mit amerikanischem Akzent. »Mit wem spreche ich?«

Rosie atmete tief durch. Terry. Natürlich überprüfte er Saskias Geschichte, indem er die unbekannte Nummer zurückrief. Keinem liebenden Vater würde das Wort seiner Tochter ausreichen, um sich keine Sorgen mehr um ihre Sicherheit zu machen.

»Tut mir leid, sie steht gerade unter der Dusche. Und hier spricht Rosie.«

»Meine Rosie?«

Fast hätte sie ihn mit einem »Ich bin nicht deine Rosie« angefahren, doch sie schluckte nur. »Ja.«

»In Ordnung.« Einen Moment schwieg er. »Okay, dann lasse ich euch beide in Ruhe.«

»Gute Nacht.« Sie beendete die Verbindung. An seinem überraschten Tonfall hatte sie gemerkt, dass er nicht wusste, wie er darauf reagieren sollte, dass sie die »Freundin« war, bei der Saskia übernachtete.

Das ging ihr selbst ganz ähnlich. Sie war sich nicht sicher, ob sie sich in dieser Situation richtig verhielt. Wenn sie Terry erzählt hätte, wieso Saskia bei ihr war, würde er bestimmt in wenigen Minuten vor ihrer Tür stehen und darauf bestehen, dass sie die Polizei riefen.

Als Saskia in ein Badetuch gewickelt wieder aus dem Bad kam, wurde Rosie sich bewusst, dass sie für Saskia etwas finden musste, worin sie schlafen konnte. Schnell ging sie in ihr Schlafzimmer.

»Reicht dir ein T-Shirt?«

»Danke.«

»Hoffentlich hast du keinen Hunger. Ich habe hier keine Vorräte, weil ich meistens im Café Fleur esse.«

Saskia winkte ab. »Danke, ich bin nicht hungrig. Aber todmüde. Kann ich bitte schlafen gehen?«

»Sicher. Wir sehen uns morgen früh.« Rosie lächelte. »Hoffentlich kannst du auf dem Sofa gut schlafen.«

»Rosie? Danke.«

Sie winkte ab. »Schlaf jetzt.« Ihr Handy klingelte wieder, und diesmal sah sie aufs Display, bevor sie den Anruf annahm. Es war Seb. »Da gehe ich im Schlafzimmer dran. Gute Nacht.« Sie ging in ihr Zimmer und zog die Tür hinter sich zu.

»Was geht da vor, Rosie? Tiki ist ziemlich nervös. Er sagt, er weiß, dass irgendetwas mit Saskia nicht stimmt.«

»Ist er gerade bei dir? Nein? Okay. Kurz gesagt: Saskia ist heute Abend körperlich attackiert worden. Ich habe sie mit zu mir genommen, und sie hat darum gebeten, bei mir übernachten zu dürfen.« Rosie zögerte. »Bitte erzähl Terry nichts davon. Sie will nicht, dass er es erfährt. Morgen früh kommt sie zurück ins Hotel. Sie will die ganze Sache herunterspielen und behaupten, sie sei gegen eine Tür gelaufen.«

»Sie will nicht zur Polizei gehen?«

»Nein, allerdings hoffe ich, dass Tiki sie umstimmt, wenn er ihr Gesicht sieht.«

»Und du? Bist du okay? Wenn dir jemand etwas angetan hat, dann kümmere ich mich höchstpersönlich darum, dass er es bereut.«

»Mir geht's gut. Aber ich bin heilfroh, dass ich zufällig da war, um Saskia zu helfen. Das hätte wirklich schlimm enden können«, fügte sie leise hinzu. Sie wollte lieber gar nicht daran denken, was hätte passieren können.

»Möchtest du, dass ich rüberkomme? Ich könnte versuchen, Saskia zur Vernunft zu bringen. Brauchst du eine dicke Umarmung?«

»Eine Umarmung wäre toll, aber das muss warten, bis ich dich morgen sehe. Saskia liegt schon im Bett, und ich wollte auch gerade schlafen gehen.«

Bevor sie sich ins Bett legte, öffnete sie noch einmal leise die Tür, um nach Saskia zu sehen. Sie musste lächeln, als sie sah, dass Saskia tief und fest schlief und dass Lucky sich an ihre angewinkelten Beine kuschelte.

So müde sie auch war, es gelang Rosie nicht einzuschlafen. Immer wieder wälzte sie sich von einer Seite zur anderen, bis sie irgendwann in einen unruhigen Schlaf fiel und davon träumte, dass Seb gegen Monster kämpfte, um sie zu beschützen. In ihrem Traum drückte er sie eng an sich und versprach ihr, sie niemals im Stich zu lassen.

Am nächsten Morgen wurde sie vom Duft frischen Kaffees geweckt, und als sie stolpernd aus dem Schlafzimmer kam, schenkte Saskia gerade zwei Becher ein.

»Hi. Den einen wollte ich dir gerade ans Bett bringen.« Als sie sich umdrehte, um Rosie den Becher zu reichen, konnte Rosie ihren Schock nicht verbergen.

Saskias Auge und Wange waren dick angeschwollen und schillerten in grellen Farben.

»Bin ich heute nicht umwerfend hübsch?«, fragte Saskia. »Du hast hier nicht zufällig irgendwo einen Abdeckstift?«

»Selbst mit einer ganzen Tube könntest du dieses Veilchen nicht wegschminken. Dein Vater wird dir niemals glauben, dass du dir das geholt hast, weil du gegen eine Tür gelaufen bist.«

»Wahrscheinlich nicht, aber ich werde es trotzdem behaupten.«

»Du solltest ihm sagen, was passiert ist«, gab Rosie zu bedenken. »Seb hat gesagt, dein Dad sei gestern Abend sehr nervös gewesen.«

»Ich kann es ihm nicht sagen. Er würde nur wütend auf mich sein. Dann gibt er mir auf ewig Hausarrest, und bestimmt verlangt er von mir, zur Polizei zu gehen.«

»Das solltest du auch tun. Selbst wenn du keine Anzeige erstattest, sollte die Polizei erfahren, wer dir das angetan hat, falls er bei einem anderen Mädchen auch gewalttätig wird. Oder dir gegenüber.«

Saskia schüttelte den Kopf. »Von dem halte ich mich von nun an fern.«

Resignierend hob Rosie die Schultern.

Kurz darauf gingen sie gemeinsam an der Küstenstraße entlang zum Café. Rosie hatte angeboten, sie könnten ein Taxi nehmen, aber Saskia wollte lieber zu Fuß gehen.

»Es ist ein schöner Morgen, und außerdem zögere ich auf diese Art die Begegnung mit Dad noch etwas hinaus.«

»Möchtest du noch etwas frühstücken, bevor du ins Hotel rübergehst?«

»Nein, danke, Rosie, ich sollte es doch lieber hinter mich bringen. Wir sehen uns später.«

Rosie sah ihr nach, wie sie über den Parkplatz ging und im Hotel verschwand. Was würde wohl als Nächstes geschehen?

Eine halbe Stunde später betrat Seb die Küche des Cafés, zog Rosie in die Arme, küsste sie auf die Stirn und tat so, als wollte er sie nie wieder loslassen. »Bist du wirklich unversehrt, *ma Cherie*? Saskia hat's ganz schön erwischt, das ist wirklich ein schrecklicher Bluterguss. Tiki ist außer sich vor Wut. Das Ganze wird dadurch noch schlimmer, dass Saskia stur behauptet, sie sei gegen eine Tür gelaufen, und nicht verraten will, was wirklich passiert ist. Für ihn steht zweifelsfrei fest, dass jemand ihr Gewalt angetan hat.«

»Meine Schwester scheint ein ziemlich sturer Mensch zu sein«, stellte Rosie fest. »Ich habe ebenfalls versucht, sie umzustimmen, damit sie ihm die Wahrheit sagt.«

»Tiki fragt sich, ob es nicht Zeugen gegeben hat, die ihm die Wahrheit sagen und alles der Polizei berichten können.« Fragend zog er die Brauen hoch.

Sie straffte die Schultern. »Außer mir war niemand da, und ich habe Saskia versprochen, dass ich weder Terry noch der Polizei etwas verrate.«

»Wie viel hast du mitbekommen?«

»Alles«, entgegnete sie leise. »Es war schrecklich.«

Er zog sie noch enger in die Arme. »Dann hättest du dieses Versprechen vielleicht lieber nicht geben sollen.«

41. Kapitel

Es war acht Uhr früh. GeeGee stand in dem leeren Büro und sah zu, wie der Drucker Flyer für ihr neues, kleines Unternehmen ausspuckte. Auf ihrem Schreibtisch lag bereits eine Schachtel mit ihren neuen Visitenkarten.

Während sie darauf wartete, dass der Drucker fertig wurde, sah sie sich im Büroraum um. Die stilvoll karge schwarz-weiße Einrichtung passte zu einer exklusiven Immobilienvermittlung mit großer Fensterfront zur Straße, aber richtig wohl hatte GeeGee sich hier nie gefühlt. Das alles war ihr zu einschüchternd. Sie würde es nicht vermissen, hier zu sitzen. Das Einzige, was sie vielleicht vermissen würde, war der Drucker.

Sie zog die oberste Visitenkarte aus der Schachtel. Dunkelgrüne Schrift auf weißer Karte. »Georgina George. Home and Property Management Consultant«. Schlicht und professionell.

Behutsam legte sie die Karte auf den Umschlag, den sie an Jay adressiert hatte.

Der Drucker hörte auf zu surren, und GeeGee steckte den letzten Schwung Flyer in einen Umschlag.

Als jemand die Tür aufschloss, atmete GeeGee tief durch. War das schon Jay?

Oder einer ihrer Kollegen? Eigentlich hatte sie gehofft, hier mit allem fertig zu sein, bevor jemand sich blicken ließ.

»Guten Morgen, GeeGee. Du bist ja früh dran. Konntest du nicht schlafen?« Jay kam auf sie zu.

Mit strahlendem Lächeln blickte sie hoch und sortierte weiter ihre Ausdrucke. Zeit für den Showdown!

Sie klemmte sich den Stapel ihrer Unterlagen unter den Arm, hängte sich die Tasche über die Schulter und reichte Jay den Umschlag mit ihrer Karte, bevor sie die Schachtel mit den Visitenkarten vom Tisch nahm.

»Was ist das denn?« Jay las die Karte. »Ein kleiner Nebenjob?«

»Im Umschlag steckt ein Scheck über die Büromiete, die ich dir noch schuldig bin.« Als er den Mund öffnete, hob sie schnell eine Hand. »Ab sofort siehst du mich hier nicht mehr.«

»Du kannst nicht einfach gehen«, beschwerte er sich. »Was ist mit den Kunden? Außerdem bekomme ich noch eine weitere Monatsmiete, wenn du fristlos kündigst.«

»Es sind meine Kunden, und die werde ich auch weiter betreuen. Und was die zusätzliche Monatsmiete betrifft: Vergiss es.« Sie ging zur Tür. Auf keinen Fall wollte sie sich jetzt noch auf einen Streit mit Jay einlassen. Sie wollte nur noch raus hier und ihr neues Leben mit ihrem neuen Job beginnen.

An der Tür drehte sie sich noch einmal kurz um. »Die Schlüssel liegen auf deinem Schreibtisch. Ich schätze, wir laufen uns bestimmt irgendwann wieder über den Weg.« Fast hätte sie die Tür hinter sich zugeknallt, aber das wäre kindisch gewesen.

Wow! Sie hatte es getan. Von einer Sekunde zur nächsten wurde ihr fast schwindlig, als ihr bewusst wurde, was für einen gewaltigen Schritt nach vorn sie gerade in ihrem Leben gemacht hatte. Schnell sah sie auf die Uhr. Wie gern sie jetzt an den Strand gegangen wäre, um im Café zu frühstücken! Leider musste sie in einer Stunde am Flugplatz sein. Dort kamen zwölf Gäste einer Hochzeit an, und für den Shuttle brauchte Bruno neben seinem Kleinbus auch ihren Wagen, damit alle gleichzeitig ins Hotel »Eden-Roc« in Antibes kamen.

Vielleicht blieb ihr am Flughafen noch Zeit fürs Frühstück.

Und dazu würde sie sich ein Taschenbuch oder eine Hochglanzzeitschrift als Lektüre gönnen.

Eine halbe Stunde später betrat sie in der Ankunftshalle einen der großen Zeitschriftenshops. Zwischen all den Zeitschriften und Taschenbüchern gab es ein Regal mit Ratgebern, und GeeGee griff neugierig nach einem Buch über Tapping. Konnte man tatsächlich Stress und Ängste abbauen, indem man auf bestimmte Körperstellen tippte?

Dieses Buch musste sie unbedingt haben! Sie war für alles offen, was ihr helfen konnte, den Stress, der ihr in den nächsten Monaten bevorstand, etwas zu lindern.

Mit einem Kaffee und einem Croissant machte sie es sich im Aufenthaltsbereich bequem und wartete auf Bruno und das Flugzeug, das um elf Uhr vierzig landen sollte.

Sie war in ihr Buch vertieft, als Bruno sich neben sie setzte.

»Na, wie läuft's?« Er stellte seinen eigenen Kaffee neben ihren Becher auf das kleine Tischchen.

Wortlos reichte sie ihm eine ihrer neuen Visitenkarten. »Was hältst du davon?«

»Du hast doch nicht etwa vor, mir meine Kunden wegzunehmen, oder?« Als er sah, wie GeeGee erschrak, lachte er auf. »War nur ein Witz.«

»Nein, natürlich will ich das nicht. Ich hatte eher gedacht, du hast vielleicht … so eine Art … Überschuss, den du nicht bewältigen kannst. Zusätzliche Shuttle-Fahrten, vielleicht eine Ferienwohnung, die außerhalb deines Gebiets liegt.« Hoffnungsvoll sah sie ihn an. »Ich dachte, wir könnten zusammenarbeiten.«

Bruno nickte. »Und was ist mit deinem Platz in der Immobilienagentur?«

»Den habe ich aufgegeben. Ab heute bin ich vollkommen selbstständig.«

»Hat das irgendwas mit Jays Rückkehr zu tun?«, fragte er behutsam.

»Er war der Auslöser, aber es hat eher etwas mit einer dicken Provision zu tun, die ungefähr jetzt gerade auf meinem Bankkonto landen müsste. Mit diesem Polster bin ich ein paar Monate lang genug abgesichert, um mich auf meine berufliche Neuausrichtung zu konzentrieren. Ehrlich gesagt ist es für mich so eine Art ›Jetzt oder nie‹.«

»Wenn du es richtig anstellst, kannst du dir damit etwas aufbauen, wovon du gut leben kannst. Ich werde dir auf jeden Fall weiter die Shuttlefahrten zum Flughafen vermitteln.« Bruno straffte die Schultern. »Und was den Überschuss angeht … Wir sind tatsächlich gebeten worden, die Verwaltung von einem oder zwei Apartments zu übernehmen, bei denen wir noch zögern. Lass mich heute Abend mit Patsy darüber reden, okay?«

Sprachlos vor Begeisterung sah GeeGee ihn an.

»Im Moment sollten wir uns aber erst mal zum Treffpunkt begeben. Der Anzeige nach ist der Flieger früher als geplant gelandet.« Bruno stand auf und deutete zum Monitor an der Säule hinter ihnen.

42. Kapitel

Erica wusste, dass es voreilig war, schon mit dem Packen anzufangen, noch ehe es ein ernsthaftes Kaufgebot für das Haus gab, zumal sie immer noch kein Haus gefunden hatte, in das sie umziehen wollte.

Trotzdem wollte sie so gut wie möglich vorbereitet sein, um jede Panik unter Zeitdruck zu vermeiden. Seit acht Jahren lebten sie jetzt hier in diesem Haus, da gab es eine Menge zum Aussortieren.

Mit den Emotionen, die dabei auf sie einstürmten, hätte sie allerdings nicht gerechnet.

Sie hatte geglaubt, den Kummer allmählich bewältigt zu haben. Fast ein ganzes Jahr war es jetzt her, und Cammie und sie hatten den schlimmsten Schmerz überwunden. Sie wachte nicht mehr mitten in der Nacht auf, schluchzte haltlos in ihr Kissen und hoffte, dass Cammie es nicht hörte. Sie versank nicht mehr in Verzweiflung, weil sie sich fragte, wieso es ausgerechnet Pascal hatte treffen müssen.

Sie hatten so vieles für ihr gemeinsames Leben geplant. Ein oder zwei Geschwister für Cammie, die jetzt als Einzelkind aufwachsen musste, weil Erica sehr wahrscheinlich kein Baby mehr bekommen würde.

Auch Cammie ging es inzwischen in so vieler Hinsicht besser. Von den Lehrern wusste Erica, dass sie in jeder Woche bei Cammie kleine Fortschritte beobachteten. Allmählich ähnelte sie wieder dem Kind, das sie vor dem Unfall gewesen war. Sie zog sich nicht mehr zurück und nuckelte am Daumen. Nur in ein Auto wollte sie immer noch nicht steigen. Allerdings hatte sie bei den letzten Malen, wenn Erica eine Autofahrt vorschlug, kurz gezögert, bevor sie den Kopf schüttelte. Erica wusste, dass sie an diesem Punkt weiterarbeiten musste. In gewisser Weise war dies für Cammie der Schlüssel zu einem unbeschwerten Leben.

Da sie Cammie versprochen hatte, Daddys Sachen mit ins neue Haus zu nehmen, musste Erica beim Aussortieren sehr vorsichtig sein. Cammie durfte die Dinge, von denen Erica sich trennte, nicht zu Gesicht bekommen.

Sie vermisste Pascal immer noch schrecklich. Im Schrank hing seine Kleidung, doch Erica hatte sie etwas zur Seite geschoben, weil sie es auf Dauer nicht ertragen konnte, sie jedes Mal zu sehen, wenn sie den Schrank öffnete. Kurz nach seinem Tod hatte es sie oft getröstet, seine Kleidung zu fühlen, das Gesicht daran zu schmiegen und den Duft tief einzuatmen.

Seine Sachen zu sortieren und zu einer Sammelstelle für wohltätige Zwecke zu bringen war etwas, das sie schon viel zu lang aufgeschoben hatte. Am besten fing sie mit der Kleidung an, und hoffentlich würde es Cammie nicht auffallen, wenn Daddys Kleidungsstücke im neuen Haus fehlten.

Pullover und T-Shirts, die sie selbst noch tragen konnte, landeten auf einem Stapel, Hosen, Anzüge und Schuhe kamen in schwarze Plastiksäcke.

Als sie in der Brusttasche eines Leinenjacketts, das Pascal im Sommer oft abends getragen hatte, ein Foto fand, konnte Erica die Tränen nicht länger zurückhalten. Dieses Foto hatte sie vollkommen vergessen.

Es war letztes Jahr am Wochenende ihres Geburtstags aufgenommen worden, als sie zu dritt in Antibes im Freizeitpark »Marineland« gewesen waren. Gegen Ende des Tages hatte

Pascal einen vorbeigehenden Fremden gebeten, ein Foto von ihnen zu machen. Ein Selfie hatte er strikt abgelehnt. »Nein, ich möchte ein richtiges Foto von uns dreien. Ein wertvolles Erinnerungsstück.«

Sie hatten sich vor der Pinguinlandschaft aufgestellt, umarmt, und Cammie hatte vor ihnen gestanden und überglücklich gelächelt. Was für ein wunderschöner Tag das gewesen war!

Erica legte das Foto auf den Nachttisch. Ja, es war tatsächlich ein wertvolles Erinnerungsstück. Später würde sie sich auf die Suche nach einem passenden Rahmen machen.

Gerade als sie die Kleidersäcke ins Erdgeschoss schleifte, kam GeeGee nach Hause.

»Hi. Bist du fertig?«

Erica sah sie an. »Mist, das habe ich ja total vergessen. Die Hausbesichtigung heute Abend. Gib mir fünf Minuten.« Sie zögerte und deutete auf die Säcke. »Können wir die unterwegs bei der Sammelstelle abgeben?«

»Natürlich. Mach dich frisch, ich bring das hier ins Auto.«

Die Villa, zu der GeeGee mit ihr fuhr, erfüllte viele von Ericas Anforderungen an ihr neues Zuhause, zumindest soweit sie es beim Durchsehen der Unterlagen feststellen konnte. Auch Cammie hatte beim Blick auf die Fotos gesagt, das Haus sehe schön aus.

Auch in der Realität sah die Villa gut aus, stellte Erica fest, als GeeGee in der privaten Auffahrt parkte. Das Grundstück lag an einer schmalen Seitenstraße, die von der Küstenstraße einen steilen Hügel hinaufführte. Die Villa und auch der Garten boten einen wunderschönen Ausblick über das Mittelmeer. Der Garten war gerade noch groß genug, dass Erica ihn selbst pflegen konnte, und als GeeGee die Haustür aufschloss, überkam Erica aufregende Vorfreude.

»Wie lange steht das Haus schon leer?«

»Ungefähr drei Wochen. Ein Paar aus England hat hier gelebt. Die beiden mussten unerwartet zurück. Familienprobleme.« GeeGee öffnete die Fensterläden in der Küche.

Das Sonnenlicht erhellte den großen Raum und beschien den Terrakottaboden und die blau-gelb gefliesten Arbeitsflächen. Erica sah es schon vor sich, wie Cammie und sie hier glücklich zusammen kochten. Große Glastüren führten auf einen kleinen Innenhof hinaus, der sich perfekt für ein Frühstück unter freiem Himmel eignete.

Aufgeregt folgte Erica GeeGee von einem Raum zum nächsten. Das Wohnzimmer zog sich an der gesamten Längsseite der Villa entlang zu weiteren Glastüren, die auf eine große Terrasse führten, an die sich ein Swimmingpool anschloss, dessen Wasser in der Abendsonne glitzerte.

Während sie durch die vier Schlafzimmer, die drei Bäder, den Wirtschaftsraum und den Keller ging, wusste Erica, dass sie das neue Zuhause für sich und Cammie gefunden hatte. Es fühlte sich einfach perfekt an. »Ich sollte noch mal mit Cammie wiederkommen, um sicher zu sein, dass es ihr auch gefällt, aber ich liebe es. Hier ist so viel Platz für uns drei.«

»Drei?« Fragend sah GeeGee zu ihr.

»Na, an dem einen Schlafzimmer mit eigenem Bad steht doch praktisch schon dein Name dran.« Erica wandte sich ihrer Freundin zu. »Keine Widerrede. Hast du die Verträge bei dir? Ich will unterschreiben.«

»Ohne es vorher Cammie zu zeigen?«, fragte GeeGee verwundert nach. »Du hast sieben Tage zum Widerruf, aber …«

»Wir bringen sie her, damit sie es sich ansehen kann, aber ich will einfach nicht riskieren, dass es mir jemand unter der Nase wegschnappt. Ich weiß, dass sie hiervon genauso begeistert sein wird wie ich, besonders, wenn ich ihr sage, dass hier genug Platz für einen Hund ist.« Entschlossen straffte sie die Schultern. »Komm, wir fahren los und holen sie.«

GeeGee setzte Erica ab, um Cammie bei Madeleine abzuholen, und als sie mit ihr nach Hause ging, erzählte Erica Cammie von dem neuen Haus.

»Wir bringen nur kurz deine Sachen nach Hause, und dann gehen wir hin, damit du es dir ansehen kannst. GeeGee hat die Schlüssel, und wir treffen uns dort mit ihr.«

»Bekomme ich ein großes Zimmer? Kann ich von da aus das Meer sehen?«, wollte Cammie wissen. »Was für einen Hund kann ich haben?«

Erica musste lachen. »Erst mal müssen wir einziehen, bevor wir uns Gedanken über den Hund machen.«

Als sie bei der Villa ankamen, wartete GeeGee bereits auf sie. In den Händen hielt sie eine Flasche Rosé, Orangensaft und Plastikbecher.

»Auf dem Rückweg hierher war ich noch kurz im Supermarkt. Ich dachte, wir könnten es mit einem ersten Picknick am Pool feiern.« GeeGee blickte Cammie nach, die aufgeregt ins Haus rannte, um sich alles anzusehen. »Die Pizza müsste jeden Augenblick geliefert werden.«

»Werden wir wirklich hier wohnen?« Cammie kam auf die Terrasse gerannt, sank erschöpft neben Erica auf den Boden und ließ die Füße in den Pool baumeln.

»Ja, sobald die Verträge vom Notar bestätigt sind«, antwortete GeeGee. »Oh, ich glaube, ich höre ein Motorrad. Das muss der Pizzabote sein.«

Während GeeGee die Pizza in Empfang nahm, wandte Erica sich an Cammie. »Dann würdest du also gern hier leben?«

Cammie nickte. »Ja. Welches Zimmer nimmst du, Mummy? Weil ich wirklich, wirklich sehr, sehr gerne das da haben würde.« Sie deutete auf das Fenster am vorderen Ende der Villa.

Obwohl Erica dieses Zimmer auch bereits für Cammie eingeplant hatte, konnte sie jetzt nicht widerstehen, ihre Tochter ein bisschen aufzuziehen. Skeptisch verzog sie das Gesicht. »Das gefällt mir aber auch sehr.«

Cammie schüttelte den Kopf. »Das große in der Mitte mit dem kleinen Balkon ist viel besser für dich. Da kannst du sitzen und lesen, wenn du nicht schlafen kannst. Und niemand sieht dich im Pyjama.«

Erica unterdrückte ein Lächeln. Manchmal erinnerte Cammie sie unglaublich an Pascal, wenn sie etwas so schnell und so erwachsen bewertete. »Okay, dann ist das abgemacht. Und GeeGee bekommt das andere große Schlafzimmer am hinteren Ende der Villa.«

Eine Stunde später hatten sie die Pizza aufgegessen, saßen auf der Terrasse und betrachteten den Sonnenuntergang. Erica hielt Cammie in den Armen, die sich an sie gekuschelt hatte, und zum ersten Mal seit Monaten sah sie glücklich und optimistisch in die Zukunft. Diese Villa war für Cammie und sie ein Neuanfang. Von jetzt an konnte alles nur besser werden.

Vorsichtig verlagerte sie das Gewicht und schüttelte Cammie, die eingenickt war, behutsam an der Schulter. »Komm jetzt, Schlafmütze. Zeit, nach Hause zu gehen.«

»Ich kann euch fahren«, schlug GeeGee leise vor. »Wenn sie schläft …«

Erica schüttelte den Kopf. »Nein, das will ich nicht. Sie muss von sich aus beschließen, in ein Auto zu steigen. Ich will sie nicht austricksen.« Wieder schüttelte sie Cammie sanft. »Wach auf, Süße. Zeit, nach Hause zu gehen.«

»Ich bin so müde.« Gähnend und unwillig stand Cammie auf. »Ich will nicht laufen. Kann GeeGee uns nicht mit dem Auto nach Hause bringen?«

Ungläubig sah Erica zu GeeGee hinüber, bevor sie ihre Tochter auf die Arme hob und zum Auto trug, das in der Auffahrt stand. Der heutige Tag steckte wirklich voller Überraschungen.

43. Kapitel

Der Blumenstrauß, der für sie im Café abgeliefert wurde, war so riesig, dass Rosie ihn auf vier Vasen aufteilen musste. Die Karte verriet ihr, dass er von »dem sehr dankbaren Tiki« stammte, der »unglaublich dringend« mit ihr reden wollte. »Bitte, bitte, ruf mich an« hatte er noch hinzugefügt.

Gerade als sie die letzte Vase auf den Bartresen im Speiseraum stellte, kam Seb herein. »Ich tippe mal auf Tiki?«

Rosie nickte. »Total übertrieben, aber schön sind sie, nicht wahr?« Sie gab ihm die Karte zum Lesen.

»Er checkt heute aus. Er hat die Anwälte dazu gebracht, das Ganze zu beschleunigen und den Kauf der Villa dringend abzuschließen.« Eindringlich sah er ihr in die Augen. »Außerdem hat er Saskia gesagt, dass sie ohne Begleitschutz nirgends mehr hingehen darf. Er überlegt sogar, einen Bodyguard für sie einzustellen.«

»Saskia hat schon befürchtet, dass er überreagiert.« Zumindest brauchte sie sich keine Sorgen mehr zu machen, er könne zu ihr ins Café kommen oder ihr unerwartet am Strand begegnen, wenn er jetzt in sein neues Haus einzog.

»Und? Wann triffst du dich mit ihm?«

»Ich rufe ihn nachher an und stimme mit ihm einen Abend ab, an dem es passt«, erklärte sie. »Soll er sich dort erst mal eingewöhnen.«

»Viel Glück dabei«, erwiderte Seb. »Du kannst dir wirklich nicht vorstellen, wie aufgebracht er ist. Er braucht Antworten, und er ist kein sehr geduldiger Mensch.«

»Tja, er wird sich wohl oder übel gedulden müssen.« Rosie blickte sich um. »Ich muss mich um mein Café kümmern.«

»Wenn du nicht willst, dass er hier unerwartet auftaucht, solltest du ihn lieber so bald wie möglich anrufen.« Sachte küsste er sie. »Ich muss zurück ins Hotel. Wir sehen uns nach dem Lunch.«

Rosie zog ihr Handy aus der Hosentasche. Dass Terry hier wütend auftauchte und ihr eine Szene machte, wollte sie nicht riskieren. Sie wählte, und diesmal erkannte Terry die Nummer.

»Rosie. Ein Glück, dass du dich meldest. Können wir uns noch heute Vormittag treffen? Zehn Uhr würde mir passen.«

»Mir aber leider nicht. Bei mir geht es frühestens heute Abend um sieben. Du hast heute ja ohnehin genug mit dem Umzug zu tun, stimmt's?«

»Ja, aber ich habe Leute, die sich um alles kümmern«, erwiderte er. »Okay, heute Abend. Ich schicke einen Wagen, der dich abholt.«

»Nicht nötig, ich finde den Weg allein«, antwortete sie noch, aber Terry hatte bereits aufgelegt.

Die Limousine, mit der Terry sie abends abholen ließ, war ein langer, eleganter und luxuriöser Wagen. Rosie lehnte sich in die Polster zurück und blickte hinaus aufs Mittelmeer, während der Chauffeur durch den dichten Verkehr an der Küste steuerte. Sie atmete tief durch und versuchte, sich zu beruhigen.

Terry wollte über den Angriff auf Saskia sprechen, doch es konnte sehr gut sein, dass er auch über sich und Olivia reden würde. Mit dem ersten Thema konnte Rosie ganz rational umgehen, aber sie wusste, dass es ihr schwerfallen würde, ruhig zu bleiben, wenn es in der Unterhaltung um Dinge ging, die fast zwanzig Jahre zurücklagen. Wenn diese Fahrt doch nur ewig dauern würde! In dem Moment hätte Rosie auch nichts dagegen gehabt, wenn der Chauffeur sich verfuhr und sie stattdessen zurück nach Hause brachte.

Es dauerte gerade mal zehn Minuten, bis sie vor der Villa die dunkelgrünen, mit goldenen Blättern verzierten, gusseisernen Torflügel erreichten, die sich auf Knopfdruck lautlos öffneten. Nach einer kurzen Fahrt über die geschwungene, von Oleanderbüschen gesäumte Auffahrt hielt der Wagen vor ein paar flachen Treppenstufen, die zu der provenzalischen Villa hinaufführten. Die zahllosen Fenster erstrahlten in der Abendsonne, die die liebevoll gepflegten Grünanlagen in goldenes Licht tauchte.

Unweigerlich hielt Rosie den Atem an. Selbst die perfekten Fotos in der Hochglanzbroschüre, die sie bei Seb durchgeblättert hatte, wurden dieser Realität nicht gerecht. Sie kam sich vor, als wäre sie mitten in einem Filmset gelandet. Das alles wirkte fast unwirklich.

Als der Chauffeur ihr die Tür aufhielt und sie aus der Limousine ausstieg, wartete Terry bereits oben an der Treppe, um sie willkommen zu heißen. In den wenigen Tagen, seit sie ihn das letzte Mal am Café vorbeigehen gesehen hatte, schien er gealtert zu sein.

Erschrocken bemerkte sie, dass er keinen Pferdeschwanz mehr trug, sondern einen ganz normalen Kurzhaarschnitt hatte. Seine Kleidung – schwarze Jeans und weißes Hemd – war so makellos wie immer, allerdings hatte er deutlich Gewicht verloren, sodass die Kleidung lappig an ihm herunterhing. Lag das am Stress wegen Saskia? Oder hatte seine Krankheit sich verschlimmert?

»Rosie. Willkommen in meinem neuen Zuhause.«

Nachdenklich folgte sie ihm, als er vorausging und sie auf eine Terrasse hinter der Villa führte, wo sich ein riesiger Swimmingpool erstreckte. Der Blick über die Küste war unvergleichlich. Auf der Terrasse waren Korbstühle um kleine Tische aus Teakholz gruppiert. Auf einem der Tische wartete in einem Sektkühler eine Flasche Champagner darauf, geöffnet zu werden.

»Wenn wir mit Reden fertig sind, zeige ich dir gern das Haus.« Mit einer Geste bat er sie, sich zu setzen, bevor er auf dem gegenüberliegenden Stuhl Platz nahm.

»Nicht zu fassen, dass du erst heute eingezogen bist. Alles ist so perfekt organisiert«, stellte Rosie fest. »Übrigens danke für die Blumen, sie sind sehr schön. Allerdings wäre das wirklich nicht nötig gewesen. Ist Saskia nicht da?«

»Im Moment räumt sie ihr Zimmer ein. Vielleicht gesellt sie sich nachher noch zu uns.« Mit sehr ernster Miene blickte er Rosie an. »Weder sie noch ich können dir genug dafür danken, was du neulich abends getan hast.«

»Ich habe nur getan, was jeder andere auch gemacht hätte.«

»Bisher weigert sie sich, Anzeige zu erstatten. Sie verrät mir nicht einmal, was genau passiert ist. Aber du erzählst mir hoffentlich jedes Detail, ja?«

Sie schüttelte den Kopf. »Tut mir leid, aber es liegt bei Saskia, dir alles zu erzählen, nicht bei mir.«

»Du bist haargenau so ein Sturkopf wie sie. Das liegt wohl in den Genen«, fügte er mit einem Seitenblick zu ihr hinzu, und als Rosie auf die Bemerkung nicht einging, seufzte er. »Ich weiß nicht, was Olivia dir über die Vergangenheit erzählt hat, aber die Dinge sind nicht immer nur schwarz oder weiß, verstehst du?«

»Wag es bloß nicht, jetzt Mum die Schuld zu geben. Während meiner gesamten Kindheit hat sie kein einziges schlechtes Wort über dich verloren. Sie hat dich höchstens noch verteidigt, weil sie nicht wollte, dass ich denke, du hättest aufgehört, mich zu lieben, so wie du es bei ihr getan hast. Nur durch deine eigenen Worte und mit deiner Gleichgültigkeit bei meinem Anruf hast du es damals erreicht, dass ich dich gehasst habe.«

Das Schweigen, was ihren Worten folgte, schien sich zu einer kleinen Ewigkeit auszudehnen. Es war für sie beide schmerzhaft.

Rosie betrachtete Terrys aschfahles Gesicht und bereute, dass sie es so unverblümt ausgesprochen hatte. Doch auf keinen Fall wollte sie, dass Olivia hier für irgendetwas die Schuld zugesprochen wurde. »Tut mir leid, aber so ist es nun mal.«

Terry biss sich auf die Lippe und nickte bedrückt. »Mir tut es auch leid.« Er zögerte, bevor er fortfuhr: »Empfindest du immer noch so?«

»Nein, ich bin schließlich keine siebzehn mehr. Heute versuche ich, die Dinge rationaler zu betrachten und keine voreiligen Schlüsse mehr zu ziehen. Erst kürzlich hat man mir gesagt, dass ich dazu neige.« Sie musste an Sebs Worte denken. »Aber ehrlich gesagt kann ich gar nicht genau sagen, was ich jetzt für dich empfinde.« Sie zuckte mit den Schultern. »Wahrscheinlich ist es am ehesten Gleichgültigkeit. Du bist schon vor so langer Zeit aus meinem Leben verschwunden, dass es mir schwerfällt zu glauben, du würdest gern wieder ein Teil davon sein.«

»Wenn man es genau nimmt, Rosie, dann bin ich in der ersten Zeit nicht wirklich aus deinem Leben verschwunden. Es war vielmehr so, dass du mich aus deinem Leben ausgestoßen hast. Ich hoffe sehnlichst, dass es nicht zu spät für einen neuen Versuch ist, das alles zu ändern, denn jetzt hast du eine Schwester, die deine Hilfe braucht.«

Schuldbewusst dachte Rosie an all die Karten und Geschenke, die sie nicht angenommen hatte, weil sie nichts von ihrem Vater hatte wissen wollen. Hatte er Saskia in den Briefen erwähnt, die sie ungelesen weggeworfen hatte?

»Von der Existenz dieser Schwester habe ich erst diesen Sommer erfahren. Warum sollte mich das kümmern?« Noch während sie es aussprach, musste Rosie sich eingestehen, dass ihr trotz allem viel an Saskia lag. »Hast du ihr von mir erzählt, während sie aufgewachsen ist? Oder hast du deine Familie in England komplett verschwiegen?«

»Ich habe ihr erzählt, dass ich noch eine Tochter habe, die ich sehr geliebt habe, aber schon sehr lange nicht mehr gesehen habe. Dass ich hoffe, dass du und sie euch eines Tages anfreundet«, antwortete er leise. »Mir ist jetzt klar, dass es ein Fehler war, nicht schon vor Jahren nach Europa zurückzukehren, damit ihr zwei euch treffen und kennenlernen könnt. Aber das Schicksal hat immer etwas dazwischenkommen lassen. Und jetzt hat es mir noch einen weiteren Knüppel zwischen die Beine geworfen. Saskias und mein Leben ist ohnehin schon eine Katastrophe, und jetzt ist alles noch komplizierter.«

»Ihr Leben ist keine Katastrophe, nur weil jemand sie attackiert hat. Zum Glück war ich zur rechten Zeit zur Stelle, um ihr zu helfen. Wenn du sie dazu bringen kannst, dir alles über den Angriff zu erzählen und es bei der Polizei anzuzeigen, dann stehe ich ihr als Zeugin gern zur Seite.«

Terry schüttelte den Kopf. »Danke, aber hier geht es nicht um den Angriff. Mir geht es darum, Saskia vor einem weiteren Schicksalsschlag in ihrem Leben zu schützen.« Er atmete tief durch. »Genau wie du ist sie mit nur einem Elternteil aufgewachsen. Ihre Mutter ist wenige Stunden nach der Entbindung gestorben.«

»Ich weiß«, antwortete Rosie leise. »Davon hat sie mir an dem Abend erzählt, als sie bei mir übernachtet hat.«

»Tatsächlich? Aber was sie dir sicher nicht gesagt hat, weil sie es gar nicht weiß, ist, dass das genau an dem Tag geschehen ist, als du mich angerufen hast, um mir von Olivias gesundheitlichen Problemen zu erzählen, damit ich zu euch zurückkomme.«

Starr vor Schreck sah Rosie Terry an. »Wieso hast du mir das damals nicht gesagt? Dann hätte ich wenigstens einen Grund gewusst und mich nicht gefühlt, als wäre ich dir so unwichtig, dass du mich einfach von dir stößt. Ich habe immer gedacht, ich würde dir überhaupt nichts mehr bedeuten.«

»Das ist absolut nicht wahr.« Zitternd strich er sich über die Stirn. »An jenem Tag konnte ich nicht klar denken. Ich wusste nur, dass ich mich um ein neugeborenes Kind kümmern musste, dessen Mutter gerade gestorben war.«

Ohne darüber nachzudenken, streckte Rosie die Hand über den Tisch aus und strich ihm über den Arm. »Das muss schrecklich für dich gewesen sein.«

»Wenigstens weiß Saskia nichts über diese entsetzliche Zeit, und seitdem versuche ich, mein Bestes zu geben, um für sie diesen Verlust auszugleichen.« Einen Moment versagte ihm die Stimme. »Und diese Aufgabe hoffe ich nun auf dich übertragen zu können, Rosie.«

Nervös spielte er am Armband seiner Uhr, bevor er Rosie wieder in die Augen sah. »Ich habe Herzprobleme. Im Moment ist alles unter Kontrolle, aber ich brauche dein Versprechen, dass du dich um Saskia kümmerst, falls mir irgendetwas zustößt. Kannst du, wenn nötig, ihr gesetzlicher Vormund werden? Das ist der Hauptgrund, wieso ich dieses Haus gekauft habe. Du bist Saskias einzige Verwandte, und ich muss einfach sicher sein, dass du für sie da sein wirst.«

44. Kapitel

Terry bestand darauf, dass der Chauffeur Rosie zurück in die Stadt brachte, und so saß sie auf der Rückfahrt tief in Gedanken versunken in der Limousine.

So vieles von dem festen Bild, das sie sich von ihrem Vater gemacht hatte, war falsch. Die Wahrheit über die Umstände dieses Telefonats damals zwang sie zum völligen Umdenken, und die Schuldgefühle drohten sie zu überwältigen. Wenn sie nicht so selbstsüchtig alle Kontaktversuche von Terry abgeblockt hätte, dann wäre dieses klärende Gespräch bereits vor Jahren möglich gewesen, und ihrer beider Leben wären anders verlaufen. Ihre Vater-Tochter-Beziehung hätte überleben können. Jetzt brauchte es Zeit, damit die tiefen seelischen Wunden heilen konnten.

Seb hatte recht damit gehabt, sie zu diesem Treffen mit Terry zu drängen. Hätte sie all das, was Terry ihr heute Abend erzählt hatte, erst nach seinem Tod erfahren, hätte sie die Schuldgefühle für den Rest ihres Lebens mit sich herumschleppen müssen. Jetzt blieb ihr wenigstens die Möglichkeit, alles wiedergutzumachen.

Ihr Handy piepste, als die Limousine sich dem Strand näherte. In der Textnachricht fragte Seb, wie das Treffen verlaufen war, und er teilte ihr mit, dass das Abendessen auf sie wartete. Schnell schrieb Rosie zurück: »Vorher noch ein Strandspaziergang? Brauche ein bisschen Klarheit im Kopf.«

Er erwartete sie bereits an seinem üblichen Felsen, und nach einer Umarmung und einem Kuss gingen sie am Strand entlang, und Rosie erzählte ihm von ihrem Treffen mit Terry.

»Hast du Tiki verziehen?«, fragte Seb. »Seid ihr jetzt Freunde?«

»Wir müssen uns erst als Erwachsene neu kennenlernen, bevor wir Freunde werden können. Ich kann jetzt nachvollziehen, wieso er sich so verhalten hat, und ich hoffe, auch er versteht meine Reaktion.« Mit der Schuhspitze stieß sie etwas Sand weg. »Ob ich dazu bereit bin, das zu tun, was er von mir will, steht auf einem anderen Blatt.«

Seb ergriff ihre Hand. »Nämlich?«

»Saskia besser kennenzulernen und für sie da zu sein, falls ihm etwas zustößt. Er möchte, dass ich Saskias gesetzlicher Vormund werde, falls sie noch minderjährig ist, wenn er stirbt.« Sie seufzte. »Er hofft natürlich, dass das noch lange dauert, aber er weiß leider nicht, wie viel Zeit ihm noch bleibt.«

Wortlos drückte Seb ihr die Hand.

»Ich habe eingewilligt, mich häufiger mit ihr zu treffen und ›Schwesternsachen‹ mit Saskia zu machen, was immer er auch darunter verstehen mag. Nächste Woche möchte er in der Villa ein Familiendinner geben. Ich weiß ja, dass du nicht zum Dinner kommen kannst, aber hättest du Lust, später nachzukommen? Wenn du im Hotel mit der Arbeit fertig bist?«

»Natürlich.«

Erleichtert seufzte sie auf. »Danke. Da wir gerade übers Essen reden: Hast du nicht gesagt, das Abendessen sei fertig? Ich habe seit Stunden nichts in den Magen bekommen und komme fast um vor Hunger.«

»Dann komm mit.« Er pfiff nach Lucky, die unbekümmert am Ende des Strands den Möwen nachjagte. »Ich muss sowieso wieder zurück. Eine der Kellnerinnen passt für mich auf Isabella auf. Ich habe mit dir auch etwas zu besprechen.«

Interessiert sah Rosie ihn an, doch er schüttelte den Kopf. »Das hat Zeit, bis wir zurück beim Hotel sind.«

Als er ihr auf dem Rückweg einen Arm um die Schultern legte und Rosie enger an sich zog, legte sie ihm instinktiv einen Arm um die Taille. Es fühlte sich so herrlich an, an seiner Seite zu gehen.

Als sie hoch oben auf Sebs Hotel auf der Dachterrasse saßen und über die Lichter entlang der Küste blickten, trank Rosie einen großen Schluck von dem Rosé, den Seb ihr eingeschenkt hatte, während er das Essen aus der Küche holte.

Ihr Blick ging nach Osten, und sie fragte sich, ob eines der Lichter, die sie dort sehen konnte, zu Terrys Villa gehörte. Oder lag sein Grundstück auf der abgewandten Seite der Landzunge?

Terry und Saskia hatten ihr, bevor sie abfuhr, noch die ganze Villa gezeigt, und sie musste zugeben, dass sie tief beeindruckt von diesem wunderschönen Haus war. Die Renovierungen und Modernisierungen waren so dezent, dass die nostalgische Atmosphäre des goldenen Zeitalters der Villa erhalten worden war. Schon die runden Türgriffe aus Perlmutt ließen einen Besucher beim Betreten eines Raums glauben, er würde durch die Zeit in die wilden Zwanziger zurückreisen.

Beim Anblick der beiden Zeichnungen von Jean Cocteau, die liebevoll restauriert waren und im Wohnzimmer eine Wand beherrschten, hatte sie kaum zu atmen gewagt. Es hätte sie nicht sonderlich überrascht, wenn plötzlich Woody Allen aufgetaucht wäre, um hier einen seiner Filme zu drehen. Das Einzige, was noch gefehlt hatte, war ein Saxofon gewesen, das irgendwo im Haus stimmungsvoll spielte.

Seb schob den Servierwagen auf die Terrasse hinaus. »Essen.«

Lächelnd sah sie ihn an. »Mich hat noch nie jemand mit Essen so verwöhnt wie du.« Ihre vorherigen Freunde waren eher von Rosies Kochkünsten eingeschüchtert gewesen, sodass immer sie gekocht hatte. Oder sie waren essen gegangen. Dass ein Chefkoch für sie kochte, daran konnte sie sich gewöhnen – besonders wenn Seb dieser Chefkoch war.

»Ich habe noch nie Spargel so serviert bekommen.« Sie biss in eine der Spargelstangen, die in ein mit Schnittlauch gewürztes Omelett eingewickelt war, das von einer Scheibe Parmaschinken zusammengehalten wurde. »Hmm, ich glaube, das ist von jetzt an meine absolute Lieblingsvorspeise.«

Die Pilzterrine mit grünem Salat, die Seb ihr als nächsten Gang servierte, schmeckte genauso köstlich. Als sie aufgegessen hatte, schluckte sie und seufzte. »Du bist wirklich gut, das muss man dir lassen. Mit so etwas verdienst du jede beliebige Anzahl von Sternen.«

»Vielen Dank, Madam.« Seb lachte leise. »Noch etwas Rhabarber-Brombeer-Torte?« Er griff nach dem Messer und schnitt zwei Stücke ab.

»Später. Im Moment bekomme ich keinen Bissen mehr hinunter. Aber ein Schlückchen Rosé hätte ich gern noch. Und dann sag mir, worüber du mit mir reden willst.«

Er schenkte ihnen beiden nach. »Ich habe einen Brief von Zoe bekommen. Sie hat so viel Spaß, dass sie noch länger im Fernen Osten bleiben möchte. Könnte sein, dass sie noch vor Weihnachten zurückkommt, vielleicht aber auch nicht.«

»Hast du es Isabella schon gesagt?«

Er schüttelte den Kopf. »Noch nicht. Ich will sie nicht beunruhigen. Im Moment ist sie so glücklich und unbeschwert. Sie spricht nur noch selten von Zoe. Ehrlich gesagt redet sie in letzter Zeit häufiger über dich als über ihre Mum. Von Lucky berichtet sie mir auch oft Neuigkeiten.«

Er spielte mit seinem Weinglas. »Ich habe bei Gericht beantragt, ganz offiziell Isabellas Vormund zu werden. Der Anwalt sagt, er sieht darin kein Problem, da ich offensichtlich ein verantwortungsvoller Vater bin und Zoe sich nicht mal im Land befindet.« Fragend sah er Rosie an. »Was hältst du davon, wenn ich Vollzeit-Vater werde?«

»Ist das eines der Dinge, von denen du am Abend beim Leuchtturm gesagt hast, du müsstest sie noch klären?«

Seb nickte.

»Du wirst ein fantastischer Vollzeit-Vater sein. Das bist du jetzt schon. Isabella liebt dich über alles, ich sehe da überhaupt kein Problem.«

Unwillig winkte er ab. »Rosie, das ist gar nicht der Punkt. Ich will dich auch in meinem Leben haben. Ich will, dass wir ein Paar sind.« Er atmete tief durch. »Aber mich gibt es nicht allein. Die eigentliche Frage lautet, was du davon hältst, eine Vollzeit-Ersatzmutter für Isabella zu sein. Wenn du dich dem nicht gewachsen fühlst, dann weiß ich nicht genau, wie es für uns von jetzt an weitergeht.«

Gespannt musterte er sie in der Stille, die sich anschloss, bis Rosie schließlich lächelte.

»Aha. Verstehe. Tja, ich habe mir immer eine eigene Familie gewünscht, deshalb hätte ich überhaupt kein Problem damit, Isabella als meine Tochter zu sehen.«

»Ganz sicher?«, hakte er nach. »Versprichst du, es nicht wie Zoe zu machen und uns in ein paar Monaten wegzulaufen?«

»Das wird nie passieren, versprochen. Außerdem darfst du nicht vergessen, dass es mich jetzt auch nicht mehr ohne Anhang gibt. Da sind noch Terry und Saskia.« Sie beugte sich über den Tisch und küsste ihn. »Ich denke, nachdem wir das jetzt geklärt haben, bin ich bereit fürs Dessert.«

Ohne ein weiteres Wort legte Seb ein Stück Torte auf einen Teller, lud Sahne darauf, und zu Rosies Überraschung reichte er ihr nicht den Teller, sondern fing an, sie mit dem Löffel zu füttern.

»Weißt du eigentlich, wo Lucky ist?«, fragte er.

Mit dem vollen Mund konnte sie ohnehin nicht antworten, deshalb schüttelte sie nur den Kopf.

»Sie liegt zusammengerollt bei Isabella im Bett.« Er lud den nächsten Löffel voll.

Schnell schluckte Rosie. »Oh, das tut mir leid. Warte, ich rufe sie und …«

»Sei still und mach den Mund auf«, unterbrach er sie und steckte ihr den nächsten Bissen in den Mund. »Es wäre doch gemein, sie jetzt zu stören. Wahrscheinlich würden wir dadurch auch Isabella aufwecken. Sie könnte beunruhigt sein. Vielleicht weint sie dann sogar. Viel klüger wäre es, wenn du heute Nacht hierbleibst, meinst du nicht? Das würde alle glücklich machen.«

45. Kapitel

Rosie genoss einen schönen Traum, in dem Seb und sie die Flitterwochen auf einer tropischen Insel verbrachten. Seb wollte ihr unbedingt etwas zeigen, das er am weißen Strand direkt vor dem Luxuspavillon entdeckt hatte, in dem sie wohnten.

»Rosie. Rosie, Darling. Bitte wach auf.«

Sie schreckte aus dem Schlaf hoch. Seb kniete neben dem Bett und schüttelte sie sanft an der Schulter.

»Was ist los? Wie spät ist es?«

»Fast Mitternacht. Saskia hat angerufen. Sie ist mit Tiki im Krankenhaus. Sie möchte, dass du kommst.«

Rosie war bereits aus dem Bett gestiegen und zog sich an. »Rufst du mir ein Taxi?«

»Ich fahre dich hin.«

»Und was ist mit Isabella?«

»Alicia ist schon unterwegs. Der Nachtportier weiß Bescheid. Bist du fertig? Dann los.«

Trotz der Uhrzeit herrschte noch Verkehr auf der Küstenstraße, und die roten Ampeln schienen sich gegen sie verschworen zu haben, doch fünfzehn Minuten später hielt Seb auf dem Krankenhausparkplatz an.

Die Krankenschwester in der Notaufnahme führte sie in ein kleines Wartezimmer neben dem Raum, in dem Tiki versorgt wurde. Saskia, die zusammengesunken auf einem Stuhl im Gang saß, sprang auf, als sie Rosie sah, und rannte zu ihr.

Rosie zog sie in die Arme. »Wie geht es ihm?«

»Ich weiß es nicht. Sie lassen mich nicht zu ihm.«

»Ich besorge uns erst mal einen Kaffee«, beschloss Seb. »Mal sehen, ob ich Näheres erfahren kann.«

»Ich bin so froh, dass du hier bist.« Saskia stand immer noch in Rosies Umarmung.

»Was ist denn passiert?«

»Nachdem du gegangen bist, haben wir auf der Terrasse zu Abend gegessen und uns unterhalten. Das hat so ungefähr eine Stunde gedauert. Er war so glücklich, dass er mit dir alles geklärt hatte, und er hat alles Mögliche geplant, was wir zusammen unternehmen können. Und dann ist er einfach in sich zusammengesackt. Es war so schrecklich, Rosie.«

Rosie schlang die Arme noch enger um sie.

»Wenn sie mir wenigstens sagen würden, was gerade passiert.«

»Sie sind sicher alle sehr damit beschäftigt, ihm zu helfen. Wir müssen uns einfach gedulden. Sobald sie Genaueres wissen, werden sie zu uns kommen und es uns sagen«, versicherte Rosie ihr.

Seb kehrte mit drei Bechern Kaffee zurück und verteilte sie. »Es heißt, bald würde jemand zu uns kommen.«

Fragend sah Rosie ihn an. »Musst du zurück zu Isabella?«

»Ich bleibe bei dir«, erklärte er. »Isabella ist bei Alicia in guten Händen.«

Es dauerte noch eine halbe Stunde, bis ein erschöpft wirkender Arzt in Begleitung einer Krankenschwester zu ihnen kam und ihnen mitteilte, sie hätten Tikis Zustand stabilisiert.

»Können wir ihn sehen?«, fragte Saskia sofort.

»Nur einer. Ganz kurz. Dann fahren Sie nach Hause und ruhen sich aus. Kommen Sie morgen wieder.«

Rosie signalisierte Saskia, der Schwester zu folgen.

»Können Sie uns sagen, was passiert ist?«, fragte Seb den Arzt. »Hat es etwas mit seiner Krankheit zu tun?«

»Nein. Er hat heute Abend einen kleinen Schlaganfall erlitten. Mehr können wir Ihnen erst morgen früh sagen.«

Weinend kehrte Saskia zu ihnen zurück.

»Komm, wir bringen dich nach Hause.« Rosie sah kurz zu Seb. »Ich denke, lieber zu meinem Apartment als zur Villa.«

Seb setzte sie beide bei Rosies Apartment ab, küsste Rosie zum Abschied und umarmte Saskia. »Ich sehe euch beide morgen früh.« Dann fuhr er weg.

Rosie kochte ihnen eine heiße Schokolade, und Saskia und sie setzten sich auf das Sofa. In Gedanken versunken saßen sie da, bis Saskia das Schweigen brach.

»Dad wird doch wieder gesund, oder?«

Rosie schüttelte den Kopf. »Das weiß ich nicht, aber ich hoffe es. Er und ich haben eine Menge nachzuholen. Im Moment wird er in diesem Krankenhaus optimal versorgt.«

»Ich habe ja gewusst, dass es ihm nicht gut geht, aber ich dachte, alles sei unter Kontrolle. Und jetzt das, ich …« Saskia verstummte. »Er ist alles, was ich habe. Ich will nicht ganz allein in dieser Welt sein.«

»Wenn der schlimmste Fall eintritt, bist du nicht allein. Du hast jetzt eine große Schwester, schon vergessen?«

Saskias Lächeln wirkte schwach. »Das habe ich natürlich nicht vergessen. Aber es gab immer nur Dad und mich. Meine Schwester war diese schreckliche Unbekannte, die in Europa lebt und nichts mit uns zu tun haben will.«

»Das liegt nur daran, dass ich nichts von dir gewusst habe. Jetzt kenne ich dich, und ich verspreche dir, dass ich immer für dich da sein werde. Ich nehme meine Rolle als große Schwester sehr ernst.«

»Solltest du auch. Das ist eine sehr wichtige Rolle.« Saskia blickte sich um. »Wo ist Lucky? Die hat letztes Mal bei mir auf dem Bett geschlafen. Das war schön.«

»Sie übernachtet im Hotel bei Isabella.« Rosie lächelte. »Sie vergöttert sie«, fügte sie hinzu, damit es so klang, als geschähe das öfter und nicht das erste Mal.

»Wolltest du auch dort übernachten?«, fragte Saskia. »Seid Seb und du deshalb zusammen ins Krankenhaus gekommen?«

»Ja.« Rosie sah keinen Grund darin, es zu verheimlichen. »Komm jetzt, wir sollten versuchen, ein bisschen zu schlafen. Es war ein langer Tag, und der morgige wird auch anstrengend.«

Als sie gemeinsam das Sofabett ausklappten und bezogen, musste Rosie an Terry denken. Was würde passieren, wenn er starb? Saskia hielt sich sehr tapfer, aber dann wäre sie sicher am Boden zerstört. Und dass ihre Schwester die Rolle ihres über alles geliebten Vaters übernahm, würde ihr bestimmt kein großer Trost sein.

Saskia zog die Bettdecke über sich und sah Rosie an. »Gute Nacht. Ich bin froh, dass Seb mein neuer Schwager wird. Er ist sehr nett.«

»Nichts überstürzen.« Rosie lachte auf. »Das alles ist noch gar nicht offiziell.«

»Das wird es sicher bald sein. Ich kann's nicht erwarten, Dad davon zu erzählen. Er mag Seb auch.«

Als Rosie im Bett lag, betete sie, dass Terry überhaupt lange genug lebte, damit Saskia ihm die Neuigkeiten mitteilen konnte.

Während der geschäftigen Woche im Café hatte Rosie durch die viele Arbeit kaum Gelegenheit, über die Veränderungen in ihrem Leben nachzudenken, obwohl diese Veränderungen über kurz oder lang unausweichlich große Auswirkungen haben würden. Angenehme, aber auch unschöne.

Jeden Morgen, bevor sie mit der Arbeit begann, rief sie im

Krankenhaus an. Terry hielt sich tapfer und machte jeden Tag kleine Fortschritte. Abends besuchte sie ihn, und die täglichen Unterhaltungen fühlten sich mittlerweile wie Gespräche unter Freunden an. Sowohl Terry als auch sie ließen die Vergangenheit langsam los und konzentrierten sich auf ihre zukünftige Beziehung.

Tagsüber kümmerte Rosie sich um das Café Fleur und die letzten Vorbereitungen für Tansys und Robs Hochzeitsfeier, sie sorgte dafür, dass Saskia regelmäßig aß, führte Lucky aus ... die Liste war endlos.

Bei ihr spielte sich eine neue Routine ein. Hektik während der Mittagszeit durch die vielen Lunchgäste, regelmäßige Besorgungen und Vorbereitungen und anschließend die Besuche im Krankenhaus. Im Moment brauchte sie sich nicht mehr um Isabella zu kümmern, das hatte Seb ihr abgenommen.

»Ich habe über die Agentur ein Kindermädchen in Vollzeit engagiert. Du hast genug um die Ohren, da sollst du nicht noch versuchen müssen, die Zeit einzuplanen, um dich um Isabella zu kümmern.«

Dass Seb das Kindermädchen eingestellt hatte, bereitete Rosie ein schlechtes Gewissen. Wenn Isabella ihre Tochter war, wollte Rosie sich auch um sie kümmern, selbst wenn ihr Leben im Moment so angespannt war. Außerdem vermisste sie das kleine Mädchen. Allein die Tatsache, dass ihr die Energie für eine Auseinandersetzung mit Seb fehlte, zeigte ihr, wie erschöpft sie war. Bis zum Ende der Sommersaison dauerte es nicht mehr lang, und sie nahm sich fest vor, dann alles wiedergutzumachen und sich mehr Zeit für Isabella und Seb zu nehmen. Bis dahin konnte sie nur versuchen, im hektischen Strom ihres Alltags mitzuschwimmen.

Eines Nachmittags wollte sie gerade zu ihrem Krankenbesuch bei Terry aufbrechen, als sie überrascht sah, dass Olivia das Café betrat. Gleich am Tag nach Terrys Schlaganfall hatte sie ihre Mutter angerufen und ihr davon berichtet, und sie hatte Olivia versprechen müssen, sie über Terrys Zustand auf dem Laufenden zu halten.

»Ich dachte, ich begleite dich heute«, erklärte Olivia. »Ich finde, das sollte ich tun. Er hat in meinem Leben eine wichtige Rolle gespielt. Ohne ihn hätte ich dich nicht. Meinst du, er hat sich gut genug erholt, um den Schock zu verkraften, mich zu sehen?«

»Ich frage ihn lieber vorher. Es geht ihm schon viel besser. Er nervt die Ärzte bereits, ihn zu entlassen, aber sie bestehen darauf, vorher noch einige Tests durchzuführen. Er ist bestimmt nicht ihr angenehmster Patient, das steht fest.«

Olivia lachte auf. »Nein, er war schon immer ungeduldiger, als gut für ihn war.«

Im Krankenhaus angekommen öffnete Rosie die Tür seines Einzelzimmers und hörte, wie Saskia gerade sagte: »Wenn jetzt eine Hochzeit ansteht, ist es ganz wichtig, dass es dir bald wieder besser geht.«

Terry hatte sich einige Kissen in den Rücken geschoben und lächelte glücklich.

»Hi. Wie geht's dir heute?« Rosie begrüßte ihn mit einem Kuss auf die Wange.

»Die Ärzte sind endlich mit ihren Tests fertig. Hoffentlich lassen sie mich bald hier raus.« Er lächelte sie an. »Saskia hat mir gerade von dir und Seb erzählt. Ich freue mich so für dich. Seb ist ein guter Kerl.«

»Das ist alles noch nicht spruchreif.« Sie winkte ab. »Aber ja, Seb ist ein guter Kerl. Äh, Dad?« Verlegen verstummte sie, als ihr klar wurde, was sie gerade gesagt hatte. Das Wort war ihr einfach so rausgerutscht. Vielleicht lag es an dem, was sie ihn fragen wollte.

Terrys Lächeln verstärkte sich. »Ja?«

»Mum ist draußen. Sie möchte wissen, ob du dich einem Besuch von ihr gewachsen fühlst. Wenn nicht, dann hat sie dafür Verständnis.«

Lächelnd schüttelte er den Kopf. »Olivia ist hier, um mich zu sehen? Wow! Das kommt wirklich unerwartet. Aber es ist schön. Bitte sie herein.«

Als Olivia das Krankenzimmer betrat, streckte Terry ihr lächelnd den freien Arm hin. »Leider kann ich dich nicht richtig umarmen.« Er deutete auf die Kanüle in seiner Armbeuge. »Es ist schön, dich zu sehen. Und sind das nicht tolle Neuigkeiten über unsere Tochter und Seb?«

Fragend sah Olivia zu Rosie. »Na, da hast du es eher erfahren als ich.« Sie lächelte. »Aber es sind wirklich tolle Neuigkeiten.«

»Bevor du Ärger bekommst, weil du zu viele Besucher hast, lassen Saskia und ich euch zwei jetzt allein, damit ihr euch in Ruhe unterhalten könnt. Seid lieb zueinander, ja?« Rosie ahnte, dass Olivia sie später noch einem Verhör unterziehen würde, was zwischen ihr und Seb lief.

Als sie mit Saskia in der winzig kleinen Cafeteria des Krankenhauses saß, sagte Saskia: »Nett von deiner Mum, dass sie herkommt und Dad besucht.«

»Ich weiß nicht genau, was sie dazu gebracht hat«, antwortete Rosie. Vielleicht war das Olivias Art, ihr zu zeigen, wie glücklich es sie machte, dass ihre Tochter und Terry sich versöhnt hatten. Vielleicht hatte sie auch ihre ganz eigenen Gründe, wieso sie mit Terry Frieden schließen wollte.

Was auch immer der Grund dafür sein mochte, es war schön, dass ihre Eltern nach all den Jahren das Kriegsbeil begraben hatten.

46. Kapitel

GeeGee gönnte sich einen großen Eiskaffee und begab sich damit zu ihrem Stammtisch im Café Fleur. Zum Glück saß sie dort im Schatten der beiden großen Eukalyptusbäume, die die Terrasse säumten.

Den kühlen Schatten genießend, klappte sie ihren Laptop auf und las ihre E-Mails. Bruno und Patsy hatten ihr großzügig die Kontaktinformationen über drei neue Apartments weitergeleitet, die sie verwalten sollten. Sie schrieben ihr, sie hätten das Angebot abgelehnt, weil ihre Kapazitäten bereits ausgereizt seien. Zwei der Interessenten hatten mit GeeGee den Vertrag abgeschlossen, während der dritte geantwortet hatte, er wolle seine Immobilie keinem Start-up-Unternehmen anvertrauen. Das musste GeeGee akzeptieren, aber zwei von drei waren kein schlechter Schnitt, und GeeGee freute sich.

Seit sie aus der Agentur ausgezogen war, hatte sie ihre Flyer und Visitenkarten in allen Geschäften und bei allen Bekannten in der Umgebung verteilt. Natürlich lag auch bei Erica im Cupboard Under the Stairs ein Stapel Flyer auf dem Verkaufstresen, und Erica steckte einen davon bei jedem Kunden mit in die Tüte.

Auch Seb verteilte ihre Visitenkarten an alle Gäste, die andeuteten, sie seien auf der Suche nach einem neuen Zuhause. Der Inhaber des Buchladens im Ort hatte nicht nur einige ihrer Flyer angenommen, sondern sie auch gefragt, ob sie nächstes Jahr nicht die Verwaltung seiner zwei Ferienwohnungen übernehmen könne.

Nur Rosie hatte sie bisher nicht um Hilfe gebeten, ihre Kontaktdaten zu verbreiten. Das brachte sie einfach nicht über sich, weil in Rosies Leben zurzeit alles drunter und drüber ging.

GeeGee trank von ihrem Kaffee und blickte sich um. In ihrem Leben konnte es momentan kaum besser laufen. Sie bekam immer neue Anfragen zur Verwaltung von Ferienhäusern und -apartments, täglich hatte sie Shuttlefahrten zum Flughafen, und sie war begeistert von ihren Einnahmen. Monatlich einen Festbetrag für die Verwaltung der Ferienwohnungen zu bekommen war viel besser als die vereinzelten Provisionen für die Kaufvermittlung. Es brachte ihr ein verlässliches Einkommen durch Kunden, die dauerhaft ihre Dienste in Anspruch nahmen.

Die Agentur zu verlassen und auf eigenen Füßen zu stehen war eine ausgezeichnete Entscheidung gewesen. Zwei Villen kurz nacheinander zu verkaufen war ein Glücksfall, den GeeGee als gutes Omen für die Zukunft deutete. Es erleichterte sie zutiefst, ein Finanzpolster zu haben, um beruflich besser planen zu können. Dann war da noch die Provision für die Villa, die Erica gerade kaufte. Mit dieser Provision wollte GeeGee sich bei Erica ein bisschen für all das revanchieren, was ihre Freundin für sie getan hatte.

Erica hatte sich weigern wollen, Miete für das Zimmer in der Villa anzunehmen, doch GeeGee hatte ihr gedroht, nur dann in die neue Villa einzuziehen, wenn sie für das Zimmer mit eigenem Bad etwas bezahlte. »Wenn du das Geld nicht willst, dann richte damit einen Fonds für Cammie ein, der ihr ausbezahlt wird, wenn sie achtzehn ist.«

Heute würde sie E-Mails an alle Kunden verschicken, die innerhalb der letzten sechs Monate über sie ein Haus oder ein Apartment gekauft hatten. Sie wollte ihnen anbieten, die

Verwaltung zu übernehmen, falls einer von ihnen mit dem Gedanken spielte, seine Immobilie zu vermieten. Einer der ersten Namen, die dabei auf ihrer Liste auftauchten, war Tiki Gilvear.

Sie war genauso erstaunt wie alle anderen, als sie erfahren hatte, dass Tiki Gilvear Rosies Vater war. Hören zu müssen, dass es ihm so kurz nach dem Kauf der Villa gesundheitlich derart schlecht ging, machte sie seltsam betroffen. Sie sah es noch genau vor sich, wie sehr ihn die Villa bei der ersten Besichtigung begeistert hatte.

Er hatte ihr gestanden, dass er von so einem Zuhause schon als kleiner Junge geträumt hatte, als er mitten in der Großstadt aufgewachsen war.

Sie konnte nur hoffen, dass ihm Gelegenheit blieb, das Leben in der Villa mit Saskia zu genießen. Vielleicht würde Rosie jetzt auch dort einziehen?

Sie klickte auf ihrer Liste den nächsten Namen an. Dan Brewer, Apartment 4c. Bei der Erinnerung an den Nachmittag, an dem sie ihm die Schlüssel übergeben hatte, musste sie lächeln. Er hatte sein Versprechen eingelöst und sie auf einen Kaffee eingeladen.

Mit einem großen Rucksack auf dem Rücken war er beim Notar aufgetaucht, und nachdem alle Formalitäten erledigt waren und er die Schlüssel für das Apartment überreicht bekommen hatte, hatte er sich an GeeGee gewandt. »Zeit für den Kaffee. Kommen Sie.«

Anstatt in eines der nahe gelegenen Straßenrestaurants zu gehen, waren sie direkt in sein Apartment gefahren. Dort hatte er eine Espressomaschine aus seinem Rucksack geholt, sie in der Küche auf die Anrichte gestellt und angeschlossen. Kaffeekapseln, Becher, Teller, Milch und Zucker, all das hatte er aus seinem Rucksack geholt und vor ihnen aufgebaut.

Beim Zusehen hatte GeeGee das Lachen nicht unterdrücken können. »Sie sehen wie ein Magier aus, der immer mehr Sachen aus seinem Hut zaubert!« Ihr Blick war zu der Papiertüte aus der Bäckerei gegangen.

»Hoffentlich mögen Sie zerdrückte Rosinentörtchen.« Seufzend hatte er die beiden zerquetschten Törtchen auf die Teller verteilt. »Gehen wir raus auf die Terrasse. Wenn Sie die hier mitnehmen, komme ich mit dem Kaffee nach.«

Der Vorbesitzer hatte zwei wackelige Klappstühle auf der Terrasse stehen gelassen, und dort hatten Dan und sie gesessen, Kaffee getrunken, die Törtchen gegessen und sich unterhalten. Dan hatte ihr erzählt, was er mit dem Apartment vorhatte, und GeeGee hatte verblüfft festgestellt, dass er vieles so einrichten wollte, wie sie es selbst getan hätte, wenn es ihr Apartment wäre.

Prostend hatte sie ihren Becher Kaffee gehoben. »Auf Sie und das 4c. Ich hoffe, Sie werden hier glücklich. Können Sie hier an der Küste überhaupt viel Zeit verbringen, wenn Sie auf der Yacht arbeiten?«

Dan schüttelte den Kopf. »Nein, ich höre Ende dieser Saison auf. Die Arbeit auf der Yacht ist für mich immer nur ein Provisorium, um mir zu überlegen, was ich in Zukunft tun will.« Er hatte ihr in die Augen gesehen. »Zehn Jahre lang habe ich in der Stadt gearbeitet, dann hatte ich einen Burnout. Marc hat vorgeschlagen, dass ich ein ›Yachtie‹ werde, so wie er. Er meinte, die Meeresluft würde mir guttun. Deshalb habe ich mein Apartment in London und meinen obligatorischen Porsche verkauft und bin ein Jahr lang ausgestiegen. Ich habe es genossen, aber was die Karriere betrifft, war es nicht so mein Ding.«

»Dann wird das von nun an Ihr Ferienapartment?« GeeGee hatte versucht, sich die Enttäuschung nicht anmerken zu lassen. Sie hatte gehofft, Dan werde während der Wintermonate hier sein. Vielleicht hätten sie sich dann besser kennenlernen und anfreunden können. Bei seinen nächsten Worten setzte ihr Herz allerdings einen Schlag lang aus.

»Nein, das hier wird von nun an dauerhaft mein Zuhause. Ich muss nur noch einen Job als Finanzexperte finden, der aber nicht mein ganzes Leben bestimmt.« Dan zuckte mit den Schultern. »Bis dahin werde ich es genießen, mich hier einzurichten und neue Freunde zu finden. Und dich kennenzulernen«, fügte er mit einem Lächeln zu ihr hinzu.

GeeGee erwiderte sein Lächeln. »Klingt nach einem Plan.«

Am nächsten Tag war Dan in Richtung Griechenland abgereist, und seitdem zählte GeeGee die Tage bis zu seiner Rückkehr. Bald musste es so weit sein. Laut seiner Textnachricht vor zwei Wochen müsste er im Verlauf der nächsten Woche wieder hier sein.

Ein Ping ihres Laptops kündigte eine neue E-Mail an und riss GeeGee aus ihren Gedanken.

Bruno schrieb: »Kannst du um drei Uhr am Flughafen sein?«

Schnell antwortete sie: »Ja. Name etc.?« und schickte die E-Mail ab.

Sie liebte ihr neues, spontanes Leben. Jeder Tag verlief anders. Ab Oktober würde über den Winter alles ruhiger werden, das wusste sie, doch bis dahin waren es noch Wochen. In diesen Wochen würde sie mehr Geld verdienen als in den Jahren zuvor. Im Winter würde sie sich darum kümmern, ihr neues Geschäftsfeld zu bewerben, damit sie im nächsten Frühjahr bereit war für einen erfolgreichen Sommer. Und Dan würde zurück sein und hier leben. Das war wie das Sahnehäubchen auf dem Eisbecher.

Wieder traf eine neue E-Mail ein. Sie rechnete damit, dass Bruno ihr die Daten für die Shuttlefahrt mitteilte, und ihr Herz raste, als sie Dans E-Mail-Adresse erkannte.

»Komme früher als erwartet zurück. Bin morgen zu Hause. Kann es kaum erwarten, dich zu sehen. XXX.«

47. Kapitel

Der Anruf kam morgens um zehn vor sechs. Rosie, die noch im Halbschlaf ans Handy ging, begriff zunächst gar nicht, worum es ging, als ihr jemand mit ruhiger Stimme mitteilte, dass Tiki Gilvear verstorben war.

Saskia blieb im Türrahmen von Rosies Zimmer stehen und wusste sofort, dass ihr geliebter Vater nicht mehr lebte. Hemmungslos schluchzte sie in Rosies Armen, während Rosie leise wiederholte, was der Anrufer aus dem Krankenhaus gesagt hatte.

»Um halb sechs hatte er einen schweren Schlaganfall. Das Personal konnte nichts mehr ausrichten. Letztlich war es sehr schnell vorbei.«

»Aber es ging ihm doch schon wieder besser.« Saskia schluchzte. »Ende der Woche wollte er wieder nach Hause. Er hat immer über das geredet, was wir drei zusammen unternehmen können. Und ich habe mich nicht mal von ihm verabschieden können.«

Rosie konnte nur dasitzen und ihre Schwester umarmen. »Wir können immer noch Dinge zusammen unternehmen.«

»Aber das ist nicht das Gleiche.«

»Nein, das ist es nicht, aber wir werden es trotzdem tun«, bekräftigte Rosie.

Sie hielt Saskia in den Armen und ließ ihren Gedanken freien Lauf. Terry und sie waren wieder Freunde geworden, während er im Krankenhaus gelegen hatte, aber es hätte noch mehr Zeit gebraucht, damit ihre Beziehung wieder die von

Vater und Tochter geworden wäre. Diese Zeit war ihnen nicht vergönnt.

Als Saskia sich langsam beruhigte und zu zittern aufhörte, richtete Rosie sich auf. »Ich muss ein paar Anrufe machen. Was hältst du davon, wenn wir uns dann anziehen, ins Hotel gehen und nach Seb suchen?« Sie brauchte dringend seine Umarmung und seine tröstende Nähe. Er würde wissen, was Saskia und sie jetzt tun mussten.

Als sie im Hotel eintrafen, zog Seb sie beide eng an sich. »Es tut mir so leid.« Er bestand darauf, dass sie einen Kaffee tranken und Croissants aßen. »Ihr braucht etwas im Magen.«

Saskia trank ihren Kaffee, das Croissant zerbröselte sie allerdings auf ihrem Teller.

Am Vormittag traf Olivia ein und machte mit Saskia einen Spaziergang am Strand, damit Seb und Rosie die zuständigen Behörden informieren und in Ruhe alle Formalitäten erledigen konnten, die Tikis Tod nach sich zog.

Als Saskia an einem Abend im Krankenhaus einen Kaffee trinken gegangen war, hatte Terry darauf bestanden, mit Rosie über das zu sprechen, was im Falle seines Todes sein Wunsch war. Er wollte eine Bestattung im kleinsten Kreis, und er wollte eingeäschert werden.

»Mein Agent wird in Amerika bestimmt eine Trauerfeier organisieren, aber hier möchte ich nur, dass du und Saskia meine Asche auf dem Grundstück der Villa verstreut.«

Sie hatte versucht, ihn davon abzuhalten, weiter diesen morbiden Gedanken nachzuhängen, aber er hatte ihr die Hand gedrückt. »Es ist wichtig, dass du meine Wünsche kennst. Versprich es mir.«

Als sie Seb jetzt von dieser Unterhaltung erzählte, war sie ihm dankbar für seine Sachlichkeit. »Dann helfe ich dir bei den Vorbereitungen dafür.«

48. Kapitel

»So. Noch ein Karton gepackt.« Erica seufzte schwer. »Ich finde, das reicht für heute. Zeit, auf der Terrasse etwas zu essen und zu trinken.« Sie griff nach ihrem Handy. »Ich wollte uns allen Pizza bestellen, falls das für euch okay ist?«

»Kann ich eine mit Quattro Formaggi haben? Bitte, Mummy«, sagte Cammie sofort.

GeeGee wickelte einen Ziergegenstand in Polsterfolie. »Für mich auch.«

»Klingt toll.« Amelia klappte den Deckel des Kartons zu, den sie gepackt hatte, und zog ihn quer durchs Zimmer zu den übrigen Kartons.

Erschöpft blickte Erica sich im Wohnzimmer um, in dem sich jetzt die Kartons vor den leeren Regalen und Schränken stapelten. Den ganzen Tag lang im Laden zu arbeiten und dann nach Hause zu kommen, um alles für den Umzug zu packen, raubte ihr jede Kraft. Deshalb hatte sie sofort dankbar eingewilligt, als Amelia ihr angeboten hatte, zu Besuch zu kommen, um sich um Cammie zu kümmern, während Erica im Laden war, und auch beim Packen für den Umzug zu helfen.

»Nicht zu fassen, wie viele Sachen ich hier angesammelt habe«, stellte sie leise fest. »Wir haben gerade erst angefangen, und schon jetzt gehen mir die Kartons aus.«

»Ich besorge morgen neue«, bot Amelia an. »Wir können bis zum Wochenende Pause machen und dann mit neuem Elan weitermachen.«

»Ich kann gar nicht glauben, wie schnell sich alles entwickelt.« Erica breitete die Arme aus. »Keine zwei Wochen mehr bis zum Umzug, und es ist noch so viel zu tun.«

»Oh, was das betrifft …« GeeGee räusperte sich. »Ich habe vergessen, dir zu sagen, dass die Notare darum gebeten haben, den Umzugstermin um zwei Tage vorzuverlegen.«

»Aus welchem Grund? Haben sie das gesagt?« Erica merkte, wie sie jeder Mut verließ.

»Nein. Nur, dass sie sich in der Woche um eine ganze Reihe von Immobilien kümmern müssen, und weil dein Verkauf noch dazwischenkam …« GeeGee hob die Schultern. »Das ist doch kein Problem, oder? Es bedeutet lediglich, dass du schneller in dein neues Zuhause kommst.«

Erica biss sich auf die Lippe. Wie sollte GeeGee auch verstehen, welche Bedeutung dieses Datum für sie hatte? Schließlich war es nicht GeeGees Ehemann, der vor einem Jahr genau an diesem Tag gestorben war. Flüchtig sah sie zu Amelia und merkte, dass die ebenfalls erkannte, an welchem Tag der Umzug jetzt stattfinden sollte. Doch noch bevor sie etwas einwenden konnte, klingelte es an der Tür. Die Pizza war da. Damit war die Gelegenheit, etwas zu sagen, vorbei.

Eine halbe Stunde später saßen sie alle draußen auf der Terrasse und aßen die letzten Reste ihrer Pizzen.

GeeGee sah zu Erica. »Dieses Wochenende gibt Dan in seinem Apartment eine Einweihungsparty. Ich fände es schön, wenn du kommst und ihn kennenlernst.«

»Oh, ich würde mich riesig freuen, Dan endlich zu treffen«, antwortete Erica. »Aber ich bin kein großer Partygänger mehr. Wieso treffen wir uns nicht zum Lunch unten am Strand bei Rosie?«

»Das geht auch«, stimmte GeeGee zu. »Aber ich möchte trotzdem, dass du zu der Party kommst. Es wäre gut für dich, wenn du anfängst, dich wieder unter Leute zu begeben. Du arbeitest, gehst mit Cammie an den Strand und stöberst auf Flohmärkten herum, aber abgesehen davon ziehst du dich von anderen Menschen zurück.«

Noch während sie zum Protestieren ansetzte, erkannte Erica, dass GeeGee recht hatte. Schon seit Monaten scheute sie davor zurück, neue Menschen kennenzulernen.

»Ich finde, das stimmt«, sagte Amelia. »Du solltest öfter ausgehen. Und weil ich gerade hier bin und auf Cammie aufpassen kann, hast du keinerlei Ausrede.«

Erica sah, wie die beiden sie erwartungsvoll anschauten, und seufzte. »Okay, ich denke drüber nach, aber ich verspreche nichts.« Nach Pascals Tod war es ihr schwer genug gefallen, wieder in den Laden zu gehen und mit Kunden zu sprechen. Doch dort konnte sie wenigstens über die Dinge reden, die sie verkaufte.

Small Talk mit Fremden auf einer Party war etwas völlig anderes. Und sie war sich nicht sicher, ob sie dazu bereits wieder in der Lage war.

»Also schön.« GeeGee sah auf die Uhr. »Ich muss zum Flughafen. Wir sehen uns morgen früh.«

Sobald GeeGee weg war, herrschte kurze Zeit Schweigen, bevor Amelia sich an Erica wandte. »Ich möchte dich auch um etwas bitten. Darf ich Cammie für ein paar Tage mit zu mir nehmen, bevor die Schule wieder anfängt?«

»Bitte, bitte, Mummy. Darf ich mit Granny mitfahren?« Vor Aufregung hüpfte Cammie auf und ab.

Lächelnd atmete Erica tief durch. Noch vor einem Monat hätte sie auf diese Bitte mit einem klaren Nein geantwortet, sosehr Cammie auch gebettelt hätte. »Ich wüsste nicht, was dagegenspricht. Vorausgesetzt, du versprichst, dass du artig bist.«

Cammie stieß ein lautes »Jippie« aus und rannte begeistert auf der Terrasse im Kreis. »Und wenn ich zurückkomme, kaufen wir einen Hund!«

Erica lachte, bevor sie sich zu Amelia beugte. »Sosehr man sich auch wünscht, man könnte die Dinge ändern, das Leben zerrt einen einfach mit sich mit und zwingt uns zum Weitermachen, stimmt's?«

Amelia nickte. »Es ist zwar nicht immer leicht, aber ich habe gelernt, dass es im Leben nur einen Weg gibt, nämlich dass man die Dinge so akzeptiert, wie sie sind.«

Am Abend von Dans Party verließ Erica das Haus, während Cammie und Amelia sich glücklich »Frozen« ansahen. Amelia sah den Film das erste Mal, aber Erica hatte zu zählen aufgehört, wie oft Cammie ihn sich bereits angesehen hatte.

Die Menschen genossen die letzte Abendsonne beim Schlendern in den engen Gassen. Sie saßen in Straßencafés und aßen Muscheln und Pommes frites, oder sie suchten an den Ständen der Straßenhändler nach Souvenirs.

Als sie sich über das Kopfsteinpflaster der engen Gasse Dans Apartment näherte, hoffte Erica, dass GeeGee sich an ihr Versprechen erinnerte und sie bereits am Eingang erwartete. Doch GeeGee war nicht zu sehen, und die Eingangstür zu dem vierstöckigen Apartmentgehäuse war geschlossen. An der Gegensprechanlage klebte ein Zettel, der mitteilte, dass sie außer Betrieb war.

Während sie noch etwas abseits stand und überlegte, was sie jetzt tun sollte, kam ein gut gekleideter Mann auf die Tür zu und fluchte leise, als sie sich nicht öffnen ließ.

»Sieht aus, als seien wir ausgesperrt«, sagte er. »Wollen Sie auch auf Dans Party?«

Erica nickte. »Ich habe nicht mal Dans Nummer, um ihn

anzurufen.« Du könntest aber GeeGee anrufen, flüsterte eine kleine Stimme in ihrem Kopf.

»Wir könnten auf die andere Straßenseite gehen und laut rufen, um die da oben auf uns aufmerksam zu machen«, schlug der Mann vor.

Erica sah ihn an. »Das können Sie tun. Aber ich gehe nach Hause. Ich habe mein Wort gehalten und bin zur Party gekommen. Es ist nicht meine Schuld, wenn ich nicht hineinkomme.« Sie wandte sich zum Gehen, als GeeGee die Tür öffnete.

»Du hast es geschafft. Ich hatte schon Angst, dass du kneifst.« GeeGee lachte.

»Wäre mir nicht in den Sinn gekommen.« Erica unterdrückte einen Seufzer. Nur noch zehn Sekunden, und die Flucht wäre ihr geglückt.

»Hi.« GeeGee wandte sich an den Mann. »Kommt rauf, ihr zwei.«

Der Mann ging voraus, und da er mit seinen langen Beinen zwei Stufen auf einmal nahm, war er kurz darauf nach oben verschwunden. Erica folgte GeeGee bis ins oberste Stockwerk und versuchte, ruhig zu bleiben, als sie Musik und Gelächter hörte. Sie war kein schüchterner Mensch, doch es war schon eine Ewigkeit her, seit sie als Frau ohne Begleitung auf eine Party gegangen war.

Früher war sie meistens mit einer Gruppe Mädchen unterwegs, und es war ausschließlich darum gegangen, Mister Right zu treffen und etwas Abenteuerliches zu erleben. Mittlerweile hatte sie ihren Mister Right getroffen, ihn geliebt und verloren. Partys übten auf sie keine Faszination mehr aus und bedeuteten für sie eher Qual als Abenteuer.

GeeGee führte sie zu einem Tisch, auf dem Getränke standen. »Dan, das ist meine beste Freundin Erica.«

»Hi, Erica. Schön, dich zu treffen.« Dan schenkte ein Glas

Wein ein und reichte es ihr. »Gib mir fünf Minuten, um in der Küche nach dem Essen zu sehen, dann bin ich wieder hier, um die beste Freundin meiner Freundin kennenzulernen.«

Als Dan in die Küche verschwand, lächelte Erica GeeGee an. »Er ist nett. Dann bist du jetzt also offiziell seine Freundin?«

GeeGee nickte. »Scheint so. Komm mit, lass uns auf die Dachterrasse gehen und uns unter die Gäste mischen. Finden wir jemanden, mit dem du dich unterhalten kannst, während ich nachsehe, ob Dan Hilfe braucht.«

»Ach, ich weiß nicht …«, setzte Erica an, doch angesichts GeeGees strenger Miene schwieg sie lieber und folgte ihr gehorsam auf die Dachterrasse.

Überall waren Kerzen und kleine Solarlampen verteilt, die in der Abenddämmerung Schatten warfen und Glamour-Stimmung verbreiteten. Um den kleinen gusseisernen Tisch standen drei oder vier Gäste, ein Pärchen lehnte an der Brüstung und lauschte dem Meeresrauschen, das bis hier oben heraufdrang. Alle unterhielten sich leise. Andere Pärchen wiegten sich eng umschlungen im Takt der leisen Musik.

Bevor GeeGee sie mitschleifen konnte, um sie irgendjemandem vorzustellen, ging Erica zu einer großen, eingetopften Palme, um deren Stamm Lichterketten gewunden waren, und stellte sich dahinter.

»Geh nur und hilf Dan«, sagte sie. »Mir geht es hier gut«, fügte sie schnell hinzu, als GeeGee widersprechen wollte. »Geh schon. Ich warte gern, trinke von meinem Wein und beobachte die Leute. Ich mische mich später noch mit dir unter die Gäste, versprochen. Dann bin ich ein bisschen entspannter, wenn das hier erst mal in meinem Blut angekommen ist.« Sie deutete auf ihren Wein.

Halb versteckt vor den anderen Gästen blickte sie hinaus aufs Mittelmeer und beobachtete die funkelnden Lichter der

Yachten, die an der Küste entlangfuhren. Ihre eigene Terrasse war vom Meer abgewandt und bot ebenfalls einen schönen Ausblick, aber so ein Meerblick hatte immer etwas Magisches. Von ihrem neuen Haus aus würde sie einen ähnlichen Blick über die Küste haben wie hier. Meer, Boote und unendlich viel Himmel.

Nachdenklich trank sie von ihrem Wein. Ihr Leben würde sich erneut verändern, aber diesmal hatte sie die Veränderungen selbst ins Rollen gebracht.

»Kann ich Sie für eins hiervon interessieren?«

Sie drehte sich um, und vor ihr stand der Mann, mit dem sie gleichzeitig hier eingetroffen war. In der Hand hielt er einen Teller mit kleinen Snacks.

»Danke.«

»Wären Sie da unten wirklich wieder weggelaufen, wenn GeeGee uns nicht die Tür aufgemacht hätte?«

»Ja. Ich bin kein großer Freund von Partys mehr«, gestand sie ein. »Es sei denn, es ist eine Kinderparty.«

»Sie haben Kinder?«

»Eine kleine Tochter. Cammie. Und Sie?«

»Keine Frau, keine Kinder. Aber meine Schwester hat eine ganze Menge. Bei meinem letzten Besuch waren es fünf. Die Kinder sind verrückt nach mir. Sie sagen, ich sei ihr Lieblingsonkel.«

Erica musste lachen. »Ich wette, das heißt, Sie verwöhnen die Kleinen nach Strich und Faden und lassen sie alles tun, was verantwortungsbewusste Eltern sofort verbieten würden.«

»Absolut richtig. Alle Kinder brauchen einen exzentrischen Verwandten. Und jeder verdient es, ab und zu verwöhnt zu werden.« Ein vielsagendes Lächeln begleitete seine Worte.

Er trank von seinem Wein und schluckte, bevor er Erica ernsthaft in die Augen sah. »Ich würde Sie auch sehr gern verwöhnen.

Damit dieser traurige Ausdruck aus Ihrem Blick verschwindet.«

Erica straffte die Schultern. Bis zu diesem Moment hatte sie seine Gesellschaft genossen, aber jetzt wusste sie nicht genau, wie sie reagieren sollte. Flirtete dieser Mann mit ihr? Oder probierte er nur sein Glück? Und hatte sie wirklich einen traurigen Ausdruck im Blick?

»Ich bin übrigens Laurent.«

»Ich bin E…«

»Erica, ja, ich weiß. GeeGee hat es mir verraten.«

»Was hat sie Ihnen noch über mich erzählt?«

»Ich habe sie nur nach Ihrem Namen gefragt. Ich hatte gehofft, alles Weitere erzählen Sie mir morgen beim Dinner.«

»Wieso sollte ich mit Ihnen essen gehen? Ich kenne Sie doch gar nicht«, widersprach Erica. »Und Sie haben keine Ahnung, wer ich bin.«

»Ein gemeinsames Dinner wäre ein guter Anfang, das zu ändern. Kurz hinter der Grenze zu Italien kenne ich ein wundervolles Restaurant. Dahin würde ich Sie gern ausführen.«

Erica schüttelte den Kopf. »Tut mir leid, Laurent, aber …« Sie verstummte. »Ich bin bei alldem so schrecklich aus der Übung. Ich bin mir nicht sicher, ob ich für Sie eine sehr interessante Gesprächspartnerin wäre.«

»Aber ich bin mir sehr sicher, dass mir eine Unterhaltung mit Ihnen großen Spaß machen wird.« Laurent lächelte sie an. »Bitte geben Sie uns beiden die Chance, das herauszufinden.«

Erica trank von ihrem Wein und musterte Laurent nachdenklich. Ihr fiel kein einziger Grund ein, wieso sie nicht mit ihm zum Dinner ausgehen sollte. Es war nur ihre Angst vor dem Unbekannten. Ihre Angst, nach vorn zu gehen und die Vergangenheit hinter sich zu lassen.

Sie atmete tief durch und lächelte Laurent an. »Vielen Dank. Ich würde sehr gern mit Ihnen morgen Abend essen gehen.«

49. Kapitel

Es kam Rosie vor, als wären die Monate, seit sie eingewilligt hatte, Tansys Hochzeitsparty auszurichten, wie im Flug vergangen. Wenn sie damals schon gewusst hätte, was alles in diesem Sommer geschehen würde, besonders in der Woche vor der Hochzeit, hätte sie sich niemals darauf eingelassen. Doch sie hatte es Tansy versprochen, und jetzt war der Tag gekommen. So müde und emotional ausgelaugt sie auch war, sie war fest entschlossen, alles daranzusetzen, dass dieser Tag für ihre Freundin unvergesslich wurde.

Zum Glück hatten Tansy und Rob sich letztlich für eine kleine standesamtliche Trauung im örtlichen Rathaus entschieden, bei der nur ihre Eltern anwesend waren, und im Anschluss sollte es für den engsten Familien- und Freundeskreis einen Empfang bei Champagner und Kuchen im Café Fleur geben.

»Höchstens ein Dutzend Gäste. Und dann abends am Strand eine Grillparty, zu der auch andere Freunde kommen, die mit uns feiern wollen.«

Nach einer geschäftigen Mittagszeit schloss Rosie das Café und schickte Tansy nach Hause, um sich vorzubereiten. »Verschwinde jetzt und heirate.« Sie gab Tansy einen Kuss auf die Wange. »Ich sehe dich und deinen frischgebackenen Ehemann dann um sechs Uhr hier zum Empfang.«

Schon vor Wochen war Alicia mit der Kuchenglasur fertig geworden und hatte versprochen, dafür zu sorgen, dass die Torte rechtzeitig aus der Kühltruhe kam und servierfertig war.

Seb kam aus dem Hotel herüber, um beim Dekorieren des Cafés zu helfen, während Saskia sich bereit erklärt hatte, Geschenktütchen vorzubereiten und die Tische zu schmücken.

Besorgt hatte Rosie sich gefragt, ob sie Saskia nicht vorschlagen solle, Alicia das Schmücken zu überlassen, doch dann hatte sie beschlossen, dass ein bisschen kreative Beschäftigung ihrer Schwester sicher guttat. Für sie selbst war es auch das beste Heilmittel, immer etwas zu tun zu haben, um über Terrys Tod hinwegzukommen. Hoffentlich wirkte das bei Saskia genauso. Sie hatten beide den Vater verloren, doch wie sie auf diesen Verlust reagierten, hätte nicht unterschiedlicher sein können.

Saskia hatte ihren geliebten Vater verloren, an den sie sich immer voller Liebe erinnern würde. Rosie dagegen hatte ihn lange Zeit stärker gehasst, als sie Seb vor all den Monaten eingestanden hatte, und jetzt entsprang ihre Trauer eher Bedauern und Wut als Liebe.

Sie bedauerte, dass die Anschuldigungen bis zum Schluss zwischen ihnen gestanden hatten, und es machte sie wütend, dass ihr die Gelegenheit genommen worden war, diese Wunden, die sie beide davongetragen hatten, heilen zu lassen. Die Brücken zwischen Terry und ihr waren nur zur Hälfte wieder aufgebaut worden.

Jetzt blieb ihr nur die sich vertiefende Beziehung zu Saskia. Dies musste die Brücke sein, die sie im Gedenken an den gemeinsamen Vater zusammen aufbauten.

Lächelnd betrat Seb die Küche. Er hob Rosie hoch, küsste sie und drehte sich mit ihr im Kreis. »Die gute Nachricht: Ich bin jetzt ganz offiziell Isabellas alleiniger Vormund. Zoe hat nicht mal Einspruch eingelegt. Und das habe ich schriftlich, sodass sie ihre Meinung nicht mehr aus einem Impuls heraus ändern kann.«

»Das ist wundervoll.« Rosie erwiderte seine Küsse, doch dann fiel ihr wieder der Brief in ihrer Handtasche ein. »Du musst etwas für mich lesen. Aber vielleicht sollten wir das bis morgen aufschieben, falls es schlechte Neuigkeiten sind.«

Sie zog den leicht zerknitterten Umschlag hervor und reichte ihn Seb. »Das kam am Tag von Terrys Bestattung an, und da wollte ich es nicht aufmachen.«

Voller angstvoller Spannung wartete sie, während Seb den Brief aus dem Umschlag zog und zu lesen begann. »Was steht drin?«

»Eine Pizza, die meine Klienten in Ihrem Etablissement gekauft haben, hat bei ihnen eine ernste Magenverstimmung ausgelöst, wodurch ihnen zusätzliche Hotelkosten entstanden sind und sie ihren Rückflug nicht wahrnehmen konnten ...« Seb hörte zu lesen auf, als Rosie anfing umherzutanzen und in die Luft zu boxen.

»Ja! Ja! Ja!«

»Was ist?«

»Denk doch mal an meine Speisekarte, Seb. Wo steht da was von Pizza? Nirgendwo. Die hat es bei mir nie gegeben. Das kann ich beweisen, weil ich über meine Gerichte Buch führe. Du hast recht gehabt, als du gesagt hast, das Ganze könnte ein Trick sein. Ich habe niemanden vergiftet. Das Café Fleur ist außer Gefahr.«

Einige Stunden darauf war die Strandparty in vollem Gange. Seb war so großzügig, den Hotelgrill vor dem Café Fleur aufzubauen, und er hatte sogar ein paar Köche herübergeschickt, die abends kochten.

Rosie stand an der Tür ihres Cafés und dachte daran, wie sehr ihr Leben sich in den letzten Monaten durch Seb verändert hatte.

In dem Moment kamen Charlie und Sarah zu ihr.

Rosie hatte gewusst, dass Tansy Charlie zur Strandparty eingeladen hatte, doch es überraschte sie, ihn in Begleitung von Sarah zu sehen. »Sarah, wie geht's dir?«

»Bestimmt besser, wenn das kleine Monster erst mal auf der Welt ist.« Liebevoll strich Sarah sich über den gewölbten Bauch. »Dann können wir anfangen, eine richtige Familie zu sein.« Ihr Blick ging zu Charlie.

Verblüfft sah Rosie von einem zum anderen. »Ihr zwei seid jetzt zusammen?«

Charlie nickte. »Nächsten Monat heiraten wir. Ich hoffe, du wünschst uns Glück.«

»Charlie, ich freue mich unglaublich für dich«, antwortete sie sehr ernsthaft.

»Wie ich höre, seid Seb und du ...?« Er sah ihr in die Augen, und als Rosie lächelnd nickte, beugte er sich vor und gab ihr einen Kuss auf die Wange. »Viel Glück, Rosie.«

Als Sarah und Charlie weggingen, musste Rosie wieder lächeln, weil sie sah, wie Seb und Saskia mit Isabella zwischen ihnen auf sie zukamen und Isabella immer wieder an den Armen nach oben schwingen ließen.

Das Leben hatte ihr dieses Jahr ein paar dicke Knüppel zwischen die Beine geworfen, aber irgendwie hatte sie es geschafft, nicht zu stolpern, und jetzt hatte sie etwas, womit sie zu Anfang des Sommers nie gerechnet hatte: eine Schwester und mit Seb und Isabella eine eigene kleine Familie. Sie freute sich schon darauf, Sebs Familie kennenzulernen und hoffentlich all die schmerzhaften Erinnerungen der Vergangenheit unter vielen schönen zukünftigen Erlebnissen zu begraben.

Sie atmete tief durch. Das Leben fing endlich an, ihr die Dinge zu geben, von denen sie schon so viele Jahre geträumt hatte.

»Rosie, mein Liebling, kann ich dich auf ein Wort sprechen? Ich muss dir etwas mitteilen.« Unerwartet tauchte Olivia an ihrer Seite auf. »Zander hat mich gerade gebeten, ihn zu heiraten. Und ich habe natürlich Ja gesagt.«

– ENDE –

Karin Spieker

Schlagerfeen lügen nicht

ISBN: 978-3-95649-796-4
9,99 € (D)

Tinka Kuhn hat ein Geheimnis: Als Schlagerfee bringt sie regelmäßig die Säle in Seniorenheimen zum Beben. Doch das dürfen die Mitglieder ihrer Band niemals erfahren, denn die halten gar nichts von der seichten Schunkelmucke. Tinkas Leben wird noch verwirrender, als sie sich bei der Datingbörse »Together Forever« anmeldet und plötzlich gleich mehrere Traumprinzen zur Auswahl hat. Gut, dass Oma Edith ihr mit Rat und Tat zur Seite steht. Eine pfiffige Großmutter als Amor und Karrieremaskottchen hat schließlich noch niemandem geschadet ... oder etwa doch?

Tanja Janz
Strandrosensommer

ISBN: 978-3-95649-830-5
9,99 € (D)

Pfahlbauten, kilometerweiter weißer Sandstrand, blühende Strandrosen und das Rauschen vom Meer - nach über zehn Jahren hat Inga fast vergessen, wie schön es in St. Peter-Ording ist. Nachdem ihr Freund sich zur Selbstfindung nach Indien aus dem Staub gemacht hat, ist Inga ebenfalls reif für eine Auszeit. Sie besucht Tante Ditte, die auf einem wunderschönen alten Pferdehof an der nordfriesischen Küste lebt. Doch aus der geplanten Erholung wird nichts, denn der Hof steht kurz vor der Pleite. Der einzige Ausweg scheint eine zündende Geschäftsidee oder ein mittelgroßes finanzielles Wunder zu sein. Inga krempelt die Ärmel hoch - und das Glück ist mit den Fleißigen ...

Petra Schier

Vier Pfoten am Strand

Ein Sommer Auszeit um an seinen Skulpturen zu arbeiten, mehr sucht Ben eigentlich nicht in dem kleinen Ort am Meer! Aber dann stolpert ihm der junge Rüde Boss über den Weg und Ben beschließt, ihn bei sich aufzunehmen. Der Hund stellt Bens Leben auf den Kopf und seine Geduld auf eine harte Probe. Niemals wird er es alleine schaffen, ihn zu bändigen. Zum Glück ist da noch Christina. Sie leitet die Hundeschule und scheint genau die Richtige für Boss zu sein. Und vielleicht auch für sein neues Herrchen ...

ISBN: 978-3-95649-793-3
9,99 € (D)